国家社科基金项目成果

保守主义视域的中国文论

王守雪 ◎ 著

中国社会科学出版社

图书在版编目(CIP)数据

保守主义视域的中国文论/王守雪著. —北京：中国社会科学出版社，2022.5
ISBN 978-7-5203-9990-6

Ⅰ.①保… Ⅱ.①王… Ⅲ.①保守主义—中国文学—近代文学—文学理论—研究 Ⅳ.①I206.5

中国版本图书馆CIP数据核字(2022)第049074号

出 版 人	赵剑英
责任编辑	郭晓鸿
特约编辑	杜若佳
责任校对	师敏革
责任印制	戴 宽

出　　版	中国社会科学出版社
社　　址	北京鼓楼西大街甲158号
邮　　编	100720
网　　址	http://www.csspw.cn
发 行 部	010-84083685
门 市 部	010-84029450
经　　销	新华书店及其他书店
印　　刷	北京明恒达印务有限公司
装　　订	廊坊市广阳区广增装订厂
版　　次	2022年5月第1版
印　　次	2022年5月第1次印刷
开　　本	710×1000　1/16
印　　张	24.25
插　　页	2
字　　数	338千字
定　　价	138.00元

凡购买中国社会科学出版社图书，如有质量问题请与本社营销中心联系调换
电话：010-84083683
版权所有　侵权必究

目 录

略说中国文论与古今之争的思想整体性
　　——《保守主义视域的中国文论》序 ……………… 胡晓明(1)

绪论 ……………………………………………………………… (1)

第一章　近代文化保守主义学术谱系 ………………………… (7)
　第一节　中体西用：近代文化保守主义思潮的开端 ………… (8)
　　一　张之洞与洋务派的区别 ………………………………… (9)
　　二　保守与激进："中体西用派"与维新派的对立 ………… (13)
　　三　保守主义的纲领——保国、保教、保种 ……………… (17)
　第二节　国粹派与文化保守主义 ……………………………… (17)
　　一　"读书保国"的国学保存会 …………………………… (18)
　　二　国粹派人物与晚清政治人物之关联 …………………… (20)
　　三　国粹派的"落伍" ……………………………………… (23)
　第三节　东方文化派的世界眼光 ……………………………… (25)
　　一　杜亚泉与东西文化论争 ………………………………… (25)
　　二　梁启超学术思想的多方关联 …………………………… (27)
　　三　章士钊文化思想的"实践" …………………………… (29)
　第四节　学衡派的中国文化渊源 ……………………………… (31)

一　与东方文化派并列而不同 …………………………… (31)
　　二　精神上通于"中体西用派" ………………………… (32)
第五节　现代新儒家对近代文化保守主义的集成 ………… (36)
　　一　梁漱溟：现代新儒家与东方文化派之间 ………… (36)
　　二　熊十力与汤用彤 …………………………………… (38)
　　三　集合的学术共同体 ………………………………… (40)

第二章　近代文化保守主义的精神特征 …………………… (42)
第一节　坚持传统文化的核心价值 ………………………… (42)
　　一　守护民族精神 ……………………………………… (43)
　　二　"了解之同情" ……………………………………… (45)
　　三　整合儒、释、道 …………………………………… (47)
第二节　坚持中国知识分子精神 …………………………… (49)
　　一　道德意识 …………………………………………… (49)
　　二　书生本色 …………………………………………… (52)
　　三　文化精神 …………………………………………… (54)
第三节　学术政治相互渗透 ………………………………… (56)
　　一　生命刚健任天下 …………………………………… (57)
　　二　以学干政，不合则止 ……………………………… (58)
　　三　以政辅学，立身成人 ……………………………… (60)
第四节　以道抗势，反对激进 ……………………………… (63)
　　一　坚持中国文化的根本，反对割裂学术 …………… (63)
　　二　坚持中国文化的活性，反对割断历史 …………… (65)
　　三　坚持中国文化的融通性，反对全盘西化 ………… (67)
第五节　沟通中西文化 ……………………………………… (69)
　　一　文化主体的挺立 …………………………………… (69)

二　民族精神的比较研究 …………………………………… (71)
　　三　新知的融化 ………………………………………………… (74)
　　四　建设中国学术话语系统 …………………………………… (75)

第三章　近代文化保守主义文学思想 ……………………………… (79)
第一节　文以载心　坚守文心 ………………………………… (79)
　　一　功夫的文学 ………………………………………………… (79)
　　二　性情的文学 ………………………………………………… (82)
　　三　文采的文学 ………………………………………………… (85)

第二节　非虚构的文学传统 ……………………………………… (87)
　　一　章太炎的"大文学观" …………………………………… (88)
　　二　黄侃"文章专美"的文学观 ……………………………… (88)
　　三　梁启超"分业"的文学观 ………………………………… (89)
　　四　近代诸家"非虚构"的文学成就 ………………………… (91)

第三节　尚气的文章传统 ………………………………………… (92)
　　一　节义之气 …………………………………………………… (93)
　　二　狂放之气 …………………………………………………… (94)
　　三　沉郁之气 …………………………………………………… (96)

第四节　教化大义 ………………………………………………… (98)
　　一　张之洞"教士化民"之义 ………………………………… (99)
　　二　国粹派陶铸国魂之义 …………………………………… (101)
　　三　梁启超"新民"之义 …………………………………… (102)
　　四　学衡派"批评"之义 …………………………………… (104)
　　五　现代新儒家"三统并建"之义 ………………………… (106)

第五节　文章之美 ……………………………………………… (107)
　　一　真、善、美合一 ………………………………………… (107)

二　功能之美 …………………………………………… (109)
　　三　文词之美 …………………………………………… (110)
　　四　境界之美 …………………………………………… (112)

第四章　"中体西用派"文论 ……………………………… (115)
第一节　中体西用 ………………………………………… (115)
　　一　中学、西学的内涵及其关系 ……………………… (115)
　　二　"中体"的简约化 ………………………………… (117)
　　三　中西文化之会通 …………………………………… (119)
第二节　清切雅正 ………………………………………… (121)
　　一　学博文工 …………………………………………… (122)
　　二　"清切"论 ………………………………………… (125)
　　三　文学的体用论 ……………………………………… (128)
　　四　"哀六朝" ………………………………………… (129)
第三节　"武昌言诗""三元说""三关说" ……………… (132)
　　一　"三元说"与"武昌言诗" ……………………… (132)
　　二　"三关说" ………………………………………… (136)
第四节　"诗人之诗"与"学人之诗" …………………… (138)
　　一　"学人之言与诗人之言合" ……………………… (138)
　　二　"学人之诗"的误区 ……………………………… (141)
第五节　"字重光坚"与"雅人深致" …………………… (142)
　　一　"字重光坚" ……………………………………… (142)
　　二　"雅人深致" ……………………………………… (144)

第五章　国粹派文论 ………………………………………… (149)
第一节　国粹与国学 ……………………………………… (149)

一　国粹 …………………………………………………………（149）
　　二　国学 …………………………………………………………（151）
　　三　国故 …………………………………………………………（154）
第二节　文、文言、文辞 ……………………………………………（155）
　　一　"文"基于文字 ………………………………………………（155）
　　二　文言 …………………………………………………………（157）
　　三　文辞 …………………………………………………………（158）
第三节　文章、文学 …………………………………………………（159）
　　一　刘师培"文章"论 ……………………………………………（160）
　　二　章太炎"文学"论 ……………………………………………（161）
第四节　文与笔 ………………………………………………………（163）
第五节　修辞立诚 ……………………………………………………（166）
　　一　修辞以达心 …………………………………………………（168）
　　二　美合于情理 …………………………………………………（170）
　　三　乐合于当下 …………………………………………………（170）
第六节　文生自然 ……………………………………………………（171）
　　一　反对"文以载道" ……………………………………………（171）
　　二　"心灵的自然" ………………………………………………（172）
第七节　风骨论 ………………………………………………………（175）

第六章　东方文化派文论 …………………………………………（180）

第一节　东方文化 ……………………………………………………（180）
　　一　东方文化与《东方杂志》 …………………………………（181）
　　二　日本"国粹"思潮的影响 ……………………………………（183）
　　三　梁启超《欧游心影录》以及西方文化的反思 ……………（185）
第二节　文化调和论 …………………………………………………（186）

一　文化动静说 ………………………………………… (187)
　　二　调适与化合 ………………………………………… (188)
　　三　采用与整合 ………………………………………… (189)
第三节　新民说 …………………………………………………… (192)
　　一　"新民"二义 ……………………………………… (192)
　　二　"新民"与中国学术史的自觉意识 ……………… (194)
　　三　新民与东西方文化的"调和" …………………… (195)
第四节　"国性"论 ……………………………………………… (196)
　　一　从"新民"到"新国" …………………………… (196)
　　二　传统与现代的接续 ………………………………… (197)
　　三　政治的缠绕 ………………………………………… (199)
第五节　新民文学 ………………………………………………… (200)
　　一　"新民体"之称 …………………………………… (200)
　　二　新民体的"情"与"理" ………………………… (202)
　　三　新民体与文章传统 ………………………………… (204)
第六节　逻辑文学 ………………………………………………… (205)
　　一　"国文"系统中的文学 …………………………… (206)
　　二　"峻洁"论 ………………………………………… (208)
　　三　文学"接续"论 …………………………………… (210)
第七节　"美文"说 ……………………………………………… (212)
　　一　"分业"观念 ……………………………………… (212)
　　二　"美文"并非高一等的文学 ……………………… (213)
　　三　弥合文章传统的断裂 ……………………………… (214)

第七章　学衡派文论 ……………………………………………… (216)
　第一节　新人文主义 …………………………………………… (216)

一　"白璧德主义"的中国化 …………………………………… (216)
　　二　学衡派与"天人学会" ……………………………………… (217)
　　三　学衡派与现代新儒家的分野 ……………………………… (220)
第二节　古典主义 …………………………………………………… (221)
　　一　古典主义的引进 …………………………………………… (221)
　　二　古典主义文学批评与创作 ………………………………… (224)
第三节　模仿论 ……………………………………………………… (225)
　　一　重视经典的追摹 …………………………………………… (226)
　　二　由模仿上达创造 …………………………………………… (227)
第四节　"反进化论" ………………………………………………… (228)
　　一　"二胡之争" ………………………………………………… (228)
　　二　科学与人文之不一致 ……………………………………… (229)
第五节　文学与理性 ………………………………………………… (232)
　　一　高扬道德理性 ……………………………………………… (233)
　　二　提倡文学的"节制" ………………………………………… (234)
　　三　追求高尚之美 ……………………………………………… (236)
第六节　文学批评与人生批评 ……………………………………… (238)
　　一　增进人生 …………………………………………………… (238)
　　二　指导社会 …………………………………………………… (239)
　　三　人生的超越 ………………………………………………… (241)
第七节　儒家人文精神 ……………………………………………… (242)
　　一　圣哲意识：以文化人 ……………………………………… (242)
　　二　道德理性与道德意志的双重开启 ………………………… (244)
第八节　昌明国粹　融化新知 ……………………………………… (247)
　　一　对仗互渗义 ………………………………………………… (247)
　　二　学衡派与国粹派之关联 …………………………………… (249)

第八章　现代新儒家文论……………………………………（251）

第一节　返本开新与心性之学……………………………（251）
一　返本开新……………………………………………（251）
二　梁漱溟、熊十力的"根本"思想……………………（253）
三　唐君毅等人对儒家人文学术的分科研究…………（256）

第二节　诗化人生与生命精神……………………………（257）
一　早期梁漱溟、熊十力皆关注"生命"………………（257）
二　生命之美……………………………………………（259）
三　文学人生化…………………………………………（261）

第三节　文化心灵与人文精神……………………………（263）
一　文化心灵……………………………………………（263）
二　人文精神……………………………………………（266）

第四节　心灵境界与道德理性……………………………（268）
一　精神活动呈现心灵境界……………………………（268）
二　心灵境界之升降……………………………………（271）
三　文学境界的展开……………………………………（272）

第五节　中国艺术精神……………………………………（274）
一　从人性论到艺术精神………………………………（275）
二　"万古标程"——孔子艺术精神……………………（276）
三　庄子的"真面目"……………………………………（279）
四　气韵与精神…………………………………………（282）
五　儒道艺术精神的沟通………………………………（284）

第六节　心的文化与心的文学……………………………（285）
一　心的文化……………………………………………（285）
二　"心"对中西文化资源的涵摄………………………（287）
三　心的文学……………………………………………（288）

第七节　中和之美与善美合一 …………………………………… (293)
　　一　中和之美 ……………………………………………………… (293)
　　二　善美合一 ……………………………………………………… (294)

附录一　张之洞与文化"江南" ……………………………………… (299)
附录二　文化保守主义学术系统中的《文心雕龙》研究 ………… (317)
附录三　论近代"龙学"研究之转型
　　　　　——以《国粹学报》为中心 ……………………………… (332)
附录四　梁漱溟、熊十力从生命论至文艺观的分歧 ……………… (347)
结语　超越"五四"的两种思路 ……………………………………… (363)
主要参考文献 ………………………………………………………… (365)
后记 …………………………………………………………………… (371)

略说中国文论与古今之争的思想整体性

——《保守主义视域的中国文论》序

胡晓明

王守雪在完成了有关徐复观文学思想的《人心与文学》，以及有关汉代文学思想的研究之后，再回过头来，通观近现代，撰成了又一本新著《保守主义视域的中国文论》。这是从文论思想的论域，第一部系统研究近代文化保守主义的论著。其最主要的特点是提出一套论述，不仅将"近代文化保守主义"作为文化思潮，而且更具体地将其作为一个文论的整体来观照，研究这个系统对当下中国文论建设可能发挥的资源性价值。所涉及的诸家，如"中体西用派"、国粹派、东方文化派、学衡派、现代新儒家一系列学派，各有自己的特色，并不完全一致，相互之间还发生过一些思想学术的碰撞。长期以来，学术界大多以个案研究的方法来研究，但那样不可避免"只见树木不见森林"的缺陷。这部新著立足于学术史，考证其关联，整理出一个简约的学术谱系，其主要内容，乃是一些相互有内在关联的范畴和命题。如价值论方面，有昌明国粹融化新知、中体西用、国粹与国学、清切雅正、东方文化等；文学史论方面，有哀六朝、"三元说"与"三关说"、新人文主义、古典主义等；创作论方面，有"学人之诗"与"诗人之诗"、"字重光坚"与"雅人深致"、修辞立诚、文生自然、风骨等；文体论方面，有文、文言、文辞、文学、文章、文与笔等，模仿论，反进化论，文学与理性，文学批评与人生批评，儒家人文精神；功能论方面，有返本开新与心性之学、诗化人生与生命精神、新民说、国性论、心灵境界与道德理性、中和之美与善美合一等，此一系列范畴与命题，既有重叠又有交叉，也有不同的侧重，相互强化相互勾连，不仅有其明确的谱系，而且有其独到的成就。守雪这本书对此做了丰富的展现与逻辑的梳理，这方面的工作很重要，有助于对这个思潮的整体了解。

在这篇序文里，并不想只讲好话，那样于学术进步无益。除了表彰守雪教授的用心与成绩之外，还有几个需要进一步讨论的问题。

第一个问题是，究竟近代文化保守主义文论的整体性质，是中西之争还是古今之变？似乎有人说过，近代中国的所有中西之争，都是古今之变。其实并不符合事实。因为近代历史中，有非常强烈的来自西方帝国主义的殖民压迫，非常强烈的民族不平等遭遇，因而也有由此而激发的民族自强自立的思潮与为民族自立而奋斗的种种努力，中西之冲突如此长久而分明，哪里只是古今之变呢？那么，文论作为时代与民族文学的理论提炼与观念表达，如何反映并体现了时代的必然要求，这个特点，似乎是西方保守主义理论所缺席的，而在中国保守主义文论中应该有独特的经验。其次，即使是古今之变，如何论证这个古今之变？换言之，即"近代文化保守主义文论"为什么会发生，其发生主要是由中国近代社会的外来压迫而来，还是近代转型的古今变迁而来，这里面有没有区别？以及，如果我们将韦伯的命题放进来，有没有西方由传统变为现代的所谓理性化及其危机，即有没有现代性问题这样的思考进路？

第二个问题，中国的保守主义可不可以放在一个世界性的保守主义文化背景这样更广阔的历史脉络中去考察，即法国大革命所开创的激进政治所带来的 20 世纪人类精神大变动。我们且参照西方保守主义思潮的角度，观察一下回应这个大变动的中国近代保守主义文论家有没有相关性。

首先，激进政治把人类的政治活动看成一个权力无限大的活动，而保守主义则把政治看成一个有限的活动，强调社会上各种群体命运和情感的冲突以及调和，而不是把它全部消灭掉，我们对这样一种敌我冲突式的意识形态的激烈的对抗，其实是非常熟悉的。那么，中国文化保守主义所提倡的古今中西之间一种非对抗、非破坏、不走极端，是不是也可以因此参照，而得到一种更广义更具深意的说明？从世界范围来说，这种敌我意识式的激进主义，直到今天不仅依然故我，甚而愈演愈烈，因而，如果此一项遗产的分析与发掘，能够在更广大的脉络中来观照，成为今天文化与政治的一项参考未尝不可。

其次，激进政治的第二个特点是相信一种抽象的理性，一种启蒙的理性，或者说是一种教条式的理性。它有一种理性的傲慢，有一种对诞生一个全新社会的乌托邦崇尚。这种观念就会把传统、习俗和文言文学遗产变成一种非理性的产物，然而传统、习俗尤其是文言，是在民族漫长的生命过程中一点点自生自成的，而激进政治其实是一种反自然的，用求快、强制性去推动社会进步的一种手段。那么，中国保守主义文论中的文言论、文章论，以及东方文化、文化调和论、古典主义、模仿论、反进化论、文学与理性等思想观念，是否也回应了上述的启蒙教条理性观？

再次，激进政治有一种唯意志论的乐观主义，好像可以用人类的强大意志塑造人类的命运。而且特别崇尚一些解放民族命运的大人物。这种崇拜就是走向极端的浪漫主义，跟保守主义也是格格不入的。那么，中国文化保守主义强调的文论思想，如新人文主义、心灵的文化、返本开新的文化，文学与道德的关联，是否内在地回应了这样一种激进政治的特点？

最后，激进政治有一种民粹主义倾向，有时候是故意将民众的利害作为政治权力的手段，有时候是天真地认为只要民主就可以解决一切社会进步的问题。那么，近代中国保守主义文论，在文学的功能论与价值论上，是否并不那么天真，并不那么乐观主义，甚至，往往是充满一种文化生命的忧虑与悲观，这背后，难道不可以解读出一些重要的信息？

所谓的"整体性"的建构，并非简单的知识拼接，更是一种思想的整体性。从中国近代史的问题中,看出文论的关联性;从当代的教训中,反观近代的根源性;从西方保守主义文化的参照中,看出中国文化的核心价值的现代性意义。虽然是古今之变,更见中西之镜相交辉,这是我的一点想法,也感谢守雪这本书给我的思想启示。

绪　论

"辨章学术，考镜源流"是清儒治学的重要方法，也是一种高标，对今人仍有重要的启示作用。将"近代文化保守主义学术系统"作为一个整体来研究，就从这里受到很大的启发。当然，这种方法也对学者提出了很高的要求。"近代文化保守主义"对应的思想有两个层次。第一个层次对应的是激进主义，19世纪后期，随着世界范围内现代化、全球化的展开，在如何实现现代化、全球化的策略上有两种不同的思路，一种是激烈的、快速的、彻底的思路；另一种是和平的、渐进的、保存的思路，前者往往被称为激进主义；后者被称为保守主义。第二个层次是保守主义内部两个不同的侧重点，第一种重在保存守护政治制度和社会格局；第二种则侧重于保存守护民族文化，而文化保守主义则属于第二种。不过"政治"与"文化"两个侧重点是相对的，在近代中国历史上活动的"保守派"，往往体现出政治与文化思想的密切关联，勉强加以区别并不十分必要。近代中国文化保守主义不是一个个孤立的学派，而是在切磋交流甚至碰撞中形成的整体思想理论系统。对于近代中国文化保守主义的范围，综合学术界的主流观点，确定三个条件：第一，坚持中国传统文化的基本价值；第二，有较大的文化格局，形成融合中西文化的思想学术流派；第三，从时间上说，指清末民国时期，具体来说，主要是指从19世纪最后一个十年，延至20世纪70年代。按照同时具备这三个条件的要求，此处论列五个派别：张之洞及"中体西用"派；国粹派；东方文化派；学衡派；现代新儒家

（包括港台新儒家）。它们纵横关联，形成近代中国特别的思想学术系统，可视为一个整体序列。

中国文学属于中国文化学术的一个有机分支，这是中国文学的大义。但是，随着现代学术分科的展开，这个大义已经隐蔽不彰。中国文学是宇宙人生之"道"的载体；中国文学是知识分子精神的传达；中国文学是"非虚构"人生的书写；中国文学是心灵的文学；中国文学是美丽文字与图像的展开……此一系列文学之义，是中国文学"大义"的具体内涵，统统随着"现代文学"的展开隐蔽不彰。哪里打断哪里找。近代文化保守主义学术系统是连接中国文化古与今的桥梁，也是连接中国文学古与今的桥梁。此一系列的学者们，往往能够保持中国文化各部类的核心精神，由核心顾及整体，学术中透出文学追求，是近百年文学运动的亲身参与者。他们的学术研究不但具有文学理论、文学批评的意义，也具有文学史的意义。重新梳理这一阶段的学术史，其意义不仅仅是一种凭吊，更是一种打捞、整理和资源性发扬，从而集中彰显近代文化保守主义学术对于中国文论建设的贡献。

对于近代文化保守主义学术及文学成就的研究，学术界已取得不少成果，也存在一定的不足之处。

（一）基于政治哲学学术史的相关研究。对中国近现代史上文化保守主义的整体观察，是海外学者研究世界"现代"思潮时所引发的，20世纪80年代引发中国大陆学者的热烈讨论。林毓生、李泽厚、王元化、姜义华、许纪霖、张灏、甘阳、严家炎、罗福惠、王德胜、陈晓明、陈来、陶东风、杨春时、郑大华等学者不同程度地参与了这场讨论。讨论问题的焦点乃是五四与"文革"之间的关系，显示的是政治文化思潮的广泛视野，未深入文论个案的研究。但此一讨论的展开，扭转了大陆学术界长期激进主义一面倒的学思方向，对保守主义的正面价值开始公平地讨论。对中国近代史中政治保守主义与文化保守主义的区分，对相关思想人物阵营谱系的梳理,将学术研究引向深入。20世纪90年代以后,出现了一系列学术史专著与个案研究著作,其史料得到进一步清理,立论趋于公允,对文化保守主义的学术史价值和地位予以肯定。

(二)基于近现代文学史的相关研究。近代文化保守主义思想学术人物及其文论的研究,也可以说是和这些人物的活动同步进行的,材料鲜活,见解细致真切,具有开创意义。但在20世纪前期相当长一个时期内,文学的新旧观念非常突出,由于立场不同,往往有抑扬失衡的现象。中华人民共和国成立以后直至20世纪70年代,文学的新旧观念进一步被扩大化,保守主义阵营的文学被贴上政治与阶级的标签,未能得到深入研究。进入80年代,近代文学研究的价值观念、思想方法不断更新,近代文学中的"旧文学"部分得到重视,"旧文学"与"新文学"的关系被重新认识,出现一批有分量的研究成果。任访秋著《中国近代作家论》《五四新文学的渊源》,关爱和的专著《悲壮的沉落》《从古典走向现代——论历史转型期的中国近代文学》及《同光体的诗学观与创作实践》等论文,对近现代文学的整体格局具有一种整体的观照,对"旧文学"如何自我调整以求生存,构成中国文学走向现代化的有机组成部分,有深微的发明。钱仲联著《论近代诗四十家》,极见卓识。黄霖著《近代文学批评史》,资料翔实,架构宏伟,特设"传统诗文批评"一章,功力深厚。袁进《文学观念的近代变革》等论文对中国文学"近代化"进程做了比较全面、细致的考察。陈平原对章太炎等思想人物的研究,显示出对中国文学近代化的思想学术脉络,有整体的把握和独到的见解。总之,近代文学研究格局中对文化保守主义人物及其文学的研究,收获了大量的成果,但由于"现代性"话语的强势影响,相关理论研究仍然不够系统,价值评判不够全面。

(三)基于中国文论与美学的相关研究。随着20世纪80年代"激进与保守"的讨论、"国学热"的升温,文论界对保守主义系列思想人物的专门研究逐渐深入,涌现一批专著、期刊论文和硕士博士学位论文。侯敏

《有根的诗学——现代新儒家文化诗学研究》是第一本较为系统的研究现代新儒家文论与美学思想的专著,选取诸家有代表性的思想成果,并以文化诗学为线索加以重新解释和建构。张毅《儒家文艺美学——从原始儒学到现代新儒学》,贯通古今,显示出儒家文艺美学历史线索和现代价值,但由于现代新儒学只是最后一部分,篇幅所限,思想理论阐释不能充分展开。胡晓明《思想史家的文学研究》《散原论诗诗二首释证》等系列论文,显示出重建中国文学思想世界的学术方向。与本课题相关的一批博士学位论文相继出现,此一系列思想学术受到空前重视,如孙老虎《陈三立诗学研究》,贺国强《近代宋诗派研究》,屈勇《唐君毅美学思想研究》等,都取得了一定的成就。不足之处是,或详于文学史叙述,理论研究不够深入;或以检讨西方文论因素为研究重点,大体有失。

进入 21 世纪,近代文化保守主义越来越受到重视,学术界从不同学科方向进入此领域研究。中国古代文论研究及其学科建立已走过近百年的历程,虽成果丰硕,但学术界已不再满足于走"西化"的道路,认为这是引起中国文论"失语症"的症结所在,呼唤重新探索中国文论"中国化"的道路。胡晓明发表《后五四时代建设性的中国文论》系列论文,是这个方向上的显例,引起学术界一定的反响。近年来,中国文论研究界对此一系列思想学术投入极大关注,个案研究的展开如掘开一座座矿藏,呈现一片繁荣景象。然而,个案研究多是分散的研究,纷纭的人物,相互的碰撞,错综复杂的理论线索,往往使众多的思想派别和人物模糊不清,或厚此薄彼,真伪难辨;或详于历史叙述,轻于理论分析。因此,适当的宏观研究、整体研究和理论开掘显得具有重要的意义。

本书以整体意识为引导,以文献研究为基础,以范畴与命题研究为纲要,主要运用历史的方法与解释的方法,史、论结合,适当引入一些文学作品的解读分析,力求能够体现理论的系统性,也在一定程度上突出近代文论的曲折生动之处。全书共分八章,前三章为综论;后五章为流派分论。

第一章：近代文化保守主义学术谱系。近代文化保守主义学术系统乃是在地域、学缘、政治集团、文化团体等复杂的历史脉络中形成的。"中体西用派"与维新派是保守主义与激进主义的对应，作为一种文化思潮，"中体西用派"是在维新派的刺激下聚合而成的，是近代文化保守主义的开端；国粹派的产生与"中体西用派"具有共同的"保国、保教、保种"的背景，其学术成就决定了这个学术群体文化保守主义的基本性格；东方文化派、学衡派、现代新儒家回应的皆是新文化运动激烈反传统的文化思潮，它们之间既有横向的关联，也有纵向的历史渊源，其渊源皆可向上追溯到"中体西用派"与国粹派。

第二章：近代文化保守主义的精神特征。坚持中国传统文化的核心价值；坚持中国知识分子精神；学术政治互相渗透；以道抗势，反对激进；沟通中西文化。这些共同的精神特征，决定了近代文化保守主义的整体系统性。

第三章：近代文化保守主义文学思想。在共同的文化精神方向下，近代文化保守主义成就了重要的文学思想，心灵的文学观；非虚构的文学传统；尚气的文章传统；文学的教化大义；文章之美。此一系列思想内容，既有独立意义，亦可联为一体，既是传统继承，又是融合再造。

第四章："中体西用派"文论。"中体西用"不但是张之洞本人思想的核心，而且与其幕友、学生发生聚合效应，成为近代中国文化保守主义的旗帜。所谓的"中体"指向以伦理道德文化为核心的中国文化体系；所谓的"西用"主要指引进西方的社会政治文化设施，这是当时处理中西文化关系的基本原则。中体西用；清切雅正；哀六朝；"三元说"与"三关说"；"诗人之诗"与"学人之诗"；"字重光坚"与"雅人深致"，此一系列范畴和命题代表了此派的重要文化及文论成就。

第五章：国粹派文论。国粹派初起时以国学激发种姓思想，意在排满覆清，在政治上有革命和激进的一面；国粹派强调国粹，正是文化保守主义坚持民族文化的应有之义。特别是辛亥革命以后，国粹派的中坚分子致力于国学研究和宣扬，淡化政治身份，突出学术本位，对传统学术的近代化做出很大的成绩。国粹与国学；文、文言、文辞；文章、文学；文与笔；修辞立诚；文生自然；风骨论，此一系列范畴与命题代表了国粹派文论的重要成就。

第六章：东方文化派文论。东方文化派坚信东方文化的独特价值，认为中国文化可以补救西方文化的弱点，同时认为复兴东方文化也是解决中国问题的出路。东方文化；文化调和论；新民说；国性论；新民文学；逻辑文学；"美文"说，此一系列范畴和命题代表了东方文化派文论的重要成就。

第七章：学衡派文论。学衡派标举"昌明国粹，融化新知"，将儒家思想与新人文主义相结合，批评新文化运动和新文学，展开国学研究，坚持古典主义文学理想，并付诸一定的创作实践，试图为中国文化的建设别开新路。新人文主义；古典主义；模仿论；"反进化论"；文学与理性；文学批评与人生批评；儒家人文精神；昌明国粹　融化新知，此一系列范畴与命题代表了学衡派文论的重要成就。

第八章：现代新儒家文论。"现代新儒家"的名称有宽严之分，此处指梁漱溟、马一浮、熊十力、张君劢、冯友兰、钱穆、方东美、唐君毅、牟宗三、徐复观等人。他们不但坚持儒家思想的价值，而且试图以儒家思想贯通中国文化，接引西方文化。在文学方面，坚持心灵的文学观，坚持文学的文化价值，坚持文学善美合一的批评标准。返本开新与心性之学；诗化人生与生命精神；文化心灵与人文精神；心灵境界与道德理性；中国艺术精神；心的文化与心的文学；中和之美与善美合一，此一系列范畴与命题，代表了现代新儒家学派的重要文论成就。

本书涉及的人物极为繁博，基本上是近代学术史上的"大人物"，历史的缠绕之处，思想学理的深邃之处，尚有待于更加周密的思虑来分解梳理；这些人物在文学批评、文学创作方面的成就，与文学思想方面的成就是一体的，亦有待进一步的发扬与光大。

第一章　近代文化保守主义学术谱系

文化保守主义区别于政治上的"保守主义"。政治上的保守主义不但体现为政治思想体系，而且体现在现实政治的实践方面，其主体主要是政治家。而文化保守主义体现为文化思想体系，主要体现在学术文化的研究方面，其主体主要是学者。这种区分的优点是避免"政治压倒一切"可能引发的简单粗暴的后果，但也存在潜在割裂人物的危险，不少人物兼有政治与文化上的保守性。有人试图将文化保守主义再细分为"封建的"文化保守主义和"近代式的"文化保守主义，仍然是将政治作为划疆立界的标准，这是不可取的。[①] 文化保守主义思想人物在中国近代取得了显著的学术成就，并形成了一个学术谱系，产生了巨大的影响，他们往往能突破现代学科畛域的限制，兼顾传统学术文史哲浑融的格局，促进了中国文论从传统学术形态进入现代学术体系。近代文化保守主义学术系统乃是在地域、学缘、政治集团、文化团体等复杂的历史脉络中形成的，在复杂的关联中形成一个异彩纷呈的共同体。

---

① 胡逢祥：《试论中国近代史上的文化保守主义》，《华东师范大学学报》（哲学社会科学版）2000年第1期："一种是封建的文化保守主义，它不但主张在文化和意识形态上固守一切传统，拒斥各种异端和外来文化因素的加入，还极力要求在政治上保持旧有的封建制度或其主体。……另一种是近代式的文化保守主义。他们虽然也对传统怀有强烈的依恋感，并且十分强调文化变动的历史延续性，始终倾向以传统文化为根底或主体的近代文化建设进路，但却并不因此盲目维护传统社会体制。"

第一节 中体西用:近代文化保守主义思潮的开端

关于近代中国文化保守主义思潮的开端,学术界的观点并不一致,大约有"洋务派"说、"维新派"说、"国粹派"说等,当然,也有人提出较为宽泛的"戊戌思潮"说。① 综合各种说法,有两点需要加以纠正:其一,过分重视西方文化保守主义的内涵及评说标准,试图以"类"推之,不管是引用英国学者柏克的《法国革命感想录》论述保守主义的六个要素,还是借用英国保守党理论家塞西尔在《保守主义》中所论述的"守旧思想、王党主义、帝国主义"等三个特征,② 如果不结合中国近代历史的实际情况,也许会失之于不切。其二,过分重视主流意识形态对于描述中国近代历史的影响,为了肯定中国近代文化保守主义的价值,或有意避开在政治上有争议的人物,或以模糊的描述加以模棱两可的处理。以上两个特点,是造成这个"开端"问题解释误区的主要原因。

参考西方文化保守主义的内涵与标准,同时结合中国的实际;本着追求历史真实的原则,力求清晰地呈现历史的整体性,那么中国近代文化保守主义思潮在现代性建设的问题上应有三个重要特点:第一,保守中国传统的文化精神和价值;第二,保守秩序,强调渐进式变革;第三,保守民族与国家的独立。如果没有这三个"保守",仅有对中国文化所谓"现代性"的解释,称不上是中国近代的文化保守主义。当然,如果没有对中国文化"现代性"解释的前提,也称不上近代文化保守主义,"保守性"与"现代性",这二者缺一不可。从这个意义上来说,洋务派称不上是中国近代文化保守的开端,它虽然较早地主张吸收西方现代文

---

① 俞祖华、赵慧峰:《戊戌思潮:中国三大现代性思潮的共同源头》,《学术月刊》2009年第11期。以上诸说见本文的引述及中心观点。
② 龙潜:《百年中国保守主义考》,《贵州师范大学学报》2002年第4期。

明，但仅重于物质文明；对于中国文化，并没有积极的现代性的解释创造，只是强调传统的东西不能动，它从根本上缺少"现代性"的内质。有人称之为"封建文化保守主义"，以与"近代文化保守主义"相区别；当然这样也是不合适的，过于重视政治的意识形态的划分。而维新派亦不能称为中国近代文化保守主义的开端，它在"保守性"上有问题，它对中国文化的大本大源缺乏应有的理解，仅以西学附会中国文化的枝节，甚至不惜违反学术规范，宰割中国学术文化的历史；况且与政治上的变法运动裹结在一起，颇有激进的姿态。至于国粹派，在时间上兴起较晚，影响仅限于局部，在光绪、宣统年间文化政治变革或者"戊戌思潮"中，属于后发的文化思潮，称不上近代文化保守主义的开端。真正能够称得上中国近代文化保守主义开端的学术思想文化流派，应是以张之洞为代表的"中体西用"派。

一 张之洞与洋务派的区别

将以张之洞为代表的"中体西用派"与洋务派区别开来，是为了强调张之洞的独立性和特殊性。有人认为张之洞加入了后期洋务派，这实在是一种误解。后期洋务派的代表是李鸿章，而李、张二人在思想、政治上一直是有重大分歧的，不可混同。关于这一点，可参考辜鸿铭著《中国牛津运动故事》。[①] 辜氏将李鸿章等洋务派视为物质实利主义的代表，也就是"中国牛津运动"的对手之一，大体是不错的。辜氏认为，洋务派对西方文明不做全面的研究和吸收，对自身文明也缺乏反思和护持之心，对中西文明发展的前景缺乏深入的思考，缺乏不同文明间"扩展"的观念，只是认识到中国人必须拥有现代的枪炮和战舰，这就是一种物质实利主义。辜氏将洋务派看成"中国牛津运动"的对立面，是别具只

---

① 《辜鸿铭文集》上卷，黄兴涛等编译，海南出版社1996年版，第273页。

眼的。有些人仅看到洋务派也提出"以中国之伦常名教为原本，辅以诸国富强之术"①类似"中体西用"的观点，便将戊戌时期的张之洞与洋务派混同起来，是违背历史真相的。

张之洞领导的晚清新政运动具有"保守主义"的倾向。按照辜鸿铭的叙述，他将这场运动称为"中国的牛津运动"，将晚清新政运动与1833—1845年英国国教会宗教复兴运动相比附，《中国牛津运动故事》一书1910年首版扉页上写着："献给张之洞"，隐然将此一运动的领袖指向张之洞。其实，将张之洞的功业称为"清流运动"是不太合适的。如果讲张之洞的人生功业有借清流派之风力，那是确实的，但如果以此概括他后来主要的人生功业，则不太恰当。1877年，41岁的张之洞结束了四川学政任期回到京城任职，正碰上清流派的活跃时期，面对中俄、中日、中法等一系列冲突及崇厚、李鸿章等人的失败外交，清流派李鸿藻、张佩纶、陈宝琛等文人学士肯綮地议论朝政，张之洞加入了此一潮流，并崭露头角。辜鸿铭所云"中国牛津运动三十年"之说，大约从此时开始算起。且不说这些文人学士们大多有些志大才疏、不切实际，缺乏世界眼光，在实际的政治、外交事务中往往一筹莫展，更重要的是没有思想的核心，也没有紧密的组织，只有一个大体的取向，那就是不满以李鸿章为代表的当权的洋务派。张之洞参与此潮流中，既不是有心发动，更不是实际的领袖，比起李鸿藻与张佩纶，仅仅是一个略显年轻的成员而已。辜鸿铭认为，当中法战争（1885年）之后，张之洞偏离了"牛津运动"的原则，变成了一个"改革主义者"，并将此点归结为"中国牛津运动"的缺陷，甚至失败的原因。②

---

① 冯桂芬：《校邠庐抗议·采西学议》，郑大华点校：《采西学议：冯桂芬 马建忠集》，辽宁人民出版社1994年版，第84页。

② 辜鸿铭《中国牛津运动故事》："投身运动的学者们缺乏生机勃勃富有活力的思想，也没有真正思想家那种坚定不移的精神信念，因为他们的思想从未触及到自身道德本性的本根之上。这就是投身牛津运动的学者们极易发生转变的原因所在。纽曼博士改变了自己的宗教信仰。格莱斯顿和张之洞一而再、再而三地改变自己的政见。"《辜鸿铭文集》上卷，黄兴涛等编译，海南出版社1996年版，第314—315页。

张之洞在中法战争之后,热心发展实业,并与李鸿章等后期洋务派的官员多有业务上的交往,有人以此认为张之洞改变了自己的政见,并且在思想上与洋务派靠拢。有人将此"转变"向前推至1883年张之洞在山西巡抚任上设洋务局,招募洋务人才,并准备开办制造工厂,并认为其直接原因是受到英籍传教士李提摩太的影响。[①]

以"转变"说论张之洞,即论张之洞由"清流派"向"洋务派"转变,是极为皮相的。细绎张之洞的思想渊源,本与清流派人士无大关涉,也可以说,本没有什么系统的清流派思想,何来"转变"?张之洞出生于贵州,他的父亲张锳为贵州兴义知府,为官廉而不啬,厚于宗族,习知吏事,性好学,至老不倦。在郡曾纂府志,创建书院于城中。增修珠泉书院,延名师以教士。"公(张之洞)生长兵间,早岁即有志于经世。"[②]"史学、经济之学受于韩果靖公","又尝从胡文忠公(林翼)问业"。[③] 在张之洞早年的学思渊源中,经世之志、经济之学,是颇有线索可寻的。张之洞思想学术的根基正是从韩超、胡林翼以及其父张锳那里得来的经济之学。这个学思路线的高标,虽然不是李鸿章等后期洋务派所能企及,却是早期洋务派所标榜的。这就无怪乎他在湖北学政、四川学政任上,皆以"实学"相倡,著《輶轩语》《书目答问》等书,已着手对传统学术进行精简与调整,以培养适应时代精神的有用之才。1881年,张之洞上任山西巡抚具折谢恩即云:"入境以来,沿途体访,民生重困,吏事积疲,贫弱交乘,激扬并要。当以课吏安民之道,先为深根固柢之图。垦荒积谷以厚生,节用练兵以讲武。至于盐铁理财之政,屯边固圉之谋,苟为势所便而

---

① 参见吴剑杰编著《张之洞年谱长编》上卷,上海交通大学出版社2009年版,第96页。按语并注引苏云峰《张之洞与湖北教育改革》。

② 参见吴剑杰编著《张之洞年谱长编》上卷,上海交通大学出版社2009年版,第69页。引许同莘《张文襄公年谱》。

③ 参见吴剑杰编著《张之洞年谱长编》上卷,上海交通大学出版社2009年版,第11页。而

所宜，岂敢辞其劳而避其怨。……职限方隅，不敢忘经营八表之略。"① 又致李鸿藻书云："鄙人之志，惟欲在此稍久（至少亦须三年），意中欲办之事一一办成，已办之事一一见效，……政成法立，可保十年之内不改观，三十年之内不至尽行废坏。若所兴之利日开，所树之人日盛，所可保三十年者，恃此耳。"他在山西巡抚任上，非常重视吏治与事业的开展，也就是他所说的"兴利"；另外，就是兴学培养人才，也就是"树人"，"兴利"与"树人"是他长期重视的功业，这是他一贯的思想作风。山西巡抚任上设立洋务局，聘请李提摩太为顾问，接触一些西学的内容，乃是他"兴利"思想的具体表现；在两广总督任上开始兴办一些实业，后来因故将一些实业放在湖北建设，他本人随之调任湖广总督，可以说，他长期以来围绕"兴利""树人"两大端扎实开展地方上的建设，既区别于以李鸿章为代表的势利而腐败的洋务派，也不是单纯的纸上谈兵的"清流派"，可以说是一个稳健的改革者。不过，一直到甲午战争，他的思想围绕"兴利""树人"二端，没有形成系统，尚没有在全国范围内引起较大的影响。

真正将张之洞推向清帝国最为显要的重臣，且在政治上继而在文化上具有思想中心地位的是甲午战争，此际他以湖广总督调署两江总督，时间应该从1894年11月开始算起。调任两江总督之上月，甲午战争正在进行，朝廷曾有旨召张之洞入京，然而还未成行，两江总督刘坤一奉调北上督战，清流派领袖李鸿藻重入军机处，张之洞调任两江总督。至于湖广总督任上的事务，"所有各局应办事宜，仍着该督一手经理，督饬前各员认真妥办"。② 一月之内两下调令，调任两江总督仍兼管湖广事务，张之洞不仅管理南中国长江中下游辽阔的疆域，也是全国经济实力最强的地区；而且

---

① 参见吴剑杰编著《张之洞年谱长编》上卷，上海交通大学出版社2009年版，第69页。
② 参见吴剑杰编著《张之洞年谱长编》上卷，上海交通大学出版社2009年版，第394页。引"上谕"。

随着李鸿章集团的衰落，随着清流派领袖李鸿藻的去世，张之洞成为当时朝廷最为倚重、众人最为瞩目的地方大员。有人称李鸿章"寡头政治"之后是"多头政治"，张之洞、刘坤一、岑春煊三足鼎立，其实，刘、岑的成就和实际影响是不能和张之洞相提并论的。从甲午战争到戊戌变法后二十余年中，张之洞成为中国主流政治与学术界最突出的领袖，也就是"晚清新政运动"的领袖。

二 保守与激进："中体西用派"与维新派的对立

由甲午战争的失败引起晚清戊戌思潮的爆发（之前虽有酝酿，然而未引起朝野震动），此为学术界的共识。然而，在"戊戌思潮"中，实包含丰富的思想成分，就大端来说，包含以康有为为代表的"维新派"和张之洞为代表的"中体西用"派。

"戊戌思潮"以"变法图强"为总体特征，与洋务派的"自强"运动一脉相承。据《郑孝胥日记》："（光绪二十一年四月）二十一日。入署。南皮使张佩纶电责合肥，比之崇厚，令其引咎，且急用补救之道。合肥复电曰，吾事事奉旨而行，与崇厚迥不相同。且中国今日非变法不足自强，岂书生腐论所能补救耶。旭庄闻之星海云。（第491—492页）。"[①] 关于这一节日记的细节，可能有待进一步考证，但从中可以肯定的是，此时"变法"已成为朝野的共识。"自强"本是洋务派的口号，从扑灭太平天国运动至甲午战争，自强已经进行了三十年，至此，连李鸿章也承认，不"变法"根本不可能实现"自强"了，等于宣告以洋务为中心的自强运动的失败或告一段落。此时的张之洞虽注意力偏重于"翻约"和"补救"，试图借重外交手段推翻条约或一条一条地加以补救，但已开始思考整体上的变法之路。1895年7月19日（闰五月二十七日），张之洞上奏《吁请修备储

---

① 参见吴剑杰编著《张之洞年谱长编》上卷，上海交通大学出版社2009年版，第430页。

才折》，奏陈练陆军、治海军、造铁路、分设枪炮厂、广开学堂、速讲商务、讲求工政、多派游历人员、预备巡幸之所等九事，最终集中于"人才"造就之大端："人皆知外洋各国之强由于兵，而不知外洋之强由于学。夫立国由于人才，人才出于立学，此古今中外不易之理。"[①] "伏望我皇上存坚强不屈之心，励卧薪尝胆之志，广求忠直之言，博采救时之策，将向来因循废弛、罔利营私、漠视君国之习严惩切戒。先令天下现有之人才激励奋发，洗心涤虑，庶几所欲措施之要务可以实力奉行，所欲造就之人才可以接踵而起，夫然后有成效可睹矣。"[②] 细绎这个长篇的奏折，"修备"为解"近忧"，"储才"方为"远虑"，乃探索"中国安身立命之端"[③]，意义十分重大。据资料显示，此奏折经过张之洞指示幕府人员讨论起草，后反复修改，方定稿上奏："《郑孝胥日记》：（光绪二十一年闰五月）初二日。王雪澂传南皮语，请拟翻约折稿。即属草，陈八事，一巡幸、二铁路、三陆军、四海军、五商务、六学堂、七制造、八游历，约二千余言。……二十日南皮示所定折稿，增改十之五。以工政为专条，请设局。（第 499、503 页）。"[④] 这个奏折起草的时间跨度达 20 天，从初稿到定稿修改达到"十之五"，也就是修改了全篇的一半，如果从列出的条目要点来看，条目基本未改，那么增改的是什么呢？从逻辑上来推测，应该是条目下的具体论述，那就是从"近忧"的措施延伸到"远虑"的方略，也就是从"修备"的富强措施到"储才"的文化教育改革的战略。

1895 年 4 月底，康有为组织公车上书，现在能够看到的是康有为自己整理的《上清帝第二书》，正是当时康有为代表举子们所草拟的"上书"，在《康有为全集》中注明成于 1895 年 5 月 2 日（农历四月初八），这一天

[①] 《张之洞全集》第 3 卷，武汉出版社 2008 年版，第 259 页。
[②] 《张之洞全集》第 3 卷，武汉出版社 2008 年版，第 262 页。
[③] 《张之洞全集》第 3 卷，武汉出版社 2008 年版，第 262 页。
[④] 参见吴剑杰编著《张之洞年谱长编》上卷，上海交通大学出版社 2009 年版，第 437 页。

实际上是"公车上书"的最后一天,以失败而告终。据康有为《公车上书记序》显示,李鸿章作为全权代表在《马关条约》上画了押,但还要光绪皇帝盖上御宝才能生效,初定盖御宝的时间是农历四月十四。康有为及上书的举子们预定在农历的四月初七、初八、初九讨论三天,然后再上书试图阻止光绪帝在条约上用印生效。出乎意料的是,光绪帝在四月初八这一天就在条约上用了印,也就是说提前生效了,结果公车上书半途而废,康有为计划的上书也没有呈上。现在我们看到的《上清帝第二书》,是根据后来康有为《公车上书记》引用的刊印稿,不排除后来修改润色甚至重新起草的可能性。不过,这封上书还是能够反映康有为当时的一些思想情况。据康有为《上清帝第三书》(又称《进士康有为请及时变法富国养民教士治兵呈》),这个是有原件的,据考证呈于1895年5月29日。[①]此文与《上清帝第二书》内容基本相同,时间错后不到一月,可以据此约略考查康有为的思想情况。康有为提出"迁都、练兵"为"目前战守之方",提出"变法"为"他日自强之道",在《上清帝第三书》中,尤其把"变法"提到了首位。关于变法,他提出"富国为先","富国之法有六,曰钞法、曰铁路、曰机械轮舟、曰开矿、曰铸银、曰邮政";"国以民为本","养民""教民",变科举,开民智,设议郎,"教养之事,皆由国政",将"变法"归结在政治的改革之上,甚至归结到光绪帝一个人的身上。可以说,他的这些设想,当时在社会上引起了很大的影响,经过他和同人们的不懈努力,甚至最后得到了光绪帝的支持,部分得到实施。1895年11月,京师强学会成立,标志"戊戌思潮"的全面兴起,其中既有以翁同龢为代表的帝党支持,又有清流领袖李鸿藻的支持,也有地方大员张之洞、袁世凯等的列名,更有康有为、梁启超背后的推动,虽仍以"自强"为口号,但代表了时代思潮的凝聚。然而,戊戌思潮并不等于"康有为思想",康

---

① 《康有为全集》第2卷,中国人民大学出版社2007年版,第68页。

的思想带有很大的空想性,忽略了改革的实际。他思想根源的最大问题在于对于孔子精神的误解和对西方议会制度的捕风捉影。所以,当京师强学会成立以后,12月1日,康有为南下,到江宁动员时任两江总督的张之洞开办上海强学会,起初很顺利,张之洞非常支持,然而很快便产生了分歧,形成了若即若离错综复杂的局面,直到张之洞《劝学篇》出"以绝康梁",终于决裂。

上海强学会筹建过程中张之洞与康有为的分歧,是近代学术史上的关键事件。从具体细节来看,约有数端:第一,张之洞反对康有为所坚持的"素王改制"学说;第二,张之洞不认同康有为以孔子诞辰纪年;第三,张之洞认为康将《上清帝第三书》这样的文章擅自发表是不妥的。张之洞不赞成借孔子的名义挑战现实政治中的帝王权威,不赞成康有为借孔子的名义大张个人的权威,以致集结政治集团,形成如法国大革命式的暴力运动。据当时他的幕僚辜鸿铭回忆,在《劝学篇》撰写的前夕,张之洞集合当时的精英幕僚开会,他一边等待与会人员的到来,一边焦急地踱步,嘴里一遍又一遍地重复:"不得了!不得了!"[①]这是他当时真实的写照,他已经有一套中国革新方案,迫切地探讨富强之路,但他实在是不赞成康有为的搞法,具体要怎么应对康有为的别出心裁,他并没有系统的对策与思想。《劝学篇》的出现,是为了应对康梁的激进而在逼迫下产生的一个结果。这个结果在思想文化上是"中体西用"的具体展开,意味着渐进的改革,体制内的改革,希望通过体制内渐进的改革使中国走上富强之路。就甲午战争以后中国变法自强思潮的整体来说,张之洞代表的是官方与主流,康、梁采取隐蔽的偷梁换柱的运动策略,将变法自强引向偏激激进一途,最终演变成官方与民间的激烈对立,而体制内渐进式的改革变得再也不可能按部就班实现。

[①] 辜鸿铭:《中国牛津运动故事》,《辜鸿铭文集》上册,海南出版社1996年版,第319页。

三 保守主义的纲领——保国、保教、保种

张之洞在《劝学篇》中，提出了"保国、保教、保种"的保守主义纲领。所谓"保国"，就当时来说就是指保"大清国"，但这个"大清国"从广泛意义上说其实也是中国，也是"天下"。所谓"保教"，就当时的语境来说，指的是以纲常伦理为中心，政教合一的儒家文化，但是就广泛的意义来说，也是指整体意义上的中国文化。所谓"保种"，就张之洞所言为"保华种"，其实也是广泛意义上的中国各族人群。张之洞强调保国、保教、保种三者一贯，保种必须先要保教，保教先须保国，一切要以保国为基础，是谓"同心"。张之洞将政治与文化绑定在一起，并且特别加上一种政治色彩，当时来说，有特别的用意。用意在于获得清廷的支持，以保证新政事业顺利进行。但这样也带来一系列麻烦，政治与文化之间的相互牵制缠夹不清，以及腐朽政府的制约性，先天注定了改革设想的失败。然而就实际在社会上产生的影响来说，或者从理论本身的意义来说，有必要将政治的权宜之计与文化上的深远意义适当分别开来。就张之洞"中体西用"的改革思想来说，在文化层面的理论意义及社会影响也许要比其政治方面的意义大得多。长期以来，学术界过分强调《劝学篇》字面上对政治的强调，以及对清廷的维护，甚至简单地将张之洞作为政治上的保守派，打入"反动"的行列中，甚至加以牵连延伸，以"巧宦""贪恋权位"攻击张之洞的人格。这都是偏颇或者错误的，应该从历史上加以澄清，重视张之洞及中体西用派在近代中国文化史上的地位，重视文化保守主义开端的意义。

第二节 国粹派与文化保守主义

国粹派的兴起，与晚清"保国"思潮直接相关。将国粹派作为"保守

主义"者来论述本身具有一定的争议。长期以来,学术界对国粹派有两种不同的观点:一种认为国粹派为"革命"派。认为国粹派所依托的国学保存会就是一个革命组织,从事排满抗清活动。国粹派以国学激发种姓意识,其中一些人还参加了同盟会,成为辛亥革命的一支力量。另一种观点认为国粹派是保守派,不但辛亥革命前与晚清政要多有关联,而且进入民国后,提倡"旧"文化,甚至与袁世凯帝制活动有关联,在思想上完全是"落伍"的状态。这两种观点都是从"政治"的视角来衡量,不能很好地透视国粹派作为一个文化派别的性质,论述结果自然就难以确切。

一 "读书保国"的国学保存会

如果考察"国学保存会"的性质,可以发现这仍然是一个文化团体,性质不但与孙中山领导成立的"革命组织"不同,与康有为等组织的"强学会""南学会"也不相同,它没有明确的政治方面的宗旨和目标,《国粹学报》简章标明"以研求国学保存国粹为宗旨"。邓实《国学保存会小集叙》记其事云:

> 粤以甲辰季冬之月,同人设国学保存会于黄浦江上,绸缪宗国,商量旧学。摅怀旧之蓄念,发潜德之幽光;当沧海之横流,媲前修而独立。盖学之不讲,本尼父之所忧,小雅尽废,岂诗人之不惧!爱日以学,读书保国,匹夫之贱有责焉矣。……流至今日,而汉宋家法,操此同室之戈;景教流行,夺我谈经之席。于是蟹行之书,纷填于市门,象胥之学,相哄于营舍。观欧风而心醉,以儒冠为可溺。嗟乎!念铜驼于荆棘,扬秦灰之已死;文武之道,今夜尽矣。同人吾为此惧,发愤保存,比虎观之谈经,拟石渠之讲艺。说经铿锵,歌声出乎金石;折鹿岳岳,大义炳若日星。有春秋经世之志,

无雕虫篆刻之风。……①

国学保存会最早有哪些社员，有哪些人参加了此次集会，现在已经难以详考，就后来公布的《会员姓氏录》和相关材料披露的情况来看②，核心成员应该包括黄节、邓实、刘师培、陈去病等人。章太炎虽未名列其中，当时因《苏报》案身陷囹圄，但从国学保存会成立前后他与同人们的联系来看，也应该视为"特别的"成员。这些人本身就是学者，或者说是一批"不安分"的有革命倾向的学者，而不应该称为"有学问的革命家"。这些人提出的"研求国学，保存国粹"宗旨不是空的招牌，而是确有成绩的。从发表文章的数量与影响来看，核心人物刘师培、黄节、章太炎发表的文章最多，影响最大，其产生的影响主要是学术的影响，而非通过政治产生的影响。就"叙"中所言内外动因，"内"为国学不振，"外"为西学流行，而且充满了忧患激愤之情，这也不是虚语；其中"读书保国"之志，更是发自肺腑。后来一些论者强调其"革命"色彩，甚至个别当事人回忆里也强调"革命"的意图，往往是后来时代潮流语境所诱导，三人成虎，臆想夸大，是不足为凭的。

国学保存会为学术组织而非政治组织，《国粹学报》是学术刊物而非政治刊物，也可以从清廷的态度得到反证。当时在国内许多具有明显"革命"色彩的组织与刊物都被取缔了，而国学保存会与《国粹学报》却一直安然无恙，从1905年到1911年，《国粹学报》一期也没有中断，并且还得到一些社会名流的捐助，这不能不说它的"革命"色彩是不显著的。它毕竟是在"保国"的大方向之下，至于说文章中所包含的"革命"思想，毕竟是曲折而隐蔽的。学术文章要遵守学术的基本规范，与政治宣传在性质上是不同的。近人钱基博论刘师培、章太炎及国粹派云：

---

① 邓实：《国学保存会小集叙》，《国粹学报》1905年第1期，标点为引者所加。
② 参考郑师渠《晚清国粹派文化思想研究》，北京师范大学出版社2014年版，第15页。

二人者，皆书生好大言，负所学以自岸异，不安儒素；而张皇国学，诵说革命，微词讽谕，托之文字；又假明故，以称排满。师培《书曝书亭集后》以见意曰：……二人者，既高雅儒望，缘饰经术；与邓实、黄节诸人，创国学保存会于上海，刊行《国粹学报》，放言高论，语有据依；而后无君不为叛乱，排满即云匡复，持之有故，言之成理，胥为嚣暴鲜事者之所欲借宠。①

这里钱基博对刘师培、章太炎的人格特点加以概括，两个人皆是愤世嫉俗的书生，有一定的国学基础和名望，自视极高，然后以国学称说革命排满。国学保存会中的主要人物大多有这种特点，在学术界和社会上皆产生了显著的影响。但值得注意的是，一是他们"张皇国学""语有凭依"，毕竟是一种学术的形态；二是他们的学术活动毕竟与"嚣暴鲜事者"是不同的。在刘师培、章太炎等人的思想人格中，有一种自由独立的精神，这种精神与中国传统文化中"狂狷"人格有渊源，与道家思想的自然放诞也相通，与从国外传来的无政府主义思想也有相合之处。刘师培应该是中国早期传播无政府主义思想的学者之一。

二　国粹派人物与晚清政治人物之关联

国粹派人物身上往往见出书生本色，他们虽然有一定的"革命"思想，但作为读书人，既没有与"革命者"完全等同；也与晚清当局政要有多重联系，甚至成为被拉拢利用的对象，总之，在相对独立的品格下，往往夹杂着追求功名的热情。

1898 年春天，章太炎被湖广总督张之洞优礼聘请到武昌。张之洞作为晚清大员中有学问、有整体眼光的官僚，是希望得到有用人才的，希望能

---

① 钱基博：《现代中国文学史》，华中师范大学出版社 2011 年版，第 99—100 页。

够网罗到"天下士"。他慕名聘请章太炎,是因为章太炎的学问突出,在古文经学《春秋左传》方面卓有成就。当时张之洞新著《劝学篇》,让章太炎来看。章太炎看了之后不是很认同,据说对上篇没有评价,只是肯定称赞了下篇,算是给张之洞留了面子。后来,章太炎与他人谈起则激烈地批评《劝学篇》的《教忠》篇,与张之洞幕府同人论政论学,多有不合,终于离开武昌。东归途中作《艾如张》一首。诗云:

> 泰风号长杨,白日忽西匿。南山不可居,啾啾鸣大特。狂走上城隅,城隅无悽翼。中原竟赤地,幽人求未得。昔我行东冶,道至安溪穷。醼洒思共和,共和在海东。谁令诵诗礼,发冢成奇功?今我行江汉,候骑盈山丘。借为杖节谁?云是刘荆州。绝甘历朝贤,木瓜为尔酬。至竟盘盂书,文采欢田侯。去去不复顾,迷阳当我路。河图日以远,枭鸱日以怒。安得起槁骨,搀袪共驰步。驰步不可东,驰步不可西,驰步不可南,驰步不可北。皇穹鉴黎庶,均平无九服。顾我齐州产,宁能忘禹域?击磬一微秩,志屈逃海滨。商容冯马徒,逝将除受辛。怀哉殷周世,大泽宁无人?①

诗中隐含了章太炎前期生平的大事件及心路历程。后来编进文录时,他将这首诗及另一首《董逃歌》编在一起写了按语,诗的标题不知何时所定。《艾如张》是因见张之洞而写,《董逃歌》应该与康有为相关。从《艾如张》诗中意思来看,他对张之洞是寄予厚望的,但又对张之洞《劝学篇》效忠于清廷深深不满,由不满而龃龉,而失望,终于分道扬镳。一般人皆看到章太炎与张之洞由不合而分裂,但对章太炎的追求"幽人"而又自视清高的复杂人格未予深究。一方面,章太炎一直都在追寻一个目标,

---

① 《太炎文录初编》,《章太炎全集》(四),上海人民出版社1985年版,第240—241页。

一个处所，这个目标应该是一个伟大的人物，能够挽救时代、挽救国家；另一方面也是一个知音，一个可以容纳自己发挥才华的对象，也是自己的安身立命之地。其实他的这种思想正是传统士大夫根深蒂固的思想，要么是帝王师，要么就是世外的高人，不同凡俗，超越众人；在现实中往往被认为是追求虚名，其实这是因为一种特别的文化人格招来的误解，即使是求名，也是一种有"实"的功名。

　　章太炎随后鼓吹革命，卷入"《苏报》案"，文名大振，成为国粹派的巨擘。无独有偶，国粹派另一位重要人物刘师培在思想学术上追随章太炎，也曾接近晚清另一位"政要"——端方。1908年，刘师培从日本回国，进入两江总督端方幕府，这是一个令人费解的事件。自从国学保存会成立以来，刘师培改名刘光汉，表明光复汉族之意，所著学术文章中，往往有一种"革命排满"思想，但怎么突然进入清朝大员的幕府成为幕僚了呢？对此，后来的学术界一般的观点是，刘师培不由自主，始而被骗，既而被挟，总之不是刘师培自己的意思；另一种观点是，刘师培"与炳麟竞名分崩；又好内，妇何震敏给通文史，而悍锐能制其夫，以师培亡命日本久，不获志于同盟会，遂牵以入两江总督端方之幕，而为之侦伺也"。① 前一种说法虽有一定的事实依据，但总的来说是牵强的，如果刘师培是被挟制的，如何解释他后来追随端方到天津，到四川呢？这种说法有些"为贤者讳"的意味。第二种说法较接近于真实。但如果说将原因归之于与章太炎争名决裂，则又显得皮相；至于将刘师培说成一种政治上的"叛变"，则与事实也不尽符合。刘师培与章太炎在学术史上确有一些争端，二人学术文章皆有不同，但如果将学术上的争论解释为"争名"，将刘师培进入端方幕府的原因说成在同盟会不被重视，这在事实上有偏差，理解上也有偏差。刘师培进入端方幕府，做的是学术研究和教育上的一些工作，没有

---

① 钱基博：《现代中国文学史》，华中师范大学出版社2011年版，第99—100页。

资料显示他对"革命"有什么破坏。如果看他进入民国以后的作为,列名筹安会,支持袁世凯称帝,通观其一系列所作所为,可以更清楚地看出刘师培学术上的强大与政治上的幼稚是不成正比的,也可以借以了解其精神人格的特点。

在刘师培等国粹派的精神人格中,学问高于一切,珍爱中国文化如同自己的生命,他们既视文化为救中国、改造中国政治的渠道,也希望有政治力量为中国文化提供一个施展的空间。所以,他们虽然学问中有一种排满革命的倾向,但在生命形态上,仍然保持学者的本色,与清朝政府之间往往并不是绝对的对立,而是在"读书保国"的大方向之下,保持一个相互容纳的关系。两江总督端方对《国粹学报》以及国粹派一直采取的都是拉拢的策略,曾派上海道拜晤黄节与邓实,许以巨资支持《国粹学报》,二人虽然没有接受,但也没有把关系搞得很僵。① 刘师培进入端方幕府,应该从国粹派与清廷之间复杂的关系上得到进一步的理解。

三 国粹派的"落伍"

进入民国以后,国粹派的巨子们都没有在政治上"通显"。章太炎得了袁世凯政府表彰功臣的"勋二位"(后来黎元洪当总统改成了"勋一位"),其他人似乎连勋章也没有得到。刘师培积极支持袁世凯称帝,被封为"上大夫",但随着袁世凯的倒台,刘师培"名实俱瘁",1919年就去世了,身后很清冷。黄侃在北京大学执教数年,而刘师培名毁身病自认不久于世,痛心感叹"四代传经及身而斩",黄侃因为自感学问不如刘师培,遂改北面师事之。黄侃在刘师培去世之前便离开北大南归武汉任教。黄节执教北京大学,潜心国学。章太炎在民国初年为政治南北奔走了数年,一无所获,后归苏州,开章氏国学讲习会,晚年研究中医学;遇到合适的机

---

① 章太炎:《黄晦闻墓志铭》,《章太炎全集》第5卷,上海人民出版社1985年版,第263页。

会,也给当时的名流写写贺词、墓志之类的文章,赚取不菲的"润笔"。在新文化运动中,他们大多坚持传统文化,反对白话文运动。所以,在新派人物的眼里,他们都是"落伍者"。

章太炎等人进入民国后,自以为参与了光复大业,是民国的功臣,理应在政治上有较高的地位。但是,新建的中华民国是一个复杂的联合体,南北冲突,新旧冲突,各种势力错综复杂,没有哪一个当政者真正把这一批自命清高、狂放傲诞的学者在政治上加以重用,他们真正的安身之处仍然是在学术界、文化界。进入北京大学的章门弟子是一股很大的学术势力,但是他们内部又有分化,不少人跟着新文化运动的潮流成了新派人物,比如钱玄同、鲁迅等,他们继承了乃师章太炎那种桀骜不驯的反叛精神,激烈地反对中国传统文化,当然也在政治上反对北洋政府,也有像黄侃这样坚守传统文化价值的旧派人物,跟着他的老师成了"落伍者"。

如何看待章太炎的"落伍"?长期以来,学术界总认为这是一种遗憾。1936年已在病中的鲁迅得知老师章太炎去世,抱病写了《太炎先生二三事》,对太炎的"革命"功业给予赞颂,而对儒宗学者的太炎先生则流露出叹惋的复杂感情。其实这仍然是一种"革命"的视角,或者说是一种激进观念的表现。章太炎、刘师培、黄节、黄侃晚年皆有所转变,首先是在政治上,表现为对现实政治的疏远淡化。另外是在学术上,更加切实,对中国文化的主流,特别是对孔子及儒家思想价值有了相当的重视,纠正了《国粹学报》时期的一些偏激的学术观点。他们对现实中学术文化之争是关心的,黄侃与黄节都参加了学衡派的一些活动,和学衡派的人物有密切的关联。从某种意义上来说,这些落伍与保守的表现是本色的回归,他们本来就是中国文化价值的坚守者,由于历史的机缘,他们的生命涂上了激进革命的色彩,随着历史的变迁,那些浮色也逐渐褪去,露出中国文化精神孕育的文化生命的本色。

第三节 东方文化派的世界眼光

"东方文化"观念的兴起与西方文化的反思有关。"东方文化"本是站在西方对东方的瞭望印象，试图从东方文化中找到调整治疗西方文化缺陷的资源，但这种思想传到"东方"，转换成东方立场的时候，应和了在东方兴起的文化保守主义思潮，成为文化保守主义的一种。东方文化派虽然是在进入民国以后甚至在新文化运动展开之后才凸显出来，但它的思想渊源却可以追溯到辛亥革命之前，与张之洞中体西用派及国粹派皆有一定的关联，东方文化派的代表人物之间并没有严密的组织，他们从不同的方向会聚在一起。

一 杜亚泉与东西文化论争

"东方文化派"的命名，应该与《东方杂志》有关，但似乎又不是以这个杂志为中心聚集起来的群体，而是一种人事机缘的巧合。《东方杂志》创刊于1904年，创刊之初，虽然在它的办刊宗旨中也强调"启导国民联络东亚"，但它确实是一本内容广泛，没有显著政治倾向或文化派别的商业性杂志，主要登载国外的——日本与西方国家的一些要闻、人物、事件或著作，也涉及国内的一些情况，特别是科学方面的内容，尤为显要。应该说这是在"中体西用"思想指导下的刊物，特别是在对西方文化的介绍与运用上，《东方杂志》表现出相当的努力。然而，进入民国以后，随着杜亚泉接任主编，随着世界范围内战争的危机与文化问题的激烈争论，《东方杂志》的"东方"立场与中国文化倾向明显增强，终于引起了"新青年派"的重要代表陈独秀的强烈不满，一场东西文化论争终于爆发。

这场论战爆发于1918年，陈独秀在《新青年》第五卷第3号发表

《质问〈东方杂志〉记者——〈东方杂志〉与复辟问题》，对《东方杂志》近期发表的三篇文章进行"质问"。杜亚泉作为《东方杂志》的主编，著文回应。后来陈独秀又发表接着"质问"的论辩文章，双方往还论争激烈（关于双方论争的具体内容详见第六章《东方文化派文论》）。杜亚泉、钱智修等《东方杂志》作者确实是东方文化派的重要人物，但他们的思想渊源，则可以追溯到晚清的新政运动及中体西用派。

在陈独秀因强烈不满"质问"《东方杂志》发表的三篇文章中，有一篇是平佚编译的《中西文明之评判》（《东方杂志》1918 年第 15 卷第 6 号）。这篇文章涉及一个特别的人物辜鸿铭。辜鸿铭本是张之洞幕府人员，长期坚持中国固有文明的价值，同时对西方近代政治文化持反对的态度。义和团运动之际以英文著《尊王篇》等文章，劝世人拥护清廷，同时希望得到西方列强对于中国文明的尊重和理解。文章在国外产生了积极的影响。但是，在国内激进人士的心目中，辜鸿铭是拥护帝制极端保守的反动派。第一次世界大战期间，辜鸿铭著成论文集《呐喊——辜鸿铭硕士对大战及其他问题的观察和思考》，较早地以世界大战为观测点，比较中西文明的特点，将战争的主要原因归结为文化的原因。其中有"基督教会与战争""现代教育与战争""现代报纸与战争"等专题，认为"战争的真正原因是欧洲人人可怕的精神状态。那么谁应对欧洲民众的精神状态负责呢？至少在官方看来，基督教会对此负有不可推卸的责任"。"在现代学校中，爱国主义的新宗教取代了基督教及其他旧宗教的体系，……人们赋予了'战争'和'爱国主义'这两种概念过多的错误理解，也因此挑起了欧洲可怕的现在要进行到底的战争，通过学校的现代教育错误地过分强调所谓'战争精神'，并将此作为'爱国主义'的内涵。""对民主作为无王权状态的错误理解，一方面不但打消了现代大多数人对王权政治的信念，而且也打消了对王权本身及人的价值的信念。""在新闻界中除了片面、狭隘和卑鄙的因素以外，还有一个在歌德和卡莱尔时代还没有的因素，那就是交易。"① 在他看来，恰恰是近代西方文化的这些重要方面有问题，基督教会没有引导人们的精神趋向平和高尚；现代教育对爱国主义理解狭隘导致民族的自私；无政府主义破坏了人的价值理性；新闻界缺乏道德、缺乏正确的舆论引导，这一系列的问题，才是引发世界大战的主要原因。

辜鸿铭对近代西方文化的激烈批评以及对中国文化价值的认同，回应了当时中国文化界困惑的问题，也引起了东方文化派杜亚泉等人的注意。学术界有人干脆将辜鸿铭作为东方文化派的代表人物一并论述，其实这是一种误解。辜鸿铭思想极端，性格激烈，将中西文明绝对对立起来，这些特征不符合东方文化派的思想特征。东方文化派在文化思想上大多主张中西文化调和论，在社会变革方面主张渐进，在文化历史方面坚持整体观。辜鸿铭坚持中国文化特别是道德文化的价值，与张之洞《劝学篇》中内篇"正人心"强调以中学为体的思想是一致的；他激烈地反对近代西方文明，甚至明确排斥张之洞过于重视物质文明方面的功利，表现出与中体西用思想的差异。但此一方面，也就是排斥近代西方文化的方面，在第一次世界大战中对西方文明的反思思潮中，辜鸿铭的思想无疑成为影响东方文化派的一种资源。

二 梁启超学术思想的多方关联

梁启超本是维新派的重要成员，但戊戌变法失败后，他流亡日本，思想发生了极大的转变，其中重要一点就是，他受到日本国粹思潮的影响，开始对民族文化的价值重新思考。特别是他 1902 年游历美洲，转变了正在撰写的系列文章《新民说》的论说方向，著《论私德》，对中国文化中的道德文明价值重新做了肯定，并以此作为建设新的精神文明的基础。此一

---

① 辜鸿铭：《呐喊》，《辜鸿铭文集》上册，海南出版社 1996 年版，第 493—511 页。

思想转变，成为他后来转向东方文化派的逻辑根据。在文化思想方面，梁启超从原来一味地慕欧化转成对世界文化的审视，多了一种比较分析的眼光。在学术研究方面，梁启超重视中国学术思想史的研究，认为这是一个国家民族精神的载体。此一系列转变和学术研究方面的成就，无疑对后来东方文化派思想有一种启发意义。

梁启超作为东方文化派的重要代表，真正的标志性起点是他1918年到欧洲考察，著成《欧游心影录》。此时第一次世界大战结束，列强只顾互相争夺利益；而社会精英则思考战争的根源，重新衡量中西文化关系。梁启超游历了当时欧洲几乎全部活跃在世界舞台上的国家，采访社会名流，深入城镇乡村，对欧洲的政治、经济、文化各个领域进行全方位的透视，深深认同西方文明在战争的摧残下破产的危机；同时在西方学者的谈论之中，感受到对东方文明的向往，从而对自己民族文化自信又增加了更充分的印证。在《欧游心影录》的上篇，作者从"各国生计及财政破产""社会革命暗潮""自由放任学说影响""科学万能之梦""文学的自然主义""思想之矛盾与悲观"等方面，对西方近代文化进行了分析与批判；在下篇中，作者对中国人的自觉，对中国文化的前途，中国的前途加以展望；特别是对中国新文化运动学习西方的过程中呈现的误区加以提醒和针砭。这两个方面，代表了东方文化派在文化方面的基本思想方向，再加上梁启超生花的妙笔，《欧游心影录》广泛传播，在社会层面产生了极大的影响。

梁启超可以说是中国新文化运动的前驱，他在戊戌变法前后发起的"新小说""新历史""新民"运动，是新文化运动的重要资源。在民国时期的新文化运动中，梁启超也同样是主将之一。他从来都不排斥文化革新，在引进外国文化方面多方奔走。他也不反对白话文，自己作文编报率先使用了白话文。但是，他在《欧游心影录》里提出的文化观，还是令《新青年》派及激烈的革命派感到不满，因为其中对中国文化的重视，对西方文化的批评,对融合渐进的策略强调,都不符合激进派的文化方针。激烈地碰撞以后,梁启超对中国政治界感到非常失望,对文化界的激烈争论也不再积极参与,而是潜心研究国学。晚年任教清华研究院,与王国维、陈寅恪、赵元任并称清华四导师而为之首,学术研究涉及历史、思想、文学,在中国学术思想史特别是清代学术史研究方面成就尤为突出。

三 章士钊文化思想的"实践"

章士钊深受章太炎以及国粹派的影响,但与国粹派人物的文化人格类型不太一致。他曾经就读于武昌的两湖书院,这是张之洞主持创办的为两湖青年才俊就读的学校,他在这里结识了黄兴。后来考上南京陆师学堂,但是他并没有读下去,而是提出"废学救国"的口号,与一帮同学离开学校闹"革命",到上海参加了蔡元培、章太炎、吴稚晖创办的具有革命性质的"上海爱国学社",在这里结识了章太炎、张继等人,还受聘为《苏报》的主编,参加了一系列革命活动。后来流亡日本,在这里,他的思想发生了极大的变化。他认为,当年的"废学救国"是不可取的,无学无识,莽撞行事,既害了自己,也连累了同志,因此变"废学救国"为"读书救国"。在日本苦读英语,为留学英国做准备。

章士钊从传统文化精神中感染了"救国"的志向,从章太炎等人身上感受到了学问的重要性,但他的学问方向却是将目光投向西方。他在英国学习的是政治、法律,对英国保守主义传统尤为重视,吸收其精髓,将其中的精神用之于中国文化的建设。1911年,辛亥革命爆发,他接到孙中山的邀请后,毅然停学回国,当时距硕士结业时间不到一星期。章士钊在国外的留学经历,促进了文化观念的成熟,他对中西文化关系的冷静思考,接近东方文化派的文化思想。1912年,章士钊发表《论遣生出洋不如整顿大学》,其中云:

近年学子竞言游学欧美矣,而联翩往者又何止数百,其中固有学成足以致用者,而在大体上察之,则吾遣生游学之结果乃绝不良,欲求其故,不外两端:(一)学生之国学根基太浅,故一入欧美之名都,其灵魂悉为物质上浮华夺去,不肯向学;留彼邦久,行且厌薄祖国,无归国自效之心。……(二)学生之西学根底太浅,……预备两三载,而不能过一入学实验者,往往有之。①

章士钊认为,大批外派留学生出国留学,如果如清末最后几年那样不细加甄选,或者只是鼓励民间自费留学,结果这些人根本没有足够的国学根基,没有坚定的民族爱国之心,没有高尚纯洁的灵魂,一出国便为光怪陆离的物质享受所引诱,陷入西方物质文化的误区中。相比之下,不如多请一些外教,倒容易收到成效。章士钊的观点不见得全面,但他对于中国文化的重视,对于西方文化的保留态度,及由此形成的中西文化观值得注意。

章士钊回国加入中华民国政治圈子,颇为引人注目,号称"南北有声"——在南方革命集团与北洋政府集团中皆有相当的声望,成为东方文化派在政府大员中的代表。他反对新文化运动,反对新文学运动,主张农业立国;特别是1924年受段祺瑞邀请成为"执政府"中的核心人物,试图对文化教育进行改革,推行中小学生读经。在一片风起云涌的"革命"浪潮中,他的文化思想不可能得到顺利实行。本来思想文化观念借助政治力量强硬地推行,本身就可能演变成政治对文化的宰制,产生极大的弊端。况且北洋政府首脑人物袁世凯、段祺瑞之流多是崇尚武力的野心家,与他们纠结在一起,文化思想是无处落实的。

---

① 章士钊:《论遣生出洋不如整顿大学》,《章士钊全集》第2卷,文汇出版社2000年版,第281页。

第四节 学衡派的中国文化渊源

一 与东方文化派并列而不同

《学衡》杂志创刊于1922年，因杂志聚集起来的学衡派出现的时间比东方文化派略晚，但他们共同作为对新文化运动的回应以及发生思想的碰撞，又是在同一时期进行的。东方文化派质疑西方文化的优胜，反对近代西方文化的主流——科学主义、物质主义，强调中国文化的价值；虽然主张中西文化调和，但往往在处理的时候调而不和，对中国文化的正面价值缺乏真正有力的解释。学衡派也致力于"现代性"的批判，但主要的成绩不在批判而在于"建设"，他们试图以人文精神为核心价值，将中国传统与西方传统结合起来，重新再造一个不同于近代西方文化方向的"现代性"，以此纠正新文化运动的偏颇，也对世界文化的发展提供一种思路。

以胡先骕与章士钊对新文化运动的批评为例，章士钊有《评新文化运动》与《评新文学运动》等文，胡先骕有《中国文学改良论》《评〈尝试集〉》《文学之标准》等文，二氏的文章大约皆是作于同一时期，即1922—1925年数年间，所针对的问题也基本相同，但二者的着眼点不一样。章士钊文章基本以文化调和论、接续论为基础，重点讲中西文化之间的相通与调和，古今文化之间的接续。他着重汉语语言层面的古今相通，认为汉字汉语有优长之处，不是死文字，也并不难学。虽然一些晦涩的文词需要更新，但许多"称心"文字并不影响使用，约定俗成，逻辑性强，而且还能发挥更好的沟通传播功能。需要注意的是，章士钊虽然反驳胡适的文学主张，但没有抓住核心内容，他所使用的标准和思路仍然是胡适的一套，你说死了，我说活着；你说难学，我说好学，这样的争论是不易争出曲直是非的；中国文化及文学到底有什么样的价值，这个问题在章士钊这里没有追究清楚。所以，章士钊的文章发表之后，胡适没有反驳；章士钊托人给胡适传话问胡适的意见，胡适的回答是"不值一驳"。相对来说，胡先骕的批评文章就要深入系统一些，提出了一套古典主义的文学主张。他从中国诗歌语言的特点入手，阐发语言的传承与经典的意义。从文学的模仿与创造，进而论及欧美文学传统，比较古典主义与浪漫主义的特点与优劣，对中国文学的文化传统进行细致的梳理。从批评家的态度、责任、方法阐发文学批评的理论，对新文化运动背后所包含的激进主义、功利主义、庸俗进化论以及心态上的问题给予深刻而严正的批评。虽然为时代潮流所掩盖，学衡派在中西文化的沟通方面做出的成绩仍是不容忽视的。

二 精神上通于"中体西用派"

有人认为学衡派的文化精神近于国粹派，这其实是一种误解。[①] 学衡派虽然在简章上标着"昌明国粹"，也不能简单地认为学衡派所要昌明的"国粹"就是国粹派的"国粹"。国粹派研究国学、保存国粹的目标，在于激发民族文化的精神，声言秦代之后中国学术的主流乃是"异族专制之学"，甚至将批判的矛头指向儒家思想学术，思想中贯注一种"革命"精神，整体上表现出对中国"现代性"进程的推进。章太炎标举五朝之学、诸子之学，明显有一种主流之外的"异端"精神。学衡派要昌明的"国粹"，偏重于儒学与佛学中的人生哲学，重视道德理性的价值，目标在于对正在发生的"现代性"进行调整和约束。如果细加比较则可以发现，学衡派的"国粹"与国粹派的"国粹"旨趣是不同的。另外，也不能以《学衡》杂志的撰稿人中有国粹派人物的名字，就贸然确定二者文化精神上的一致。《学衡》杂志的撰稿人有"黄节、诸宗元、陈澹然、王国维"，其中各人是不是"国粹派"就有疑问，比如王国维，虽然在《国粹学报》上发表文章，但并不是国粹派的核心成员，也不是学衡派的核心成员。王国维

---

① 沈卫威：《"学衡派"编年文事》，南京大学出版社2015年版，第43页："从文化精神上看，'学衡派'内承'南社'、'国粹派'的余脉，外受白璧德新人文主义思想的影响。"

等人在《学衡》杂志上发表文章，主要是吴宓任职清华国学研究院以后，在北京重新扩大了《学衡》的作者队伍。

　　如果探究学衡派的文化精神，仍然要从《学衡》创办时期的核心人物那里得到确切的答案，这群人应该是留学美国的梅光迪、吴宓、陈寅恪、汤用彤、胡先骕等人，另外再加上在东南大学的柳诒徵、刘伯明。梅光迪虽然是《学衡》杂志的发起人，刘伯明虽然是重要的支持者，但他们两位参与《学衡》的时间较短，梅出国离开，刘因病去世；陈寅恪虽然参与事务不多，早期也不在《学衡》发表文章，但他与吴宓等人关系密切，对学衡派文化思想产生重要影响。所以学衡派文化精神与吴宓、胡先骕、柳诒徵、陈寅恪、汤用彤关系最大。而此数人思想的渊源则直通晚清"中体西用派"。

　　吴宓、汤用彤相识较早，是清华学校的老同学，早在1915年在清华组织"天人学会"，提出敦厉品德、折中新旧、普及教育等主张，显示出在思想文化方面崇高的志向。后来留学哈佛大学，在这里结识陈寅恪，三人成绩优异，志向超拔不同凡俗，当时已经引人注目。梅光迪比他们三个稍早来到哈佛，在学业上对他们有一些引导和介绍，但如果论思想趣味的接近，友情之深挚，则不及吴宓、汤用彤、陈寅恪三人，三人的哈佛经历对以后学衡派文化精神的形成具有重要的意义。他们三人虽出身于晚清官宦之家，若论出身之高贵，家庭与近代政治文化学术关系之深厚，学问之渊博，则莫过于陈寅恪。在《吴宓日记》中，详细记载了他们的交谊，特别显出吴宓对陈寅恪学问才思的敬佩。陈寅恪晚年说自己平生治的是"不古不今之学"，思想囿于曾湘乡、张南皮之间，约略可以见出其学术旨趣。回到国内，陈寅恪引荐吴宓、汤用彤二人拜见自己的父亲陈三立，由此接引，吴宓等人向晚清思想学术打开一个通道。

　　对学衡派文化精神具有重要引导意义的一个重要人物是柳诒徵。吴宓这样评价柳诒徵：

近今吾国学者人师,可与梁任公先生联镳并驾,而其治学方法亦相类似者,厥惟丹徒柳翼谋先生诒徵。……宓与柳先生始相识,即同为国立东南大学教授,故宓云"平生风义兼师友",然柳先生乃实宓之师也。……兹惟录柳先生所为诗二篇,古近体各一。……近体《张文襄祠》云:南皮草屋自荒凉,丞相祠堂壮武昌。岂独雄风被江汉,直将儒术殿炎黄。六洲蒿目天方醉,十载伤心海有桑。独上层楼询奥略,晴川鼙鼓接三湘。谨按柳先生诗,雄浑圆健,充实光辉,皆此类也。①

柳诒徵比吴宓等人年辈略长,当年跟随乃师缪荃孙亲接于张之洞,接受张之洞的派遣,前往日本考察教育,此《张文襄祠》一首诗,充满物是人非的感叹,也表达了对张之洞学术人格的崇敬怀念之情,颇能见出柳诒徵心底情结。柳诒徵是作为《学衡》同人的代表而出现在杂志前言中的,"弁言"即发刊词,为柳诒徵所撰,中列四条:"诵述中西先哲之精言,以翼学;解析世宙名著之共性,以邮思;籀绎之作,必趋雅音,以崇文;平心而言,不事谩骂,以培俗。"② 颇能见出文化精神。吴宓以师尊重柳诒徵,自有其重要的意义,他将柳与梁启超进行比较,认为二人在思想方向、学问格局、治学方法上皆有相同之处,皆可称国学"人师";但是他又有些不满梁启超,因为梁启超在新文化运动中表现出复杂的态度,对新派人物多有迁就,吴宓认为这是"步趋他人,未能为真正之领袖"③。从这些评论的细节中,可以约略看出吴宓旨趣,也可以佐证学衡派的文化精神近于中体西用派而远于东方文化派。

学衡派另一重要代表人物为胡先骕。吴宓评论胡氏云:

---

① 吴宓:《吴宓诗话·空轩诗话·十七》,商务印书馆2005年版,第201—202页。
② 《学衡》1922年第1期。
③ 吴宓:《吴宓诗话·空轩诗话·十五》,商务印书馆2005年版,第200页。

胡先骕君（步曾）为学衡社友，与余同道同志，而论诗恒不合。步曾主宋诗，身隶江西派，而予则尚唐诗，去取另有标准，异乎步曾。步曾曾强劝予学为宋诗，予虽未如其言以致力，然于宋诗之精到处，及诗中工力技术之重要，固极端承认。且步曾中国诗学之知识及其作诗之造诣，皆远过于我，我深倾服。并感其指教之剀切爽直，益我良多。①

吴宓与胡先骕是学衡派两位文学家，也是一对诤友，对维持《学衡》的发行贡献最大。胡先骕崇尚宋诗，与近代著名诗人沈曾植有关，可以说沈曾植是胡先骕诗学兼人生的导师。沈曾植去世，胡先骕《哭沈乙庵师》中有句云："君师吾曾祖，厚德报夙谊。髫年列公门，岂谓瑚琏器。"② 沈曾植是大诗人、大学者，也是晚清积极主张变法自强的著名通人，曾经在北京与康有为发动组织强学会，后来参加张之洞的幕府，成为张之洞重要幕僚之一。胡先骕的曾祖是沈曾植的老师，而沈曾植又成了胡先骕的老师，胡先骕通过沈曾植进入中国历史变动的脉络之中，对晚清到民国的中国社会政治文化学术有深入的了解，形成了他基本的思想观念。后来他批评新文化运动，提出"中国文学改良论"，在《学衡》上发表系列论文，阐发古典主义文论，发表系列评论文章。以张之洞为核心，以晚清诗学为线索，展开晚清思想文化的综合论述。不但具有文学批评的意义，也具有文学史与文学理论的意义。而其中文化精神的形成，则发自对晚清自强运动、新政运动的感触。他对张之洞的评价极高："张文襄独以国家柱石，而以诗领袖群英。""文襄虽为诗中射雕手，然极以雕虫为耻。"③ 认为张之

---

① 吴宓：《吴宓诗话·空轩诗话·十八》，商务印书馆2005年版，第204页。
② 胡先骕：《哭沈乙庵师》，《胡先骕文存》上册，江西高校出版社1995年版，第544页。
③ 胡先骕：《读张文襄广雅堂诗》，《胡先骕文存》上册，江西高校出版社1995年版，第181页。

洞的诗，可以见出他的为人，也可以见出晚清政局，在张之洞的思想中，既坚持中国纲常伦理文化的核心，忠于清廷，也忠于国家；同时也是发自内心的"维新"，他对事业的开展，虽然不是有心颠覆清室，但却促使中国人走出国门，推进了中国的近代化。

学衡派主要人物与晚清新政运动有多种关联，对学衡派文化精神的形成有重要的意义。至于一些说法，比如："'学衡'派昌言国粹，一头连着白璧德，另一头连着黄节、陈去病，本身就极具象征性，说明国粹派的文化思想与现代保守主义是怎样一脉相通。"① 此类的说法是站不住脚的。如果从具体人物的成长经历及心理情结来分析，则可以发现学衡派除了后来明显受到白璧德新人文主义影响之外，其文化精神与张之洞中体西用派思想有更深层的渊源关系。

第五节　现代新儒家对近代文化保守主义的集成

现代新儒家活动的跨度很长，从广义上来说，现在仍在活动之中。但为了论述的方便，论述的下限止于20世纪。就大致的脉络来看，又可分为20世纪二三十年代兴起的第一代新儒家，50年代以后的港台新儒家及大陆新国学。它们有一个大体的方向，前后有一定的师承关系，但是又有细处的差别，有相对的独立意义。如果论及兴起的学术渊源，则与东方文化派及学衡派关系较为密切。

一　梁漱溟：现代新儒家与东方文化派之间

"东方文化派"是新文化运动兴起时对文化保守主义一个笼统的称号，分野并不是很清晰，除一般认定的杜亚泉、钱智修、梁启超、章士钊等人

---

① 郑师渠：《晚清国粹派文化思想研究》，北京师范大学出版社2014年版，第287页。

以外，也有人将梁漱溟、张君劢等人也看作"东方文化派"。然而，梁漱溟往往被认为是现代新儒家的开山人物，是第一代新儒家三大宗师之一；而张君劢在1958年，与唐君毅、牟宗三、徐复观共同署名发表《为中国文化敬告世界人士宣言》，常常被认为是港台新儒家的标志性文献，那么张君劢也应该是现代新儒家的代表人物。他们被当作"东方文化派"人物来讲，本身就说明现代新儒家与东方文化派密切的学术关系。

梁漱溟之所以被当作东方文化派的人物，首先是因为东方文化派的文化思想与现代新儒家本多有重合之处；其次是他们本身对儒家思想的研究和体认还并不深入。就第一个方面来说，肯定中国文化特别是儒家文化的现代价值；反对科学万能论；重视生命哲学，认为中国心性哲学与西方生命哲学是相通的，甚至通过生命哲学来阐发儒家文化的价值。就这些思想来说，东方文化派与现代新儒家大体上有一种共识。就第二个方面来说，主要显示东方文化派与现代新儒家的差别。梁漱溟后来对自己的《东西文化及其哲学》一书很不满意，用他自己的话，就是对"孔家的哲学"认识不深，用西方生命哲学中强调"意欲"的生命来解释儒家的心性，是根本的不对。后来他离开大学，到农村搞乡村建设，向内真正领会到孔子卓绝的生命精神，向外真正认识到中国的道德人伦礼教乃是维系中国社会的根本，才真正具备了"一代儒宗"的思想学术品质。

反对科学万能论，关注人的精神生命，本来是东方文化派与新文化运动的碰撞中涉及的重要论题，张君劢引发的科学与人生观大讨论，将这个问题的研究推向深入，推动了现代新儒家作为一个学派的产生。梁漱溟后来曾说，他这一生只要解决两个问题，一个是"人生"的问题，一个是"中国"的问题，这正是现代新儒家学术与思想的两翼。人生的问题从深处来说要解决人的生命价值问题，如何突破私心的狭隘，成就一个大写的"人"；而"中国"的问题，则涉及中国政治理想和社会理想。综合起来，这两个问题就是儒家修己治人之学的"内圣外王"。

二 熊十力与汤用彤

熊十力是现代新儒家开山大师之一。从进入北京大学的时间来看，从在学术界崭露头角来看，从熊十力当初佩服梁漱溟并跟随他从事乡村教育活动来看，梁漱溟似乎皆先于熊十力。但熊十力早年参加辛亥革命，年龄比梁漱溟长8岁，入世既深，学力与悟性皆优。二人皆由佛转儒，从转变的轨迹来看，梁漱溟是在思想深处经过了一场内质的转变，熊十力则只是理论方法的转变——因为他自始至终对王夫之的学术有深刻的领会，谈不上思想观念的大"变"，佛学在他那里仅是理论方法与思想进路而已。正如有的学者所指出的："相比而言，早年的梁漱溟更接近于清末思想家末年的心态，直以皈依佛门为心愿，熊十力却如康、梁前期在政治改革运动中的精神状态，他对佛教未必真有信仰，而试图在佛教中寻找文化救亡理论的建立。"[①] 这样来说，熊十力与梁漱溟对于现代新儒家开山的意义难分先后。

汤用彤是学衡派的重要代表人物，1922年，汤用彤从哈佛大学毕业回到国内，由梅光迪、吴宓的推荐进入东南大学，任哲学系教授，致力于《学衡》杂志的事业。此时熊十力也在南京，入南京支那内学院随欧阳竟无钻研佛学，据钱穆《师友杂忆》中记："锡予在南京中大时，曾赴欧阳竟无之支那内学院听佛学，十力、文通皆内学院同时听讲之友。"[②] 汤用彤与熊十力皆鄂籍，只不过汤随父在父仕宦处长大，诸亲友仍在鄂，仍时时回家乡居住，据汤一介推测，汤用彤与熊十力的结识应该在此时。[③] 二人的结识具有重要的意义，可以见出两个学派之间的联络。熊十力不通西

[①] 辛凉：《现代新儒学的佛学诠释——概论儒佛互通与现代新儒学的理论建构》，《湖南科技大学学报》（社会科学版）2009年第4期。

[②] 钱穆：《师友杂忆》，《钱宾四先生全集》第51卷，台北联经出版事业股份有限公司1998年版，第182—183页。

[③] 汤一介：《我们三代人》，中国大百科全书出版社2015年版，第114页。

文，对佛学也只是当作学问研究，并不是皈依佛教；汤用彤精通英文，对世界文化有深广的了解，且精研佛教史，对中国文化儒道释融会贯通。但汤用彤对熊十力非常佩服，说他对西方文化的研究比众多留学生还要好；对于熊著《新唯识论》，他不见得很认同，但仍然很佩服。据钱穆记载："自后锡予、十力、文通及余四人，乃时时相聚。时十力方为《新唯识论》，驳其师欧阳竟无之说。文通不谓然，每见必加驳难。论佛学，锡予正在哲学系教中国佛教史，应最为专家，顾独默不语。惟余时为十力、文通缓冲。又自佛学转入宋明理学，文通、十力又必争。又惟余为之作缓冲。""除十力、锡予、文通与余四人，又有林宰平、梁漱溟时亦加入。"[①]这里可以约略看出现代新儒家这个学派形成早期的一些情况，这是一个大的学术共同体，细处的分歧也不少。在争论的当场，汤用彤对熊著《新唯识论》不加评论，并不代表他不重视，更不是不了解，而是对二人意见以皆能容纳、皆能理解的全能视角打开，是站在更高的层次上来看的。他曾经劝熊十力对《新唯识论》中的佛家名相加以解释，作为阅读此书的津梁，正是为了让读者能更好地读懂这本书，了解熊十力独特的思想系统。

熊十力《新唯识论》创建本体论，以陆王一系的心学为基础，吸收了程朱理学的精神，融会儒释，由释家涵容道家，再与西方生命哲学打通，而归本于《易》。以《易》的生生不息的生命精神，彰显宇宙万物的精神，同时彰显本体的作用，这是个逐渐完善成形的过程。《新唯识论》经过几次修订，主要解决的问题有两个，其一是融会各家成一体；其二是作用即本体，由作用而明本体。特别是第二点，以生生不息的宇宙人生作为本体的显现，其理论方向直通人文主义思想，显示出与学衡派共通的学术旨趣。特别是到了港台新儒家这一代，将熊十力本体论打开，致力于儒家人文主义思想的解释，以及中国人文学术的全方位建设，此文化学术工程，

---

① 钱穆：《师友杂忆》，《钱宾四先生全集》第51卷，台北联经出版事业股份有限公司1998年版，第183页。

皆以熊十力本体论中包含的人文精神为起点。而这个起点，则与熊十力、汤用彤的学术交流有关系，与学衡派的文化理想有关系。汤一介说，关于熊十力先生思想之转变，或是为用彤先生最早了解到，1930年1月17日《中央大学日刊》发表用彤先生演讲词提道："熊十力先生著《新唯识论》，初稿众生多元，到最近四稿，易为同源。"[①] 汤用彤对熊十力《新唯识论》的修改是极为熟悉的，如果综合他们留下的书信资料推测，他们对佛学的切磋，对文化问题的探讨，是熊十力《新唯识论》修改过程中的重要缘助。

三　集合的学术共同体

20世纪20年代后期到30年代前期，是现代新儒家学术群体形成的重要时期。如果说熊十力、汤用彤在南京讨论佛学只是酝酿期的话，那么后来在北京大学的聚会则是重要的形成发展期。据钱穆的记载，当时参加聚会的有熊十力、梁漱溟、汤用彤、蒙文通、林宰平、钱穆，如果严格来说，除梁、熊为现代新儒家没有争议外，其他或有争议或不视为新儒家，但这个集合起来的学术共同体意义是重大的。当时在北京还活跃着另外两个文化学术群体，一个是清华国学院的后期学衡派，一个是文学界的"京派"，因为各自学术文化的敏感点不同，但他们也有共同的倾向，所以学术人物之间有错综复杂的关系。现代新儒家致力于中国文化的现代化解释研究，特别是对儒家思想的价值有深刻的认同，对中国文化的各个方面有一定的集合性，但在人文精神、生命精神、宗教精神、社会政治关怀等方面，在不同的人物那里可能各有侧重，所以显出强大的内部张力。

抗日战争时期，现代新儒家的学术力量聚集于大后方，以西南联大为中心，集合了冯友兰、钱穆、吴宓、陈寅恪、汤用彤等大批学者；在重庆，梁漱溟、熊十力、马一浮创办书院，集中发扬中华文化教育的精神。

---

① 汤一介：《我们三代人》，中国大百科全书出版社2015年版，第113页。

在民族危亡面前，他们空前团结，民族文化精神成为抵抗侵略者的精神支柱，也成为他们学术研究共同的敏感点。这是现代新儒家又一次大聚会，纵然他们作为学派与"外界"的分野仍然不够清晰，学术上内部的分歧仍然存在，但是，学术史上留下了他们的足迹，他们真切地存在着。1949年以后，港台新儒家主要以台湾东海大学、香港新亚书院为基地，感于战争造成的国家分裂，中华文化花果飘零，不禁发愤用功，立志返本开新。中华人民共和国成立之初，大陆的儒学家则牵于政治运动，传统文化受到抑制；直到20世纪80年代以后，大陆新儒家以及文化保守主义学术重新开展，各种相关的研究机构和民间团体纷纷成立，汇集成民族文化复兴的强劲势头。

综上所述，中国近代文化保守主义是从张之洞中体西用思想发端的，它的主要目标在于回应以康有为为代表的维新派的激进思想。在《劝学篇》中，张之洞将源于洋务派的思想系统化，提出了循序渐进的处理中西文化关系的具体策略和方法，在晚清新政运动中得到一定的实现，对中国社会变革产生深刻而久远的影响。国粹派正是在中体西用派"保国、保教、保种"的大方向下的一种延伸，也是一种歧异。东方文化派、学衡派作为文化保守主义派别，回应的皆是新文化运动，将新文化运动激烈的反传统当作一种激进思潮来回应，东方文化派与国粹派有关联，而学衡派与中体西用派的关系更加紧密。现代新儒家本与东方文化派思想有一致性，由其致力于中国文化学术的深入研究，对儒家心性之学有一种特别的体认，成就了一种特殊的学术个性。同时，他们吸收学衡派人文主义思想，与众多认同传统文化价值的"国学"大师沟通交流，形成既核心鲜明又包容广大的学术群体，成为近代中国文化保守主义的集合力量。

第二章　近代文化保守主义的精神特征

与近代西方保守主义[①]相比，近代中国"文化保守主义"有其明确的思想特征。所谓"保守"的目标，乃在于中国传统文化；就身份的自认来说，有一种根深蒂固的"士人"情结；文化保守主义者的理想往往既是一流的学者，也是"士大夫"，国身通一，志行在兼济与独善之间。他们的思想往往并不守旧，亦不排外，立足中国文化，接通西方文化，面对时代潮流与政治势力，往往有一种"以道抗势"的自信。从这个意义上来说，中国的文化保守主义与西方知识分子精神又是相通的。

第一节　坚持传统文化的核心价值

文化保守主义最突出的特征是对传统文化价值的尊重。晚清时期，中华民族面对列强的侵略与西方文化的进入，危机意识日益严重。特别是甲午战争以后，自强自救思想成为主流。当时从文化思想来说有三种潮流，

[①] 参考龙潜《百年中国保守主义考》，《贵州师范大学学报》2002年第4期："英国学者柏克的《法国革命感想录》堪称近代保守主义的原典，里面阐释的六个主要问题是：尊重宗教并使之为国家所承认；政治改革与社会改革不得侵犯个人权利；不能以革命的平等观念取消等级和地位的差别；确认私有制是神圣的制度；承认社会是一个有机体；保持同过去的连续性，尽可能使变革逐步进行而不打乱原来的正常秩序。英国保守党理论家塞西尔在《保守主义》里概括英国近代保守主义由三个部分组成：守旧思想，即所有的内心固有的不信任未知事物和眷恋所熟悉事物的思想；王党主义，即维护教会和国王，尊崇宗教和权威的原则；帝国主义，即热爱国家和热爱国家的团结。"

一是张之洞代表的中体西用派；一是康有为代表的维新派；一是黄节、章太炎、刘师培等代表的国粹派，三者皆有强烈的民族主义的自觉意识，可以称为文化民族主义。然而，其中的维新派虽然托孔子改制，似乎也重视传统文化，但实际上并不重视民族文化的本来系统，只是随机利用，多有割裂之处。况且为西方文化所炫，崇拜君主立宪，行为激烈，心态激进，所以很难称得上是"保守主义"。在辜鸿铭的笔下，将中国的维新派与法国激进的雅各宾派相提并论，维新派完全是近代激进主义的代表。至于戊戌变法以后的梁启超，甚至晚年的康有为，思想学术的观点有所变化，从激进变得稳健或者收敛，那就另当别论了。

一 守护民族精神

张之洞所代表的中体西用派与国粹派皆是从民族文化立场出发的，而且皆有"守护"民族精神、保护国家民族的意识，然而，由于"中华文化"的内容极为广泛，他们虽然标举民族文化，但指示的具体内容不一样。张之洞在《劝学篇》中，特别列出《明纲》第三，认为纲常伦理是中国文化的核心，"圣人所以为圣人，中国所以为中国，实在于此"。[①] 如果贯通《劝学篇》的"内篇"9篇来看，可以明显看出张之洞中体西用思想"中体"的所指。他的"内篇"务本、正人心，即是以纲常伦理为基础，以同心、教忠等为措施，实现保国、救国的目的；在《同心》篇中"保国、保教、保种"三者按顺序三位一体，正是其思想逻辑总的体现。这里，他将"保教"的民族文化意识与"保国"的王朝意识绑定在一起，更显示了他文化思想上的局限性。但从中国文化历史的脉络以及超越的精神方向来说，张之洞"中体"思想还是从根本上抓住了中国文化的核心。从西周礼乐文明到孔孟仁爱思想，再到董仲舒国身通一、《白虎通》的"三

---

① 张之洞：《劝学篇》，《张之洞全集》第12卷，武汉出版社2008年版，第163页。

纲",儒家文化便以伦理秩序为基础,更以家庭伦理作为"天伦"的典范,克己奉公,仁人爱物,在整体秩序中不断调适而上遂,不断地勇猛精进。所以,这种文化的着重点不是分析形势,不是观察社会,而是强调个人的责任,强调整体的秩序,此正是所谓"保守主义"的精神方向。相对来说,国粹派更代表一种"在野"的眼光,他们虽然也对国家民族的命运表现出极大的焦虑,但他们指斥官方主流思想,认为官方代表的思想学术已经腐朽。1898年春,章太炎受到张之洞的邀请来到武昌,但终于别张之洞而去,并作诗《艾如张》,对张之洞表现出失望与不满,便是极好的写照。国粹派在思想学术上攻击的对手更是康有为代表的维新派,对学术上今文经学以及政治上的君主制加以猛烈攻击。借"民族"激发"排满"思想,将清朝视为"异族"加以排斥。但他们所借助的思想力量仍在于中华文化。他们使用古文经学的治学方法,试图重新梳理中国思想学术的历史,从中发掘中华文化的"民族"精神。其中黄节对中国史学的研究,章太炎对诸子学、五朝学的研究,刘师培对中国文学史的研究,皆对传统学术有所突破,可以见出中华文化的一些"非主流"方面的价值。特别是进入民国之后,章太炎、刘师培、黄侃等回归学者本色,在"国学"方面取得令人瞩目的成就。一些论者常常仅重视国粹在辛亥革命之前所谓"革命"的倾向,对它们进入民国以后的学术转向则加以揶揄甚至轻视,这是不恰当的。

"东方文化派"应该与《东方杂志》关联起来考察,作为一个文化派别,虽然直到新文化运动才被"冠名",而且是被作为"温和"甚至"反动"的角色。20世纪末,学术界对它的文化意义重新加以认定,杜亚泉、钱智修、陈嘉异这些名字重新进入人们的视线,章士钊、梁启超的学术思想也得到重新评价。辛亥革命之前,《东方文化》以"联络东亚,启导国民"为宗旨,与晚清自强运动的方向是一致的;进入民国以后,特别是杜亚泉做了主编以后,立足于民国,以建立与民国相适应的"民国文化"。一方面重视传统,强调中国文化之特殊性,一方面重视认识西方现代文化，对正在传播的"现代性"进行反思。这种文化思想方向开启了文化保守主义讨论中西文化关系的新思路，对之后的学衡派与现代新儒家等学术派别不无影响。

在东方文化派中应该重视梁启超与章士钊的地位，特别是进入民国以后，在新文化运动前后，二人身为名流或高官，在社会上具有巨大的影响力，成为文化保守主义的领袖。二人同中有异，各有自己主编的刊物和文化圈子，与《东方杂志》的联系也并不十分紧密，但由于二人的中国文化立场，成为东方文化派的代表人物。梁启超在戊戌变法之后游历日本，即受到日本国粹主义一定的影响，特别是1902年游历美国等地，更加认识到民族文化精神对于建立国家的意义，因此思想有所转变（详见第六章《东方文化派文论》）。民国以后游历欧洲，亲身感觉到西方对第一次大战的反思，对现代文明的反思，对东方文化的向往，更加坚定了他晚年的民族文化立场。在学术方面，将主要精力集中到整理国学方面，对中国学术思想史多有阐发，在清代学术史、佛学史、文学史许多领域具有开创的意义。章士钊游学英国，对英国保守主义思想深有研究，中华民国建立之后，回到国内，致力于中国文化建设，特别是在教育改革与司法建设方面，力图走出一条中国的路子。梁启超与章士钊本来皆是中华民国文化建设的主将，与新文化运动在大体上多有相合之处，但二人表现出的民族文化立场，整体稳中求变的变革策略，强调历史的连续、秩序的稳定等，表现出与新文化运动的"和而不同"，成就了他们"东方文化派"的身份角色。

二 "了解之同情"

从新文化运动到五四运动，民族爱国主义一直是强大的思想动力，作为新文化运动主将诸人，对民族文化，对"国学"往往也是深有修养，甚至堪称"大师"。比如胡适，以研究中国哲学史著称，曾发动"整理国故"运动，对中国禅学史以及文学史都曾经用力颇深。然而，以新文化运动作为研究方向的国学研究者,在研究态度与方法上与文化保守主义者有截然不同。这个可以用陈寅恪"了解之同情"[①]作为区分的标准。中国传统文化特别是儒家文化,有一套世界观念和人生价值的观念,这些思想观念在历史上的展出,固然是客观的学问,是客观的研究对象,但是这些思想观念与人生价值,需要一种体验的功夫,设身处地,达到古人的心境,才能很好地理解。这样在研究中,不能以居高临下的、批判的态度,也不能全靠所谓实证的方法,要有必要的尊重,多一些体验。新文化运动方向下的国学研究者们,往往明知自己深受熏陶,但出于一种"新"文化的功利心,不惜以"新我"向"旧我"宣战,采取激烈的、割裂的、破坏的态度和方法,消解传统的学术系统,以为新文化建设"开道"。所以,从内容上似乎皆为"国学"研究,而学术立场却有较大的差别。

"同情的了解"比起"批判"的态度更接近客观的、科学的研究方法。学衡派标明宗旨为"昌明国粹、融化新知;以中正之眼光,行批评之职事",就学术研究与批评来说,皆显得比激进的《新青年》派更冷静、更客观,学术研究也更加深入。柳诒徵的中国文化史研究,刘伯明对中国哲学及西方哲学的比较研究,吴宓对中西文学的比较研究,胡先骕的文学批评,汤用彤的中国学术史研究,刘永济的文学理论研究,皆在学术史上占据重要地位。如果加上后期《学衡》杂志在清华国学研究院的作者队伍及其成绩,那么学衡派的学术成就在20世纪中国学术史上应该占据更加突出的地位。学衡派在中西文化关系上所持的态度似乎是"平衡"的,但绝不能将二者关系视为"等同"或无轻重的"等量",昌明国粹是基础,融化

[①] 陈寅恪:《冯友兰中国哲学史上册审查报告》,《陈寅恪集·金明馆丛稿二编》,生活·读书·新知三联书店2001年版,第279页:"凡著中国古代哲学史者,其对于古人之学说,应具了解之同情,方可下笔。盖古人著书立说,皆有所为而发。故其所处之环境,所受之背景,非完全明了,则其学说不易评论,而古代哲学家去今数千年,其时代之真相,极难推知。……必须备艺术家欣赏古代绘画雕刻之眼光及精神,然后古人立说之用意与对象,始可以真了解。所谓真了解者,必神游冥想,与立说之古人,处于同一境界,而对于其持论所以不得不如是之苦心孤诣,表一种之同情,始能批评其学说之是非得失,而无隔阂肤廓之论。"

新知是增益，白璧德人文主义思想本身具有反思西方现代文明的色彩，对东方文化有一种特有的关注，梅光迪、吴宓、胡先骕诸人在学衡派初起时固然受到白璧德思想的启发，但思想动力的根本仍在于对中国文化深切的认同。

三 整合儒、释、道

在保守主义与激进的反传统思潮相互碰撞中，中国传统文化的意义受到极大的关注，文化学术史的内容也得到深入的开掘。具有近代文化保守主义集成意义的是现代新儒家。与之相联系的还有"新道家""新理学"之称，可以反映出现代新儒家思想内容的宽广和内部的紧张。晚清经学的今古文之争反映出传统文化内部的焦虑及自律调整，特别是康有为以今文经学为线索进行的夸大和歪曲，对经学本身造成了极大的混乱。张之洞等中体西用派虽然在学术上排斥康有为，但并没有真正从学术上详加辨析，廓清康有为学术观点的不良影响。国粹派黄节、章太炎等人基本上倾向于古文经学，但在反专制、反异族的同时，反对今文经学，反对宋明理学，打击面过宽，将历史上秦汉以后的儒学主流看作"君学"，不但将孔子学说分为"真"孔子和"假"孔子，甚至攻击到孔子本人。国粹派在重新整理学术史过程中，重新发扬古史遗说，深入研究诸子学，并展开佛学史的研究，拓展了中国文化学术的领域，改变了传统文化在官方形塑之下的僵化格局，但也模糊了中华文化的整体形象，过分强调子学与经学之间的对立，过分强调佛道之学与经学之间的对立。

熊十力以佛学唯识学为基础建立本体论，几经修改《新唯识论》书稿，将《易》经的文化精神贯注其中，完成了由佛学底色向儒家底色的转变，同时也是对中国文化中儒、释、道三家一个有效的整合。他认为，佛、老二氏以虚寂的本体涵括宇宙人生，但以虚寂说本体并不能让人领会宇宙人生的精神，不如儒家周易的太极本体论，贯通的是一种乾动不息的生命精神，最能体现宇宙人生的作用。他对道家多有批评，认为庄子的人生态度带来极大的负面影响，一些知识分子稍有挫折，便放弃责任，游戏人生。所以道家思想只能从本体论的自然意义才能体会到一些积极因素。他用《易经》的思想来解释他对佛学的理解，也许并不符合佛学的本义，所以受到佛学学者的质疑和批评。

方东美也以《易经》生生不息的精神看待宇宙，但他的解释方向却与熊十力明显不同。熊十力从宇宙生生不息的精神中理解的是君子人格，是自强不息的精神，是修己治人内圣外王之学，是儒家的讲法，也是宋明理学的传统。方东美理解的生生不息是宇宙和谐的生生之美，是天人之间的融洽。并将此种精神与禅学的众生平等、众生虚灵的精神打通，将先秦儒家、道家与后来加入的佛学熔为一炉，而扬弃宋明理学的专断与僵硬。这也是对儒、道、释的一种整合，不过就价值方向来看，有些偏重道家的思想。

徐复观采用历史的方法对儒、释、道三家思想进行了梳理，厘清它们各自在中国思想史中的地位和作用；对它们的现代意义以及将来可能产生的作用，也做了一定的预测。甚至可以说，他对中国思想史的梳理具有强烈的当下意识。他认为，中国文化在道德方面和艺术方面取得了重要的成就，不但具有历史的意义，也具有当下的、将来的意义。儒家的孟子提出的"仁义之心"，道家的庄子提出了"虚静之心"，皆是对人生意义的深刻阐发。因为二者皆是对私欲的超越，都是对理想的人生指示方向，都是对人生的意义价值的发现。虽然仁义之心与虚静之心强调的具体内容有所不同，但是可以看作人的心灵的一体两面，在人的精神世界里是互证相成的整体。至于说佛教思想在中国思想上的地位作用，徐复观认为主要是通过道家思想发挥作用，有一个中国化的过程。在徐复观的论述里，对佛学内容阐发较少，明显表现出对佛家思想的不太看重。至于说艺术方面，徐复观认为，中国艺术精神有两个典型，分别是孔子以音乐体验为代表的艺术以及以庄子"道"的体验为代表的艺术精神,可以说是儒家艺术精神与道家艺术精神。后来更有佛教的加入,三者常常相即相融,成为难以分解的整体。

在中国文化的内部,经学与子学之间,儒、释、道之间,本有一种内在的冲突和矛盾,在历史上此起彼伏相互切磋,也形成一种自律调适发展的线索。特别是近代在种种思想的激发下,中国文化内部的冲突更加激烈。现代新儒家立足于中国文化的整体,对于学术史的症结之处进行疏通,或以综合说为基础加以分别价值的开发,或以分别说为基础加以归结贯通,总之,要以儒家思想为中心显示中国文化的整体价值,格局是宏大的。当然,这并不意味着中国文化皆集于新儒家,随着时代的发展,学术思想的碰撞从来没有停止,也不会停止。

第二节 坚持中国知识分子精神

中国传统文化与"士"有密切的关系,"士"可以说是中国特色的"知识分子",从某种意义上说,"士"可以认定为传统文化的"主体"。"士"的存在也是特定政治制度的结果,社会培养了大量的"士",他们可以通过科举等选拔制度进入"仕"途,成为官员。所以,士既是知识文化的承载者,也是官员的预备队,更是在地方社会中发挥文化影响力的群体。近代中国的社会制度发生了极大的变化,科举废除,清朝帝制被推翻,士人所依托的制度保障没有了。但是,传统文化精神并没有消灭,在文化保守主义者那里,依然保持着士人品格,只不过,此种主体精神也像文化内容本身一样,也会随着时代发生自律的调整,发生某种衍变。

一 道德意识

在中国文化中,道德的意义有上下两层:一是超越的层次,古人常称为"道",所谓"士志于道";二是具体的伦理道德规范,在古代的纲常伦理规范下,人之间的关系自有一种规范。而这上下两个层次之间是有关联的,人必须从我做起,从具体的道德伦理行动,方能追求超越的"道",这也是"极高明而道中庸"的思想。近代中国社会动荡,思想文化的潮流错综复杂,传统文化的道德观念也受到极大的冲击,在一些人眼中,所谓"旧"道德是旧文化的基础,应该彻底清理。从心底深处就蔑弃道德的人固然比比皆是,即使一些行为端正重视道德规范的人在新旧冲突中有时也陷入自相矛盾,言行不一。从整体上来看,在文化上持保守主义立场的人,往往能够坚持道德优先的处世原则,崇尚德行之美善。

对于张之洞的学行思想,当今仍然存在意见分歧,肯定其功绩的人多着重于他对中国近代教育、实业的建设,而攻击他的往往从政治甚至从人品上加以非议。其实这往往是肤表不切实际的。张之洞处于中国历史的转折时期,面对的形势极为复杂,他为了开展他的国家自救运动,克服了重重困难。对于官方的清朝政府,当然可以说是"忠顺勤劳";对社会上各种力量、各种派别,他也是尽量接纳团结,求同存异,就德行来说没有什么问题,可以说是厚道的。张之洞所著《劝学篇》,从思想上当然是以纲常伦理稳定人心,以"同心"为基点。但这个"同心",其实也是分别对朝廷和维新派表明自己的观点。但维新派似乎并不领情,甚至指责张之洞贪于权位,后人由此更理解为一种"巧宦",前期对康有为、梁启超的支持也被说成一种"利用",甚至"见风使舵",或者说是依违于各种势力之间。这就不单单是思想的问题,而涉及道德品质的问题了。如果细细查考当时留下的第一手资料,看看张之洞是怎样在南京与康有为商谈的,是怎么对待梁启超的,是怎么与陈宝箴一起支持湖南新政改革的,是如何接待章太炎的,是如何安排黄侃赴日留学的,也可以再看看当时人后来的反思,就可以发现张之洞的厚道之处。

相对来说,章太炎、梁启超做人做事就颇有失中道之处。戊戌变法前后之际，二人思想都是趋于激进的，梁启超追随康有为，试图以政变的形式取得改革的成效；章太炎更是在戊戌之后趋于革命，激烈地抨击传统文化的主流，甚至与自己的老师俞樾决裂，公开宣布断交。可以说二人当时都看不上张之洞那一套思路，对张之洞宽容友好的态度也不领情。后来，时势变迁，戊戌变法失败了，再后来清朝被推翻，但混迹政坛身处高位的名流们颇多品格卑劣之人，二人的思想皆有所改变，对传统文化的态度也有所改变，对中体西用派的思想也有了重新的认识。也可以说是在文化上趋于"保守"，后人每斥之"落伍"，其实从整体的人生来看，未尝不是一种"成熟"，一种"进境"。20世纪20年代，学衡派的柳诒徵曾经写信给章太炎，质问他当年为什么激烈地攻击孔子？章太炎回信承认自己当年浮浅冲动，议论多有不当之处，一些学术观点也得到了修正。陈寅恪在《王观堂先生挽词》中不无揶揄地批评梁启超："旧是龙髯六品臣，后跻马厂元勋列"[1]，当时梁启超同在清华研究院任教，看了陈寅恪的诗也不以为忤。梁启超前期拥护光绪帝君主立宪，进入民国以后反对帝制，反对张勋复辟，看似前后矛盾，其实贯穿着一条线索，那就是在行事中过于受到政治的牵扰。他晚年绝意政治，潜心学术文化，对他人的批评能够虚心接纳，实际上表现出"今是昨非"的思想转变。贯通来看，章太炎、梁启超虽然有激进的一面，平生做人做事也并非无可议之处，但晚年能够平心静气，回归诚明人生，守护传统学术文化的精神，是有卓越成就的。

近代中国在道德与政治之间存在一定的冲突，道德意识常常受到政治观念的宰制。作为文化保守主义者的思想基础，道德成为坚守文化思想的底线。如果拉长历史，将20世纪贯通来看，这一点显得更加清晰。《学衡》杂志虽然1933年就停刊了，但学衡派诸人的文化理想与事业上的努力并没有停止，特别是在1950年以后，吴宓、胡先骕、刘永济、陈寅恪

---

[1] 陈寅恪：《王观堂先生挽词》，《陈寅恪集·诗集》，生活·读书·新知三联书店2001年版，第16—17页。

等人虽然天各一方，但仍然顶着政治的压力，保持联系，不改初心，对传统文化继续努力开拓，显示出令人震撼的高风亮节。1961 年，胡先骕经学生戴蕃瑨联系，与当时在重庆师范学院任教的吴宓重新晤面通函，并作诗一首：

> 忽从天外到鳞鸿，慰我伶俜冰炭胸。燕蜀相望千里隔，岁时宁得一樽同。蘧蘧待觉黄粱梦，冉冉皆成白发翁。差喜当年豪气在，期君身作后凋松。①

所谓"后凋松"典出"岁寒，然后知松柏之后凋也"（《论语》），无疑是对当时政治环境的透露，也是对胸怀的坦露，是祝愿，更是一种自期自许。中华人民共和国成立后，现代新儒家三大师梁漱溟、熊十力、马一浮皆留在大陆，参加新中国的文化建设。但当时新中国对传统的儒家文化大体上是排斥的，他们也成了被"改造"的重点对象。但事实证明，思想一旦内化为信仰，内化为人格，也不是轻易能够"改造"过来的。熊十力在出版无望的形势下，仍然坚持著书立说；梁漱溟更是坚持自己的思想观点，公开反对"批孔"运动，甚至公开在大会上顶撞领导人，引发激烈的冲突，显出一种传统士大夫的"直谏精神"，被称为"最后的儒家"，也应该是胡先骕所赞扬之"后凋松"。

二 书生本色

胡适去世后，徐复观曾作悼念文章，称胡为"一个伟大的书生"②。"书生"也是一种称扬，实际上，胡适一生过多地牵涉政治，精力过多地

---

① 胡宗刚：《胡先骕先生年谱长编》，江西教育出版社 2008 年版，第 616 页。
② 徐复观：《一个伟大书生的悲剧》，《徐复观杂文——忆往事》，台北时报出版公司 1980 年版，第 141 页。

为社会活动所占，学术也不够极深研几，称其为"书生"，不够恰当。当然，也可以理解为对胡适"书生"一面的肯定，而对其"非书生"的一面保留批评。

就书生本色来说，近代文化保守主义学术系统的人应该更能承当。书生要有"志气"，要有青年人的正气、朝气，一派平明葱茏之气，而不是暮气、邪气。书生要有独立自由的精神，而不能是一种工具人格，不能让政治当作工具来利用，也不受强势左右。陈寅恪称扬王国维"独立之精神，自由之思想"虽为广大的人生价值观念，但书生本色最为近之。另外，书生当然要读书，就传统文化的意义来说，所读的书应该是传统文化的主流，是"圣贤书"；既读书，那么应该有学问，学问也应该是"圣贤的学问"。但书生也可能有弱点，那就是缺乏实践的历练，在面对社会问题以及复杂局面的时候，思想、理想显得机械和空泛，缺乏应对之策。

张之洞历任浙江学政、湖北学政、四川学政，极为重视教育，个人也非常重视学问，在晚清政坛上是一个书卷气息较重的大员。但也因此招致政敌的攻击，在李鸿章的眼里，张之洞在处理中外关系，兴办洋务，甚至兴办学校、军事等设施时，都显得书生气过重。即使后来在李鸿章去世以后，张之洞进京参与朝廷新政改革，一些人仍然以"书生气"为口实批评张，甚至掣肘弄权，制造障碍，以致新政无法深入开展。梁启超、章太炎也曾经为袁世凯所"引重"，梁启超做了袁世凯民国政府的司法总长，但在袁世凯的眼中，梁启超、章太炎也是"书生"，可以随意欺骗、愚弄。后来二人皆背离袁世凯，反对他帝制自为。两人本来皆是有志向的人，但面对袁世凯这样的奸雄，亦无可奈何，志向无由施展。

"书生气"往往成为专制政治排斥知识分子的一种语言魔咒，确切来说，近代文化保守主义者在政治方面基本上没有施展的机会，因为近代以来的中国政治一直求变、求新，让人应接不暇，统治者极端功利的心思容不下书生的存在。"书生气"作为一种追求崇高的生命力量，从本质上并不缺乏向社会实践发挥作用的可能性,更不与实践能力形成矛盾。相反,"书生气"携带的文化理想往往形成激浊扬清的政治力量。

三 文化精神

孔子的文化精神对中国近代思想的影响是巨大的。康有为以"南海圣人""当代夫子"自命,但他对孔子的真精神并没有把握到。孔子继承周代礼乐文明精神,兴灭继绝,整理六经,政治与文教并重,尊德行而道问学,极高明而道中庸。康有为否定古文群经,仅抓住《春秋》公羊学一些片段,如何当得起"圣人"之称?然而,既有成圣之心,必有向圣人努力的方向,康有为的学说,还是产生了重要影响。不过这个影响,也许不全是从正面发出的,而是从旁侧激发出来的。比如章太炎,长期以来,学术界一般认为章太炎的学术与康有为是相对的,其实,章太炎后来于日本东京开坛讲国学,也颇有天下舍我其谁的教主气概。他曾经对黄侃说,为学最重要的就是"得师",数一数国人能当黄侃老师的人实在不多,合计下来觉得还是自己最合适。黄侃当时即拜太炎先生为师。后来黄侃觉得自己的经学不如刘师培,同情刘氏的遭遇与命运,在刘师培生命的最后阶段,师事刘师培。章太炎听说后颇不以为然,从侧面也可以看出章太炎对拜师之事的重视。章太炎当年颇认同维新派的自强宣传,加入强学会,编报撰文,非常积极,但是他不认同康有为的学说,特别是对康门弟子以当代孔子膜拜康有为表示反对,所以受到康门弟子的围攻。章太炎遭受此一挫折,自然从精神上受到打击,但也从此激发出一种平天下之志。

近代文化保守主义大师级的人物,如张之洞、章太炎、章士钊、熊十力、梁漱溟、唐君毅、吴宓、胡先骕等,似乎都有一种"圣贤情结",有人称之为一种"教主气",有人视为一种自命不凡的傲慢,总之,常常让外界的人感到不可理解,或者引起反感。其实,这种精神气象不是自我标榜出来的,也不是靠门人弟子哄抬起来的,而主要来自中国圣哲精神传统的激发，也可以说是"书生本色"的另一种体现。这些人往往长期沉潜于历史文化之中，背后有强大的学问系统的支持，长期读"圣贤书"，渐渐就会生出"圣贤"的气象，也没有什么神秘。不过，在今人来看，这种学问系统似乎不是客观的知识，而带有宗教的神秘和主观性，这其实是一种误解。中国文化中的圣贤精神从修己开始，强调真诚，整体的方向是修己化人，内圣外王，从始至终关注的是理性，与宗教不同。中国的圣贤不仅仅是一个孔子，而是历史上无数的仁人志士，英雄豪杰，历史文化形成一个活动的整体，整体文化精神便蕴藏其中。这种精神受到时代的刺激，便会被激发出来，成为一种强大的精神力量，近代文化保守主义学术系统中涌现出一系列的"圣贤"人物，便是这种精神传统的继续。

"圣贤"精神不是一种"虚名"，而是文化精神的体现。比如章士钊以高官加名流的身份主办《甲寅》杂志，友人提出领袖群伦扩大影响，章士钊对"浮名"与文化影响力加以辨析：

> 钊一流俗人耳，不敢求作圣贤以欺众，亦不敢枯寂逃名以自苦，迹其生平，不肖之行，奴下之习，盖往往而有。如钊庸劣，竟乃滥窃浮名为世憨叹以至于今，早夜以思，辄为汗下。……德乘从钊游久，宁不知钊而亦随俗推挹，至若此函所云，此岂钊所欲得于为亲为友，如德乘其人者哉？通篇剪截浮词，仅得"整理国学，发扬文化"八字，此持以责钊与君子同勉焉则可。若谓《甲寅》为是，将得蜚声世界，德乘言下之意，当不如此。①

章士钊对德乘（陈嘉异）来信中称扬《甲寅》表示一种谦逊，声明不敢以圣贤自居；只是肯定了"整理国学，发扬文化"的目标，这是近代保

---

① 章士钊：《文化——答陈嘉异》，《章士钊全集》第6卷，文汇出版社2000年版，第418页。

守文化主义安身立命的主要方式，在此方向之下，中国文学史、中国艺术史、中国学术史、中国政治史、中国哲学史得到了深入的研究，成为现代学术的重要内容。

与文化精神相联系的是尊文学，此正是继承所谓"言之无文行之不远"的精神传统。近代文化保守主义者也往往是文学之"士"，他们反对过分强调文学的"独立"，反对文学脱离传统文化系统，反对白话文造成文学传统的隔断。在文化与文学之间，有一种微妙的紧张关系，在中国历史上的文化系统中，文学作为语言文字的表达功能当然是基础，但是文学特有的形式艺术功能也让它有一种趋向独立的"离心力"，当文学相对于文化系统的"离心力"过大时，这种"形式"化的功能常常受到抑制，文化精神如同一个巨大的磁场，将脱离磁场的文学重新收回来。近代中国文学面临的情况不同于古代，情况更为复杂，文学遭遇的问题不完全是"形式化"的脱离文化核心，而是文学从形体到内质的变迁。近代文化保守主义者在"整理国学，发扬文化"的工程中，重新绘制中国文化史的图像，其中透出的文化精神，本身就是一个巨大的"磁场"，促进了文学的调整。至于他们的文学创作与文学批评，本身具有重要的探索意义，在文学史上形成特有的景观。

第三节　学术政治相互渗透

中国近代学术多与政治相关联，反映现实也好，批判社会也好，往往归结为对政治的干预，近代文化保守主义学术系统的学者们在此方面尤其突出。但他们对政治的干预并不是在政治之外，更不是站在政治的对立面，而是他们自身往往就进入了政治中心，深深地参与其中。张之洞作为晚清大员当然在权力中心；即使如章太炎、梁启超、章士钊、梁漱溟、熊十力、徐复观等，皆曾经或位高职显，或参与机要，身处风口浪尖，洞悉时代风云。这种现象反映出此一系列人物与学术特殊的性格，即"学术与政治之间"的特性。

一　生命刚健任天下

　　陈寅恪在《读吴其昌撰〈梁启超传〉书后》一文中曾经为梁启超辩解，因为学术界不少人对梁启超"热衷政治"不理解，认为梁完全可以淡化政治，那样也许可以做出更为纯粹伟大的学术研究；梁启超本人也颇有自悔的言论。陈寅恪认为，梁启超从年少时就钻研儒家经典，"本董生国身通一之旨，慕伊尹天民先觉之任，其不能与当时腐恶政治绝缘，势不得不然"①。那么，陈寅恪自己与政治"绝缘"了吗？据今人考证，在陈寅恪的诗中，有深邃的政治忧思，非但没有绝缘，反而成为他学术文化活动的内在动力。即使如以特立独行著称的"高士"章太炎，也不是"纯粹"的学者，不但在辛亥革命中的"革命"经历本身就是政治的表现，在进入民国之后，也是不断发出特别的政治影响力，他接受袁世凯的邀请到北京，也不纯粹是受了袁世凯的欺骗，施展抱负，有所作为，一直也是他人生的主要线索。即使在北伐战争南北冲突中，章太炎还跑到处于"前线"的岳阳，做"调停"的工作。一些学者在政治上虽然没有跻身特别显耀的"高位"，但自我期许也是极高的。比如胡先骕，他做过民国时期"中央"研究院的院士，做过中正大学的校长，在蒋介石、蒋经国父子等人的眼中，他只是一个"不晓事"的书呆子。但胡先骕本人却是对中正大学校长的职位极为看重的，看作施展自己才华与抱负的机会。当时在抗战中，克服重重困难，冒着种种危险，开展一系列科学与教育建设。曾著文《建立三民主义文学刍议》②，可以说是将学衡派一些文化设想付诸实施，只是他没有

---

　　① 陈寅恪：《读吴其昌撰〈梁启超传〉书后》，《陈寅恪集·寒柳堂集》，生活·读书·新知三联书店 2001 年版，第 166 页。
　　② 胡先骕：《建立三民主义文学刍议》，《胡先骕文集》上册，江西高校出版社 1995 年版，第 369 页。

将设想展开就被免职了。

以上陈寅恪以儒家思想论梁启超的作为固然能得其大体,用来解释众多积极参与政治的知识分子也能得其仿佛。然而,一些人儒家观念明明并不深厚,同样也有一种强烈的社会政治关怀,这又如何解释?这往往被人解释为"求名"。"名"有两种:一种是有实之"名",是由人生的作为而形成的一种结果。孔子爱"名",云"君子疾没世而名不称焉";先秦诸子百家争鸣,皆有"求名"之心。道家似乎不求名,强调"无名",但如果细看"无为而无不为"的初衷,也在于追求一种超越的人生价值,也希望自己的这种无为的自然人生观能够影响到众人,这又何尝不是一种人生的作为?如果将"名"看作人生的作为,那么老庄其实也在成就一种特别的"名"。另一种是虚名,是为了求私利而假借的手段,此另当别论。就积极的人生观而来的求名冲动而参与政治来说,儒家最为典型,但又不仅仅限于儒家,这是中国文化中一种根深蒂固的思想,这种思想也许来自一种天地精神,是人对天地刚健精神的体悟。儒家对这种精神做了具体的引申和发挥,在《孝经》中,认为人的孝始于事亲、中于事君、终于立身,扬名后世,以显父母。将事亲的孝与忠于家国的立身贯通起来,以扬名后世永垂不朽为标志,这种思想对后代影响巨大。

将自己的生命价值与家国情怀联系起来,成为知识分子参与政治的强大精神动力。然而,在个体生命的实现中,还是有诸多不同的复杂的体现。大体来说,生命价值的观念如果没有儒家思想加以凝定的话,如果没有足够的人格修养作为前提的话,还是容易受到各种诱惑,容易出现个人性的虚浮甚至歪邪,政治活动成为追求虚名私利的假借;只有上升到国身通一的高度,大公无私,政治活动方能成为个人生命的正当展开,成就一种担当天下的伟大人生。

二 以学干政,不合则止

就近代文化保守主义者这一群体参与政治的情况来看,他们与真正的

第二章 近代文化保守主义的精神特征 / 59

"当政者"的关系极为微妙。一方面，由于传统文化特别是儒家文化熏陶的结果，这些学者们对政治有一种特有的"忠诚"，就他们自身的动机说，甚至可以说与当政者是"一体"的。"忠君即爱国，国俗常如此"，他们往往就是全身心地投身于政治之中，不是观望者，更不是从对立面去看政治。另一方面，因为他们的本色是书生，是学者，往往学富五车，抱道自尊，这一切使他们与上层政治集团的众人不一样，往往和最高的当政者不一样。当政者对他们的信任往往也是有限的，当然，信任的程度要看"遇合"的机会。重要的是，实际的情况决定他们与当政者极难融合为一体，因为他们的"学问"中包含政治理想，包含价值系统。他们以"学"干政，往往成为政治集团中的监督者和批判者，这就是一种紧张关系的原动力"离心力"。不过，在一个完整的体制下由忠诚而来的"向心力"与由监督批评而来的"离心力"如果配合有度，还是能够产生良好的效果的。

在晚清自救运动中，以张之洞为代表的学者型官员还是发挥了极大的作用的。张之洞本来就是以"敢言"引起慈禧的重视，后来以"清流"的名望出任地方大员，在朝廷一系列重要决策中发挥了相当大的作用。特别是在文化教育的改革方面，取得巨大的成效。纵然因为清朝政府的腐朽，内外交困，体制内的变革根本无济于事，但文教建设培养了大批人才，还是为社会发展打下了一定基础。后来的民国政府与学者型的政治人物之间就没有很好的配合了，不管是袁世凯北洋政府还是蒋介石政府，基本上是武人当政，内部缺少凝聚力，都是四分五裂的，政府在社会上缺乏影响力，整体形象太差。即使一些有思想有学识的人进入了高层，也发挥不了什么积极的作用。比如章士钊，在段祺瑞执政期间曾经主政教育，任教育总长兼司法总长，好像是位高权重，可以很好地发挥文化的思想。但实际上，段祺瑞政府在社会上缺乏公信力，不论有什么举措，都不可能顺利地实行。章士钊在教育总长的任上搞教育改革，让中小学生读经。本来作为传统文化经典，读一些也没有什么不可，后来证明他的主张还是被部分接受了的。但在当时他遭到了来自社会的猛烈抨击，再加上他操之过急，引发学生与当局之间的冲突，最后被迫辞职，政治上归于失败。蒋介石政府更没有解决中国内部分裂问题，即使在国民党内部，也是派别林立，钩心斗角，政府整体缺乏诚信，缺乏公信力，根本得不到知识界的拥护。徐复观曾经任蒋介石侍从人员，也算是接近中枢了，但蒋是著名的刚愎自用，根本听不进逆耳之言，也看不起文化人。徐复观曾经将熊十力新出的《读经示要》一书送给蒋介石一本，希望能引起他的注意，但蒋介石装模作样回赠了200万法币转交熊十力，熊十力以之转赠流徙江津的内学院，事情就这样不了了之。[①] 后来徐复观提出改造国民党，提出军事上一些人选的建议，然而蒋介石父子并不认同。所以，到台湾后，徐复观终于脱离了国民党，脱离了台湾的"党政军界"，成了一个"纯粹"的学者。相对来说，在新中国，虽然中华人民共和国成立初期受政治运动的干扰，受思想改造运动的控制，但真正的知识分子精神并没有消失，梁漱溟、熊十力、冯友兰、章士钊、陈寅恪、吴宓、胡先骕这些著名的文化保守主义者，在逆境中仍然发挥了各自的作用。

值得注意的是，传统知识分子以学干政，并不是一定要从政，他们进退出处，自有分寸，虽不在高位，退下来仍为学者。这样，他们的学术往往也渗透了一种"政治"的因素。

三 以政辅学，立身成人

今人对学术也好，对文学也好，常常强调其"独立性"。如果将独立理解为不受政治直接的控制或者奴役，那么"独立"的品格是有积极意义的；如果将"独立"理解为与政治不相关联，恐怕并不能得"独立"之真

[①] 徐复观：《远莫熊十力先生》，《徐复观杂文·忆往事》，台北时报出版公司1980年版。

第二章 近代文化保守主义的精神特征

义。"学术是目的本身"① 这样的观点是极为含混的,传统学术也不是仅仅将学术作为手段,更不能说因此就不发达。近代文化保守主义者继承了中国传统学术的主体精神,他们不像一些现代学者追求一种客观理性的学术形式,因为所谓"为学术而学术"的"目的"学术,将学术与自我生命的感受尽量隔开,甚至独立于自己的生命生活之外。中国传统的文化精神决定了学术的生命感受品格,决定了学术是成己成人的学问,政治关怀与政治经历更加强化其学术的现实品格。

政治对学术主体的强化。在政治的追求或体验中,学者往往更加明确自身的责任,显示一定的批判性。国粹派重新清理中国学术历史,区别国学与"君学",目标在于激发民族精神,指向对清朝统治的反抗,主体性极为明确,显示的批判性也是非常强烈的。从整体上来看,他们打破了晚清学术界的僵化,纠正了今文经学的空洞虚浮学风,丰富了中国文化史的内容,体现了士人传统的真精神。政治没有破坏学术的客观性,反而激发学术新的生机。进入民国以后,一些深受晚清思想影响具有"遗民"情结的文士学者,如陈三立、沈曾植、陈衍、王国维、辜鸿铭等,所著文章著作往往带有晚清政治的痕迹,这些政治的痕迹不但不会削弱其文字著作的价值,反而更具有深厚的底蕴,更具有深切动人的力量。

政治对问题意识的强化。入世深体验亦深,政治往往也更能够让人的眼界开阔,感慨更深,更能发现问题,从而强化文章著作的问题意识。"文章合为时而著,歌诗合为事而作"(白居易《与元九书》),文字有所"为"而发,这也是中国文化学术的传统,而这个所为,并非来自遐想,而往往来自政治体验的本身。"问题"可以是政治本身的问题,也可以是

---

① 刘士林:《诗之新声与学之别体》,《社会科学战线》2004 年第 3 期:"传统学者和现代学人的根本区别则是由'学术本身是目的还是手段'的分辩而突出出来的。'学术是目的本身',这不仅是在现代学者中形成的高度一致的共识,也是他们认为传统学术不发达的根本的原因,同时它也理所当然地成为中国现代学术的最高学术理想。"

社会问题，也可以是学术文化问题，甚至是国家民族天下人的问题，问题由个人的深切体验而通向上下古今。然而，就大端来说，时代突出问题虽然人人皆知，但非由杰出的具有人文关怀的人不能表露于学术之中。比如现代新儒家的学术，就有极深的政治背景。熊十力抗日战争期间在重庆时曾郑重嘱咐徐复观，要解决中国的问题，不能轻视文化学术的力量。他认为中国自晚清以来，内忧外患，国无宁日，根本原因在于国人失去了民族的自信，世俗的人趋于功利倒还罢了，而一些号称精英的上流之人（此主要指新文化运动）也一味趋新，一味向域外模仿，以致失其故步，从根本上腐朽。因此鼓励徐复观从事文化学术研究。这种思想对以后现代新儒家的发展具有重要的启发意义，也是认识新儒家学术的钥匙。熊十力之所以有此学术思想，这与他长期对中国政治界与文化界的观察体验分不开。他早年参加辛亥革命，进入黎元洪的幕府，投奔孙中山，参加二次革命，后来与梁漱溟一起搞乡村教育建设，对中国社会政治体验极深，他认为中国在民族精神方面有了问题，因此立志以文化学术救国救世。

政治促进文化功能的实现。中国文化学术常归于"立教""成教"，也就是文化学术常常落实于教育，此与中国文化政教不分的传统有关。政治的大义在于从政者自身端正，所谓"其身正，不令而行，其身不正，虽令不从"。现代政治系统虽然要复杂得多，但大方向仍是推行正义。文化学术虽然千门万户，但总的方向是维护人类的文明与健康发展。近代从张之洞《輶轩语》《书目答问》《劝学篇》开始，就在政治的大背景下，让学术发挥了强大的"教士化民"的功能；梁启超"新民体"的政论文章，章士钊"逻辑文"的政论文章，皆对社会产生了重要的文化影响。但从整体来看，由于社会思潮主流压制，近代文化保守主义者在中国的文化影响力并没有充分发挥出来。文化的影响力是深远而长久的，随着时代的发展，传统文化的身份角色也在逐渐趋向正常，近代文化保守主义往往成为传统与现代之间重要的桥梁。

第四节　以道抗势，反对激进

在中国文化中有一种深深的宇宙观念，那就是"中和"。"致中和，天地位焉，万物育焉。"中和也常常用来描述世界本体——"道"的运行，将世界看作一个运行、自律、调适的整体，这种思想深深地影响了中国人的世界观与人生观。但是近代以来，中国遭遇了五千年从来未有的巨大变故，那就是西方文化的强势进入，整个国家民族处于天翻地覆的激烈变动之中。新与旧，进步与落后，构成了激烈的冲突。即使是社会中的文化精英，往往也处于趋新求变的不由自主的精神状态。今天的"我"还是一个革新者，明天的"我"也许就成了受人攻击的落伍者，不少人不惜以今日之我攻击昨日之我。学术界将这种弥漫于社会中的风气称为"激进情绪"。相对来说，文化保守主义学者们能够保持一种"冷静"的精神状态，坚持整体渐进的变革思路，当一些所谓的"新思潮"冲击来临时，不为所动，显示出以"道"抗势的姿态。

一　坚持中国文化的根本，反对割裂学术

近代最早出现的大规模的，影响最为深远的激进思想派别莫过于维新派，趋"新"的价值方向，确定了激进的方向。康有为借孔子托古改制之说，追求中国社会政治大变快变，那种急不可耐的思想情绪借助舆论传播于社会，对中国社会造成了紧张焦虑的气氛。其中最突出的，是康有为借经学的名义，著《新学伪经考》，否定古文经学，从根本上割裂中国文化的大体。康有为及维新派虽然不是高官显宦，不是政治上的权威，但他们的思想在社会上却是一种强势潮流；再加上康有为上下运作，鼓动光绪帝身边一帮谋臣和地方上一些大员的支持，倾动朝野，可以说是一种特殊的"势力"。对此，以张之洞为代表的中体西用派与章太炎为代表的国粹派都

是不认同的。但他们采取的反对策略不尽相同。

由于今古文经学的纷争古已有之，康有为站在今文经学的立场上，不过做了过分的"夸张"和"想象"，将受到怀疑的部分古文经扩大到一切古文经，彻底否定其真实性及价值；将今文经学的一些传说系统化、历史化，著《孔子改制考》，以为政治变革打开理论上的通道。张之洞谅解康有为的苦心，也部分认同他的维新主张，希望他能在体制内的自救运动中发挥作用，而康有为也一心想争取大员们的支持以扩大声势。所以两人最初在南京商谈，非常顺利，张之洞支持康有为办会办刊，建议他放弃"伪经""改制"学术观点及一系列模仿西洋的一类做法。张之洞很认真，康有为不置可否模模糊糊，以至于张之洞派员与他接洽具体办会办刊的事务时，枝节丛生，不能很好地合作。但直到《劝学篇》出，张之洞对康有为采取的都是大体上包容，思想观点反对，行动上限制的策略。《劝学篇》"内篇"九篇"务本"正人心，其中一个主要目标就是针对康有为思想上的偏激而言的。

章太炎也偏重古文经学，反对康有为的学术思想，但他实际上又为康的激进情绪所感染，因而另辟蹊径，借国学以激发民族思想。他潜心钻研中国学术史，试图发潜德之幽光，在中国古代学术的主流之外，发现中国文化更真切更有价值的思想资源。如果原其初心，亦未尝不是一种圣贤精神，自期、自许之重，和康有为一样，也指向一种最高的圣贤人格。他对中国学术所下的功夫，所取得的成就，绝非一般学者所能及。但是，戊戌变法前后的章太炎，满怀激愤的思想情绪，对中国学术史的主流否定过多，出发点不无偏斜，势必会削弱其学术成就及价值。值得庆幸的是，进入民国之后，国粹派诸人包括章太炎、刘师培、黄侃等，在学术态度上更加切实，观点趋于平正。特别是章太炎，晚年修正了一些偏激甚至错误的观点，表现出对中国文化价值的尊重。

二 坚持中国文化的活性，反对割断历史

近代文化保守主义与激进派之间最大的冲突乃是新文化运动，时间甚至延伸到20世纪30年代，时间长，跨度大，问题多，但归结起来，最突出的仍是白话文学与传统文学观念之间的冲突，由文学波及整体上的文化系统。当代人书写的学术史、文学史给人留下的一般印象，往往是新文化派对旧文化权威发动了反叛甚至"革命"，"新"的一方是弱者，"旧"的一方才是强势势力。但真实的情况并不是如此简单。

就东方文化派杜亚泉与新文化一方的陈独秀之间的论战来说，陈独秀明显是强势的一方，他用质问的口气连续著文发动论战，其情绪之激烈、态度之蛮横、学理之粗疏，是一眼就能看出来的。但之所以长时间让人视而不见，主要是近代以来激进主义一直占据着主流，保守就意味着"反动"，有关材料常常经过了学者们主观的选择和判定。据当代王元化研究，在杜亚泉等人的文章中，其实已经涉及对功利主义、意图伦理、激进情绪的批评，但没有受到人们的重视，这些思想观念后来变本加厉，形成对五四新文化运动的负面影响。王元化推论，杜亚泉是被迫辞去《东方杂志》主编职务的，《东方杂志》背后的商务印书馆主持者已经感受到了一种潮流滚滚而来不可抗拒的心理感受和压力。[①] 杜亚泉沉默了，《东方杂志》换了主编，后来甚至改版更换了内容的思想方向，与新文化运动基本上一致了，但这并不能说明杜亚泉等学者真正被强势压倒，即使沉默了也不见得就意味着放弃了。东方文化派诸人特别是章士钊、陈嘉异等后来依托《甲寅》等刊物坚持发出自己的声音，其思想影响是深远的。后来发生的"科学与人生观"的大讨论，其中可以发现东方文化派与新文化派之间争论的继续深入，如果将历史拉长一下来看，对强势的反抗往往是持久的，影响

---

① 王元化：《再谈五四》，《王元化集·思辨录》卷五，湖北教育出版社2007年版，第41页；王元化：《杜亚泉与东西文化问题论战》，《王元化集·思想》卷六，第162—163页。

也是持久的。

学衡派对激进思潮的"抵抗"也是深入而持久的。胡先骕与胡适之间发生的"二胡之争"影响深远。在这场论争中,胡适极为自信,甚至乐观得有些傲慢。他认为,旧文学已经死掉了,新文学已经全面胜利,已经没有必要再争论了。但胡先骕认为,旧的文学形式既然仍旧为今日所读所作,那它就没有死掉。文学本来就应该重视传承,中国文学的传统是不应该中断的,经典的意义是永远的。他极为认真地细细批评胡适的《尝试集》,阐发自己的古典主义文学思想。他较为系统地翻译介绍白璧德人文主义思想理论,扩大了影响,对中西文化的会通做出了自己的贡献。他对近代诗人的系列评论,不但显示出近代诗学的成就,也显示出诗人背后隐藏的社会政治文化的丰富内容。胡先骕性格沉潜而勇毅,虽一生主要致力于植物科学的研究,但文化信念非常执着,历经磨难,不改初衷。

有人把吴宓看作《学衡》杂志的"灵魂"[1],但对他的人格及学术评价并不确切。在吴宓的人格中,有一种特有的执着,他对人生,对爱情,对事业,都有一种超乎寻常的执着,不为流俗所理解。这不能解释为"人格分裂",也不能解释为"风流",其学术成就也不是用"平常"二字所能概括的。吴宓的文化人格及学术的意义,须与胡先骕、陈寅恪等人放在一起,作为一个集体来衡量,甚至放在整个时代背景下,和众多的从《学衡》时期走出来的人物放在一起来衡量,才能够显示他的意义和价值。现在,吴宓的日记,陈寅恪的诗,都是研究20世纪后期中国学术史的重要材料,在他们的精神世界中,有一种文化价值的坚守,作为抵制强大时俗的精神力量,这是"以道抗势"的曲折表现。

---

[1] 沈卫威:《"学衡派"编年文事》,南京大学出版社2015年版,第40—41页:"吴宓是《学衡》杂志的实际主持人,也是维系《学衡》杂志的灵魂。他集苦难和风流于一身,融古典主义、新人文主义与浪漫主义诗情于一身,有严重的精神、人格分裂行为,学术成就平常,是一位以日记传世的自传体作家。"

三 坚持中国文化的融通性，反对全盘西化

"全盘西化"是新文化运动时期就提出的主张，胡适应该是西化论者的重要代表。然而，这场声势浩大的文化运动随着"救亡"，随着各种政治派别的加入讨论，当然也伴随此起彼伏的反对之声，并没有如发起者所设想的那样得到很好的开展，而是"中断"了。胡适本人对此一直是有所不甘心的。20世纪50年代，随着新中国的建立，大陆港台两岸三地处于隔绝状态，思想文化亦有对立之势。蒋介石为了得到西方世界的支持，为了重建国民党统治的形象，也大搞所谓的民主文化建设。1958年，胡适被蒋介石从美国召回，就任"中央研究院"院长；他重新召集自由主义阵营的"旧部"，准备大干一番。然而，他将矛头对准了当时在港台刚刚聚集起来的现代新儒家学术阵营。大体上来说，现代新儒家对中西文化采取的是一种中西融通的立场。特别是熊十力学派的一系，认为中国文化的心性哲学与西方的生命哲学、理性精神、人文精神皆能互相打通，中西文化的融通再造，对于世界文化的建设具有重要的意义，所以一直努力在做中西文化沟通的学术研究。但是，胡适的认识水平似乎还停留在新文化运动时期。认为中国文化没有灵性，说这种古老文明是"属于一个人体力衰弱，头脑迟钝，感到自己无力相抗衡的时代"。对此，徐复观著文加以回击，一场中西文化论战重新展开。[①]

港台新儒家在海外遭遇的西方强势文化压力是巨大的。一方面是直接的西方文化势力，另一方面是来自"现代性"立场的西化论者，再加上台湾当局的猜忌和刁难，可以说是在艰苦卓绝的精神压力和困难生活的状态下进行学术研究的。现代新儒家的两个重要安身之处，台湾东海大学与香港新亚书院，皆曾经受到过来自西方文化势力的干预和压制。比如徐复观

[①] 王守雪：《人心与文学——徐复观文学思想研究》，郑州大学出版社2005年版，第22页。

曾任教于东海大学，受到曾约农校长的礼聘，但校内倾向西方的势力，鼓动董事会，对校方施加压力，据他们称述的说法，学校为教会所办，不是为中国文化所办，徐复观、牟宗三讲中国文化，影响了基督教在学校中的地位和传播。校方迫于压力，终于在1969年强迫徐复观退休，离开东海大学。为此，徐复观曾著文《无惭尺布裹头归》备述其中委曲，文章的题目来自吕晚村一首诗，饱含沉痛之感。新亚书院被迫合并重建，钱穆、唐君毅也曾经颇费周折，以求保留"新亚精神"的文化血脉。港台新儒家在社会上既被主流文化势力排挤，又被西方文化势力打击，而国民党当局迁台之初对他们有拉拢，后来拉拢不成也是加以打压。他们的处境在政治上似乎较为自由，但在生存空间上遭受的压力也是多重的，只能在逆境中艰难前行。支持他们精神生命的仍然是来自传统文化的信念。

文化保守主义者"以道抗势"与现代知识分子精神有相通之处，特别是在批判现实，反抗专制暴力的时候，二者可能趋于一致。港台新儒家与自由主义者虽然中间有一定冲突，但在促进自由民主，反对国民党专制独裁时也能团结起来。当时以《民主评论》为中心聚集了现代新儒家的文化学术人物，以《自由中国》为中心聚集了一批自由主义者，曾经两军对垒，互相论争，异常激烈。后来在徐复观与殷海光的积极努力下，有了平心静气的交流，在对方的刊物上刊发文章，营造了一种热烈而又宽容的学术环境，徐复观与殷海光两位老朋友关于文化建设也有了一致的意见。然而，二者的思想渊源毕竟来自不同的文化传统。自由主义主要来源于西方的知识传统，知识分子的批判精神来自知识本身。文化保守主义者的批判精神则主要来自道义的追求，来自历史文化民族精神的熏陶，以"道"抗势。具有传统文化修养的现代"士人"，往往将自身作为"道"的载体，追求具有整体秩序性的超越精神，往往将批判的对象也纳入自身，变成同体共感的一部分，特别是在涉及国家统一、民族主权的问题上，文化保守主义者绝对是维护国家的统一和权威的。比如在台湾政治制度建设的问题上，新儒家虽然也赞成"自由民主"，但坚决反对"台独"，坚持维护台湾本土文化与中华文化的一体性。从这一点上说，可以说与国民党政府是共同的。自由主义知识分子常常认为传统知识分子批判性不强，不够激烈，不够彻底，不够决绝；而保守主义者则常常认为自由主义知识分子缺乏修己责人的博大胸怀，缺乏民族文化的历史意识。从历史上来说，二者来自不同社会环境与社会制度的养育，随着现代社会制度的建立，二者是可能在整体的精神方向下发挥更好的效果的。

第五节 沟通中西文化

中国现代化的发生，在许多人看来就是"西化"的过程，特别是在激进主义者眼里，既然要实行现代化，必然要从根本上清除中国传统文化的障碍，而且越彻底越好。文化保守主义者并不反对"西化"，但是他们认为，传统文化与"西化"并不矛盾，而且只有在民族文化的基础上，才能更好地"西化"，才能更好地实现现代化。这样，二者之间形成冲突。对文化保守主义者的思想方法，如何吸收西方文化，如何沟通中西文化，从主流来看，长期以来似乎仍然缺乏切实的理解。

一 文化主体的挺立

学术界讲到"中体西用"，往往以具体的内容加以解释和认定[1]，这样好像是清晰了，但往往是以偏概全，割裂了整体，对思想史的连贯性既不能显示，也难以概括思想理论的原意。既然讲"体用"，就不能以"具体"

---

[1] 胡逢祥：《试论中国近代史上的文化保守主义》，《华东师范大学学报》（哲学社会科学版）2000年第1期："洋务派的'中体'指的是政教合一，即以君主专制为载体的政统和名教纲常为核心的道统相结合的封建文化体制；而现代文化保守主义所肯认的'中体'，则更注重于体现民族历史精神的文化传统，他们不但将中国文化的道统与旧政统分离出来，还极力赋予其非封建性甚至现代意义的诠释，两者的差别是显而易见的。"

的意义去理解，而应该在超越的抽象的层面上去理解，这样才能以"体"概"用"。如果从张之洞《劝学篇》的"内篇"9篇"正人心"的意义上理解"中体"的内容方向，大体上是不错的，确实是"以君主专制为载体的政统和名教纲常为核心的道统相结合的封建文化体制"，但是这只是具体的内容，只是中国文化的"用"，不是中国文化的"体"。这仍然不能概括"中国文化"的全部，背后的文化精神是什么呢？只有从文化精神上来理解，才可能趋向文化体系的"体"。后来梁启超、章太炎、章士钊等皆曾致力于探究中国民族文化精神，探究国民精神，探究中国文化的特性，这都是从整体上思考的，也在不同程度上涉及中国文化的"体"。现代新儒家几位大师，如梁漱溟、马一浮、熊十力等，皆致力本体论的研究，试图从本体论的高度沟通中西文化，对中国文化的根本思想"体"有很好的论述。中国文化以天地精神为中心，如《易经》中所言"仰观""俯察"，所以追求整体的和谐与秩序，强调生命的刚健和更新，这是中国文化的精神特征。这样才有了中国人的生活方式，才有了儒道两家对人生社会的种种思想，才有了一系列纲常伦理和政治制度。纲常伦理和政治制度是具体的，是一定社会历史条件下的产物，文化根源流出的"河流"，不是一成不变的。张之洞强调纲常伦理和清朝政权为"中体"的内容，但不能代表整个中国文化背后的精神；反过来，不能以其具体的内容而忽略其理论的整体意义。

严复曾经批评"中体西用"之说，认为马有马之体，与之相应马有马之用；牛有牛之体，与之相应牛有牛之用。怎么可能"马体牛用"或"牛体马用"呢？意思是说，中体只能中用，西体只能西用，不可中体西用。其实这是一种误解。人类不同的文化系统本来有其共通性，文化体系的不同，不如物种之不同，文化之"体"与"体"之间，本来就有融通的可能。陈寅恪《王观堂先生挽词》论及张之洞"中西体用兼循诱"，文化的变革必然以"用"着手，因为体是抽象的整体，是不可见的，也没有办法一下实现整体的更换。而不同体系的"用"与"用"之间的互相作用,可以促进"体"与"体"之间的融通。事实证明,张之洞从教育、铁路、矿业、军事等方面进行变革,是可以促进精神文化甚至制度的变革的。也就是说,即使从西"用"着手,也必然诱导出西"体",从而促进最终实现中西文化"体"的融通。

无论如何,"中体西用"体现了文化主体性的挺立。其中既包含了一种文化的自信,也包含了尊重特色循序渐进的思路。文化保守主义者在处理中西文化关系时,常以中国文化本来之生机,接引相应的世界文化之进入,形成特有的学术景观。

二 民族精神的比较研究

各民族精神之河的洪流到处奔涌,它们必将相互碰撞并不断汇合。①

这是张之洞幕府人物辜鸿铭《中国人的精神》一书的"附言"。19世纪末20世纪初,"现代化"在世界范围内众多国家展开,这是以欧洲为中心为代表的现代性文化向世界的展开,也是欧洲各国之间相互竞赛冲击的过程,这种竞争碰撞的风气弥漫了整个世界,也到了亚洲,到了日本,辗转到了中国,"民族精神"成为世界范围内讨论的热门话题。辜鸿铭《张文襄幕府纪闻》其中有一则《孔子教》:有一天,辜鸿铭到幕府中一个"洋员"住所赴宴,在座的都是外国人,宴席开始前,大家闲聊。洋主人问辜鸿铭,你说说,孔子之教到底有什么好处?辜鸿铭回答:比如今天我们宴会入座,大家都互相推让不肯居首座,这就是"孔子之教"。如果按照生存竞争的主义行事,优胜者居上,那么我们大家就要先比试比试,等

---

① 辜鸿铭:《中国人的精神》,《辜鸿铭文集》下册,海南出版社1996年版,第154页德译本书后的附言。

到优胜劣败后才能开始,那样恐怕今天这顿饭大家都难吃到口里了。大家听后都乐了。①

在张之洞的幕府中,有大量的外国雇员,来自欧洲各国以及日本,这些人主要是一些技术人员和军事教练,虽然不以文化研究为主,但对当时中西文化的交流影响也是巨大的。张之洞本人不通外语,也没有到国外详加考察,但他对西方文化及西方各国的情况了解还是很深入的。在1898年写出的《劝学篇》"外篇"中,可以看出张之洞沟通中西文化的基本设想。这里不能不重视在张之洞与西方文化之间的一个中介人物,这就是辜鸿铭。他出生于马来西亚,被一对传教士夫妇养大,游学英国、法国、德国各大学,受到良好的教育,是一个在西方文化环境中成长的中国人。他在张之洞幕府工作了二十多年,后来著成《中国人的精神》一书(1915年),乃是他长期以来思考积累的结果。

辜鸿铭《中国人的精神》虽然是在中国所讲所写并在中国出版,但它在中国社会层面并没有得到多少正面的评价,反而常常被当作极端保守的典型。这本书的主要部分本来用英文写成,同时也有中文版,后被译成德、法、日等多国文字,在世界范围内有重要的影响。西方汉学界以及关心中国文化的外国人,往往通过辜鸿铭了解中国文化以及中国人。在这本书中,他对美国人、英国人、德国人、法国人等国家民族的性格、民族文化、政治甚至宗教都有明确的诊断,当然,这都是在"中国人"的背景下甚至立场上来进行评论解说。他认为,中国人的性格和中国文明的三大特征,分明是深沉、博大和纯朴。美国人博大,纯朴,但不深沉;英国人深沉,纯朴,却不博大;德国人深沉,博大,却不纯朴,"法国人最能理解真正的中国人和中国文明,固然,法国人既没有德国人天然的深沉,也不如美国人心胸博大和英国人心地纯朴,——但是法国人,法国人民却拥有

---

① 辜鸿铭:《张文襄幕府纪闻》,《辜鸿铭文集》上册,海南出版社1996年版,第419—420页。

一种非凡的，为上述诸民族通常来说所缺乏的精神特质，那就是灵敏"。①他激烈地批评英国的"群氓崇拜"，德国的"强权崇拜"，以及由此形成的功利主义和军国主义，认为这是造成世界大战的主要原因。他认为孔子在《春秋》中阐发了具有社会政治意义的"良民宗教"，此以君子之教为基础，建设有秩序的社会。在书中"中国妇女"一篇，他阐述了中国女性在中国文化中的重要地位。在"中国语言"一篇中，他以自己切身的感受讲出学汉语的体验，认为中国语言是中国文化的载体，"是一种心灵的语言，一种诗的语言，它具有诗意和韵味"。② 他认为，中国语言表面上似乎很难学，但如果真像一个孩童一样，保持纯洁高尚的心灵，用心去感受，不但能学会汉语，还能到达富有优雅人情韵味的"天国"。辜鸿铭还对西方汉学家的"中国学"提出了系列的批评，认为西方汉学最大的弊病在于对孔子及其学派的教义"缺乏哲学的了解"，缺乏整体有机的把握。

辜鸿铭关于中国民族精神的研究，虽然在学理上的展开显得不够，对东西文化的论述不够深入，但眼界的开阔、目光的敏锐，以及强烈真挚的文化心灵都是难得的，对近代文化保守主义的发展影响巨大。梁启超"新民说"系列文章背后也潜藏了"民族精神"的背景，只不过他的心态与辜鸿铭有明显的不同。在"论公德"一系列文章中，梁启超主要的着眼点还是以西方文化的"公德心"激发和补充中国人公德心的不足，重在引进外国的"新文化"以改造中国的国民性；从1903年发表《论私德》开始，转向中国传统文化精华的阐发，研究中国学术思想史，整理国学，奠定了"东方文化派"思想的基础。特别是游欧归来，著《欧游心影录》，对东西方民族精神、文化精神有了更加真切的认识，更加坚定了他的文化思路："一手输入新的一手保存旧的。"国粹派的学术思想中便极为重视"民族精神"，但从学术研究具体的展开来说，重在清理中国学术思想中的纠葛，

---

① 辜鸿铭：《中国人的精神》，《辜鸿铭文集》下册，海南出版社1996年版，第7页。
② 辜鸿铭：《中国人的精神》，《辜鸿铭文集》下册，海南出版社1996年版，第92页。

着重阐发中国文化中反专制、反侵略的反抗精神、复仇精神，将重心转移到了政治上的"排满革命"主题，偏离了"民族精神"的广大之义。

三 新知的融化

学衡派标明宗旨"昌明国粹，融化新知"，既然"新知"与"国粹"相对，那么新知的主要内容应该偏重西学。然而，新知似乎又不是简单地与"西学"相同，而是着眼于中国的当下学术，有新有旧，新旧学术都是当下"中国的"学术，由西学到"中国化"的过程，就是一个融化的过程。由晚清时期的"中西"问题变而为新文化运动时期的"新旧"问题，是近代中国学术史的一个发展。

学衡派所要融化的"新知"很广泛。首先是对"新人文主义"的融化。白璧德新人文主义批判近代欧洲的浪漫主义运动，批判功利主义与科学主义，提出弘扬人文主义的根本在于对道德理性的重新肯定，提出古希腊哲学是人文主义的根本资源，重新重视基督教在西方文明的重要地位。由此，白璧德对他的中国学生——也就是学衡派的中坚人物相应提出，中国文化应该重视儒家的孔子思想与佛教的意义，将来可能对人类文化发挥大的作用。在这种指导思想下，学衡派极为重视古希腊哲学与儒家思想对东西方学术的根源性意义，在《学衡》杂志创刊号上登载两幅画像插图，一为孔子，一为苏格拉底，颇具象征的意义。同时重视佛道两家在中国文化史上的地位和作用，汤用彤与陈寅恪学习巴利文，深研佛教史；刘伯明系统研究西洋哲学史，柳诒徵著《中国文化史》，皆可以看作在新人文主义精神指导下对于中西文化的深入研究，显出中西文化融通的意义，为将来文化建设提供资源。

其次，极为重视19世纪后期，特别是进入20世纪以后近数十年世界范围内，特别是欧美思想家聚集之地思想文化的新动向。对正在兴起的马克思主义学说，杜威的思想学说，宗教问题，种种政治学说，欧美教育等等，均有一定的译介，对哲学、美学、文学、史学、心理学等方面的学科形态及其重要成果皆有相当深入的把握。如果上升到"融化"的层面，做得最好的应该是在文学方面，吴宓对欧洲文学史的翻译与研究，奠定了中国的世界文学与比较文学学科的基础，刘永济的《文学论》，也应该是中国的文学概论学科建立的里程碑，具有重要的学术史意义。

最后，学衡派在融化新知方面一个突出的成就，是对古典主义文学理论的中国化论述。《学衡》杂志的创刊，本来与新文学运动兴起直接相关，梅光迪与胡适，从朋友变成文化学术论战的对手，即是基于对中国文化及文学建设的不同设想。1922年，新文学运动已经开展数年，按照胡适的说法，已经近于胜利大功告成了，学衡派似乎是迟到的抗争，有人说是错离时空的论战。其实，这里对学衡派的意义理解得不够全面，特别是对其"融化新知"的宗旨不太明了。学衡派的目标不是推倒已经颇有气候的"新文学"，而且要建设一种更为切实、更有价值、更具有将来意义的"新文学"，他们借批评新文学运动入手，展开一种具有不同意义的文学建设。在这个方面成绩最为突出的是胡先骕。他的《中国文学改良论》《评尝试集》《欧美新文学最近之趋势》《论批评家之责任》《文学之标准》等文，不但具有文学批评的意义，更具有文学理论本身的意义。可以说代表了中国化的"古典主义"文论，这是对欧美古典主义"新知"的融化。胡先骕从《评胡适〈五十年来中国之文学〉》入手，推倒胡适的判断，重新认定文学的标准，对"近代文学"重新评价。由《读张文襄广雅堂诗》《评陈仁先苍虬阁诗》《评刘裴村介白堂诗集》等批评长文拉开了中国近代诗人的巨幅画卷，也展现了中国近代社会政治的变动轨迹，这是古典主义文学批评的具体实践，是"新知"在实践意义上的"融化"。

四 建设中国学术话语系统

在中西文化相互渗透融合的大方向下，近代文化保守主义者立足于中国文化建立了一套学术系统,成为中国"近代学术"体系,从文体上说,大致有"学术史""专论""学术随笔"等大的类别。

梁启超应该是最早对中国学术形态进行"改造"的人,他不但提出文界、诗界、小说界的"革命",也提出"新史学":"今日泰西通行诸学科中,为中所固有者,惟史学。史学者,学问之最博大而最切要者也,国民之明镜也,爱国心之源泉也。"[①] 他认为,在中国学术中,只有史学形态与西方学术最为接近,近于"科学"形态。他极为重视中国先秦政治思想史,认为是中国政治思想的源头,也是中国文化的"龙头",对中国文明的历史具有重大的影响。他试图从整体上展开中国学术思想史的研究,但精力为时事所牵,完成了唐宋之前的重要部分。他对清代学术的研究较为深入,对清代学术研究方法的意义有很好的阐发,认为有"科学方法"的意义。梁启超以学术思想史研究的方式展开中西文明、中西文化的比较研究,从而见出中国文化的独特价值和意义,影响是巨大的,可以说开创了一种学术范式。

"中国学术史"作为一种研究方法,在近代取得了重要的成就,柳诒徵的"中国文化史"研究,徐复观的"中国思想史"研究,都是这个方向下出类拔萃的显例,皆能够通古今之变,显中西之别,发中国学术之幽光。其他相关的中国文学史、中国哲学史、中国政治史等,固然可以说是现代学科意义上的"专门史",但往往也具有贯通古今中西文化的意义。当然,后来流行开来的中国"专门史",似乎也有两种写法,一种是比较尊重中国传统文化的,这是近代文化保守主义开创的本来写法,但后来也有变异,特别是到了20世纪二三十年代以后,新出现的中国"专门史"中,也不乏以西方学术为标准对中国学术史进行割裂拼凑的现象,这往往是一种激进的"现代"写法。细心区别中国学术史的两种价值方向,本身

[①] 梁启超:《新史学》(1902),《梁启超全集》第3卷,北京出版社1997年版,第736页。

应该就是极有学术史意义的工作。

中国文化学术的"专论"区别于"史"的形态。中国古代文章之学中本有"论说"之体，此与经学、子学皆有渊源，特别是在科举考试制举文的推动下，中国文章的"论体"尤为发达。另外应该是西方学术形态的影响，西方文学哲学著作，往往善构体系，形成一种"概论体"，近代中国在译介西方学术时，对中国学术体制产生重要影响。中国的"论说体"与西方的"概论体"结合起来，成为近代中国学术著作的范式模板。章太炎对"论体"极为讲究，往往举证密集，阐幽烛微，颇能显出"弥纶群言，研精一理"的精神；章士钊著文以"逻辑"为基本原则，追求词达意尽。二人皆近代论说之文的巨擘，也开创了论学之文的专论范式。在此基础上，能够吸收佛学及西方理论"论体"之长，对中国学术做出系统论述解释的，是学衡派与现代新儒家的学者。其中刘永济《文学论》，梁漱溟《东西文化及其哲学》，熊十力《新唯识论》都是有体系的著作，且能站在中国文化的立场上，广泛吸收中外相关理论内容，归纳分析，比较融通，自成一家之说。至于说如唐君毅、牟宗三、方东美诸位学者的著作，往往皆是精心结构的皇皇巨著，将史、论、评打通，横说竖说，融合中西印，会通儒道佛，以彰显中国文化的广大之义。

保持传统学术文体的特点，自由灵活吸收西方文体因素的是学术随笔杂论。这类文体极难概括，也难以细述，但它在近代中国学术中发挥了极大的作用，更接近学者文人的生命形态，具有重要的文体意义。黄侃的《文心雕龙札记》是这方面的杰出代表，各篇内容虽是以讲解《文心雕龙》为基础，但远远超出原著内容的范围，显示出近代中国学术的焦点问题。札记也不是将《文心雕龙》篇篇讲解，而是有特别的选择，自出机杼，所以完全是可以独立成书的专论。在这个方面，马一浮的《复性书院讲录》、熊十力《十力语要》都是近代中国学术的经典著作，成就巨大。沿用传统学术的一些文体，以札记、书信、随笔、讲稿等形式著论的学者极多，涉及内容非常广泛。但能不能显示出传统学术的价值，有没有贯注传统文化的精神，则是区分和把握近代文化保守主义者相关成就的重要观测点。

近代文化保守主义虽然具有明确的精神特征，但涉及具体学派和人物，涉及具体的著作以及学术问题，往往又是复杂的，甚至是难以清晰表述的。当时的学派和人物本身是复杂的，往往又是在剧烈的时代变动之中，人的思想不可能不发生变动。标示出核心精神特点以及发展变化的分野，是为了理解和把握的方便，而实际上这样的论断难免有简单粗略甚至独断之嫌。

第三章　近代文化保守主义文学思想

近代文化保守主义学术系统的各派虽然在理论上纷繁多义，但在文学思想上也有一个大略的共同之义，即将文学视作中国文化系统中的一个分支。刘勰《文心雕龙·序志》篇云："文章乃经典枝条。"又云："古来文章，以雕缛成体。"篇末《赞》则曰："文果载心，余心有寄。"将文学看作文化心灵的展现，这也是近代文化保守主义最突出的文学观念，以此为基础，形成了文学作用与文学特征的思想脉络。

第一节　文以载心　坚守文心

一　功夫的文学

中国文学依存于中国文化的整体系统，是这个整体中的有机组成部分，近代文化保守主义在回溯中国文化的根本时，无不包含着文学理论的因素。然而，文学在中国文化系统中的地位问题一直是一个悖论。一方面，"文学"常常被定位于文化系统的"末端"。孔子培养士人的人格次序是，"志于道，据于德，依于仁，游于艺"（《论语·述而》）。后人常常概括为"先器识而后文艺"（《旧唐书·列传》卷一百四十裴行俭语）。这是强调文学的基础"工夫"的深厚，在文学之前，士人在才德方面有足够的修养，方能达到"游于艺"的阶段。另一方面，文学贯通于士人的精神生活，连贯各种社会政治文化活动，是一个生命人格重要的载体，个人可以通过"立言"达到不朽。特别文学才能与科举制度结合在一起时，文学创作水平常常是一个人显达穷通的决定因素。这样看来，文学又是极端重要的。那么，一方面是末端，一方面是"经国之大业、不朽之盛事"（曹丕《典论·论文》），文学在中国传统文化体系中到底是重要还是不重要呢？整体来看，文学在中国文化中是被重视的，前者的"末端"论，其实是文学的功夫论。即中国文学的主流从来就不是"天才"的文学，而是"学养"的文学，将文学排在末端，正是为避免文学在"天才"论的方向上浮漂不归，甚至因此失去文学的"文化"意义。

"工夫"的文学，作为文化心灵修养的文学，在近代随着传统文化体系的崩坏发生了极大的变迁。张之洞是近代中国变迁的重要推动者，也是中国传统文化近代化的重要实践者，他积极建议科学制度的改革及最后的取缔，他的中体西用之说力求在保留传统文化大体的基础上，引进西学，改造中学，而"文章之学"的改进正是其中重要的内容，开启了文化保守主义之下的文学近代化建设。

在张之洞《劝学篇》中，几乎看不到专门论文学的篇章，全书内篇《同心》《教忠》《明纲》《知类》《宗经》等九篇，外篇《益智》《游学》《设学》等十五篇，"内篇务本，以正人心；外篇务通，以开风气"（《劝学篇》序）。全书指向近代知识分子人格的塑造，但是没有多少文字论到文学。仅在内篇《守约》篇中，提示辞章之学的要领。"一为文人，便无足观。况在今日，不惟不屑，亦不暇矣。然辞章有奏议、书牍、记事之用，不能废也。当以史传及专集、总集中，择其叙事述理之文读之，其他姑置不读。若学者自作，勿为钩章棘句之文，勿为浮诞诡琐之诗。"[①] 张之洞在《劝学篇》中对文学"不屑不暇"的态度以及语焉不详的提示，是对文学的轻视吗？如果对照他在稍前几年作的《𬨎轩语》，其中有专门一篇

[①] 张之洞：《劝学篇》，《张之洞全集》第12卷，武汉出版社2008年版，第117页。

《语文第三》，将文章之学分为时文、试律诗、赋、经解、经文、策、古今体诗、字体八个方面，细加论述，为学者揭示门径要领，则可以发现张之洞对传统文章之学功夫深透，而且极为重视。特别是他总结道："文学两字，从古相因。欲期文工，先求学博，空疏浅陋，呕心钻纸无益也。梁刘勰《文心雕龙》，操觚家之圭臬也，必应讨究。"[1] 他强调文学是功夫的学问，但这种功夫不是狭隘的作文练习——"呕心钻纸"，而是背后一套文化学术系统的学习领会。在《劝学篇》中，在二十四篇的大框架下，乃是立足这个文化学术系统的大体——"中体"，同时引入西方文化学术，以充实其大体，发挥其大用，而文学的脉络便渗透其中。汪公严曾是张之洞幕府人员，辛亥革命前后任教清华学校，他撰写的清华校歌歌词云：

> 西山苍苍，东海茫茫，我校庄严，巍然中央。东西文化，汇萃一堂，大同爰跻，祖国以光。莘莘学子来远方，春风化雨乐未央，行健不息须自强。自强，自强，行健不息须自强。
>
> 左图右史，邺架巍巍，致知穷理，学古探微。新旧合冶，殊途同归，肴核仁义，闻道日肥。服膺守善心无违，服膺守善心无违，海能就下众水归，学问笃实生光辉。光辉，光辉，学问笃实生光辉。
>
> 器识为先，文艺其从，立德立言，无问西东。孰介绍是，吾校之功，同仁一视，泱泱大风。水木清华众秀钟，水木清华众秀钟，万悃如一矢以忠，赫赫吾校名无穷。无穷，无穷，赫赫吾校名无穷。[2]

汪公严肄业于张之洞创办的广雅书院，进入湖广总督时期张之洞的幕府，后来任教清华。清华学校也是在张之洞晚年主持下创办，培养学生的目标并不以"文艺"为重点，但清华学校从建立一直到民国时期，人文气

---

[1] 张之洞：《輶轩语》，《张之洞全集》第 12 卷，武汉出版社 2008 年版，第 214 页。
[2] 王元化：《清华老校歌》，《王元化集》卷五，湖北人民出版社 2007 年版，第 83—84 页。

息极为浓厚，传统文化的气息也极为浓厚，学衡派诸人汤用彤、吴宓、刘永济等皆毕业于清华。汪公严在歌词中标举的"器识为先，文艺其从"无疑具有丰富的传统文论内涵以及强烈的时代精神，将文学引向功夫的文学、性情修养的文学，同时也引向学问的文学、美的文学。需要特别指出的是，张之洞在《𫐓轩语》中推荐学者研读《文心雕龙》，正是因为《文心雕龙》作为中国传统文学的代表，是本末兼顾的，既强调文学根本的"枢纽"，同时也展开论文学的文体论、创作论。《文心雕龙》在近代中国成为显学，应该与文化保守主义的学术系统密切相关。一方面，国粹派的刘师培、黄侃在重新整理国学的过程中对《文心雕龙》的发扬光大，开现代"龙学"的一脉；另一方面，《文心雕龙》在中体西用派那里亦受到重视，据王元化回忆，他的国学基础是经过汪公严等人指导而打下的，而汪公严为王元化所授课程之一便有《文心雕龙》的讲解。

二 性情的文学

张之洞强调的"勿为钩章棘句之文，勿为浮诞诡琐之诗"（《劝学篇·守约》上引），从表面来看是文风问题，实际上是强调文学创作背后作者的人格修养，修养的核心则在于"性情之正"。怎样才能达到性情之正呢？按照传统儒家的观点，人生如果一本天性，一本真诚，就能不断地汰杂去私，避开后天习气的干扰，性情自然能够保持纯善，一归于正。但是在实际生活中，人的生命中本有形气之私，又极容易受到习气的干扰破坏，所以要保持生命的纯真，必须在文化学术中得到滋养。

戊戌变法之后，由于政治立场不同，主张变法自强、民族自救的中国精英们出现严重分化，除主张在清廷政治体制内改革自强的中体西用派之外，另有"革命派"和"君主立宪派"之分。由于政治立场与文化思想相互缠结，文化思想的共通性常常为政治立场的不同所掩盖，以至于被误认为他们之间皆是水火不容的。如果细加考查，则可以发现，辛亥革命之前的数年，不管是以张之洞为代表的中体西用派，还是以康有为、梁启超为代表的立宪派，及以章太炎、刘师培为代表的国粹派，他们的思想在某种程度上都受到日本明治维新的影响，皆有一种"民族精神"的自觉意识，皆曾致力对中国传统文化的整合与反思，皆借助传统文化的精神力量，吸收民族文化资源以加强事业的建设。而他们的文学观念，往往与他们对民族文化精神的理解相关。

其中梁启超的转变具有重要的意义。戊戌变法之前，维新派总体上是一种激进的文化心态，对西方文化显出一种近乎崇拜的热情，对传统文化的理解往往也是带有功利心的利用，论究学术问题不乏横截粗暴，矜心使气，比如康有为对古文经学的攻击以及对《春秋》学的论断等。"诗界革命""文界革命"的开展，就与此激进的文化心态相关，梁启超在戊戌变法之前已经令人瞩目的"报章体"亦与此文化心态相关。将文学视作启导国民、传播特定社会变革思想的工具，从大体上似乎亦符合儒家的政教文学观，《诗大序》亦云"先王以是经夫妇，成孝敬，厚人伦，美教化，移风俗"。甚至康、梁及维新派诸人也不乏"性情中人"，对自强变法事业出于至诚之心，"我手写我口"发出来的文字亦未尝没有动人心魄之力。然而，如果在整体上离开了"修己"的起点，离开了"修辞立诚"的意识，仅仅将目光投向社会，一心向外驰逐，则是在某种程度上疏离中国传统文化的大义，从根本上疏远了性情之教。特别是将民族精神与民族文化当作解剖的对象，与西方文化牵引对比，横加批评和挞击，更加失去了儒家以身作则美化风俗的意义。梁启超1902年初著《新民说》各章"论公德"，基本上还是目光向外，对民族文化持批评的态度。然而，随着他到美洲各地游历，对世界文化的格局，对民族文化的态度，都发生了一些转变。第二年，他在《新民说》"论公德"题目之下接着发表了《论私德》，力图阐发中国文化的"为己之学"，认为只有成就"私德"的基础，才能成就社会的"公德"。表明他在根本上改变了文化"移植"说，而与他后来的

"东方文化派"思想学说融为一体。梁启超后期提出的以"情感"表现为中心的文学理论,以"情感"品质为中心的文学批评理论,其中包含了中国文化"性情"的基因。

民国初期,从东方文化派到现代新儒家,皆非常重视对科学主义的反思与人生价值的追问,以"科学与人生观"为题,曾经展开热烈的讨论,在某种程度上,他们都受到生命哲学的影响。而讨论的结果之一,则为扬弃"生命"之义的夹杂,接通中国文化中的"性情"论,从而激发了对中国文化价值的深入研究。不管是梁漱溟的"理性"本体论,还是熊十力的"心"本体论,马一浮的"仁"本体论,抑或是后来方东美、钱穆等强调的天人合德、生生不息的宇宙观,其中心皆是对中国人生命精神、人文精神的开掘。在这个脉络中,文学是人的心灵的展开,也是宇宙人生之美的展开。从文学的作用来看,文学既是作家心灵修行的轨迹,也是作家自我的对象化映照,更是人们沟通交流的通道,推己及人,修己化人。虽然不将启蒙教育作为标语,"观乎人文,以化成天下",其中自有文化大义。如果加入拉长到历史的广阔图像中,自然形成浩浩荡荡的文化河流。文学是生命的,也是性情的、文化的,在现代新儒家那里,这些都是一体呈现出来的不同面相。徐复观通过中国思想史的研究,归纳中国艺术精神,他认为,儒道两家代表了中国艺术精神的两个典型,而孔子与庄子代表的精神类型,皆是人格修养的结果。不管是孔子的仁义之心,还是庄子的虚静之心,在其极高、极深、极微处,都是和艺术精神一致的。在他们的精神世界中,皆汰去私欲,纯洁无垢,涵容宇宙,感通万物,更推及众人。在此精神方向下,文学既是性情之表现,也是陶冶性情之资具。

学衡派的人文主义思想具有深厚的道德关怀。他们认为西方文化在近代陷入物质主义与浪漫主义的泥淖之中,应该重新上溯古希腊文化精神与基督教文明的超越精神;认为中国学习西方,不应该着眼于西方的近代文化,而应该上溯西方文化的源头,同时认为中国应该重视自己传统文化的精华。学衡派推崇的导师白璧德认为，中国文化的儒家文化与佛教文化，是可以与西方古希腊文化基督教文化相互沟通的，具有重要的现代价值。学衡派在此精神方向之下，致力于"昌明国粹，融化新知"的文化"工程"建设，《学衡》杂志在困难重重的形势下坚持出版79期，就是最好的证明。至于中西文化沟通的通道，聚集的焦点，则在于理性的节制。学衡派反对以胡适为代表的新文化运动，反对新文化运动标榜的新诗白话文，其中最大的理由就是认为新诗白话文太自由，没有节制。"想怎么说就怎么写"，其中包含一种文化的"任性"，缺乏节制。以胡先骕为代表的学衡派在新诗理论上强调古典主义，强调格律规范，强调向经典大师典范学习，这些观点从表面来看是关于创作方法的问题，实际上却关系到文学的文化精神。胡先骕强调诗歌接受"古典"的节制，其实是强调诗人的精神生命接受文化的洗涤，指向性情的纯正。而新诗表现出的"白话"的任性，缺少一种自我陶冶和自我节制的精神，其中包含流于偏执的误区。

三 文采的文学

文采之美本是文章的要义。然而，在中国近代文学变迁的过程中，大张旗鼓提倡文采之美者并不多，不但激进的"新文学"一直提倡文体解放蔑弃格律，即使在文化保守主义者那里，多提倡功夫的文学、性情的文学，而张扬文采者特少。只有国粹派刘师培等人，积极提倡华美的骈体文，认为"文章"即"彣彰"之义，取音声和美、色彩鲜艳之义作为文学的本质。刘师培文论主张有两个重要的"目标"：一是面对外国文学的进入。不少人为外国文学的光彩所震慑，似乎一下子发觉中国不但在科学方面不及西方，即使在文学艺术方面也自愧不如，一下子失了故步。刘师培认为，真正代表中国文学精粹的是中国的俪文，中国的格律诗与骈体文，实为中国文学的正宗，代表中国文学的最高成就。要想与西方文学竞一日之长，必须重视骈体文学的价值。二是对应的桐城古文系统。桐城古文在晚清文坛占据重要地位，甚至标榜"天下文章皆在桐城"。而实际上一些随声附影的末流，早已失去桐城派"义理、考据、辞章"三者一体的格局，仅在文章腔调声气的浅层面模拟抄袭。刘师培从根本上否定"古文辞"的文学地位，认为所谓的古文辞，在六朝时期不过是与"文"相对的"笔"，顶多算是文学的边缘或次一等的文学类别，根本算不上文学的正宗，要说真正代表文章高标的还是骈体文。

不少人对于刘师培的观点是不认同的，刘氏因此甚至遭到不少的攻击批驳，连同一阵营的章太炎，也对刘师培的观点加以批评。有人认为刘师培的观点无甚创见，只不过在前人旧说基础上更加极端化。比如钱基博指出：

> 盖融合昭明《文选》、子玄《史通》以迄阮元、章学诚，兼综博涉，而以自成一家言也。于是仪征阮氏之《文言》学，得师培而门户益张，壁垒益固。论小学为文章之始基，以骈文实文体之正宗，本于阮氏者也。论文章流别同于诸子，推诗赋根源于纵横，出之章学诚者也。……而师培融裁萧、刘，出入章、阮，旁推交勘以观会通。①

值得注意的是，对于刘师培的文论见解，一定要放在特定的时空背景下从深处加以理解，甚至要给予足够的重视。在古代文化系统中，文学处于末端的地位，但也具有贯穿文化各门的功能，为了固本，常常强调性情的表达，强调器识的功夫，一提到文学本身的文采，常常加以抑制。特别是在宋明理学家那里，甚至有"作文害道""玩物丧志"之说。一直到张之洞《劝学篇》仍然提及"一为文人便无足观"。这样的论说方式放在古代综合的文化系统中，本无可厚非，因为古代综合的文化系统自然是本末

---

① 钱基博：《现代中国文学史》，华中师范大学出版社2011年版，第109页。

兼具，即使不强调文学本身，不强调文采之美，只要用足功夫，长期浸淫于经史子集之中，深入现实生活，又具有一定的才华，不用担心作不出优美的文章，文采之美自在彀中。但是，放在现代学科分野日益清晰的情况下，以文章之美为目标的创作理论，当然应该有专门的研究和强调，不能以"末端"轻忽之。黄侃在刘师培文论基础上发扬光大，于武汉、北京、南京三地大学讲解《文心雕龙》，著《文心雕龙札记》，以创作论为中心，成为现代"龙学"开山之作。后来学衡派的刘永济，现代新儒家代表人物之一的徐复观，皆在《文心雕龙》研究方面取得卓越成就，现代龙学的开展，表明了古代文章之学强大的资源性。另外，刘师培主张"小学为文章之始基，骈文为文体之正宗"，并未脱离中国文学的文化系统，将文学之发展源头追索到文字，追索到语言的声气，同样是"修辞立诚"的文化系统，与刘师培所攻击的桐城派文论，也不是毫无牵连。《文心雕龙》所强调的作家"体气"，与桐城派所强调的"文气"，二者之间是有通道的，徐复观就沿着《文心雕龙》"风骨"论加以疏解，试图建立中国文学的"文体"论，显示"本末"兼顾的文论格局。如果溯其渊源，则不能忽视近代刘师培、黄侃所开创的现代文章之学。

第二节 非虚构的文学传统

坚持文学为生命真诚地展开，对外来文学观念强调虚构加以重新解释，保持一种克制的兼容态度，是近代文化保守主义者重要的文学立场。章太炎、黄侃、梁漱溟、熊十力、牟宗三、胡先骕、吴宓、方东美、唐君毅、徐复观、钱穆等人，往往不是"现代文学"视域中的"文学家"，但他们留下的大量作品，却具有"文学性"，他们是中国文化方向下广义的"文学家"。

一 章太炎的"大文学观"

章太炎追索文章的历史渊源到文字，认为凡将文字著之竹帛者皆谓之文，甚至包括图画等"无句读"之文。他认为，文字本来是代替语言作为心灵图像的记录，为了追求简洁有效，当然比日常语言更精练，更优美，保留的时间也更长远。将文章看作语言的书面化、文字化，其中传达了两个方面的要义：其一，文学是当下生活世界的真实展开。最早的文字既然作为生活记录之资具，记录的真实性为第一义。生活是极为广泛的，生活的范围有多么广泛，文字记录的内容就有多么广泛。人们的日常语言具有当下性和地方性，转瞬即逝，跨越时空便形成间隔，只有文字将意义固定下来，古往今来，文字的记录汇成文化的河流，人们正是凭借"文字"进入这个大的河流，达到沟通交流的效果。其二，语言的文字化意味着雅化、美化、艺术化。为了"记录"的精确性和传达的有效性，文字比语言要精确，也趋向于美好，基于语言的文字方能成就文章之根源义。

将文学的根源之义追究到"小学"，似乎是章太炎、刘师培、黄侃等国粹派学者的共同观点，章太炎虽然反对刘师培以骈体为正宗的文章观，反对刘氏以声音之美作为文章的基础，但他将文学根源追究到文字——同样属于"小学"的文学观，同样强调的是书面语言对于生活的传达记录以及艺术化。只不过刘氏强调的是文字声音的艺术化，而章氏强调的是文字本身的雅化而已。

二 黄侃"文章专美"的文学观

黄侃吸收章太炎、刘师培文学思想而加以融会贯通。他认为文学的畛域是可以"弛张"的，也就是说可以有广义的文学，可以有狭义的文学。就广义来说，就如章太炎所说，凡是著之竹帛，传达生活与文化讯息的皆可谓之文；但就狭义来说，文学是有"专美"的，只有文字具有特别美质的，才可以称之为文章，才可以称之为文学，而这个狭义的"专美"，则指向刘师培所强调的语言文字的声音之美，文词之美。那么如何处理广、狭之间的关系呢？他认为要在文学的传统中，在文学的发展中，处理好"质""文"的关系，才能不至于偏颇。广义之"文"，其实是文质关系中的"质"，指向文学的实用性，指向文学传达生活，传达历史、人生、社会的价值，指向真实；而狭义的"文"，实际上是文质关系中"文"，指向文学本身的艺术性。文、质关系随时代而变，文、质关系也因人而异，将文与质割裂开来，往往是偏颇的；将二者结合起来，达到一种理想的平衡才好，这是中国文章之学"文质彬彬"。相反，如果处理得不好，特别是对于文章专美——文采处理得不好，则不可能有成功的传达，忽视了文采，就不能成就文学之美，但如果将文采看得过重，则更是从根本上失去了文学的真实意义。文、质的平衡还要遵循"复古以定则"的原则，文章的体式是有强大的传统力量的，经典文学往往提供了理想的典范，这也是古典主义文论的重要基点。

三 梁启超"分业"的文学观

梁启超早年就认同将"觉世之文"与"传世之文"分列，并且倾向于所谓的"觉世"之文，不求精美，只求锐利的政论文章。在"觉世"之文的思想中，包含了传统文章非虚构、重实效的价值观念，自有其理论意义。特别是将此种"觉世"之文与当时的时代精神结合起来，更加凸显了梁启超政论文章在近代文学史上的典范意义。不过，梁启超并不轻视"传世之文"的价值，特别是戊戌变法之后，随着他对中国文化学术不断深入了解，其文化民族主义思想不断加强，对中国文学也有了更加全面的认识，对中国以诗歌为中心的韵文系统尤为重视，称之为"美文"，认为中国"美文"在中国文化中占据重要地位，对人的精神化育具有不可估量的作用。他认为"美文"以情感为核心要素，而散文以记事说理为主，二者质素不同，各有适用的天地及创作的一套本领，应该"分业"，属于两个不同层次的文学。无独有偶，与之同属于"东方文化派"阵营的章士钊也以政论文章见长，特别重视政论文章中的"逻辑"内容，因此所著文章被称为"逻辑文"。章士钊论文特重一个"洁"字，认为文章要写得文尽意尽、详明切实，切忌牵宕粗疏、不清不白。章士钊也认为政论文章与诗赋等写作要领不同，应当分别对待，应该与梁启超"分业"的文学观有相通之处。

梁启超、章士钊主张将政论文章从文学中分离出来区别对待，本意是保持政论文章在中国传统文学中的重要角色。据近人钱基博观点，他们二人的文章皆有坚实的科举应制文章的功夫，脱胎于八股文，他们对中国文章传统中的非虚构重实用的特性皆领会很深。然而，他们将政论文章区别于"美文"，却引发了意外的效果，即将他们所写作的"新民体""逻辑文"视为所谓的"应用文"，或称为"基础文体"，或称作"议论文"，总之将它们看得比"文学作品"低一等，甚至摒弃于文学之外。这也许是梁启超、章士钊所始料未及的。在中国传统文学的格局之内，诗赋与散文有所区别，或如刘师培持"文笔说"认为韵文为高，甚至强调骈文一体为正宗；或如桐城派强调散文的广大，声称"天下文章皆在桐城"，其间虽有争论，但基本上属于良性的切磋互动。二者同属中国文学的重要分支，是作者人格与作品一体贯通文化传统下的产物，可以从文中照见作家思想人格甚至时代人生，皆有非虚构的文学特征。但是，随着外来文学观念的进入，中国文学界人士常以外来文学为标准，以外来文学标准通约中国传统文学，梁启超、章士钊将政论文章与诗赋分业而治的观念，在一定程度上被误解、误用，间接促进了中国文学内部的分化，使原来"文""笔"互动的文学系统，变得疏离而界限分明，甚至使中国文学"非虚构"的文学特色隐蔽不彰。

四 近代诸家"非虚构"的文学成就

近代文化保守主义者虽然不以"现代作家"著称,但他们往往具有中国传统文学作家的本色,他们留下了大量的作品,从中可以见其人,可以见出时代,甚至可以梳理出一个现代"非虚构"的文学传统。

张之洞及其幕府人物基本上保持一种传统士人的学问系统与文章风貌,他们基本上是清末自救运动的参与者,在他们的诗文中,往往有一个挥之不去的"中兴梦"。后来陈寅恪在纪念王国维写的挽诗中有此句:"依稀廿载忆光宣,犹是开元全盛年。海宇承平娱旦暮,京华冠盖萃英贤。当日英贤谁北斗,南皮太保方迁叟。"[①] 张之洞正是晚清自救运动中"英贤"的领袖,在两广总督、湖广总督、两江总督任上进行了长期的人才培养,形成了一支强大的"幕府"人才队伍。张之洞、陈三立、沈曾植、郑孝胥、陈衍等,皆留下了重要的诗文作品,应该作为近代文学的重要一支。以章太炎为代表的国粹派重视"文章"的小学根基,特别是章太炎与黄侃,为文为诗工切劲练,个性充沛,入世既深,又善于以诗文出之,其作品堪称辛亥革命前后"古诗文"的精品之作,令人瞩目。梁启超的"新民体",章士钊的"逻辑文",皆具有重要的文体意义,反映了从传统文章之学向近现代文学的转变之迹,同时也传达了极为丰富的历史的、文化的、社会的信息。学衡派诸人往往也是诗文高手,柳诒徵、胡先骕、吴宓皆有一定数量的诗歌创作,既能见出性情,亦能显示当时的时代,立足现代中国,对中西文化的融合与发展有一种真切的关心。现代新儒家阵营极大,涵容量亦极大,其中代表人物虽不以文学自鸣,但提笔写作未尝没有以文传世、以文觉世的心念,不少文字是可以作为文学作品来读的。如熊十力为辛亥革命先烈写的一些传记文,还有一些序文,至今读来仍令人惊心动魄,感

[①] 陈寅恪:《王观堂先生挽词》,《陈寅恪集·诗集》,生活·读书·新知三联书店 2001 年版,第 12 页。

人至深。梁漱溟的《三十自述》、牟宗三的《五十自述》，都是一流的大文章。钱穆的《湖上闲思录》《师友杂忆》等作，徐复观的杂文，皆是天下奇伟文字，放之中国文学史中与古今文学大家相比，亦有卓绝之处。

近代文化保守主义者的文学创作，既不能看作古代文学的"遗留"，当然与活跃的主流"新文学"是不一样的，而是一支别具一格的文学力量。"既形四方之风，且彰君子之志"，在他们的作品中，是真切社会历史、社会事件的传达，也是作家自己生活，自我个性的传达，从精神上继承了中国传统文学"非虚构"的精神传统。在他们的作品中，传达的是时代新内容，他们的生命也是生动的时代精神孕育出来的，与新文学有一种"共同体"的关联，可以补充中国 20 世纪文学的全貌，具有重要的文学史意义，也对将来中国文学的发展具有重要的参考价值。

第三节　尚气的文章传统

重"气"的文章传统在近代中国呈现出分化与转化，在文化保守主义者那里也得到了一定的继承与发扬。"气"在中国文化中有两个层面，其一是在整体上的宇宙论，将气看作宇宙万物运行存在的整体；其二是生命论，特别以气指称人的生命精神。这两个层面共同作用于中国文学，形成重"气"的文学传统，特别是经过韩愈古文家到桐城派的努力，形成了体系相对完整的文气理论。在近代，作为系统的文气理论并没有得到很好的发展，其中最主要的原因，在于桐城派"文气"理论的浅层化。姚鼐将文章要素分为"神、理、气、味、格、律、声、色"等要素，其末流在"气"的义项下过分重视文章字句层面的气体腔调，而失去了将气作为生命本体或作为宇宙本体的根本精神。然而，如果从整体来看，中国近代又是一个"多气"的时代，可以说文气论脱离了桐城派，在众多的文学思想派别中，气的精神依然存在，如道德气节、政治关怀、天下精神、启蒙精神、民族精神、生命精神、人文精神甚至批判精神、现实精神、爱国主义等概念之下，往往与背后知识分子的主体性相关，在不同程度、不同侧面反映出人的生命之气，由此也形成了形态各异的"气"的文学。

一 节义之气

张之洞以及与他思想观念相通的幕僚们，从思想到人格，往往是被误解的文人群体。在何启、胡礼垣所著《〈劝学篇〉书后》中，张之洞被理解为贪恋权位、缺乏气节的人，这种看法代表了近代以来的主流观点。其实，如果细读张之洞《劝学篇》，从中也可以读出一种"士"气的激励。《劝学篇》通篇以国家的危亡为大背景，以新旧冲突为症结点，以一种强烈的忧患意识为基调。不过，张之洞所激励的是一种"忠爱"之心，他所倡的保种、保教、保国三位一体，以保国为第一义，而保国又是指向对清廷的保护，这当然不能让反清反专制的志士们心服口服。但是，即使这样也不能将政治立场与文化思想完全等同起来。陈寅恪后来分析王国维之死，说即使一个朋友在现实中像骊姬一样品格低下，但我们也要像对待高尚的鲍叔牙一样待他；一个现实中的皇帝即使非常昏庸，我们也要像对等待一个英武圣哲的皇帝一样期待他。这其中的朋友之道和君臣之道，都不能局限于现实，都是一种超越性理念。张之洞以忠爱之心、仁义之道等纲常伦理作为中国文化的核心，作为一种超越性的精神实体，也是对中国文化的一种历史性认知，不能轻易否定。如果以"贪恋权位"来解释，那是完全不相应的。

张之洞论诗以"清通雅正"著称，但他的诗清通而不失浅薄，雅正而不失板滞，在清通的文字中具有深厚的文化容量；在雅正的格调中又回荡着一种凝敛的气韵。他平生以陶侃自期，希望成为晚清的中流砥柱，挽救国势的危亡。但他又处于错综复杂的政局之中，虽百般努力，也难以成功。所以在他的诗中，有一种知其不可为而为之的执着，又有一种诸葛孔明晚年的伤感。"伤哉斜日广陵琴",这是他凭吊袁昶的句子,可见其内心深处之一角。其宣统元年(1909年)《读白乐天以心感人人心归乐府句》应为绝笔诗,诗云:"诚感人心心乃归,君臣末世自乖离。岂知人感天方感,泪洒香山讽谕诗。"① 可以作为他心曲的尾声,可以从中领会到深深的伤感与盘纡不平之气。

张之洞是非常重视招揽人才的,陈寅恪云其"总持学部揽名流,朴学高文一例收"② 绝非虚语。即使他的幕府人员及门生故吏,也是人数众多,难以细致统计。就文学个性来说,当然不可一概而论,然而,在这个群体的精英人物中,他们也像张之洞一样,感受到一种时代巨变的苦痛,他们努力过,梦想过,并且将全部精神投入这个"自救"活动中,但是终究无可奈何。因此,在他们的诗文中,往往有一种歌哭无端暗哑吞咽的基调。说这是一种末世文学也好,遗民文学也好,总之有这样一种气体风格。陈三立、沈曾植、郑孝胥、陈衍等,都应该是这个群体重要的参与者。有人以"宋诗派""同光体"归纳他们,当然可以有各种视角,但如果不将他们的精神根源追究到晚清的自救运动,不与张之洞联系起来,则不足以解释他们的共通性。

二 狂放之气

国粹派以民族文化激励反清排满的思想,就民族自救以及对民族文化的保护意识来说,与张之洞未尝没有共同的起点,但政治立场不一致,对民族文化核心的理解也不一致,所以整体身份面貌有截然的不同。章太炎散文长于论辩,好与人立异,每立一论,周密层叠,洋洋洒洒,自有一种

---

① 张之洞:《读白乐天以心感人人心归乐府句》,《张之洞全集》第12卷,武汉出版社2008年版,第502页。
② 陈寅恪:《王观堂先生挽词》,《陈寅恪集·诗集》,生活·读书·新知三联书店2001年版,第14页。

郁勃之气。而其诗情感内敛，声调激越，涉及革命人物革命志事，每臻绝唱。深受其影响的黄侃，诗文亦情感内充，以激越见称。徐复观评论黄侃的诗词文章："以清刚之气运雅丽之词，成就之大，远出于汪容甫之上，为近百年所少见。"① 这里所说的激越也好，清刚也好，其实是由文化人格而来的文学风格。出自章太炎门下的"章门弟子"中不少人都依稀带有此种清峻激越之气，其中包括鲁迅。不过在鲁迅那里，这种清峻激越之气更增加了一些悲凉与讽刺，特别是鲁迅的杂文更具有一种特殊的攻击性。章太炎这种清峻激越之气，也许渊源于他所推重的"五朝学"，与魏晋文风有关，如果追究其思想渊源，也许可以追溯到先秦诸子之学，特别是庄子。此与基于儒家道德修养，受孟子养气之说影响的儒者或古文家自有不同。

梁启超的"新民体"本以情感动人心魄，其中自有一种排比递进造成的气势，这固然是出于梁氏天才英气，也有早年受桐城文甚至八股文的影响。进入民国之后，梁启超重新整理"国故"，对传统诗文及学术史也重新下大力气进行研究和吸收，文章气势不减，而气力更加凝重。章士钊强调文章之"洁"固然是重视文章的逻辑内容和社会实用功能，也是对桐城派古文家过分重视韩愈，过分重视文章的气体声调的一种纠偏，但他所重视的柳宗元文章之"洁"，本身就是一种广义的"文气"。其文章之学的功底，仍然是宋明儒理学思想以及古文家文章宗趣。进入民国乃至新文化运动以后，梁启超、章士钊已经深深感受到激进思潮借西学之名对于中国传统文化攻击之过失，同时感受到当时西方思想文化界之自身纠正，因而有"东方文化"之论。对他们自身来说，重新认清本来深受熏陶的传统文化思想，扬弃戊戌变法时期风云际会的激进思潮的影响，吹去浮尘，渐露本真，是一种生命的回归。

---

① 徐复观：《关于黄季刚先生》，黎汉基、李明辉编《徐复观杂文补编》第二册，台北院中国文哲研究所 2001 年版，第 218 页。

三 沉郁之气

柳诒徵、梅光迪、吴宓、胡先骕是学衡派的中坚，同时亦以文艺见称，绝不是如有些人所攻击的"华而不实"。柳诒徵是著名的文化史家，诗文成就亦极为突出，他早年受知于缪荃孙，张之洞派遣缪氏等人到日本考察教育，柳诒徵亦随行。柳诒徵后来有《白门行》记其事云："我年廿二游白门，雪泥处处留爪痕。访古秋寻同泰寺，哦诗春眺谢公墩。斯时巨难承庚子，国学乡庠甫经始。刘张变法竞腾章，罗缪编书纷荐士。乡闱再试不复开，诸生求学于于来。时文一扫状元境，洋楼大起成贤街。我从缪先东渡海，百国宝书试甄采。赍将江户璧玑归，旋取钟山廊宇改……"①柳诒徵诗中回荡的精神，亦与张之洞晚年领导的晚清自救运动有关，南京是学衡派崛起之地，也是当年张之洞署理两江总督时兴起政治文教改革之地，诗中所说的"刘张变法"，即指张之洞从湖广总督任上代刘坤一兼任两江总督，展开诸项改革。抚今追昔，禁不住流露出感慨之音。《白门行》长诗后半云："纵论往辙及江乡，师范峥嵘构讲堂。高节畴钦清道士，盛名转属高汾阳。一时才俊如云集，大学分科号升级。梅吴文艺振金声，缪景风标森玉立。谈天博士竺法兰，杨云清辩如翻澜。张陈矻矻钩名籍，胡邵眇眇张诗坛。梵夹旁参五天竺，秦书近括三神山。蹴踏杜威跨罗素，呵叱杨墨申孔颜。万言立就走四裔，百宝麇集无一难……"② 其中所举虽不全是《学衡》人物，但"梅（光迪）吴（宓）"、"缪（凤林）景（昌极）"、"胡（先骕）邵（潭秋）"皆为《学衡》的骨干。特别是胡先骕与吴宓，与柳诒徵一样，皆有一种接续意识，试图接续中国文化的传统，重

---

① 柳诒徵：《白门行》，沈卫威编著《"学衡派"编年文事》，南京大学出版社2015年版，第114页。
② 柳诒徵：《白门行》，沈卫威编著《"学衡派"编年文事》，南京大学出版社2015年版，第115—116页。

新建立中国文化的新规范。胡先骕曾受到沈曾植的指导，吴宓结识陈寅恪等人，接闻于陈三立的学问志事。所以，《学衡》派骨干人物不管是从文化精神方面，还是具体的诗文传统方面，与晚清有密切的关联，可以说是渊源有自的。柳诒徵、胡先骕、吴宓等人的诗文虽然风格不尽一致，柳诒徵梗概多气，胡先骕凝练沉郁，吴宓高迈飘洒，但皆不失为一种风骨，是中国文学精神传统的体现。

现代新儒家以关注人生问题加入新文化运动之中，而志事则集中于中国的命运问题，其中包含中国传统文化的命运问题。正如梁漱溟所言，一要解决人的生命自身的问题，一要解决中国的问题。梁漱溟、熊十力无意成为文学家，但因为他们立足于自我生命的体验而扩展到民族生命、文化生命、人类生命，精诚之至，真力充满，发为文字，粗豪之中透出气势。梁漱溟《三十自述》，熊十力所著辛亥革命人物传记，自是天地间至诚文字，形成一种特殊的文章体貌。马一浮本就是一位杰出的诗人，其诗展开的理境是他对于宇宙人生的含蕴吐纳，表面上似乎不见"气力"，实际上已达到他推重的"无声之乐""无体之礼"的境界，其中透出一种天地精神。这可以看作新儒家内部精神人格的个性差异，也形成其文学美学趣味的差异，或者文章形貌的差异。相对来说，唐君毅、牟宗三的文字偏重于理致。钱穆、方东美则推重中国文化的天地精神，从某种意义上超越儒家人生哲学、政治哲学的格局，钱穆的散文，方东美的诗，都显出一种飘洒俊逸之气，从中可以体会到周易哲学、庄子精神的境界。徐复观则疏通中国思想史，融通儒道思想，将孟子、庄子的心灵世界打通，并时时与西方学术相映照，书写出来的自是一种"通达"的文字。徐复观最重视传统文章之学的"文气"论，他认为《文心雕龙》中以《养气》和《风骨》两篇为代表，代表了文气说的两个方面却又相通的思想基础，沿着此一线索，可以发现中国文学的最大特色，也可以解决不少理论问题的争端。徐复观是一位成就卓越的思想史学者，也是一位成就卓越的散文家，其数百万字的杂文作品，有一个突出的特色，那就是文字间回荡盘旋着一股郁勃之气，显示出巨大的感染力。

总之，近代文化保守主义者继承传统文化"人""文"一体的精神，将文字作为生命精神的传达，保持着重"气"的文章传统。

第四节　教化大义

中国文学在中国文化系统中的核心意义在于"教化"。《易经》中云："观乎人文以化成天下"，应该是"文化"一词的根源。人之"文"虽然是广义的，但应该包含文学在内。《诗大序》中云："先王以是经夫妇，成孝敬，厚人伦，美教化，移风俗。"勾勒了上古"诗教"的传统。陈寅恪论梁启超"少为儒家之学，本董生国身通一之旨，慕伊尹天民先觉之任……"[1]这里的"国身通一"与"天民先觉"，都是有极强的主体性的，发言者皆将自身作为发力点。发言主体之所以有如此的力量，是因为它承载了"道"的内容。如《孟子》借商汤之相伊尹的口吻说："'……天之生此民也，使先知觉后知，使先觉觉后觉也。予，天民之先觉者也，予将以斯道觉斯民也，非予觉之而谁也？思天下之民，匹夫匹妇，有不被尧舜之泽者，若己推而内之沟中。'其自任以天下之重如此。"（《孟子·万章上》）教化的方式也许不限于今天所谓"文艺"的范围，孝义的行为、身体力行的实践活动，皆可以成为教民化俗的方式，但今天所谓文艺的内容，无疑具有此方面最重要的功能。近代以来，多种思想背景下的文学大都非常重视文学的社会影响力，表现出的思想理论形态复杂多歧，但如果准之以中国古代"国身通一""以道觉民"之义，则可以发现有的近于传统的"教化"大义，有的则似是而非，偏离了本义。

---

[1] 陈寅恪：《读吴其昌撰〈梁启超传〉书后》，《陈寅恪集·寒柳堂集》，生活·读书·新知三联书店2001年版，第166页。

一 张之洞"教士化民"之义

张之洞《劝学篇》分内、外篇,称"内篇务本,以正人心;外篇务通,以开风气",又以地方长官的身份展开论述,揭举"教士化民"的大义:"窃惟古来世运之明晦,人才之盛衰,其表在政,其里在学。不佞承乏两湖,与有教士化民之责,夙夜兢兢,思有所以裨助之者,乃规时势,综本末,著论二十四篇,以告两湖之士。海内君子,与我同志,亦有所不隐。"① 张之洞的教化思想有以下三个特点。

其一,官方立场。站在官方的立场上教士化民,也许是春秋以前的古义,在《尚书》以及《周礼》中皆有"乐教""礼教"的遗迹的记载,《诗大序》亦云"先王以是经夫妇,成孝敬……"。然而,春秋之后,随着士阶层的扩大,学在官府也演变成学在四夷,孔子在民间办学设教,更加强了学术文化阶层——"士"的独立性,教化的主体不独在官方,"士"以道自任,本身具备了化民美俗的功能。官方的教士化俗与士以道自任,本来方向是一致的,在实行的时候可谓一体两面,但随着历史的发展,官方立场与"士"的立场之间就产生了一定的紧张关系。张之洞以纲常伦理激发士人的忠爱之心,将道德心视为人心的基础,以保国为第一义,以展开晚清社会的自救运动,本也无可厚非。但在当时清朝贵族日益腐朽,汉族士大夫与清朝贵族之间的矛盾不断加深,国弱民穷,危机四伏的情况下,再以"忠爱"去正人心,不但是不合时宜,而且将超越性的道德理想与现实中的道德情感完全等同起来,也是牵强的、生硬的。将"正人心"与"开风气"分开,二者之间有割裂的危险。后来辛亥革命在武昌爆发,革命队伍的不少成员正是在张之洞"教化"之下成长起来的,有人解释为"种豆得瓜",其实这正是张之洞"正人心"与"开风气"之间存在矛盾

---

① 张之洞:《劝学篇·序》,《张之洞全集》第12卷,武汉出版社2008年版,第157页。

的结果。张之洞虽然在"内篇"中强调对清朝的"忠爱",但"外篇"开风气的富强运动,无疑打开了士人眼界,使士人更加认识到清朝的腐朽,将"忠爱"的目标投向"国家"更广大的意义上。

其二,重视学校人文教育。张之洞的"教士化民"主要是在学校教育改革的方式下进行的。张之洞号称"教成材士三千人",特别是在湖广总督任上,对两湖的学校,还有兼任两江总督时对南京的学校,皆有重要的建设。还有后来主持学部,废科举,建学堂,建立具有现代意义的大学,建立与外国教育沟通的"预备学校",还有风气之下全国小学堂、中学堂的建设,张之洞不愧是中国近代教育改革的开山人物。《劝学篇》中"教士化民"的思想,尤其在张之洞主持创办的学校里得到贯彻,一些思想传统甚至延续到了民国时期。比如汪公严创作的清华学校老校歌中就有:"新旧合冶,殊途同归,看核仁义,闻道日肥"之句。张之洞非常重视传统人文教育在整体教育体系中的重要作用,《劝学篇》中《宗经》《循序》《守约》诸篇论述极为详切,这些思想在晚清民初的大学学制及课程设置中得到充分的体现。

其三,重视诗文教育。张之洞强调"勿为钩章棘句之文,勿为浮诞诡琐之诗",[①] 诗文的风格关系到士人的品格。张之洞晚年忙于军政民各种事务,其弟子记其在很长一段时间内"吟事都废",其实张之洞是一个诗文修养很深的大员,是继曾国藩以后有资格有能力领导士人群伦的封疆大吏。他的一些诗文主张,具有深刻的教士化俗的意义,比如他反对"江西诗派"的奥涩诗风,倡导"北宋清奇是雅音",就不完全是审美趣味的问题。他说读江西诗派的诗,像避开大路不走,只管在荆棘丛生的小路上钻来钻去,又像抛开美味的食物,只管吃那奇怪苦涩的东西;又比如书写字体,避开平正之体,只管追求非驴非马的"兼包之体",这都是犯"邪僻"

[①] 张之洞:《劝学篇》,《张之洞全集》第12卷,武汉出版社2008年版,第171页。

忌讳的。从另一方面来看这是对"清通雅正"的正面强调，具有深刻的思想性。公务之余，张之洞及其幕府人物、门下故人，也有不少的诗文唱和往还，当中包含相当丰富的历史内容，其讨论切磋，具有重要的思想意义和理论价值。

二 国粹派陶铸国魂之义

国粹派初起时也强调"保种爱国存学之志"①，其中所强调的"爱国"与张之洞《劝学篇》强调的"保国"虽相近但意思不一样；其中所强调的"存学"与《劝学篇》中强调的"保教"也不相同。然而，"钩玄提要，刮垢磨光，以求学术会通之旨，使东土光明广照大千神州"。② 未尝不是一种"化俗"思路。

国粹派对晚清学术极为不满，特别是黄节、邓实，将"国学"与"君学"对立，认为千年来中国流行的学术不是本来的"国学"，而是"君学"——异族专制之学，将攻击的目标指向以宋明理学为主线的儒学。但同时他们也强调重建周公、孔子之学，复兴"古学"，重新陶铸国魂。沿着这种思路，国粹派在中国学术史的研究上做了大量的工作，试图返回上古，返回中国文化的缝隙夹角之中，找到所谓中国"古学"的宝藏。然而，不得不说，国粹派这种否定中国学术的主流而追寻旁支的做法是危险的，不能说徒劳无功，但积极意义是有限的，也许积极意义的主要方面仅在于"破坏"——打破传统学术僵化模式。不过，在学术研究中，他们对中国文化学术也具有补正的意义，比如章太炎对五朝学的研究，对先秦诸子学的研究，刘师培对中国文学的研究，皆可以说补充矫正了传统学术的薄弱环节，可以说是另一种意义上的"种豆得瓜"。因为他们的本意也许重在批判中国学术的主流，但在研究中发现了这些"旁支"的重要价值。

---

① 《国粹学报发刊辞》，《国粹学报》1905年第1期。
② 《国粹学报发刊辞》，《国粹学报》1905年第1期。

国粹派借重新整理中国学术思想史的图像以重铸"国魂",就思想方法而言,应该受到了日本近代国粹主义的影响。但日本借"国粹"立国,重在正面建立日本民族自身的精神形象,中国的国粹派,却重在批判,重在否定,从反面破"旧"以图立"新",这种思路在20世纪中国思想界产生了重大的影响。鲁迅后来以文学创作"改造国民性",应该与之有关系。王元化晚年有《鲁迅与太炎》《再谈鲁迅与太炎》[①]等文,认为章太炎对鲁迅的影响极为深远,不像鲁迅自称或者学术界一般认为的那样,认为鲁迅受到太炎的影响只是早期"革命"思想,后来便分道扬镳。章太炎对中国学术史的观念,对五朝学的研究,对魏晋文学的领会,都深深地影响了鲁迅。王元化在此没有论及鲁迅改造国民性的思想根源,在这个问题上没有与章太炎联系起来,但整体来看,所谓改造国民性,正是建立在对中国学术思想史的整体认识上。鲁迅既然在学术思想上受到章太炎深切的影响,那么作为他思想主线的"改造国民性",乃是一种曲折的表现。

整体来看,国粹派采取经学的治学方法,但对以经学为主线的中国文化采取激烈批判的态度,甚至否定孔子本人,有买椟还珠的意味。他们借"国学"重铸国魂,重新建立民族精神,却厌弃中国文化主流,显得有些舍本逐末,至于在此方向下发展演变的"改造国民性",虽然从某种意义上推动了中国社会的变革,从教民化俗的本义上说,批判性有余,建设性不足,终究缺少正面的意义和价值。

三 梁启超"新民"之义

梁启超"少为儒家之学,本董生国身通一之旨,慕伊尹天民先觉之任"(陈寅恪语,前引),固然发源于早年对宋明理学的研习,但也许与康有为《春秋》公羊之学关系更大。康有为以"南海圣人"自命自期,办学

[①] 王元化:《太炎与鲁迅》《再谈太炎与鲁迅》,《王元化集》卷五,湖北教育出版社2007年版,第188—195页。

称"万木草堂",借《春秋》公羊之学创"孔子改制"之说,为变法维新打开思想文化的通道。梁启超作为康有为的高足,前期思想深受康有为的影响,后期——戊戌变法失败以后虽有转变,但精神方向仍然是一致的。平情而论,康有为继承了以孔子为代表的中国传统知识分子的文化精神,有一种为"帝王师"的情结,以伊尹、董仲舒为楷模,胸怀家国天下,这是对"教民化俗"高境界的向往,具有重要的意义。然而,他在学术上循今文经学的途辙而走向狭隘偏激,彻底否定古文经学,割裂中国经学的大体,也从而消解了中国文化学术的精神力量。从某种意义上来说,这不是尊孔子,而是对孔子的背叛。特别是游学西方,为西方文化所眩,对西方政治学术一知半解,便试图用之于"变法"以解决中国的社会问题,思想极端,行为激进,这更是失去了中国文化的"求实"精神,更谈不上以身作则"美教化移风俗"的意义。

戊戌变法以后,特别是进入民国之后,梁启超对中西文化的关系及价值进行重新的估量,其"新民说"由原来重在借西方文化来"更新"中国民性,转变为激发中国文化的正面价值,树立中国文化的自信。然而,世易时移,新文化运动前后的梁启超,站在"东方文化"立场的梁启超,精力为社会活动所占,目光为时事政治所牵,学术研究既不能深入,思想言论往往为当时喧嚣的文化气氛所湮没。梁启超以"移风易俗"建立民国新文化的志愿是非常强烈的,他在《告小说家》(1915年)中说:

> 十年前之旧社会,大半由旧小说之势力所铸成也,忧世之士,睹其险状,乃思执柯伐柯为补救之计,于是提倡小说之译著以跻诸文学之林,岂不曰移风易俗之手段莫捷于是耶?今也其效不虚,所谓小说文学者,亦既蔚为大观。……然则今后社会之命脉,操于小说家之手者泰半,抑章章明甚也,而还观今之所谓小说者何如?呜呼!吾安忍言!吾安忍言!其什九则诲盗与诲淫而已,或则尖酸刻薄毫无取义之

游戏文也。……吾侪操笔弄舌者,造福殊艰,造孽乃至易,公等若犹是好作妖言以迎合社会,直接坑陷全国青年子弟使堕无间地狱,而间接戕贼吾国性使万劫不复,则天地无私,其必将有以报公等。①

这里他重新回顾辛亥革命之前所倡导的"新"小说之义,以与当前所取得的成效相比较,当年之"新",重在译介小说的新形式以取代旧文学,然而,当旧文学被破坏之后,"新"小说的形式出现了,但"新"的风俗建立起来没有呢?盖破坏旧的文化形体易,而建立理想文化的"风俗"难,如果要发挥"移风易俗"的大义,仍须坚定地站在"国性"——中国文化的立场之上。

四 学衡派"批评"之义

学衡派标宗旨云"以中正之眼光,行批评之职事"②,其中"批评"之义具有中西文化的渊源。作为白璧德人文主义者重视的"批评"固然渗透了西方文化中的知识分子精神,以独立自由为精神内核,显示知识分子对社会政治的监督责任。但学衡派诸人具有特殊的"时俗"意识,针对新文化、新文学对传统文化的破坏,起而加以纠正,目标在于重新整理中西文化的关系,他们的"批评"之义应该更接近中国"士"的传统,以"道"自任,显示文化的方向。从这个意义上来说,不管是文学批评还是文学创作,皆具有"化俗"的功能。

学衡派中不乏传统士大夫类型的风骨之人,柳诒徵、刘伯明、胡先骕、汤用彤等人,皆堪称高尚士人典范,吴宓、梅光迪虽深受西洋文明的熏陶,但亦能保持一份对社会对人生的责任心,特别是《学衡》在清华国

---

① 梁启超:《告小说家》(1915),《梁启超全集》第9卷,北京出版社1999年版,第2747—2748页。

② 《学衡杂志简章》,《学衡》1922年第1期。

学研究院的作者队伍,包括陈寅恪、王国维等,可以说是中国传统文化坚定的守护者。在这些士大夫人格风范的感召化育之下,学衡派诸人基本上具有一种高度的道德文化精神。他们不但在文化思想上提出"昌明国粹,融化新知",在学术思想的层次追求真善美的统一,在人格上亦表现出"化俗"的力量。作为生命人格外化的诗文,往往呈现出与"现代"文学不一样的景观,此一系列"非虚构"的文学,随着时间的推移,越来越显出一种文化的力量。比如胡先骕的诗,越来越显出与他的文学评论互为表里的特点,不但可以考证一段学术的历史,也可以考证作者的出处大节。胡氏有《三十初度言志八章》,其四云:

许身稷与契,杜陵一何豪!男儿志有在,穷达从所遭,马狗车鸡栖,伟抱百不挠,非敢谓希圣,天资无所逃。今此困兵革,闾巷腾啼号,异说尤纷纭,杀人胜操刀。黑白邈不分,争从醨醇糟。黠者扬其波,升木如教猱。口诛而笔伐,巨任期吾曹。要令禹域中,绝此文字妖。归杨与归墨,天下皆滔滔。砥柱倘有人,吾宁喜喧嚣。①

这首诗特别能体现作者的"志向",既然组诗以"言志"为题,那么此诗的内容是极为切题的。然而,在编辑《忏庵诗稿》时,这首诗却被刊落了,现在看到的《忏庵诗稿》,《三十初度言志八章》变成了《三十初度言志》,没有了"八章"二字,因为只剩下七首诗了。据说是作者编诗时请钱钟书代为拣选,钱钟书将这一首去掉了,具体理由是什么,不得而知。从细处来看,这首诗确实比较直白,甚至有一种愤世嫉俗的狂傲之气,作者以杜甫自期,以希圣自勉,以砥柱自况,确实是超凡脱俗的,但这不就是胡先骕真切的心声吗?不就是古往今来圣贤精神的写照吗?至于

---

① 胡先骕:《三十初度言志八章》其四,《学衡》1924年第25期。标点为引者所加。

说他对"异说纷纭"的挞伐,语露愤激之情,如果从作者的文化忧思来看,也是可以理解的。

总体来看,学衡派文化忧思的话语在当时已经陷入"非主流"的境地,没有多少读者能够静下心来倾听他们愤激的心声,由"化俗"之志转为"嫉俗"之音,似乎有些格格不入。但如果从更广阔的时空背景来看,他们的世风关怀还是能够发出巨大的感染力。

五 现代新儒家"三统并建"之义

现代新儒家对近代文化保守主义思想有集成之功,特别是到港台新儒家提出"三统并建",更具有会通的意义。道统、政统、学统三者似乎是并列的,实际上道统应该是三者的灵魂。传统儒家以道自任,将自身作为"道"的承载者,自然就对社会政治、文化学术具有领导的力量,以道抗势,形成对政治的监督干预,以道立学,成就士人安身立命之所。然而,从生命形态来说,现代新儒家毕竟以"学"为主体,他们的身份基本上是学者,他们"道"的力量的发挥也主要通过"学"来实现。他们重视的"学"不但是学术研究,同时也是讲学,也是教育,他们将讲学看作化育人才的重要渠道。据徐复观回忆,抗日战争后期在重庆他正式拜熊十力为师,熊十力对他说,不要小看讲学的力量,这是转移社会人心的重要方式。他举康有为作为例子,康南海万木草堂讲学数载,便形成一股社会潮流,终于席卷整个时代,成为近数十年撼动人心的最大力量。熊十力认为抗日战争终究会胜利,因为人心不散,终有否极泰来之翻转。如果系统地看,梁漱溟办乡村教育,马一浮抗战初期在江西讲学,以及梁漱溟、熊十力、马一浮一起筹划创办勉仁书院,皆有一种很大的企图,那就是借传统文化学术激发爱国思想,树立民族自信心,坚持民族自救,甚至实现社会政治的改造。

1949年中华人民共和国成立后,港台与大陆形成分隔的局面,唐君毅、牟宗三、徐复观、钱穆等人流落港台，他们并没有完全依附国民党蒋介石，而是主要依靠民间的力量，白手起家，在香港创办新亚书院，成为港台新儒家的重要栖身之所。这里同样可以看出当年熊十力的设想：不要轻视讲学的力量，它可以转移一个时代！他们试图以中国文化为基础，解决中国分裂的问题，同时也寻找中国文化的出路。可以说，这股文化学术的力量当下仍然在发挥着作用。既然将文化学术作为转移时代的力量，那么文学作为文化学术的重要部分，自然发挥它特有的感通的功能。

现代新儒家以心性之学为基础建立本体论，试图为宇宙人生建本立极。在这个系统中，各个学科的知识论皆可会归于人类心灵的创造，成为文化心灵的实体，梁漱溟、熊十力、马一浮皆显出这一方面的努力，其中尤以熊十力所造影响巨大。唐君毅将心灵本体论进行展开，从"分殊"的意义上阐发各种精神文化现象的呈现，以建立现代意义的"学统"，具有重要的理论建构的意义。徐复观虽然试图消解本体论的"独断"，但他从人性、人格修养、心理等层面展开思想史的研究，呈现的是另一种形态上的"分殊"，在历史的根源处同样达到会归合一。现代新儒家的学思路线，指示人类以人文化成天下的大方向。

第五节 文章之美

中国具有丰富多彩的文学历史，文章之美自古为天下所重，然而到了近代，面对西方文学观念的进入，面对现代文学格局的建立，传统的"文章之美"受到极大的挑战。近代文化保守主义的文学成就，从某种意义上来说保留了文章之美的传统，但是因时而变，在理论与创作实践方面亦表现出既不泥古，亦不雷同于今人"现代文学"的特别格局。

一　真、善、美合一

近代文化保守主义回应现代文化的挑战，但在某种意义上也容涵了现代文化，所以他们对文章之美的追求，再也不是简单的"古典美"。就文章之美的追求来说，往往追求的是一种"真善美合一"的境界，从人文精神的根源处认识文学的价值。古代文章与士人生活紧密相关，所谓"达则兼济天下，穷则独善其身"（《孟子》）。对应的是"经国之大业，不朽之盛事"（曹丕《典论·论文》），在社会政治与个体生命两个层面体现意义与价值。社会政治层面重视的是文学的政教功能，所谓"言之无文，行之不远"，要想很好地发挥化育人心的作用，文章要写得美，在美的欣赏中实现文化教育的目标。科举考试之所以重视考察文章写作的能力，虽然原因很多，但其中重要的一点就是文章本身确实是社会政治的重要工具。另外，古代士人的个人活动空间是极大的，在士人生活与交流中，诗文等文学形式也是重要的工具，文章写得好，能够为士人生命开拓更广的空间，如此社会政治与士人生活两个层面都促进了对文章之美的重视。

随着科举制度的废除，同时士人生命形态也发生了极大的变化，文章作为载体存在的方式也发生了极大的变化。八股文不在贡院考试了，但报刊如雨后春笋般出现，书院变成了学堂，变成现代的中学、大学，种种文人社团也不断出现，传统的文章仍然有极大的用武之地。他们在诗文语言形貌上坚持"渐变"的原则，反对白话文学的突变论，认为一切文学领域中的所谓"革命"，根源在于缺乏理性的节制，缺少对人文历史的整体观，此种观念在学衡派与以胡适为代表的新文学运动之间的论争中表现得尤其充分；在写作的方法论上，坚持"非虚构"的原则，追求作品的"真实"，认为只有真实的人格，才能有真正的文学。此种求真，虽与现代科学意义上的求真不同，但在起心动念之间，未尝不与科学精神有共通之处。他们一般反对将文学作为纯技术性的"游戏"，对种种形式主义思想理论保持疏离的态度。在文学的审美趣味上，他们反对一切以刺激人的感官欲望为目的的浅薄庸俗之"美"，追求基于善，基于道理理性的高雅之美。这也是文化保守主义与"现代文学"之间巨大的分歧。

文化保守主义者将真、善作为文学之美的前提，将真、善、美合在一起来考量文学之美，试图保持传统文章的美质，具有思想的系统性。从根本观念上，他们强调人文历史的整体性，强调经典的永恒价值，重视民族文学的个性，与他们所坚持的中国文化立场是一致的。

二 功能之美

作为传统文学的继承者，文化保守主义不讳言文学的功利性，甚至也不以"暗含"来解释功利性的存在。他们往往认为，文章本来就应该是"有用"的，功利性与审美本身就是可以融合在一起的，此与现代艺术所强调的审美本质不同。作为非虚构的文学，其审美特性可视为一种"功能"之美，文章之美，往往体现为文章的"好用"。

张之洞强调诗文"清通雅正"，其实就是强调文章的"功能"之美，他反对诗文干涩勾连，反对语言的虚浮猥琐，目标在于适合社会的需要，引导一种文风。对于门下士人及下级僚属，也是一种风格上的示范。比如，当时幕府门下的诗人，如沈曾植、陈衍等，就偏于宋诗一路，而如范增祥、易顺鼎等，就偏于唐诗一路，宋诗容易失于枯涩勾连，唐诗容易流于滑熟飘浮，张之洞一再强调清通雅正，应该有一定的纠偏之意。然而，诗文自有个性，不可人人一律，所谓"清通雅正"就具有一种审美理想的意义，适当发挥纠正的作用。梁启超认同"觉世之文"的价值，以与"传世之文"对列，就不仅仅是一种谦虚，而是对文章体貌因时而变的一种反应。梁启超"新民体"将议论与抒情相结合，文白间杂，别具一种"魔力"，是近代文章文体渐变的典型表现，在社会上产生了重大的影响，体现出一种特有的文章"功能"之美。

章士钊以"峻洁"论文，人们往往认为这是指一种特殊的文体——"逻辑文"，其实这不太符合章士钊的本意。章士钊认为，文章能够达到"洁"的境界，乃是达到文章本色的"极致"，此与"辞达而已""修辞立诚"是相通的。本来文章会心达用,意尽词尽,根本用不上曲折缠绕,也不以含蓄飘荡为贵。他认为桐城派在对待韩愈、柳宗元两位文学家历史评价上重韩而轻柳,过分重视韩愈文风的奥衍跌宕,以至于将文章的写作变成一种腔调上的揣摩模仿,要么空洞虚浮,要么晦涩险怪,使文章之学进入误区。值得注意的是,章士钊文章的"洁"并不是轻视文章的"文学性",也不是轻视文章的美,而是追求一种达用的"美",一种与文章内容,文章风格一体的"美"。文章之洁,并不是将文章内容减少了,而是将丰富的内容用简洁恰当的方式充分地表达出来。文章之洁,并不仅是内容有条理,而是由高尚思想高洁人格支撑起来的"峻洁"。从这个意义来说,他所追求的"洁"与张之洞所推重的"清通雅正"是一致的,而与他的同姓结拜义兄——章太炎的意见不太一致。

章太炎论文与作文皆以"文字"为基础,从文字的形体音义演变追究文章用语的恰切,这也许也可以实现一种文章之美,但不是清通,不是峻洁,而是一种含蓄深邃之美。鲁迅的文章语言观念受到章太炎的影响,其《汉文学史纲要》论文学的产生也从文字讲起。鲁迅论文学语言也强调简洁,当有人向鲁迅请教作文方法时,鲁迅声言将可有可无的字句都去掉,以求简洁;鲁迅的文章含蓄曲折凝练,呈现出一种特殊的文字之美,但不是文章的"功能"之美。

三 文词之美

文章之美要呈现于文词之美、文体之美、形式之美,这是容易理解的,但也常常被人以浅近而忽视。近代大张旗鼓强调文词之美者,莫过于刘师培、黄侃。刘、黄二氏在辛亥革命前同学于章太炎,后黄侃自以为经学不如刘师培,遂师事之。二人皆生性嗜学,才华绝伦,个性突出,行为怪异,特别是新文化运动爆发时,二人皆反对"文学革命",反对白话文,因而招致不少的非议。大体来看,刘、黄二氏于文章之学最重文章的形体,坚持守护"文言"之美。

文词之美,根于自然。刘师培标举"文言说",固然是受了阮元的影响,但是时代的刺激也是重要的助力。随着外来文学观念的进入,中国文学观念受到很大的冲击,究竟在民族文化中能够开发出什么样的"国粹"足以与西方文化媲美抗衡,确实是当时国粹派思考的中心问题。刘师培认为中国文章之美的本质在"文言"之美,《文选》"沉思翰藻"之说指示了文章的大道,文笔之辨可以纠正桐城派以散文为正宗的偏颇。尊崇文章之美,打破长期以来专制政治操纵下"文以载道"的僵化。黄侃对刘师培"文言"观念基本上是肯定的,在刘说的基础上,黄侃将文词之美的根源推之于"自然",借《文心雕龙》研究以阐发之,云:"文章本由自然生。"① 又云:"文之有骈俪,因于自然,不以一时一人之言而遂废。然奇偶之用,变化无方,文质之宜,所施各别。或鉴于对偶之末流,遂谓骈文为下格;或惩于俗流之恣肆,遂谓非骈体不得名文;斯皆拘滞于一隅,非闳通之论也。"② 在"自然"的意义上言文词之美,将文章语言的声气推之于作家的生命,通于"修辞立诚"之说,应为不易撼动的根源之论。

文词之美,明于章句。《文心雕龙》有《章句》篇,经学有"章句"之学,盖文章连字成句,连句成章,连章成篇,俗云篇章结构,是中国文章之学的通义。但是,一些人认为经学中的章句之学,流于烦琐;又认为文章之学的"章句"流于机械空洞,所以往往受到人的轻视。黄侃认为,章句是文章之学的基础,作文不从章句入手,必然陷于割裂混乱,文词之美,首先要明于章句。黄侃著《文心雕龙札记》"章句第三十四"特详,"今释舍人之文,加以己意,期于夷意易遵,分九章说之:一释章句之名,二辨汉师章句之体,三论句读之分有系于音节与系于文句之异,四陈辨句简捷之术,五略论古书文句异例,六论安章之总术,七论句中字数,八论

---

① 黄侃:《文心雕龙札记》,上海古籍出版社2000年版,第5页。
② 黄侃:《文心雕龙札记》,上海古籍出版社2000年版,第162页。

句末用韵，九词言通释"。① 可谓用心深细。

文词之美，协于文质。文词之美的追求容易流于形式化，而形式主义则是文章之学最大的误区。如何避免陷于误区，黄侃认为，文词之美的追求应该把握适当的"度"。"尽去既不可法，太过亦足召讥，必也酌文质之宜而不偏，尽奇偶之变而不滞，复古以定则，裕学以立言，文章之宗，其在此乎？"②"文质之宜"似乎比较空洞难于把握，其实这主要是一个文化修养的问题，长期潜心于历史文化，亲切感受社会现实，自然有一种深厚敏锐的文化心灵，亦能对文章语言形式有高度的修养，"复古定则""裕学立言"自然有望达到"文质彬彬"。

文词之美，通于骈散。从晚清到民国初年，文学界骈散之争、《文选》派与桐城派之争一直比较激烈。黄侃受刘师培的影响，本来是偏向骈体一方的，但随着新文化运动的开展，情况发生了变化，《文选》派与桐城派一起成了新文学打击的对象，甚至有"桐城谬种、《选》学妖孽"的恶谥。后来章太炎、黄侃对此一学术公案皆有反思。黄侃云"尽奇偶之变之不滞"（同上引），章太炎云"骈散二者本难偏废"③，皆将骈散的有机配合作为文章之美的重要体现。黄侃本人的诗文创作，可视为其文章思想"文词之美"的结晶。

四　境界之美

王国维提出了"境界说"，融会中西诗学资源，具有重要的理论意义。然而，限于"词话"形式，一些理论内容含而未伸，往往引起理解上的分歧。学者们在讨论王国维"境界说"时，一方面感叹其立论的宏大，另一

---

① 黄侃：《文心雕龙札记》，上海古籍出版社2000年版，第128页。
② 黄侃：《文心雕龙札记》，上海古籍出版社2000年版，第10—11页。
③ 周勋初：《黄季刚先生〈文心雕龙札记〉的学术渊源》，黄侃：《文心雕龙札记》，上海古籍出版社2000年版，前言第1页。

方面，对于语焉不详导致的"漏洞"往往并不满意。现代新儒家论文学特别重视文学的"精神境界"，反复讨论文学中的生命精神、人文精神、心灵境界、艺术精神等，指向"文章至境"的追求。从学术研究的切磋与回应来看，现代新儒家与王国维似乎没有太多的交集①，理论焦点又不太一致，但从对文学之美的探究来说，从关心传统文学价值观念的近代转变来看，二者仍有一定的关联。

徐复观提出，由孔子体验音乐达到的艺术精神与庄子体验"道"达到的艺术精神分别代表了中国艺术精神的两个典型，也可以说是儒家艺术精神与道家艺术精神，二者的精神主体皆是对私欲的克制，而达到一种超越的精神境界。在孔子那里是仁与音乐的合一，仁中有乐，乐中有仁，因为二者包含了秩序的中和，达到一种美的极致。在庄子的精神世界里，体会"道"本身就是一种天地精神的浓缩，通于现代艺术的精神境界。徐复观认为，不管儒家思想或者道家思想，都是立足于人生，关心人的存在，关心人的命运。在精神方向都是向上的超越，对个人私欲的克制，都体现了一种内在而超越的文化性格。二者达到的精神境界，也是最高的艺术精神境界，皆是为人生的艺术，皆具有在人生体验中向上超越的情怀。为此，他不认同王国维《人间词话》"境界说"所谓"境界有大小，不以是分优劣"，认为如果就境界的超越精神来说，境界以"广大"为高。当然，王国维所谓艺术境界偏重指"艺术形象"，就艺术形象来说，固然不以大小分优劣，而徐复观着重作者主体的精神境界，二者"境界"所指并不完全一致。

马一浮以"仁"论诗，认为《诗》教主"仁"，这似乎与《礼记》所云"温柔敦厚《诗》教也"的说法不同。以"仁"说诗着眼的是诗的精神境界，而温柔敦厚就偏重具体精神状态的描述了。但二者并不能构成绝

---

① 徐复观：《王国维〈人间词话〉境界说试评——有关诗词的隔与不隔及其他》，《中国文学精神》，上海书店出版社 2004 年版。

对的矛盾。马一浮将"仁"看作心灵的"全德",也就是一种理想的最高的精神境界,是本心的发露,同时也与宇宙精神相通相应。马一浮虽然没有以"精神境界"之类的概念来指称,但对徐复观"艺术精神"思想是有启发的。

方东美标举一种"太和"境界来描述天人合一的极致,他认为,宇宙万物对我们来说,都是普遍生命流行的境界,其真力弥满,贯注万物,是无穷的,它不为任何事物所局限,也没有什么"超自然"凌驾其上,"自然"本身就是无穷无尽的生机,其饱满生意充满一切。① 而我们人类呢?人类的生命本来就是与自然息息相通的,中间不应该有任何隔阂。作为人类的文化,就要表达出这种精神;作为文艺,如果与此种精神能够相应,自然就成为一流的文艺。

现代新儒家从本体论、宇宙论、人生论方面出发,在总体上论述人的生命精神,将道德心、妙慧心一一打通,认为在宇宙的深处有一种"天地之美、神明之容",这是人生的根源,也是人生的归宿。所以,在此论述下,真善美都是可以打通的,关键是要达到此最高的境界。这与其说是人文之美的具体描述,不如说是一种精神方向的指引。在此价值方向的指引下,文学可以展开人生的各种面相,可以呈现生命的多种视角,形成异彩纷呈的艺术镜像,而向终极价值努力所达到的程度,成为"境界"高低的标准,成为显示艺术之美的尺度。

---

① 方东美著,李溪编:《生生之美》,北京大学出版社 2009 年版,第 100—101 页。

第四章 "中体西用派"文论

《中国文学批评通史（近代卷）》将张之洞归之于"第二章：传统文学批评"之最后一节"第九节：王闿运、张之洞、李慈铭"，这样排列显得不太合理，没有体现张之洞在近代文论中的重要地位和作用。

"体用之辨"在中国学术史上有其古老的渊源，近代中国的洋务派借此命题来处理中西文明的冲突。① "中体西用"思想虽然萌芽于早期的洋务派，但真正展开系统论述，使之成为一套文化思想，并进而影响到学术文章的开展，则起于张之洞撰《劝学篇》（1898）。"中体西用"不但是张之洞本人晚年思想的核心，而且与其幕友、学生发生聚合效应，成为近代中国文化保守主义的旗帜。同光体诗人中陈三立、沈曾植、陈衍、郑孝胥等，或入张之洞幕府，或过从甚密，祈向一致，在此一并论述，姑称之为"中体西用派"。

第一节 中体西用

一 中学、西学的内涵及其关系

张之洞在《劝学篇》中以"中体西用"论述"中学"与"西学"的关系，进而论述中、西学术文化系统之间的关系，影响是极其深远的。张

---

① 张晓兰：《张之洞与晚清文化保守主义思潮》，博士学位论文，南开大学，2009年，第83—95页。

之洞本着眼于"新、旧"的冲突。《劝学篇·序》云:"图救时者言新学,虑害道者守旧学,莫衷于一。旧者因噎而食废,新者歧多而羊亡。旧者不知通,新者不知本。不知通,则无应敌制变之术;不知本,则有菲薄名教之心。夫如是,则旧者愈病新,新者愈厌旧,交相为愈,而恢诡倾危、乱名改作之流,遂杂出其说,以荡众心。"① 又据《抱冰堂弟子记》云:"自乙未后,外患日亟,而士大夫顽固益深。戊戌春,金壬伺隙,邪说遂张,乃著《劝学篇》上下卷以辟之。大抵会通中西,权衡新旧。"②

如何会通中西?如何权衡新旧?首先,张之洞在教育改革的实践中,提出新旧兼学、中体西用。目标指向中学、西学的本末问题。《劝学篇·设学》:"其学堂之法,约有六要:一曰新旧兼学。四书、五经、中国史事、政书、地图为旧学,西政、西艺、西史为新学,旧学为体,新学为用,不使偏废。"这里较为明确地指出,所谓旧学,主要是中国传统的人文学,而新学的"西政、西艺、西史",则偏重西方的社会科学和自然科学。具体来说,"小学堂习四书,通中国地理、中国史事之大略,算数、绘图、格致之粗浅者。中学堂各事较小学堂加深,而益以习五经、习通鉴,习政治之学,习外国语言文字。大学堂又加深加博焉"。③ 从小学堂到大学堂,每一个阶段皆是中学、西学内容兼备的,每一个阶段内,作为中学的人文学都是治身心的,都是偏重"体"的,每一个阶段内西学的自然科学、社会科学,都是应世事的,都是偏重"用"的,所以中学为本,西学为末,本末不相离,才是所谓的"不偏废"。

在整体的旧学、新学框架内,要"先"中学而"后"西学:"今日学者必先通经,以明我中国先圣先师立教之旨;考史,以识我中国历代之治乱,九州之风土;涉猎子、集,以通我中国之学术文章,然后择西学之可

---

① 《张之洞全集》第12卷,武汉出版社2008年版,第157页。
② 《张之洞全集》第12卷,武汉出版社2008年版,第512页。
③ 张之洞:《劝学篇·设学》,《张之洞全集》第12卷,武汉出版社2008年版,第175页。

以补吾事缺者用之，西政之可以起吾疾者取之，斯有其益而无其害。如养生者，先有谷气，而后可饫庶羞；疗病者，先审藏府而后可施药石。西学必先由中学，亦犹是矣。"① 这里所谓的"学者"的"先""后"，并不是从小学到大学教育过程的先后，而是对学者知识心灵的要求，有"重、轻"的意义。"旧学为体"亦即旧学为本，"新学为用"亦即新学为末，虽然是本不离末、末不离本，但针对当时知识阶层存在的主要问题来说，张之洞乃是将问题的重心放在"中学为体"之上。

值得注意的是，张之洞所论中学之"立教之旨""历代治乱""九州风土""学术文章"及择西学、西政之补吾之不足，已经超越了早期洋务派"师夷长技以制夷"及"器可变道不可变"的论述，于中学，隐然指向中国文化的道德人心、家国之思、学术文章之美；于西学，则西政、西艺、西史兼举，尤以西政为要，隐然指向政治的变革，是对广泛意义上西方文化的展开。"中体西用"在张之洞进行内涵更新、系统充实之后，不但成为晚清政治自救的思想纲领，也成为近现代众多文化保守主义派别参照借鉴的理论资源。陈寅恪在《王观堂先生挽词》中云："依稀廿载忆光宣，犹是开元全盛年。海宇承平娱旦暮，京华冠盖萃英贤。当日英贤谁北斗，南皮太保方迁叟。忠顺勤劳矢素衷，中西体用资循诱。"② 1901 年，清廷迫于形势发布"变法诏"，张之洞与刘坤一会奏"变法三疏"，试图将《劝学篇》中的思想付诸改革实践，数年努力，确有一定成效，此正是陈寅恪所云"中西体用资循诱"的时期。然而，随着张之洞的去世，民族矛盾、新旧冲突不断激化，辛亥革命爆发，清政府的自救运动最终失败。

二 "中体"的简约化

张之洞的中体西用思想，在实践层面，对近代中国教育改革、政治改

---

① 张之洞：《劝学篇·设学》，《张之洞全集》第 12 卷，武汉出版社 2008 年版，第 168 页。
② 陈寅恪：《陈寅恪集·诗集》，生活·读书·新知三联书店 2001 年版，第 13—14 页。

革、社会改革以及士人理想人格的养成等方面皆发挥了重要的作用；就学术理论各个分支的研究来说，它的影响虽然是间接的，但影响同样是巨大的。在《劝学篇》中，张之洞无意展开学术的具体分支，因学术分支的充分展开属于"专家之学"，而张之洞关注的是普遍意义上的"经世之具"。他认为，要想很好地保存中国文学，必须从简约开始，只有守护住简约的核心，才可能通于整体。要想守护简约的文化核心，必须去除学术界门户界限。将救世作为基本的出发点，以致用为价值标准，不以博闻为贤。15岁之前熟读《孝经》"四书""五经"正文，并读史略、天文、地理等书籍，以及历史上明白晓畅的文学作品。自15岁之后开始统合中国文化各部类，兼习外文，讲求时政，广究西学。至于对中国文化有爱好的人，可博观深造。① 张之洞"以约存博"的思路，为"中体"的落实提供了方法，经世之具的实用人才奠基于此，专门之学的人才同样奠基于此。

张之洞简约后的中学之"体"，仍具经学、史学、诸子、理学、辞章、政治、地理、算学、小学等门类，其中"辞章"一门，似乎最切于"文学"，然而仅限于辞章，实不能尽文学之义。《劝学篇·守约》云："辞章读有实事者。一为文人，便无足观，况在今日，不惟不屑，亦不暇矣。然辞章有奏议、书牍、记事之用，不能废也。当于史传及专集、总集中择其叙事述理之文读之，其他姑置不读。若学者自作，勿为钩章棘句之文，勿为浮诞诡琐之诗，则不至劳积损志矣。"一方面，对"文"极为重视，另一方面，又时刻提防士人向"文人"的堕落，这是自孔子以来中国士大夫文学传统的思想，宋明理学家关于"文""道"关系的论说最为深切。优秀的文章在"史"与"集"中，而优秀的标准则在于文章的"事"与"理"，这是张之洞强调经世之具的独特眼光。作为对创作者的要求，则在于文体文风上，张之洞反对"钩章棘句""浮诞诡琐"的诗文，标举通达

---

① 张之洞：《劝学篇·守约》，《张之洞全集》第12卷，武汉出版社2008年版，第169页。

与切实，观照当时桐城文与唐诗派、宋诗派的创作情况，张之洞所批评的方向下可能确有所指。

张之洞对文学"中体"的强调要超出"辞章"之外，因为辞章之学的强大主体绝对不仅仅是"文人"，而是"学者"，是士大夫。其精神主体的贯注绝非仅仅辞章之学所能成就，而是需要经学与子学的根本支撑。张之洞认为，子学虽丰富，但是驳杂，应加以取舍，他对光绪以来学人喜治周秦诸子表示深深担忧，认为"其流弊恐有非好学诸君子所及料者"（《劝学篇·宗经》），而真正要充实端正士人的精神主体，仍要强调"宗经"，因为经切于身心，而子学意义重在"证发经义"。然而，群经简古，并不容易理解，特别是后世经师的误解，更使群经蒙上了厚厚的灰尘，比如《春秋》公羊学，被康有为滥加发挥，危害甚大，因此他特别强调读经"当以《论语》《孟子》折衷之"。这样，在"宗经"的精神方向下，以"子"丰富群经之材料，以《论语》《孟子》折中群经之难点，可以达到守约施博之目标，可以强化士人人文精神，由治身心以通治天下，内圣而外王。

张之洞由传统学术切于治身心、切于治天下的经学入手，以子、史加以丰富充实，厚之活之，以挺立士人的人格；扬弃辞章之学，抽取通达、有事之文，在"守约"的策略下，重新清理文学在士人学术系统中的地位和作用，中国传统文学的精神内核在此论述下得到保留。

三 中西文化之会通

张之洞提出中、西学之会通："中学为内学，西学为外学，中学治身心，西学应世事。"有人认为这不是会通，而是把中、西之学打成了两截，严复及维新派的人士就对此颇有攻击。有人认为中、西学在张之洞这里缺乏"平等"，只有到了维新派那里，中、西学术才平流竞进，以至为后来的西学涌入，科学主义流行开了先河。有人认为张之洞论中西学术不是为通西学，缺乏文化上的保守意义，仅有政治上的保守意义，纯粹为专制政治服务。其实，从严复及维新派等攻击张之洞中体西用学术思想的人，皆过分重视所谓西学的引入，甚至以"现代"的价值观念衡量这个命题，所以不能领会中体西用的会通意义。张之洞所云"圣人之心""圣人之行""孝弟忠信""尊主庇民"，既指向德行之知，又指向现实人生，是尊德性而道问学、极高明而道中庸的"中学"之体，是一个精神生命的系统。在这个以"学"支撑的精神生命系统中，可以容涵现代西方学术。张之洞云："谓圣经皆已发其理、创其制则是，谓圣经皆以了西人之技，具西人之器，同西人之法则非。"所云"发理创制"正是在根本上认识世界、把握人生社会的原理，中学的精神可以容涵西学，而非如一些人解释的那样，将张之洞的会通之说归结为"西学中源"说的改造。

张之洞中西会通的要义在于以中容西、以西益中，对于整体上保留中国文化的精神主体具有重要的意义，对于学习吸收西方文化亦具有重要意义。但两方面意义相较，保留"中体"的意义更加重要，所以他的确是中国近代文化保守主义的代表。有人不从"中体"讲他的价值，仅从"西用"找他的价值，讲来讲去，皆为局限，实在不得要领。陈寅恪自称"平生为不古不今之学，思想囿于咸丰同治之世，议论近乎曾湘乡张南皮之间"，在讲中国学术思想发展方向时云："其真能于思想上自成系统，有所创获者，必须一方面吸收输入外来之学说，一方面不忘本来民族之地位。此二种相反而适相成之态度，乃道教之精神，新儒家之旧途径，而二千年吾民族与他民族思想接触史所昭示者也。"[①] 何为"本来民族之地位"？即"主体"地位，必以我本来民族文化为主体，吸收融会外来思想，以创造新的学术。此以中"化"西的思想，正是中体西用以中容西、以西益中的发展，亦近代文化保守主义学术系统的一贯思想。

---

① 陈寅恪：《冯友兰中国哲学史下册审查报告》，《金明馆丛稿二编》，上海古籍出版社1980年版，第252页。

第二节　清切雅正

　　张之洞的文学思想，应该放在中西文化交会的背景下来理解，特别是在1898年《劝学篇》发表前后，其文学思想更打上"体用"兼顾的特色。在诗学上标举的"清切论"，体现出当时时代文化的特征，在理论上体现出返本开新的意义。一般论者认为，张之洞的文学思想不出"诗教"的畦町，诗歌创作的意义也多集中于"存旧之思"，[①] 如此立论，往往是没有重视张之洞文学活动"前后"两期的变化。樊增祥《广雅堂诗集跋》云："公自光绪丙子冬由蜀返京，作诗甚少。自己卯至壬午，殚心国事，更无余力为诗。……直至乙未自两江还鄂，始一意为诗。"[②] "乙未"即1895年。张之洞生于官宦之家，父亲张锳任贵州兴义知府，曾参与平定民乱。少时在父亲任所读书为学，后回籍应试，中举后入名臣幕府；任湖北学政、四川学政等。他多处奔走，结交名流，创作了不少诗，著《輶轩语》《书目答问》等，后来因"殚心国事"一度"吟事都废"。这应该是他人生的前期。1895年是一个转折点，甲午战争中国战败，中日签订《马关条约》，全国上下皆受到强烈的刺激。张之洞从暂时代理的两江总督任上还湖广总督本任，身边聚集了大量才学之士，准备大举兴作。胡先骕云："张文襄独以国家之柱石，而以诗领袖群英，颉颃湖湘、西江两派之首领王壬秋、陈伯严，而别开雍容雅缓之格局，此所以难能而足称也。"[③] 也主要是指张之洞督鄂时期，所以，1895年以后，可以看作他人生的后期，也是张之洞集团文学活动的重要时期。

---

① 钱基博：《现代中国文学史》，华中师范大学出版社2011年版，第211页。
② 吴剑杰编著：《张之洞年谱长编》上册，上海交通大学出版社2009年版，第497页。
③ 胡先骕：《读张文襄广雅堂诗》，《学衡》1923年第14期。

一　学博文工

1875 年，张之洞在四川学政任上，主持建成尊经书院，有《创建尊经书院记》之作，着重阐发兴学育才、尊经致用之旨，其中多涉及自己的学术见解；又撰《輶轩语》与《书目答问》二书以教士，其中多从写作层面阐述各体文章的要领，其中观点可代表他前期的思想。

在尊经致用的格局之下，张之洞非常重视文学的"根柢"，这个根柢就是学问，学问的核心即是经学。在《輶轩语·语文第三》提出：

> 文学两字，从古相因，欲期文工，先求学博，空疏浅陋，呕心钻纸无益也。
>
> 梁刘勰《文心雕龙》，操觚家之圭臬也，必应讨究。
>
> 时文，宜清（书理透露，明白晓畅）、真（有意义，不抄袭）、雅（有书卷，无鄙语；有先正气息，无油腔滑调）、正（不佻诡，不纤佻，无偏锋，无奇格）。
>
> 试律诗，宜工（不率）、切（不泛）、庄（不佻）、雅（不腐）。
>
> 古文之要曰实，骈文之要曰雅。①

此前，1870 年于湖北学政任上，张之洞作《四生哀》，其中《蕲水范昌棣》有"平生诗才尤殊绝，能将宋意入唐格"之句，常被人引用讨论作为张之洞诗学见解的概括。大体来看，张之洞前期的文学见解是与他"尊经致用"的教育思想紧密相关的，其思想的核心为强调学问的文学观。当代学者黄霖引近人袁祖光、汪国垣语以"雅正"论张之洞的诗学思想，认为"确实抓到了要害"。② 然而，在论"清切雅正"的理论内涵时，过多

---

① 张之洞：《輶轩语》，《张之洞全集》第 12 卷，武汉出版社 2008 年版，第 208 页。
② 黄霖：《中国文学批评通史——近代卷》，上海古籍出版社 1996 年版，第 265 页。

地牵涉政治派别之争，忽视人物思想随着生平阅历而来的变化。《輶轩语》与《书目答问》是指导士人参加科举考试的书，主旨极为明确，科举考试就要符合官方的要求。特别是他为了端正思想、端正文体、端正文风提出的"清切雅正"，更是官方科举考试的一贯要求。然而，仅从此四字的字面不易领会其精神。张之洞特别强调，一些人看到这四个字觉得特别平常，以为是老生常谈，实际上是文学的最高原则，不但是科举场上的应试文章的要求，即使是诗、古文辞也不能脱离这个原则。平常谈论某个人的文章"尚理法"，某个人的文章有"书卷气"，某个人的文章"尚才气"，其实这些要素都是统一在一起的。如果无理无法，怎能显出才气；如果没有才气，没有书卷气，又怎么能阐发精密的道理？①

张之洞将"清、切、雅、正"作为"文家极轨"来标举，是对文章理想体貌的追求，如何才能写出这样的文章才是张之洞要着重解答的问题，也才是他的思想重心所在。他不赞成将"才气""理法""书卷"割裂开来论作者主体的要求，因为那样平流竞进，体现不出用力所在，而他强调的努力方向，则是学问的方向。为此，他提出"四宜"：

> 宜多读书。读书多，则积理富。不看讲章，自能解题。题理憭亮，文法自合。至于意义精深，词华宏富，因源得流，不勉而能。
> 宜学先正。经、史为文章根柢，名大家为墨卷根柢……
> 宜学好墨卷。墨卷者，有意有词，有气有势，有声有色之谓也……
> 宜讲意用笔。创发名理（一本作阐发义理），羽翼经传，本也。作手始能之。机调谐熟，末也。俗工亦解之。②

此"四宜"是一个本末兼顾的系统，以学问的线索来贯穿。经、史—

---

① 张之洞：《輶轩语》，《张之洞全集》第12卷，武汉出版社2008年版，第208页。
② 张之洞：《輶轩语》，《张之洞全集》第12卷，武汉出版社2008年版，第209页。

名家大家—名家之作—名作的意与笔，落实到"创发名理、羽翼经传"，这是儒家文论思想的大传统。然而，此处张之洞加以强调，自有其现实意义，用张之洞自己的话说，则在于"药肤滥""扫浮词"，矫正文风与士风，以"实学"挽救科举考试的颓废，激发青年士子扎实的学问精神和正派有力的现实精神。

张之洞学术思想奠基于父亲张锳的栽培，承接咸同时期的"实学"思潮，崇尚曾国藩、胡林翼以"经济"救治汉学、宋学之偏，充实振作传统儒学。据《抱冰堂弟子记》："（张之洞）经学受于吕文节公，史学、经济之学受于韩果靖公，小学受于刘仙石观察，古文学受从舅朱伯韩观察琦。"《张之洞年谱长编》云："十三岁……从韩果靖公超受业于兴义府署。超字寓仲，直隶昌黎人，道光甲午附贡，以直隶州判需次贵州独山州篆。……未几，韩公就胡文忠公幕于黎平。后累官贵州巡抚。"又云："（张之洞）又尝从胡文忠公（林翼）问业。"张之洞的实学思想乃源自韩超（1800—1878）、胡林翼（1812—1861）等在南方动乱中磨炼而成的"实学"家，他的父亲张锳，也是其中的一员。特别是胡林翼，历任湖北按察使、湖北布政使、湖北巡抚，在太平天国运动期间，坐镇武昌，呕血死于任上，与曾国藩并称"曾胡"，是近代"经济"之学——实学的有力推动者。1867年，张之洞任湖北学政，到任后札行各属云："本院属当下车，式循前轨，期与此邦人士研究实学，共相磋切，务得通经学古之士，经世致用之才。"下车伊始便以"实学"相倡，"式循前轨"，自有其特殊的地标意义。张后有《谒胡文忠公祠二首》其一追思胡林翼："枢轴安危第一功，上游大定举江东。目营四海无畦町，手疏群贤化党同。江汉重瞻周雅盛，山林重起楚雄风。长沙定乱诚相似，未及高勋又赤忠。"三年间，张之洞视学湖北各府，重经解明实通畅兼重文章淳雅，一丝不苟，奖励先进，力戒浮华。

1870年11月，张之洞三年湖北学政任期满，离任之前，择岁、科两试中的优秀文章，由樊增祥协助，编成《江汉炳灵集》，序云："左太冲

《蜀都赋》云：'江汉炳灵，世载其英。'……太冲此语，宜施之楚，不宜施之蜀也。今湖北境为两大川所注，故其气势雄博，土田膏衍，人物称盛。同治六年，之洞承命视学此邦，当是时，东南大定，上游休息。于是曩日兵冲四战之区，咸得乐其生而修其文。弦诵彬雅，几复旧观。顾惟谫陋，兢兢奉法，思与学校之士，讲明本原笃实之学。其才气恢张者，则因而奖掖之，不敢以断断绳尺，隳沮其志气。"① 又云选文的标准："时文必以阐发义理，华实具备者为尚，诗、古文辞必以有法度不徇俗为工。无陈无剿，殆斐然焉。"② 应试之文，极易流于陈腐，特别是晚清时期，科举考试的流弊日益突出，张之洞以"名节"正面奖引生命的才气升华为志气，以"实学"充实治疗空疏陈腐，二者相辅相成，避免由"名节""实学"而来的约束力量扼杀士人的生命精神，这不但对湖北抑或对广大的近代士人具有对症治疗的意义。后提学四川，撰《輶轩语》《书目答问》，创立尊经书院，总督两广时期，在广西创办广雅书院，将此种精神贯注其中，产生了广泛的影响。推重"实学"，强调学博而"文工"，这是张之洞前期的思想。

二 "清切"论

在诗学批评方面，以"清切"论诗，力求清正与广易亲切相结合，同时也是矫正近代诗歌创作中的极端，具有重要的切磋交流追求至境的意义。陈衍《石遗室诗话》云：

> 广雅相国见诗体稍近僻涩者，则归诸西江派，实不十分当意者也。苏堪序伯严诗，言"往有巨公，与余谈诗，务以清切为主。于当时诗流，每有张茂先我所不解之喻"。巨公，广雅也。其于伯严、子

---

① 张之洞：《〈江汉炳灵集〉序》，《张之洞全集》第12卷，武汉出版社2008年版，第377页。
② 张之洞：《〈江汉炳灵集〉序》，《张之洞全集》第12卷，武汉出版社2008年版，第378页。

培及门人袁爽秋（昶），皆在所不解之列。……故阳不贬双井，而斥江西为魔派，实则江西派岂能外双井？双井岂能高过子美、雄过子美，而为是言。广雅少工应试之作，长治官文书，最长于奏疏，旁皇周匝，无一罅隙，而时参活著。故一切文字，力求典雅，而不尚高古奇崛。典故切，雅故清。①

此节流传甚广，然而似多有误解。这里记述了张之洞批评近代偏于宗宋的一系列诗人，陈三立、沈曾植、郑孝胥、袁昶，加上陈衍本人，他们皆是张之洞倚重的重要人物。首先，张之洞将黄庭坚的整体成就与江西诗派的负面影响分开，当然是别具只眼的；陈衍认为批评江西诗派就是否定黄庭坚，肯定黄庭坚就不能批评江西诗派，其实这正是张之洞所批评的门户之见。张之洞对以上陈三立等一系列诗人皆是极为推重的，陈衍之所以来武昌入张之洞幕府，正是张在友人扇子上看到陈衍的诗，"至为激赏"，经人介绍而来。张之洞推荐门人袁昶至清廷任职，联络北京与江南，期望极大，但清廷却因袁谏阻其借重义和团围攻外国使馆对外宣战而处死了他，张之洞痛惜不已，有诗《过芜湖吊袁沤簃》："江西魔派不堪吟，北宋清奇是雅音。双井半山君一手，伤哉斜日广陵琴。"认为袁能将王安石与黄庭坚融而为一，评价极高。黄庭坚有清奇的一面，也有从"奇"趋向倔强的一面，若"奇"不以清正为基，势必趋向形貌上的"槎牙""荆棘"。其次，将张之洞所主张的清切理解为"典雅"，进而理解为"旁皇周匝，无一罅隙、时参活著"，不能尽清切之义，对张之洞的良苦用心似未领会。"清"指向"雅正"，须由广大而至于雅正得到"清澈"之美；"切"指向"切当"，须由渊博而至于恰当得到"亲切"之感。郑孝胥和樊山诗云："尝序伯严诗，持论辟清切。自嫌误后生，流浪或失实。君诗妙易解，经

---

① 陈衍：《石遗室诗话》，张寅彭主编：《民国诗话丛编》第一册，上海书店出版社2002年版，第156页。

史气四溢。诗中见其人,风趣乃隽绝。浅语莫非深,天壤在毫末。何须填难字,苦作酸生活?会心可忘言,即此意已达。"①则是对自己"辟清切"的反思,郑序陈三立诗在1909年,此和樊山诗约作于1915年,当年为推重陈三立诗,对于张之洞的清切之论在强调"甚正"的同时,引申而辟之,认为"诗之为道殆有未能以清切限之者"。数年之后读张之洞所推重的樊增祥诗,觉得自己"辟清切"的观点可能有粗率之处,可能对后生造成不良的影响。这里不应该理解为对张之洞的继续批评,应该理解为郑孝胥切实的自我反思。

与以上陈三立偏重宋诗一路诗人不同的是另外一路近代诗人,大约偏重于学习唐以前的诗,特别是对于汉魏六朝古诗情有独钟;在人格上,也是偏于自由洒脱的一路。此一系以王闿运、樊增祥、易顺鼎为代表,他们皆两湖人,而以上陈三立一系列诗人基本上是江浙闽赣东南一带的人士。张之洞所论"清切",不但对于宗宋诗人的弊端具有针砭的意义,对于宗唐前诗人亦有引导的意义。只不过张提出此论时应在戊戌变法前后,当时身边主要是宗宋诗人群,游观酬唱品评之间更有当下的针对性。樊增祥、易顺鼎皆是张的门人,樊增祥长期在陕西任职,不在武昌;易顺鼎居留庐山、武昌时间较长,曾与陈三立诸人作庐山之游,多有酬唱之作,并请张之洞品评。但张之洞对易顺鼎等门人之作多是正面引导与鼓励。易顺鼎赠张之洞"残帖砚",张有《题残帖砚》云:"介甫书颠狂,子瞻书豪纵。穆穆司马公,落墨必谨重。邪异贤亦殊,朝局成一哄。……易生性慷慨,如石充僧供。坳墨谨洗涤,廉棱戒磨砻。作我方正友,泚笔岂敢弄。"②易顺鼎确实不乏颠狂与豪纵,此风在其诗中也时有表现,张之洞以"谨重""方正"教之,意味深长。《过芜湖赠袁兵备昶》:"为政有道道有根,佳人

---

① 陈衍:《石遗室诗话》,张寅彭主编:《民国诗话丛编》第一册,上海书店出版社2002年版,第135—136页。
② 张之洞:《诗集》,《张之洞全集》第12卷,武汉出版社2008年版,第483页。

读书袁使君。九流擩哜仍摆落，收拾并入不二门。"① 道出读书为学，也包括为政为文，由博返约，层层刊落，最后归于一心尊的不二法门。所以，雅切之说，平易之论，并不是张之洞特别指责他倚重的一批宗宋诗人，而是他在切磋中联络众多才士的一条主线，是他诗学思想的概括。在切磋琢磨中互相借鉴，形成包容多样的共同体。从这个意义上来说，他要成就的是一个"多彩的江南"。樊增祥有《暮春苏堪见过作云》："……君家富樱花，吾花亦满篱。君树高于我，作花红倍之。君园花开早，我屋花较迟。君花备五色，我花淡白姿。同根而异态，姊妹分妍媸。君来看我花，如鲁适郳鄡。观花即可知，我诗与君诗。"② 樊增祥与郑孝胥的诗歌路径本不太一致，但在张之洞这个文化圈子中能达到"和而不同"甚至相互吸收，成就一种文学的多姿多彩。此处樊增祥虽有自谦之意，但所写可为多彩的写照。另外，张之洞"清切论"从反面来说，反对钩章棘句的诗与空洞烦琐的文，是对当时士人精神的一种激发。情势紧迫，国家民族处于风雨飘摇之中，容不得诗人们精雕细琢、追求高深，与梁启超疏离"传世之文"而追求"觉世之文"具有相近的思想逻辑。

三 文学的体用论

张之洞教士，行、学、文三者并举，《輶轩语》即有"语行第一""语学第二""语文第三"等三篇。"语行"不从高深的德行来讲，只从日常生活的为人处世来讲；"语文"虽从科举考试的要求来讲，颇能由浅入深；"语学"则深入系统。观张之洞门下之士，多学养深湛、诗文俊伟，既不是仅能纸上谈兵的浮华之徒，也不是仅能做事的粗重少文的人，可知张造士的功夫重在"学"，同时也兼顾"文"。

---

① 张之洞：《诗集》，《张之洞全集》第12卷，武汉出版社2008年版，第484页。
② 陈衍：《石遗室诗话》，张寅彭主编：《民国诗话丛编》第一册，上海书店出版社2002年版，第136页。

张之洞早年既受韩超、胡林翼的熏陶，"差幸心源早得师"（前引）；后任职两湖，便以近代湖湘之学为基础，展开兴学育才的事业。近代湖湘之学的代表人物是曾国藩与胡林翼，面对太平天国运动的乱局和考据之学饾饤无用，因此力倡"经济之学"——实学，培养有用的人才。然而，由于时局的限制和对实用人才的偏狭理解，曾、胡较多地注重军事人才和实业人才，且人数有限，尤其在文化教育方面欠展开，总之，太过于实用。张之洞能够守正驭奇，重文学，刊落浮华，拒绝僵固。比如王闿运，是湖南著名的才学之士，几次进入曾国藩幕府，皆没有获得曾的重用；几次到北京应试，也没有得到清廷的任用。张之洞对王闿运略显浮华的才学当然是清楚的，但是能够包容。王晚年立志讲学写作，主讲湘潭书院二十余年，育才无数，樊增祥、易顺鼎、袁昶等多受到王的影响，张之洞将这些才士收至自己门下，颇为倚重。张之洞所到之处必兴办学校教育，湖北的经心书院、江汉书院、两湖书院以及尊经书院、广雅书院、江陵书院等，皆有较大影响，培养了大批人才，产生的集合力量是巨大的。特别是戊戌变法前后，张之洞一方面尽量拒绝清廷分配下来的候补官僚，一方面大力向外推荐江南人士，大力任用江南人士，使江南充满活力。

四 "哀六朝"

张之洞有《哀六朝》一诗：

古人愿逢舜与尧，今人攘臂学六朝。白昼埋头趋鬼窟，书体诡险文纤佻。上驷未解昭明选，变本妄托安吴包。始自江湖及场屋，两汉唐宋皆迁祧。神州陆沉六朝始，疆域碎裂羌胡骄。鸠摩神圣天师贵，末运所感儒风浇。玉台陋语纨袴斗，造像别字石工雕。亡国哀思乱乖怼，真人既出归烟销。今日六合幸清晏，败气胡令怪民招。睢水祆祠日众盛，蜡丁文字烦邦交。笛声流宕伶叹乐，眉髻愁惨民兴谣。河北老生喜常语，见此麐额如闻枭。政无大小皆有雅，凡物不雅皆为妖。愿告礼官与祭酒，輶轩使者颁科条。文艺轻浮裴公摈，字体不正汉律标。中声九寸黄钟贵，康庄六达经途遥。宝箓绵绵亿万纪，吾道白日悬青霄。①

此诗大约作于张之洞结束四川学政回到北京任职期间。是张之洞从时代风气的高度对当时流行六朝文化风气的严厉批评。内容重点不在诗学，也许与王闿运及其汉魏六朝派没有直接的关系，目标乃是指向六朝学术及六朝骈体文章、六朝书法等。据《抱冰堂弟子记》载："（张之洞）最恶六朝文字。谓南北朝乃兵戈分裂、道丧文敝之世，效之何为。凡文章本无根柢，词华而号称六朝骈体，以纤仄拗涩字句强凑成篇者，必黜之。书法不谙笔势结字而隶楷杂糅假托包派者亦然。谓此辈诡异险怪，欺世乱俗。习为愁惨之象，举世无宁宇矣。果不数年而大乱迭起。士大夫始悟此论之识微见远也。"② 此节可作为《哀六朝》一诗的注脚。张之洞两任学政，非常重视青年士子的学风与文风，所以此诗之作，有张之洞亲身的感受，"起自江湖与场屋"，此风气与地方上的学风考风相关，与青年士子读书为学的应试情况有关，直接的原因有两个方面：一个是华而不实的骈体文风，一是隶楷杂糅的书写方式，但背后却是儒风浇漓、玄佛合流的六朝学风，是政权分裂国家衰弱的六朝历史时代。张之洞认为，追求六朝文风与当时的时代是格格不入的，当时太平天国运动被平定，国家安定下来，本应该奋发砥砺，完成"中兴"之业，"今日六合幸清晏"，所以，容不得六朝的"靡丽"的风气。当然，这里有他观测时代的个人视角与理解，不见得符合历史的真实。

张之洞并未从根本上抹杀六朝学术与六朝文学的成就，不管是"昭明

---

① 张之洞：《诗集》，《张之洞全集》第12卷，武汉出版社2008年版，第460页。
② 《张之洞全集》第12卷，武汉出版社2008年版，第517页。

《文选》",还是六朝书法,就文艺的成就来说,仍是别具一格的。但一般青年学子于此精彩之处并无真正理解,只是一味地趋于玄虚怪奇,离开了大道根本,以致儒风浇漓。所以他要从风气微起处加以分别。晚清反传统思潮起于士林内部的"反正统"。以诸子之学反对经学,以今文经学反对古文经学,以六朝学术反对两汉唐宋之学术,皆是以非主流消解主流,从传统的学术内部重绘中国文化图像。后来章太炎以诸子学、五朝学相倡,康有为以公羊学否定整体经学系统,成为突出的代表,终于动摇了中国传统学术的根本。

张之洞排斥六朝文化的观点在近代以后遭到反驳,最为有力的驳难有两种:一种是站在六朝文化或反传统文化的立场上,正面发掘六朝文化的价值,代表者为章太炎,章有《五朝学》的长文,申述"五朝"之期的知识分子精神和以玄学为代表的思想文化在中国历史上的重要成就,认为前较之于汉,后比之于唐,皆无愧色。后来鲁迅的文学史研究和汤用彤玄史、佛教史研究,对六朝思想文化成就皆有重要的发扬。现代《文心雕龙》研究与《文选学》研究,理论方向大约与此相同。平情而论,六朝文化与汉唐文化在中国历史上各呈异彩,大体上属于互补的关系,应该是相得益彰,共同构成中国文化的博大精深。张之洞固然于此失之于拘泥。然而,如果以所谓六朝文化遮蔽甚至否定中国文化的大宗,那么就更失之于偏狭了。至于另一种向张之洞发起驳难的,则是站在近代变革的政治立场上,认为张之洞所坚持的中国传统文化主干,是代表了清朝朝廷的政治文化,是为了维护所谓的封建统治,是反对社会政治变革的,往往以"反动""腐朽"论之。此一系列论者往往另引张之洞《学术》一诗:

理乱寻源学术乖,父雠子劫有由来。刘郎不叹多葵麦,只恨荆榛满路栽。

此诗自注："二十年来，都下经学讲《公羊》，文章讲袭定庵，经济讲王安石，皆余出都以后风气也。遂有今日；伤哉。"① 这首诗写于1903年张之洞离开湖北重新回到北京任职时。"二十年来"，与张之洞二十多年前离开北京历任山西巡抚、广西巡抚、两广总督、湖广总督相呼应。长期以来，一些论者云："张之洞否定六朝文学，提倡归于雅正，实质上就是为了使文学屏黜一切离经叛道之言，完全阐发圣贤之义理，为巩固封建统治服务。"② 其实，张之洞所批评的学术风气，包括近代今文经学、六朝之学、王安石经济之学的兴起，皆是中国文化系统中自律性的演变，包含对当时主流学术话语的调整甚至挑战，利用学术变革来激发现实政治的变革。然而，中国思想学术传统自有其主干，任何以偏概全、截流为源的学术运动都是危险的，张之洞所举诸端，有的是对学术史特定内容的违背，有的是对学术一般规律的违背，于学于政两不达，确应正本清源。对于张之洞，简单地以一个诛心之论"为巩固封建经济服务"，而离开了具体的学术语境，未免过于武断。

第三节 "武昌言诗""三元说""三关说"

一 "三元说"与"武昌言诗"

"三元说"始见于1912年陈衍《石遗室诗话》卷一，然而，如果细绎诗话中所记所论，则可知"三元说"并非陈衍一人所创，而是1898年陈衍、沈曾植、郑孝胥等人在武昌张之洞幕府论诗时的共识。

乙酉之春，郑苏堪孝胥归自金陵。尝借余钟嵘《诗品》，因谓余曰："盍仿其例作'唐诗品'？"……戊戌客武昌张广雅督部所，子培、

---

① 张之洞：《诗集》，《张之洞全集》第12卷，武汉出版社2008年版，第489页。
② 黄霖：《中国文学批评通史（近代卷）》，上海古籍出版社1996年版，第265—266页。

苏堪继至。夏秋多集两湖书院水亭、水陆街姚园、墩子湖安徽会馆，多言诗。子培欲余记所言为诗话。自是，易中实顺鼎、曾重伯广钧、陈伯严三立诸人，遇则急询诗话，而余实未之为也。①

关于《石遗室诗话》撰制的背景，一般人皆能言，然而，涉及理论观点的理解以及各人思想认识的微妙变化，不能不说仍有可论之处。首先，如果将《石遗室诗话》的撰制背景向前推至开篇所云"乙酉（1885）之春"，是不确切的，因为当时郑孝胥劝他仿钟嵘《诗品》作一部"唐诗品"，那不过是品评唐诗的著作，与后来《石遗室诗话》命意不同，关系不大。《石遗室诗话》起于1898年武昌张之洞幕府论诗，这一点非常确切，也非常重要。如果沿着此一思路，当时一些论诗主张应该结合幕府主人张之洞的思想主张来讲，因为张不但是幕府整体的组织者，也是具体诗学活动重要的参与者。其次，"子培欲余记所言为诗话"，沈曾植是诗话的积极推进者。虽诗话未当即著成，当时就有所"记"，有意识地加以准备，是情理中事。所以关于《石遗室诗话》的著作时间简单地论定为出版时间1912年，以进入民国以后的情形推断诗话中各人的思想，也是要谨慎的。《诗话》云：

> 子培有《寒雨积闷，杂书遣怀，嬖积成篇。为石遗居士一笑》诗，八十余韵，余与君论诗语，略具其中。诗云："寒云如覆盂，漏天不可补。曜灵避面久，畏客牢键户。䰡䰢江海蒸，糁缅霞霄聚。闭

---

① 陈衍：《石遗室诗话》，张寅彭主编：《民国诗话丛编》第一册，上海书店出版社2002年版，第18页。关于"三元说"的提出者这一问题，王真、王蘧常的观点有争议。当代学者李瑞明在《"三元"与"三关"：陈衍与沈曾植的诗学离合》（见《雅人深致——沈曾植诗学略论稿》，黑龙江人民出版社2009年版，附录）中有辨析，今将"三元说"归之于陈衍，似与史实不够切合。贺胜强《近代宋诗派研究》（博士学位论文，苏州大学，2006年，第110页）第六章第三节"三元与三关"论述较为确切。

关且何事？卧听檐溜泞。断续缀残更，啌喽轹虚鬴。失行雁濡翼，嚛晓鸡上岵。……陈君泥滑滑，税舆践今雨。幽室共槃辟，高吟忽扬诩。长舒吸古绠，高犷克敌弩。相君笔削资，谈笑九流叙。乃知古诗人，心斗日迎拒。程马蜕形骸，杯棬代尊俎。莫随气化运，孰自喙鸣主？开天启疆域，元和判州部。奇出日恢今，高攀不输古。韩白刘柳骞，郊岛贺籍仵。四河道昆极，万派播溟渚。唐余逮宋兴，师说一香炷。勃兴元祐贤，夺嫡西江祖。寻视薪火传，晢如斜上谱。中州苏黄余，江湖张贾绪。譬彼鄱阳孙，七世肖王父。中泠一勺泉，味自岷觞取。沿元虞范唱，涉明李何数。强欲判唐宋，坚城捍楼橹。呰兹盛中晚，帜自闽严树。氏昧苟中行，谓句弦偭矩。持兹不根说，一眇引群瞽。丛棘限墙闱，通途成岨峿。谁开人天眼？玉振待君拊。啁嘻寄扬榷，名相递参伍。零星寒具油，沾渍落毛麈。奈何细字札，衔袖忽持去。坐令诵茗人，倍文失言诂。郑侯凌江来，高论天尺五。画地说'三关'，撰策筹九府……"①

沈曾植诗中提到"陈君""郑侯"，应该是指当时参与武昌言诗的陈三立和郑孝胥，再加上此诗作者沈曾植和诗话作者陈衍，应该是当时论诗的四位重要代表人物。在沈氏的诗里，"开天启疆域，元和判州部"；"勃兴元祐贤，夺嫡西江祖"数句，在梳理诗的线索时，已经突出了"开元""元和""元祐"等"三元"的重要里程碑意义。特别是郑侯"画地说'三关'"，这个三关也许隐指陈衍所云"三元"的内容，说明"三元"说的大体轮廓，正是当时武昌说诗大家认同的。这个大体轮廓，最重要的特征是强调唐宋诗的贯通，从诗史的通处说诗，批判的目标指向"帜自闽严树"的"不根说"，认为严羽攻击宋诗入门不正，强判唐宋，使中国诗走

---

① 陈衍：《石遗室诗话》，张寅彭主编：《民国诗话丛编》第一册，上海书店出版社2002年版，第19—20页。

向门户之争，使"通途成岨峿"。因此，陈衍梳理与沈曾植、郑孝胥等人论诗的大体轮廓，在《石遗室诗话》中正式明确地提出了"三元说"：

> 盖余谓诗莫盛于"三元"：上元开元，中元元和，下元元祐也。君谓三元皆外国探险家觅新世界、殖民政策开埠头本领，故有"开天启疆域"云云。余言今人强分唐诗、宋诗，宋人皆推本唐人诗法，力破余地耳。庐陵、宛陵、东坡、临川、山谷、后山、放翁、诚斋、岑、高、李、杜、韩、孟、刘、白之变化也；简斋、止斋、沧浪、四灵、王、孟、韦、柳、贾岛、姚合之变化也。故开元、元和者，世所分唐宋人之枢斡也。若墨守旧说，唐以后之书不读，有日蹙国百里而已，故有"唐余逮宋兴"及"强欲判唐宋"各云云。①

陈衍强调"三元"，但论述的重点却在唐宋诗之争，他强调宋诗皆推本唐诗，认为世人所争唐宋诗，实乃在唐代开元、元和之间内部的区分，强调唐宋一体，唐宋贯通，最终的落脚点仍是为宋诗争得领地，仍然是清代道咸以来"宋诗派"的理论策略。包括陈衍所强调的"同光体"诗论，可以看作宋诗派诗论的延续。然而，如果稍细致地分析陈衍对沈曾植此诗的理解，结合沈氏平时的诗论，则可以发现陈、沈之间对于"三元"的具体理解不尽相同，在大体轮廓相同的论诗规模下，有细微的差别，而这些差别，更能说明武昌论诗时张之洞诗学集团的复杂性。

沈曾植"谓三元皆外国探险家觅新世界、殖民政策开埠头本领"，着眼于"三元"的开拓创造意义。当时西方探险家觅新世界，到处开拓通商口岸，到处开建租界，那是在殖民地开拓空间，沈氏拿来作比，则着重三元各自有一套诗学的创新，其创作各呈异彩。这样说来，与陈衍"宋人皆

---

① 陈衍：《石遗室诗话》，张寅彭主编：《民国诗话丛编》第一册，上海书店出版社2002年版，第21页。

推本唐人诗法,力破余地",强调宋诗对唐诗的继承性、一体性,话语的着重点自然是有差别的。在"开元""元和""元祐"三元中,沈曾植似乎更为重视后二者——"元和"和"元祐",其诗云"开天启疆域、元和判州部",又云"勃兴元祐贤,夺嫡西江祖",陈衍理解"启疆域"是指三元皆有开新的意思,其实此句当另有所指,开元天宝的"启疆"只是粗具规模,沈曾植似乎有意地淡化了"开元"的诗学地位。元和的"判州部"才算诗学上内容宏富、队伍整齐、气象万千,所以才有下文的"唐余逮宋兴",从元和到元祐,也可以说是一种从中唐到北宋联为一体的重要线索。但这个"联合体",与陈衍所强调的"开元、元和者,世所分唐宋人之枢翰也",强调开元与元和之后的所谓联合体,意义是不同的。沈曾植高度评价了"元和"诗学的成就,一方面是诗人群体富有个性的主体力量:"韩白刘柳骞,郊岛贺籍仵。"另一方面是派别众多而又归宗一致,形成一个巨大的诗人共同体:"四河道昆极,万派播溟渚",这个共同体的基础正是儒家文化精神与士人主体精神的自觉。当然,关于这一点,仅凭此处诗语言的表达还是不明晰的。

二 "三关说"

后来沈曾植提出新的"三关说":

> 吾尝谓有元祐、元和、元嘉三关,公于前二关均已通过,但着意通第三关,自有解脱月在。元嘉关如何通法,但将右军兰亭诗与康乐山水诗,打并一气读。①

将开元去掉调换成"元嘉",理论意义将更为显明。另外,沈曾植虽

---

① 沈曾植:《与金甸丞太守论诗书》,《沈曾植未刊遗文》(续),载王元化主编《学术集林》卷三,上海远东出版社1995年版,第116页。

然肯定了"元祐"诗学,但是对江西诗派还是持保留意见的,"勃兴元祐贤"与"夺嫡西江祖"二者对举,极有意味,以"夺嫡"论江西诗派的作派,应该不是褒奖之意,元祐诗人的成就及影响,应该与江西诗派所谓薪火相传的自我标榜区分开,亲重元祐诗人而疏远江西诗派,将"元祐"与"西江"二者摘开,这一点也是沈曾植与陈衍诗论重要的分歧之处。

沈曾植淡化开元、天宝,将元和与元祐并成一气,并且对江西诗派有一定的戒慎态度,如此的论诗主张与学诗态度,与当时幕府主人张之洞的论诗态度是较为接近的。张之洞本人的诗与白居易、苏东坡有一定的渊源,主张宋意唐格,称"江西魔派不堪吟,北宋清奇是雅音"。胡先骕《读张文襄广雅堂诗》认定张之洞诗"脱胎于长庆",又才大学赡,突破门户所限,"尤能得苏诗剽疾豪宕之气"。并且对张之洞的诗学成就评价甚高:"有清一代达官能诗者推王渔洋、阮文达,然亦不以政事功业著;曾文正以古文中兴,诗亦规抚杜韩,能自树立,然究亦为功业所分心。不能尽其所能诣。张文襄独以国家之柱石,而以诗领袖群英,颉颃湖湘西江两派首领王壬秋、陈伯严,而别开雍容雅缓之格局,此所以难能而足称也。"胡先骕是学衡派的重要代表,曾师事沈曾植,其诗学见解颇能见出近代诗学之曲折。沈曾植自云其诗的渊源:"鄙诗蚤涉义山、介甫、山谷,以及韩门,终不免流连感怅。其感人在此,障道亦在此。"① 在具体的学诗典范方面与张之洞指向白居易、苏东坡是不同的。但是,在重视从唐宋之际特别是从元祐诗人寻找典范这一点上又是相同的。沈曾植为了救治"流连感怅"的不足,上溯"元嘉",提出"三关说",提倡"因诗见道",提倡"字重光坚",其实这是他为了救治诗歌过分的"个人性",促进近代诗歌表达社会内容、社会情感。这与张之洞所提倡的"宋意唐格"有一定的重合之处。沈曾植所强调因诗见道的"道"与张之洞看重宋意唐格的"意"

---

① 沈曾植:《与金甸丞太守论诗书》,《沈曾植未刊遗文》(续),载王元化主编《学术集林》卷三,上海远东出版社1995年版,第117页。

是相通的，纵然两人的论诗策略与诗歌美学理想不尽相同。

陈衍坚持清代"宋诗派"的立场，以"三元说""同光体"相倡，可以说是曾国藩以后对宋诗派主张的坚守与继承。但就理论创新的意义来说，不能不说缺少因时而变的精神。因此，他对张之洞的理学理论与诗学观不能充分认同，也理解不了沈曾植诗学见解的深微之处。陈衍概括清代诗学的大略："有清二百余载，以高位主持诗教者，在康熙曰王文简，在乾隆曰沈文悫，在道光、咸丰则祁文端、曾文正也。"[①] 根本就不重视张之洞在诗学方面的成就与作用，俨然将自己编的《近代诗钞》作为曾文正以来宋诗派的选本。至于借郑孝胥之口批评张之洞的"清切论"，自己又特别加以引申，认为张之洞如王渔洋一样"未用功于杜，故不知杜，不喜杜，亦并不知黄"。所论则稍显狭隘。他也许并不了解郑孝胥后来放弃了自己的观点，受到张之洞批评的诗人陈三立、袁爽秋、沈曾植等人，与张之洞在思想学术以及心灵上的交流皆非泛泛，特别是沈曾植，其诗学观念的细微变化不能排除受到张之洞的一定影响。

第四节　"诗人之诗"与"学人之诗"

一　"学人之言与诗人之言合"

陈衍《近代诗钞序》论清诗至晚清的"宋诗派"，最突出的主张乃是"学人之言与诗人之言合"：

> 文端学有根柢，与程春海侍郎为杜为韩为苏、黄，辅以曾文正、何子贞、郑太尹、莫子偲之伦，而后学人之言与诗人之言合，而恣其所诣。于是貌为汉、魏、六朝、盛唐者，夫人觉其面目性情之过于相

[①] 陈衍：《近代诗钞序》，郭绍虞等编：《中国历代文论选》第四册，上海古籍出版社1980年版，第290页。

类，无以别其为若人之言也。夫文简、文悫，生际承平，宜其诗之为正风正雅，顾其才力为正风则有余，为正雅则有不足。文端、文正时，丧乱云腾，迄于今，变故相寻而未有届，其于小雅废而诗亡也不远矣。①

陈衍编《近代诗钞》，虽然论诗目标指向有清一代，甚至涉及唐宋诗之争以及整个中国诗歌的历史，但他述论的动机却是指向当下，也就是他的时代，与张之洞幕府诗人群体息息相关。对"学人之诗"的强调，是他论诗的重要理论策略。他认为，康熙时期的王文简，乾隆时期的沈文悫，强调诗的神韵也好，强调诗的温柔敦厚也好，皆不全面，仅抓住了诗的某些方面，特别缺失的是诗的"雅"的精神。究其原因，则在于文简、文悫继承的汉、魏、六朝、唐诗的精神，这种精神乃是沿着严羽《沧浪诗话》的路子而来，从精神上来说，是对才学之诗的疏离，追求的是一种"诗人之诗"。前此，1912 年陈衍在《瘿庵诗序》中，就借题发挥，对"六朝"诗加以攻击：

> 严仪卿有言："诗有别才，非关学也。"余甚疑之：以为六义既设，风、雅、颂之体代作，赋、比、兴之用兼陈，朝章国故，治乱贤不肖，以至山川风土草木鸟兽虫鱼，无弗知也，无弗能言也；素未尝学问，猥曰："吾有别才也"，能之乎？汉魏以降，有风而无雅，比兴多而赋少；所赋者眼前景物，夫人而能知而能言者也；不过言之有工拙，所谓"有别才"者，吐属稳，兴味足耳。……汉、魏以降，其谋篇也，首尾外两两支对，拗体之律句而已；前写景，后言情，千篇而一致也。微论《大小雅》，《硕人》《小戎》《谷风》《载驰》《氓》《定之方中》诸篇，六朝人有此体段乎？《绿衣》《燕燕》，容有之耳。

---

① 郭绍虞等编：《中国历代文论选》第四册，上海古籍出版社 1980 年版，第 290 页。

微论《三百篇》,《骚》之上帝訾,下齐桓,六朝人有此观感乎?"滋兰""树蕙",容有之耳。故余曰:诗也者,有别才而又关学者也。少陵、昌黎,其庶几乎!然今之为诗者,与之述仪卿之言则首肯,反之则有难色;人情乐于易,安于简,"别才"之名又隽绝乎丑夷也。①

陈衍序文将矛头指向严羽《沧浪诗话》的"别才别趣"说,正面建立自己的论点:"诗也者,有别才而又关学者也。"从大体上来说,陈衍立论似乎比严羽所论更能切合中国诗学的大传统。正如陈衍所言,中国诗从《诗经》开始,就不仅是"吐属稳,兴味足"的抒情文学,而是与政治教化道义相关联的"大"文学,特别是在历史上形成传统的过程中,更成就了一套具有特别文化意义的"学问"系统,如果离开了这个学问系统,就可能让诗走向轻浮。然而,诗毕竟是从"情"发动的,"情动于中而形于言",情感应该是它的基本元素,抒情诗也应该是诗歌基本的类型;至于其政治道义精神,应该是它在特别的中国文化传统中形成的高标,所以在中国诗学史上,长期以来就存在"抒情诗"与"学者诗"之间的紧张关系。较早明确指出这一点的是钟嵘的《诗品》,他提出"直寻",批评一些人的作诗"殆同书抄",讽刺一些诗人"且谢天才、且表学问"。到唐代,杜甫教人作诗"精熟文选理",宋代的黄庭坚更是强调"老杜作诗,退之作文,无一字无来处。盖后人读书少,故谓韩杜自作此语",一再教导他的外甥,努力读书,"古人不难到也"。到严羽《沧浪诗话》则攻击近代诸公"以才学为诗"。之后元明清历朝,唐宋诗之争代不乏人,出现以"学人之诗""儒者之诗"与"诗人之诗""文人之争"相对抗的情况。②

陈衍从精神上倾向清代的宋诗派,倾向"学人之诗",这是对曾国藩之后宋诗派诗学精神的有力继承。从道光、咸丰之后,清朝政治步入危

---

① 郭绍虞等编:《中国历代文论选》第四册,上海古籍出版社1980年版,第286页。
② 参见李瑞明《雅人深致——沈曾植诗学略论稿》,黑龙江人民出版社2009年版,第273页。

机，内忧外患，祸乱不断，以曾国藩为代表的汉族士大夫集团崛起，在文化精神上也挺立起来，与乾嘉时期大不相同。形成敢于担当天下、追求道义、以道统自任的气派，其中由宋诗派激荡而出的"学者之言"，正是其文化精神的体现。戊戌时期，大批知识分子仍然沿着"同治中兴"的路径，试图进行一场轰轰烈烈的自救运动。不少人在文化学术思想方面仍然保持着曾国藩集团的格局，其中陈衍的诗学就是最好的代表。不仅如此，陈衍论"学人之言与诗人之言合"，在理论策略上颇有可采之处，这里关键是一个"合"字，其中具有融合唐宋诗学的努力。虽然就个人的兴趣上，陈衍可能更倾向学者之言，但他在理论分析时，并不将学者之言抬到绝对高的地步，他仍然给予"诗人之言"重要的理论地位。他认为诗人之言毕竟是诗的基本元素，学者之言起到的作用是助推诗人之言提高质量。这样，可以在某种意义上实现他的诗学理想，开元、天宝时期的唐诗精神与元和、元祐时期的宋诗精神完美地结合在一起，由此发挥"三元说"在创作方法层面上的指导作用。

二　"学人之诗"的误区

陈衍所论有一定误区：首先，他所标举的"学人之言""学"的意义非常宽泛含混。在历史上，在不同论者的语境中就体现出不同的方向：诸如道义精神、历史文化、博物知识、名家作品修养等，特别是他所推重的江西诗派，就偏重特定的诗学名家作品修养，将学诗的重点放在对前人作品的揣摩学习上。如果偏执于这样的"学问"，仍未免流于画地自限，偏离了中国诗学精神的大传统，也偏离了"宋诗派"论诗的基本出发点。其次，他对汉魏以降的"六朝诗"的批评颇不中肯。他说六朝诗"前写景后言情""千篇一致"，说六朝诗缺少《诗经》作品的"体段"与"观感"，认为根本原因在于六朝诗缺少"学"的支撑，认为六朝诗是趋于避难趋易的结果，这些批评皆不够确切。六朝诗一些作品空洞、形式化，并不是避难就易，也并不是诗人空疏少学，而是缺乏强烈的现实精神。六朝一些诗人虽然偏离了《诗经》政教精神、现实精神，走向形式化，但仍然有陶渊明、颜延之、谢灵运等优秀诗人，诗学成就不容忽视。从刘勰开始，特别到隋唐，中国历史上对六朝诗的批评是很激烈的，基本上容易让人接受，但陈衍以"学人之言"的标准对六朝诗的批评是偏颇的。最后，从陈衍诗论的意图与针对性来说，陈衍"学人之言与诗人之言合"的主张在于融合"唐""宋"两诗派的精神，这实际上是沿着曾国藩开创的诗学路径有所转进，以宋诗派兼容唐诗的精神，成就包容性更强的新宋诗派——"同光体"。他把批评的目标主要放在"六朝"诗，则具有明显的现实意图，即排斥以王闿运为首的"汉魏六朝派"。对于这一点，他与张之洞表现出较大的歧异。张之洞试图团结融合汉魏六朝派与宋诗派，而别出雍容清雅一路，但宗派性不突出。陈衍标举"同光体"，则具有较强的宗派意识。

第五节　"字重光坚"与"雅人深致"

一　"字重光坚"

沈曾植在《与金甸丞太守论诗书》中既明确提出"三关"说以与陈衍的"三元"相区别，在诗歌体貌之美上也相应提出了自己的理想，那就是"字重光坚"：

> 须知以来书意笔色三语判之，山水即是色，庄老即是意；色即是境，意即是智；色即是事，意即是理；笔则空、假、中三谛之中，亦即遍计、依他、圆成三性之圆成实性也。……湘绮虽语妙天下，湘中《选》体，镂金错采，玄理固无人能会些子也。其实两晋玄言，两宋理学，看得牛皮穿时，亦只是时节因缘之异，名文身句之异，世间法异，以出世法观之，良无一无异也。就色而言，亦不能无决择，奈

何！不用唐后书，何尝非一法门（观刘后村集，可反证）。无如目前境事，无唐以前人智理名句运用之，打发不开。真与俗不融，理与事相隔，遂被人呼伪体。其实非伪，只是呆六朝，非活六朝耳。凡诸学古不成者，诸病皆可以呆字统之。在今日学人，当寻杜、韩树骨之本，当尽心于康乐、光禄二家（所谓字重光坚者）。康乐善用《易》，光禄长于《诗》（兼经纬）。经训菑畬，才大者尽空耨获。韩子因文见道，诗独不可为见道因乎？（欧公文有得于诗）。鄙诗蚤涉义山、介甫、山谷，以及韩门，终不免流连感怅。其感人在此，障道亦在此。《楞严》言"纯想即飞，纯情即堕"，鄙人想虽不乏，情故难忘。橘农尝箴我缠绵往事，诚药石言。宏雅有治才，浮侈多薄行，见道之言，即此而已。谢傅"远犹辰告"，固是廊庙徽言，车骑"杨柳依依"，何尝非师贞深语。①

沈曾植标举"元嘉"，从大的轮廓来看广取六朝诗作为典范；从当时诗学发展的格局来看，兼容了以王闿运为代表的"汉魏六朝派"，比陈衍取径要宽，近于张之洞的诗学格局。然而，如果从细处来看，则可以说他表现出对王闿运极大的歧异与超越。他认为王闿运选的六朝派的诗，虽"镂金错采"，却被人斥为伪体，根本原因在于缺乏对六朝诗"玄理"的领会。而沈氏自己同样着眼于六朝诗，然而着重的是谢灵运、颜光禄二家，他们二家的诗分别能够渗透《易》与《诗》的内容和精神，是"字重光坚"的代表。"字重光坚"正是沈曾植针对王闿运所代表的六朝派诗的"镂金错采"而提出的。当今学者李瑞明曾推测，"字重光坚"是沈曾植的自造语，又引王蘧常的话作为此语的解释："古人未有不从密致中作工夫也。自此以后，尤须精研训诂，细窥物理，求字字锤炼，句句沉着，无空

---

① 沈曾植：《与金甸丞太守论诗书》，《沈曾植未刊遗文》（续），载王元化主编《学术集林》卷三，上海远东出版社 1995 年版，第 116—117 页。

响，无捐义，如此方能亘古长新，觉有一种光气，常动荡于字里行间，不可捉摸，不可遏抑，不袭古人声音笑貌，而自有声音笑貌，可与古人颉颃。"① 就笔者理解，虽然将"字重光坚"理解为密致功夫、精研训诂、细窥物理，强调作诗的"思理"重点是不错的，但是"字重光坚"一语毕竟是扣紧"意笔色"三个要素中的"笔"而言的。在沈曾植看来，意是玄理、是老庄；色是山水、是事、是生活，这二者要很好地结合，要能够"打发开"，才能有理想的"笔"——诗的"圆成实性"。"字重光坚"中"字"与"光"正是"笔"书写出来的结果——诗的"形体"，是诗的理想体貌。沈曾植认为，王闿运之所以被人斥为六朝的"伪体"，是因为他对六朝诗的"玄理"缺乏领会，所以王闿运以及"汉魏六朝派"的湘中选体，只是镂金错采，贴满了古色斑斓的妙语，却不能对"目前境事"运用前人的"智理名句""打发"开，"真与俗不融，理与事相隔"，让人感受不到六朝诗的精神，所以显得空洞飘浮。沈曾植还现身说法，说明太过于执着"目前境事"，不能忘怀那些琐碎的、无根的"情"，难免堕于障道"流连感怅"——其实就是"字重光坚"的反面。只有尽空耨获经训义理，心向宏雅治才，得到"真"与"理"，才可以"打发开"眼前的"俗"与"事"，达到真与俗相融，理与事不隔，写出来的诗句才可能"字重光坚"。值得注意的是，沈曾植所云经训义理，似乎不能从零碎处把握，他说的有一个向上的整体性的超越性的"道"的层面，他说的"两晋玄言，两宋理学，看得牛皮穿时，……无一无异也"。虽借用佛理，却极有本体论的意味。所以从这个意义上来说，他以玄理贯注字句的论诗策略，应该是比陈衍以"学人之言"论诗高明的。

二 "雅人深致"

沈曾植着眼于"理"，将元嘉之"玄言"与两宋之"理学"打通，其

---

① 李瑞明：《雅人深致——沈曾植诗学略论稿》，黑龙江人民出版社2009年版，第166—168页。

理论意义也许会超越问题本身的学术意义，因为这个打通，其实是两大诗学范式、两大诗学流派的打通。上引《论诗书》的末尾"车骑'杨柳依依'，何尝非师贞深语"一句，意义也很重要，其中反映了沈曾植诗学思想的某种转变。

　　谢公（谢安）因子弟集聚，问："《毛诗》何句最佳？"遏（谢玄）称曰："昔我往矣，杨柳依依；今我来思，雨雪霏霏。"公曰："訏谟定命，远猷辰告。"谓此句有雅人之致。（《世说新语·文学第四》）

沈曾植《止庵诗集序》曾借此典故论诗：

　　昔者曾植与涛园论诗于公，植标举谢文靖（谢安）之"訏谟定命，远猷辰告"，所谓雅人深致者，为诗家第一义谛；而车骑（谢玄）所称"昔我往矣，杨柳依依"为胜义谛。非独以是正宋、明论诗者之祖师禅而已，有圣证焉。夫所谓雅人者，非即班孟坚鲁诗义"小雅之材七十二，大雅之材三十二"之雅材乎？夫其所谓雅材者，非夫九能之士，三代之英，博闻强识而让，敦善行而不怠而君子乎？夫其所谓深致者，非夫函雅故，通古今，明得失之迹，达人伦政刑之事变，文道管而光一是者乎？五至之道，诗与礼乐俱，准迹熄王降之义，雅体尊，风体卑，正乐雅颂得所，不言风，有较四国之徽言，固未可与槃涧寤歌等类观之而次列之，自四家师说略同。诗教衰而五言作，才性于汉魏之交，清言于晋，新变于梁陈，风降歌谣，镂画者殆不识雅为何字。①

---

　　① 沈曾植：《止庵诗集序》，王元化主编：《学术集林》卷二，上海远东出版社1994年版，扉页。同时参考李瑞明《雅人深致——沈曾植诗学略论稿》，黑龙江人民出版社2009年版，第117—118页引文。

此序核心在于申发"雅人深致"为诗家"第一义谛"的意义，申发《诗经》雅的意义高于风，借以攻击严羽《沧浪诗话》以及后来"唐诗派"标举的抒情中心说，关于其中的意义，学界多有论析。然而，沈曾植对于"车骑所称为胜义谛"一句在此处没有展开。在《论诗书》中又云："车骑'杨柳依依'，何尝非师贞深语"，值得探究。

沈曾植将"第一义谛"与"胜义谛"对称，在佛典中并没有见到，因为第一义谛是与世俗谛对称；胜义谛也是与世俗谛对称，可以说"第一义谛"与"胜义谛"在佛典里皆是"真谛"的内涵。比如：

《中论》二十四《观四谛品》："诸佛依二谛，为众生说法，一以世俗谛，二第一义谛。若人不能知，分别于二谛，则于深佛法，不知真实义。""世俗谛者，一切法性空而世间颠倒故生虚妄法。于世间是实，诸贤圣真知颠倒性故知一切法皆空无生。于圣人是第一义谛名为实，诸佛依是二谛而为众生说法。若人不能如实分别二谛，则于甚深佛法不知实义。若谓一切法不生是第一义谛不须第二俗谛者，是亦不然。"[①]

《瑜伽师地论》卷第九十二："云何为谛？谓世俗谛与胜义谛。云何世俗谛？谓即于彼谛所依处，假想安立我或有情乃至命者及生者等，又自称言我眼见色乃至我意知法，又起言说，谓如是名乃至如是寿量边际，广说如前，当知此中唯有假想，唯假自称，唯假言说，所有性相作用差别，名世俗谛。云何胜义谛？谓即于彼谛所依处有无常性，广说乃至有缘生性，如前广说，如无常性，有苦性等当知亦尔。若以如是世俗胜义谛所依处，其世俗谛如实了知是世俗谛，其胜义谛如实了知是胜义谛，如是名为有为法见，若有成就有为法见苾刍，齐此言说满足。云何名为无为法见，谓即于彼谛所依处，已得二种谛善

---

① 欧阳竟无编：《藏要》第二册，上海书店出版社1991年版，第1029页。

巧者，由此善巧增上力故，于一切依等尽涅槃深见寂静，其心趣入，如前广说乃至解脱，如是名为无为法见。"①

"第一义谛"与"胜义谛"的说法还是各有适用场合的，可以说是从不同的方面开启众生。"第一义谛"强调的是分别义，也就是强调"真""俗"二谛的区别，如果不知道分别真俗二谛的区别，则于佛法不知真实义；"第一义谛"相当于佛法的高标，如果不知其重要性，不加分别，不去追求，当然可能就从大处对佛法无从领会。第一义谛是从"一切法皆空无生"的最高处立义，虽显豁，但过于绝对而突兀，也许并不是俗众一下子就能够接受、能够明白的道理。"胜义谛"是从"转依"立义的，强调的是"真""俗"二谛之间的联系，从世俗中悟出"胜义"，依靠世俗发见真谛，俗中显真，转俗成真，这是"胜义谛"立义的根据。特别是"无为法见"一路，能够从真俗二者的同一性、转依性参透而进入无差别的"寂静"，确实是众生修行的方便法门。从这个意义上来说，也就是从众生修行佛法的实践意义来说，"胜义谛"也许比"第一义谛"的讲法更让人容易接受。

沈曾植以"第一义谛"与"胜义谛"来论诗："植标举谢文靖（谢安）之'讦谟定命，远猷辰告'，所谓雅人深致者，为诗家第一义谛；而车骑（谢玄）所称'昔我往矣，杨柳依依'为胜义谛。"（上引《止庵诗集序》）又云："谢傅'远猷辰告'，固是廊庙徽言，车骑'杨柳依依'，何尝非师贞深语。"（上引《论诗书》）从沈曾植自期的论诗目标及格局来看，确实不但具有平章唐、宋诗学的意义，"正宋、明论诗者之祖师禅"，而且也是对中国诗学的整体贯通："有圣证焉。"宋明论诗者启唐宋诗学之争，认为谢安欣赏的"远猷辰告"之类的诗是庙堂诗，代表的是深沉庄重

---

① 《频伽大藏经》第四十一册，九州图书出版社1998年版，第465页。

的士大夫精神，缺乏情感四溢的流丽之美，近于宋诗；而谢玄欣赏的"杨柳依依"一类的诗，富有情致，让人能够感受到直接的美，近于唐诗。沈曾植从士大夫的政治抱负、主体精神、生活风貌贯通二者，强调二者背后理性精神的相通性，"廊庙徽言"固然是代表的谢安以宰相安国定邦的抱负，"师贞深语"何尝没有表现出作为车骑将军的谢玄萧散内敛的气度！这既是对长期唐宋诗之争的纠正，也是一种包容与打通。

沈曾植标举"雅人深致"固然是对抒情至上、审美中心的唐诗派的一种批驳，一种提升，从而纠正对于富有风致的"杨柳依依"的抒情诗的误解，强调风致之后的"深致"，强调抒情中包含着的"深语"，容俗向真，对于中国诗歌的发展也许具有更重要的意义。他重新以《诗经》"雅"的精神追溯中国诗学源头处的文化力量，强调以经发诗，并试图借此贯通中国诗学史上"六朝""唐""宋"等各大里程碑，以诗学捍卫中国文化的根基，表现出一种特别的坚守，可以说是张之洞幕府言诗的进一步深化，成就卓越。可惜的是，在指导创作实践的环节上似乎并没有体现应有的影响力。

第五章 国粹派文论

国粹派因《国粹学报》而得名，主要人物有黄节、邓实、章太炎、刘师培、黄侃等，背后有一个学术组织"国学保存会"。初起时，以国学激发民族爱国思想，在民族国家意识中包含了排满反清的思想，政治上有激进的一面。因其激进的一面，学术界有的学者不赞成将国粹派归为文化保守主义。然而如果细致考查，则可以发现国粹派强调国粹，正是文化保守主义坚持民族文化的应有之义。辛亥革命以后，国粹派的中坚分子如章太炎、刘师培、黄侃等致力于国学研究，淡化政治身份，突出学者角色，为传统学术的近代化做出了突出的成绩，他们应是近代文化保守主义学术系统的重要分支。

第一节 国粹与国学

国粹派成员复杂，其中主要人物诸如黄节、刘师培、章太炎等学术生命的时间跨度很大，"国粹"思想观念也发生了很大的变化，大略有一个"国粹""国学""国故"的线索。

一 国粹

"国粹"在国粹派的理论中首先是指中国的民族精神特性，而与之相联系的学术系统是它的载体。这种思想较早地体现在黄节《国粹保存主义》《国学报叙》等文章中。①"国粹"一词借自日本，日本近代兴起国粹主义，强调基于地理环境、历史传统的民族根性，以树立民族的自信与国家的形象，这是日本明治维新以后国力强大的精神诉求。黄节阐述自己的"国粹保存主义"思想时，特别强调异于日本的国粹主义，因为日本的国粹主义强调目光向内，强调民族自身的精神。黄节认为，国粹是适合国家的"粹"而不一定非要取自己的历史，打开国门，只要是适合中国建设的文化都可以作为建设"国粹"的资源。

黄节对于国粹的解释具有一定的"保国"意识。邓实叙国学保存会缘起云："粤以甲辰季冬之月。同人设国学保存会于黄浦江上。绸缪宗国。商量旧学。撼怀旧之蓄念。发潜德之幽光。当沧海之横流。媲前修而独立。盖学之不讲。本尼父之所忧。小雅尽废。岂诗人之不惧。爰日以学。读书保国。匹夫之贱。有责焉矣。"② 张之洞在《劝学篇》中提出"保教、保种、保国"三位一体，认为要保住中国文化，先要保住"华种"，如果要保住我们的人种，就先要保住我们的"国"。当然，张之洞所说的"保国"，是保护"大清国"。不断的内忧外患，特别是甲午战争、庚子事变的刺激，不同阵营的中国精英们在国家民族这面大旗帜下还是有一些共同性的。所以，张之洞所代表的"中体西用派"、康有为梁启超代表的维新派，以及此时出现的国粹派，在 1902 年黄节撰写《国粹保存主义》时，还是有一定交集的。国学保存会有两个刊物，《政艺通报》和《国粹学报》，黄节的《国粹保存主义》和《国学报叙》就发表在《政艺通报》上，《政艺通报》主要刊载外国政治及科学技术方面的内容，《国粹学报》主要刊载

---

① 孙之梅：《南社与国粹派学术文化运思的共性》，《徐州师范大学学报》2011 年第 1 期："以前研究国粹派的论者都把这一派的理论建设归功于邓实，……事实上，黄节之文写于邓实之文之前。《国学报叙》与《国粹学报叙》实是同一篇文章。邓实长于政论，文气畅达，逻辑严密，在黄节《国粹保存主义》和《国学报叙》的基础上，重新构思组织了一篇《国学保存论》。黄节的思想一经其笔，顿生理论的深刻性与明确性。如何为国学、论国学之亡、文化危机，都是在黄文的基础上变化而来。"

② 《国粹学报》1905 年第 1 期。前文第一章引文较详。

中国的人文学术内容，它们的大方向，是沿着近代中国政治人文学术的革新方向行进的，总体上在民族自救的大系统中。所以，清政府镇压革命人士，封禁激烈的进步刊物，国学保存会的两个刊物，并没有在禁止之列，特别是《国粹学报》，一月一期，从1905年创刊，到1911年辛亥革命之后，整整齐齐出版了82期。由此也可以说明国粹派思想的基本特征。

国学保存会既然是"保存"，必然对中国文化有所保存，但具体保存什么，黄节似乎没有讲得很清楚，其实这个问题也不是在一篇文章中能讲清楚的。然而他在《国粹学报叙》中讲了一个意思，那就是中国学术在秦始皇时遭受到致命的破坏，以后的学术文化都发生了变异，不再是民族精神的体现。"溯我学派之衰。则源于嬴秦始皇烧诗书。百家语。藏书博士。窒塞民智。至于汉武立博士于学官。罢黜百家。以迄刘歆。则假借君权。窜乱经籍。贼天下后世。然而秦皇汉武之立学也。吾以见专制之剧焉。民族之界夷。专制之统一。而不国而不学。殆数千年。"① 这里他从反面对国粹进行了提示，将攻击的矛头指向了专制对"国""学"的破坏，包含了"革命"的理论基因。后世论国粹派者，每强调其"革命性"，这也不是空穴来风。在国学保存会的精神中，从一开始就有重新清理中国学术的意思，由学术涉及专制政治，由专制政治对学术的破坏引向对当时清朝的革命情绪，此正是其革命性的本来逻辑。需要注意的是，国粹派诸人毕竟是学者，并不是职业的革命家，他们的革命思想往往是蕴藏于学术史的研究之中，不可"以政治缘饰经术"看待他们的学术研究。不然，看似想抬高他们的思想学术，客观上恰恰是对他们的贬低。

二 国学

"国学"前通"国粹"，后兼"国故"，旁涉"经学""古学"等概念，

---

① 黄节：《国粹学报叙》，《国粹学报》1905年第1期。

内涵极为复杂。在国学保存会的重要发起者黄节、邓实那里,"国学"是国粹的载体,国学就是"一国之学",虽然是学术的形态,但它是需要重新建构的,国学与其说存在于历史中,不如说存在于正在进行的研究与建构中。另外一层更重要的意义,批判秦代以来的学术主流,认为其中渗透了专制政治与异族压制。这样的思路使国粹派思想潜存了反传统、反专制、反对异族统治的革命精神。然而,作为经学名家的刘师培等人,在国学保存会初起时,其思想理论中的"国学"更接近于经学。《国粹学报发刊辞》云:

> 近世以来。学鲜实用。自考据之风炽。学者祖述许郑。以汉学相高。就其善者。确能推阐遗经。抉发闳奥。及陋者为之。则掇拾细微。抄袭成说。丛脞无用。而一二为宋儒学者。又复空言心性。禅寂清谭。孤陋寡闻。闭聪塞明。学术湮没。谁之咎欤。

《发刊辞》认为,传统经学是在"汉学""宋学"的名目下各有所偏,致使经学走向衰微,重振经学,则是当下国学的重建之路。《发刊辞》续云:

> 海通以来,泰西学术输入中邦。震旦文明不绝一线。无识陋儒或扬西抑中,视旧籍如苴土。夫天下之理。穷则必通。士生今日不能藉西学证明中学,而徒炫皙种之长,是犹有良田而不知辟。徒咎年凶;有甘泉而不知疏,徒虞水竭,有是理哉。……神州旧学。不远而复。是则下士区区保种爱国存学之志也。①

刘师培是将"国学"的含义引向经学研究的关键人物。特别是他借西

---

① 《国粹学报发刊辞》,《国粹学报》1905 年第 1 期。

学以明中学的思路，具有明显的文化保守主义的思想特征，对传统经学的刮垢磨光，钩沉抉隐，做出了巨大的成绩。与之不同的是，邓实提出"古学复兴论"，在黄节《国粹保存主义》的基础上更强调了国粹并不是中国学术史上主流的经学，而是"古学"："夫周秦诸子。则犹之希腊七贤也。土耳其毁灭罗马图籍。犹之嬴秦之焚书也。旧宗教之束缚。贵族封建之压制。犹之汉武之罢黜百家也。"① 提出由"古学"构建国学，是国学内涵的重要变化。沿着这个思路，经学研究变成了对经学的批判，研究的重点由经学转向了诸子之学，由此重新绘制了中国学术的历史图像，其中包裹着反传统、反专制、反清排满的思想。在这个方向上，成就最大的应该是章太炎，因为他不但经学深厚，学问淹通，革命思想也异常激烈。国学保存会初成立时，他尚在监狱中，但是他与国学保存会互通声气，所撰文章常登载于《国粹学报》。出狱后到日本，1906 年 9 月正式成立"国学讲习会"，后在讲习会的基础上又成立"国学振起会"。前后皆以"国学"命名。据说当时在日本的中国留学生们仰慕他的声名，请他讲学，有人提出讲《白虎通》，章炳麟不答应；有人提出讲《说文解字》，章炳麟"则欣然登座"。因为《白虎通》中多今文经学公羊家言，不是他所愿意讲的。在经学方面崇尚古文经学，但又不如一般清儒那样流于琐碎，而是追求经学的大义。热心政治，喜欢攻辩，歌颂革命，反对君主立宪，思想学术标新立异。②

章太炎既然将自己所讲所研治的学问称为"国学"，他所谓的"国学"指向广泛的中国古代学术，而重心则异于传统的经学了，其中特别偏重诸子学及经学中的小学，以小学的研究为方法，广泛展开中国语言文化及文学的研究。

---

① 邓实：《古学复兴论》，《国粹学报》1905 年第 9 期。
② 钱基博：《现代中国文学史》，华中师范大学出版社 2011 年版，第 65 页。

三 国故

章太炎研究的"国学"有自己较为明确的重心和方法,所以常常不满"国粹""国学"的称号被人"滥用":

> 自余稍有条法者,则多攘窃他人而没其名,亦公理所谓三奸者也。及其自抒膺臆,纠葛不驯,虚张类例,以奋笔施评于先正。……今之言国粹者,多类是矣。①
>
> 学名国粹者,当研精覃思,钩发沈伏,字字征实,不蹈空言,语语心得,不因成说,斯乃形名相称。若徒摭旧语,或张大其说以自文,盈辞满幅,又何贵哉?②

这两封信皆是写给刘师培的。他所批评的人也许就是国粹派的某些成员,他对"国粹"二字的理解又确实与黄节、刘师培等人有明显不同。他所理解的"国粹",应该是研究国学扎实的、超越前人的心得,应该是其于小学研究方法的症结性问题的抉发,其中应该有"微言大义"。因此,他启用了一个新的称号——"国故",显得比"国粹"的意指平和而宽泛,比"国学"的意思又有些特别的偏指。1910年,《国故论衡》在日本初版,署版权所有者"国学讲习会",其中多篇都在《国粹学报》刊发过,本年第四期的《国粹学报》登载了黄侃所著的《国故论衡序》,又在广告栏刊发广告:"此书为余杭章先生近与同人讨论旧文而作,分小学、文学、诸子学二十六篇。……有志古学者,循此以求问学之涂,窥文章之府,庶免摘埴冥行之误,亦知修辞立诚之道。"《教育今语杂志》第一册所登其

---

① 章炳麟:《与人论国学书》,《章太炎全集》第4卷,上海人民出版社1985年版,第353页。
② 章炳麟:《再与人论国学书》,《章太炎全集》第4卷,上海人民出版社1985年版,第354页。

"广告"称:"诚研究国学者所不可不读也。"① 大约可知章太炎所用的"国故"基本上等于"国学"的宽泛意义,然而又在国学宽泛的意义上淡化消解经学在国学中的主线意义,与刘师培以经学为主的国学观明显不同,章太炎从国学到国故的转变,显示了他重新绘制中国学术图像的努力。

第二节 文、文言、文辞

一 "文"基于文字

国粹派诸人对国学的内容和重点虽然有所分歧,但国学指向中国古代学术,也就是他们所强调的"古学",这一点还是基本一致的。在国学研究方法的问题上,特别重视清代经学的文字声音训诂之学,这一点也是一致的。他们对"文"的基本认识,正是建立在整体的国学观念之上。认为中国之"文",导源于文字。而"文字"的背后,蕴含的是以经学、小学为基础的国学系统,也就是中国文化的系统。

《国粹学报发刊辞》"文篇第五"云:

> 一为文人。固无足观。立言不朽。舍文曷传。古曰文言。出言有章。《昭明文选》。巨编煌煌。大雅不作。旁杂休离。堕地斯文。孰振厥衰!②

这可以说是国粹派的论文宣言:重视文,将文学的价值提到了立言不朽的高度;崇文言,以《昭明文选》为文学的宗极;振文统,正本清源,攻击异说,其中有在世界文化中弘扬国粹的意味。《国粹学报》第一期发

---

① 汤志钧编:《章太炎年谱长编》卷三(1910),中华书局1979年版,第343—344页。
② 《国粹学报发刊辞》,《国粹学报》1905年第1期。

表刘师培论文学的两篇专论,其一是《文章源始》;其二是《论文杂记》。后者篇幅巨大,由《国粹学报》后来各期陆续刊毕。《文章源始》开篇云:"积字成句,积句成文,欲溯文章之缘起,先穷造字之源流。"[1] 由文字进入中国学术系统,并追究文章的源流,这是一个极重要的理论基点。其论文虽然由文字的声音之学偏向"文言"说的探讨,形成刘师培论文的特别重心,但这个起点,应该是国粹派的一致观点。章太炎《文学总略》云:"文学者,以有文字著于竹帛,故谓之文。"[2] 章太炎强调文出于文字,强调最早的文是表谱簿录,其实仍然是基于经学小学。连曾经从学章太炎的鲁迅著《汉文学史纲要》第一讲亦列"从文字到文章"。田北湖于《国粹学报》第二期发表《论文章源流》,其中云:

> 世间之故。非文弗宣。生人之道。非文弗著。是以纷颐之交。往来之序。皆存于中。行期其远。穷极口舌之形容。不逮纸墨之委曲。况移时则境失。历辙则迹亡。不有所依托。曷以为资。自序彝伦。胥纳轨物。覃研精思。发扬光采。名实既准。顺理而成章。情意相通。糅条而铺绪。仰观俯察。明义开宗。厘秩典要。垂布型范。摹绘虫鸟之微。罗列竹帛之上。不过六体之采撷。单词之傅会。接片附寸。悬识朕理。一指同归。肆响如应。故虽五方别声。曾无异读。百王易制。未尝废流。上而经国。下以修身。通诸其邮。言之有物。[3]

田北湖在《国粹学报》作者群中是一位较为偏重文学的作者,间有所作,颇通时事。他的《论文章源流》,可以说与刘师培《文章源始》探讨

---

[1] 刘师培:《文章源始》,陈引驰编校:《刘师培中古文学论集》,中国社会科学出版社1997年版,第210—216页。原载《国粹学报》1905年第1期。
[2] 章炳麟:《文学总略》,舒芜等编选:《近代文论选》,人民文学出版社1999年版,第420页。
[3] 《国粹学报》1905年第2期。

问题的大方向是一致的，也可与章太炎《文学总略》参照对比。他的论文亦立足于文字，但更注重从文学的内容、功能来论说文学，从"仰观俯察"的高度来讲文学的大义；从经国、修身来讲文学的传统，取径是广大的。中国文学的根本深深植于中国文化的语言文字之中，这个系统的基础便是文字。国粹派虽然对以经学为中心的中国文化不无消解与重构，但仍然有所"保存"，文字便是他们坚守的底线。

二 文言

刘师培在阮元提出的"文言说"的基础上，强调文学语言的骈俪特征与藻饰功能，认为"文"的本质特征在于文学语言的构造之美。阮元认为，"言"是日常语言，日常语言是"直言"，既啰唆又不美，必须加以"文"的修饰，变成"文言"，才可以又简练又美好，这样所说的"文言"，指向文学语言的书面化、艺术化，倒也无可厚非，甚至可以说是正确的。阮元从"文言说"抽引出两个重要的观点，一是重视经学小学对于文章具有重要的基础意义；二是认为骈体文学才是文章的正宗。刘师培继承了阮元的"文言说"，并以此为基又向深处广处加以推衍。刘师培认为，文字是文学的始基，其实这是将经学小学向"文字"的化约。不仅如此，他由文字推出二端：其一是文字的"声音"。认为"文字者，基于声音者也。上古未造字形，先有字音"。"虑其艰于记忆，必杂于偶语韵文，以便记诵。"其二是文字的"藻饰"意义。引《广雅》《玉篇》之言："字，饰也。"[①] 可以说这是在阮说的基础上的更加精密化。在强调骈体正宗的方向下，更加强调其宗派性，对桐城派猛烈攻击。不仅如此，认为强调"文言"精神，是振作文学传统的名山事业，以此可以抵挡外国文学的冲击。直至辛亥革命后在北京大学讲学时仍然坚持："此一则明俪文律诗为诸夏所独有，今与外域文学竞长，

---

① 刘师培：《文章源始》，陈引驰编校：《刘师培中古文学论集》，中国社会科学出版社1997年版，第210—216页。原载《国粹学报》1905年第1期。

惟资斯体。"① 这是在阮元"文言说"的基础上进一步的推广。

阮元"文言说"本有其合理性，只是过于强调骈体是文章正宗，有失偏颇。刘师培对阮元"文言说"的阐扬，使其理论误区更加明显。将经学小学对于文学语言的基础意义化约为"文字"，本身就可能降低或失去经学小学深厚的文化意义，何况将"文言"理解为"藻饰"，不仅使文学走向形式化的泥淖，而且忽视了文学语言深厚的生活源泉，使文学走向僵化，根本不能适应迅速变化的中国社会的情况，所以，其"文言说"仅有一定的学术史意义，少有积极的建设意义。

刘师培的"文言"理论遭到了章太炎的猛烈批评，章太炎更强调"文字"的指事意义，至于他反驳从阮元到刘师培所引《易》之《文言》的解说，引用梁武帝"文王作《易》，孔子遵而修之，故曰文言"，将"文言"理解为"文王之言"，则是对问题的回避，立论是错误的。②

三 文辞

文辞本指辞章之文，桐城派姚鼐并举"义理、考据、辞章"，又编《古文辞类纂》，大约"文辞"已成习惯用语，与哲理考据等学术文章相区别，接近现代中国所谓"文学"的含义。国粹派通过对"文辞"一语的考查，对明确中国古代文学的含义与分野有一定帮助。刘师培既强调"文言，修饰之词也"，那么他认为通常所说的"文辞"应为"文词"。他引《说文》"辞，讼也""词，意内而言外也；从司从言"，认为：

"辞章"、"词藻"诸字，皆作"词"而不作"辞"。③

---

① 刘师培：《中国中古文学史讲义》，陈引驰编校：《刘师培中古文学论集》，中国社会科学出版社1997年版，第3页。
② 章炳麟：《文学总略》，舒芜等编选：《近代文论选》，人民文学出版社1999年版，第420页。
③ 刘师培：《论文杂记》，陈引驰编校：《刘师培中古文学论集》，中国社会科学出版社1997年版，第257页。

《左传》曰:"言之无文,行而不远。"又曰:"非文词不为功。""文辞",犹言"文言"也。①

并认为一切言论文章,皆称为"词",所以有"言词""文词"之称。言词就是关于日常生活的言论,"文词"就是用"文言"写成的文章。只不过因为秦、汉以来一直误将"词"作"辞",只好沿用,目标即指向他心目中的各体文学作品。刘师培《论文杂记》主要论各体文学的源流,第一节认为中国古籍分为三类:即"文言""语""例",以与印度佛书的经、论、律三者类比。认为三者可以概括古今文体的全部。第二节认为,"文言"虽高,但不能普及,所以面对时代要做一定的应变:"近日文词,宜区二派:一修俗语,以启瀹齐民;一用古文,以保存国学。"② 不过这样无形中仍然将实用性的文章排除在"文辞"之外,因而和"文言说"一起遭到不少论者的批评。章太炎《文学总略》特别重视"文"的范围,批判的目标就指向刘师培的"文言""文辞"说(详见下节"章太炎'文学'论")。

第三节 文章、文学

"文章"在中国历史上本是"文"的通称。国粹派详加考证追索中国的"文章"传统,以与外来的文学观念相切磋。"文学"虽是中国旧有的词语,但原义泛指文献之学,在近代逐渐吸收外来观念,取代传统的文章观念,成为通行的概念。国粹派的两位大师刘师培与章太炎对文章理论的开掘,促进了近代新的"文学"观念产生,刘师培《文章源始》与章太炎

---

① 刘师培:《论文杂记》,陈引驰编校:《刘师培中古文学论集》,中国社会科学出版社 1997 年版,第 213 页。
② 刘师培:《论文杂记》,陈引驰编校:《刘师培中古文学论集》,中国社会科学出版社 1997 年版,第 226 页。

《文学总略》就是两篇重要的切磋对勘的论著,二者分别称"文章"与"文学",可以见出其中曲折复杂的意义。

一 刘师培"文章"论

刘师培《广阮氏文言说》提出"彣彰"为"文章"的别体,将文章的本义解为"可观可象,秩然有章":

> 《说文》"馘"字下云:"有彣彰也。"盖"彣彰"即"文章"别体,犹"而"与"酽"同,"丹"与"彤"同也。厥后始区二字,"彣"训为"馘",与"文"训为"错画",其义互明。观青与赤谓之文,经纬天地亦曰文,则训"饰"训"错",义实相兼。故三代之时,凡可观之象,秩然有章者,咸谓之文。①
>
> 积字成句,积句成文,欲溯文章之缘起,必先穷造字之源流。……文字者,基于声音者也。上古未造字形,先有字音,(……)以言语流传,难期久远,乃结绳为号,以辅语言之穷。及黄帝代兴,乃易结绳为书契,而文字之用以兴。故"字"训为"饰",(……)与"文章"之训相同(文章取义于藻绘,言有组织而后成文也。《易》言:"书契既作,百官以治,万民以察,盖取诸夬。"即言有文明之象也)②。

刘师培以"文言说"为基础,试图建立中国的"文章"理论系统,目标指向文学是"书写语言的艺术"这个大方向,并以此揭示中国文学的特

---

① 刘师培:《广阮氏文言说》,陈引驰编校:《刘师培中古文学论集》,中国社会科学出版社1997年版,第183页。
② 刘师培:《文章源始》,陈引驰编校:《刘师培中古文学论集》,中国社会科学出版社1997年版,第210—212页。原载《国粹学报》1905年第1期。

质，这是别具只眼的，极为重要。他不但以中国文学的历史为基础，梳理古代中国"文章"之发达，而且提出中国文章的极则，在于屈、宋之骚体，特作《宗骚篇》。① 认为屈原等人的楚辞，采撷六艺的精华，继承诸子百家创作的精神，品格高洁，情感充沛，关键是屈、宋之作囊括众体，文辞华美，"上承风诗之体，下开词赋之先"，能够做到文、情并茂。从此处来看，刘师培强调骈体为文章之正宗，也并不完全是纯粹形式的强调，背后自有高华坚定的个性精神。他也并不认为文章仅有"韵文"一体，"文章"的眼光还是很宽的，他认为文章的功用有三个方面：一在辩理，一在论事，一在叙事。文章之体裁也有相应三种：一为诗赋以外的韵文，比如碑铭、箴颂、赞诔；一为析理议事之文，比如论说、辩议；一为据事直书之文，比如记传、行状。② 他认为文章大家一定要熟悉古籍，博览群书，参互考证，穷究源流，才能做到下笔谨慎，出言成章。他以小学的研究方法，对"文"的解释基本上是正确的，这也决定了他的文章理论不可能从根本上被推翻。然而，他以"彣彰"作为"文章"的别体，由此来发挥"文章"的藻饰意义，不但显得纡曲，而且有漏洞，所以招致激烈的批评。

二 章太炎"文学"论

章太炎云：

> 文学者，以有文字著于竹帛，故谓之文。论其法式，谓之文学。凡文理、文字、文辞，皆言文。言其采色发扬谓之彣；以作乐有阕，

---

① 刘师培：《文说》，陈引驰编校：《刘师培中古文学论集》，中国社会科学出版社1997年版，第207页。
② 刘师培遗说，罗常培整理：《汉魏六朝专家文研究》，陈引驰编校：《刘师培中古文学论集》，中国社会科学出版社1997年版，第3页。

施之笔札谓之章。……夫命其形质曰文，状其华美曰彣，指其起止曰章，道其素绚曰彰，凡彣者必皆成文，凡成文者不皆彣，是故榷论文学，以文字为准，不以彣彰为准。①

章太炎对刘师培"彣彰"之说的批评是中肯的，文章二字连在一起指示文学作品的意指，乃是从二字基本义得来，绝不会从其衍生的异体字中得来，刘师培"其义互明"的逻辑确实有本末倒置的嫌疑。《文学总略》批评的重点在于刘师培"以彣彰为文，遂忘文字"。其实刘师培的"以彣彰为文"正是从"文字"观念引申出来的，从文字的"错画"之义引申为"藻绘辞采"，再推出"情辞声韵"，再推出六朝的骈体文。平情而论，刘师培及文选派这样的推论是偏颇的，在推论中过滤并消减了"文"的丰富含义。但是，这样努力推论的方向指向文学的载体——语言艺术，确有重要的意义。章太炎从"文"的本义、广义出发，认为凡是书写出来传达信息的皆是"文"，不但包括有句读的文，还包括"无句读"的"文"，诸如"会计则有簿录，算术则有演草，地图则有名字"，只要写写画画的书籍材料皆是"文"，这样将"文"推向了无边无际的广泛义，哪里还容易找到"文学"的真义呢？

不过，章太炎的"大文学""泛文学"观念也是有重要意义的，它比较符合中国文学在历史上发展的真实情况，中国文学从来就不那么"纯"，文学与非文学的界限不太分明。诗人作家往往身兼学者、政治家等，文学作品和经史子集甚至各种笔记杂文合在一起。所以，为避免削足适履式的剪裁文学史，应该重视章太炎的"文学"论。至于说章太炎对文学"真义"、文学宗极有没有认识，那还要从他的论述中细致分辨。他说："言语不能无病，然而文辞愈工者，病亦愈巨。是其分际，则在文言、质言而

---

① 章炳麟：《文学总略》，舒芜等编选：《近代文论选》，人民文学出版社1999年版，第420页。

已。文辞虽以存质为本干,然业曰文矣,其不能一从其质言可知也。"① 他认为文学既以文字为基础,存质又不能不"文",那么文学的"文"要落在什么地方呢? 他认为:"西方论理,要在解剖。厥在中夏,宁独有异?"② 他要将文学的文字特质落在精密、精准、精确的意义上。这样能不能显示文学的真正意义,恐怕不尽然,从文学的"文字"立论,在这一点上他与刘师培是共同的,也可以说这是国粹派文学观念的重要起点,其局限性应该也是一致的。

第四节 文与笔

文、笔理论是刘师培推广阮元"文言说"的重要内容。阮元《文韵说》云:"凡文者,在声为宫商,在色为翰藻。……然则今人所便单行之文,极其奥折奔放者,乃古之笔,非古之文也。"③ 将攻击的矛头指向桐城派。文、笔理论起于魏晋,盛于齐梁,刘勰《文心雕龙·总术》云:"今之常言,有文有笔。以为无韵者笔也,有韵者文也。"刘勰虽然采用了当时流行的文、笔之分,但又是反对以文、笔分优劣的。《总术》篇赞曰:"文场笔苑,有术有门。务先大体,鉴必穷源。乘一总万,举要治繁。思无定契,理有恒存。"(《文心雕龙·总术》)还是应该归结到文章的大体上,发挥各体文章纷纭复杂的写作艺术。《文心雕龙》从第六篇到第二十五篇共二十篇"论文叙笔"的文体论,显然没有从文、笔两类文体上分别优劣的意思。从阮元到刘师培,都特别强调文、笔理论背后的价值取向,将齐梁时期略显狭隘偏颇的文、笔理论普遍化,将"文"的高标确立为骈

---

① 章炳麟:《文学说例》,舒芜等编选:《近代文论选》,人民文学出版社1959年版,第405页。
② 章炳麟:《文学说例》,舒芜等编选:《近代文论选》,人民文学出版社1959年版,第406页。
③ 阮元:《文韵说》,舒芜等编选:《近代文论选》,人民文学出版社1999年版,第102页。

体，定为文学的正宗；而将"笔"解释为"文"的异类，甚至排除在文学之外。由此强烈地攻击桐城派，标榜《文选》派，激化了近代中国文学内部的骈散之争，这显然也是狭隘而偏颇的。

然而，刘师培强调文、笔区分的意义也许要超出宗派争端之外，其理论意义在于回应了近代中国面对外来文学观念的进入，文学的边界问题，什么是文学？什么是非文学？这个问题虽然在后来的新文学运动中才凸显出来，但刘师培及国粹派关于这个问题已有了一定的敏感。文、笔问题与文章观念、文学观念是连在一起的理论问题。在探讨文、笔各自的渊源时，刘师培认为"文"来源于文字的"修辞"系统，而"笔"来源于"言语"系统：

> 降及东周，直言者谓之言，论难者谓之语，（……）修辞者谓之文，（……）不独言与文分，亦且言与语分。……至诸子之书，有文有语：荀子《成相》篇，墨子《经上下》篇，皆属于文者也。庄、列、孔、孟、商、韩，皆属于语者也。文犹后世之文词，语犹后世之讲稿。……西汉代兴，文区二体：赋、颂、箴、铭，源出于文者也；（……）论、辩、书、疏，源出于语者也。①

这里可以说明中国古代思想学术类文章的根源，这类文章运用生活语言的直接性以及论辩对话的理论特征，也许注定距离文学含蓄曲折的艺术特征远一些。具体来说，刘师培认为："官牍史册之文，古概称笔。盖笔从'聿'声……故其为体，惟以质直为工，据事直书，弗尚藻绘。"② 当

---

① 刘师培：《文章源始》，陈引驰编校：《刘师培中古文学论集》，中国社会科学出版社1997年版，第212—213页。原载《国粹学报》1905年第1期。
② 刘师培：《中国中古文学史讲义》，陈引驰编校：《刘师培中古文学论集》，中国社会科学出版社1997年版，第6页。

然，刘师培也不是彻底否定"笔"的各类文体的文学属性，他对文、笔的区别，关键是要显示文学的核心要素——语言要素，文体只是大概的特征，是不是"文"还要看具体的语言呈现。即使同样一种"笔"的文体，如果讲究韵藻，那它也是"文"的作品；反过来说，如果是"文"的体类，但语言的呈现没有"韵藻"，那它仍然称不上"文"。所以，他关于文笔理论的发挥，只是"文言说"理论内容的另一种表述，确切地说是在文体理论方向上的表述。

至于章太炎主张打破文体界限的壁垒，对刘师培从文言说到文、笔之分的激烈批评，则体现出国粹派内部的分歧，他在《文学总略》中总结道：

> 前之昭明，后之阮元，持论偏颇，诚不足辩。最后一说，以学说、文辞对立，其规摹虽少广，然其失也，只以彣彰为文，遂忘文字。故学说不彣者，乃悍然摈诸文辞之外。惟《论衡》所说，略成条贯。《文心雕龙》张之，其容至博，顾犹不知无句读文。此亦未明文学之本柢也。①

章太炎引王充《论衡》、刘勰《文心雕龙》以为佐证，认为二者对文章的各种体裁加以囊括，显示一种大文章观。其实，王充《论衡》对"文"与"儒"之间的关系论述是复杂多歧的，一方面强调只有"鸿儒"能将"文"与"儒"很好地统一起来，一方面又强调创作才能的"超奇"价值，与其说是强调文章之道与儒者的同源一体，不如说暗含了"文""儒"之间紧张的关系，显示二者已呈现分离的危机。《文心雕龙》讨论"文""笔"众体，确实体现了宽博的文章视野，但刘勰"古来文章以雕缛成体"的文章观又显示了他的根本意识。二者并不是一味强调文章视野的

---

① 章炳麟：《文学总略》，舒芜等编选：《近代文论选》，人民文学出版社 1999 年版，第 425 页。

开放，也不是强调文章众体的"平等"。章太炎纠正刘师培以"文言说"为基础的文体观狭隘偏颇的同时，又陷入过分宽泛碎片的误区，从而消解了中国文学的整体价值。章门弟子如钱玄同、鲁迅等后来走上激烈反传统的路向，对传统语言文学猛烈攻击，应与章太炎碎片化的文章观念有一定关系。

第五节 修辞立诚

"修辞立诚"一语出自《易经》①。这是国粹派文论的重要基点，将文学的本质大体指向"心灵的表达"。然而，在具体的解释上，他们又有"修辞"和"立诚"分别的偏重，至于"辞""诚"又有多重意涵的解释，所以加以贯通的理解显得极为必要。

刘师培着眼于"修辞"二字以推广"文言说"：

> 降及东周，直言者谓之言，论难者谓之语（见许氏《说文》）。修词者谓之文（《易经》曰："修词立其诚。"《说文》曰："修，饰也。"词之饰者乃得为文，不饰词者不得谓之文。按，此引阮元《文言说》）不独言与文分，亦且言与语分。故出言亦分文质。②

刘师培将"修辞"依据《说文》解释为"饰词"，引申为语言的"藻饰"，这应该是一种歧解。而此处修饰的本义，应该是由于谨慎对言语的修炼，如荀爽解曰："修辞谓'终日乾乾'。立诚，谓'夕惕若厉'。"

---

① 《易经》上经乾卦：九三曰"君子终日乾乾，夕惕若厉无咎"，何谓也？子曰："君子进德修业。忠信所以进德也。修辞立其诚，所以居业也。知至至之，可与言几也。知终终之，可与存义也。是故居上位而不骄，在下位而不忧，故乾乾因其时而惕，虽危无咎矣。"

② 刘师培：《文章源始》，陈引驰编校：《刘师培中古文学论集》，中国社会科学出版社1997年版，第212页。

(《周易集解》)刘师培没有怎么理会"诚"的命题,认为"修辞"能够让接受者乐于接受,将修辞的效果看作"诚"的实现,其实是以修辞之美过分笼罩取代了修辞者内心世界的传达。他认为一般过分注重"立诚"的论者,特别是以"立诚"反对文言藻饰观念的人,往往皆将文学引向"质"。恰恰是这个"质",往往会背离"文"的美的根本。他说:"著诚去伪,从质舍文,两词颇似,旨弗同科。世儒瞀犹,以质诠诚。不知说而丽明,物睽斯类,明不可息。"① 诚与伪,质与文,本来属于两个维度,诚伪应该是指道德价值,文质指向文学价值,将二者混和交叉容易发生逻辑上的错位,刘师培在这里进行分别应该是有积极意义的。由此,也可以推知"修辞立诚"一语用到文学理论中,"诚"的内涵应该进行一定的转化,不能"以质诠诚",而应该以"明"确定修辞的方向。

刘师培既以"说""丽""明"讲修辞的效果,认为以美好的文辞打动人就是"诚"的力量,将批评的矛头指向"质实"的方向。恰恰在这里与章太炎是互相反对的,章太炎理解的"修辞立诚"确实指向语言的"切实"。他在《与邓实书》中云:"文生于名,名生于形,形之所限者分,分之所稽者理,分理明察,谓之知文。小学既废,则单篇瓠落,玄言日微,故俪语华靡,不揣其本,而肇其末。……仆以下姿,智小谋大,谓文学之业,穷于天监。简文变古,志在桑中。徐、庾承其流,淡雅之风,于兹沫矣。燕许诸公,方欲上攀秦、汉。逮及韩、柳、吕、权、独孤、皇甫诸家,劣能自振。晚唐变以谲诡,两宋济以浮夸,斯皆不足邵也。将取千年朽蠹之余,反之正则,虽容甫、申耆,犹曰采浮华,弃忠信尔。皋文、涤生,尚有谖言,虑非修辞立诚之道。"② 他标举"修辞立诚",但"立诚"

---

① 刘师培:《中国中古文学史讲义》,陈引驰编校:《刘师培中古文学论集》,中国社会科学出版社1997年版,第4页。
② 章炳麟:《与邓实书》,舒芜等编选:《近代文论选》,人民文学出版社1999年版,第450—451页。

的传统已被齐梁文学破坏,连晚清众人服膺的曾国藩,章太炎认为也没有避免虚诈之言,其他知名的文人,就更不足数了。值得注意的是,他这里提出了韩柳一系古文家,称之为"劣能自振",说他们能力不足而勉强振作,其实是借以批评桐城派一系讲"文气"的传统。其《文学总略》云:"昔者,文气之论,发诸魏文帝《典论》,而韩愈、苏辙窃焉;文德之论,发诸王充《论衡》,……而章学诚窃焉。气非鼠突如鹿奔,德非委蛇如羔羊,知言辞始于表谱簿录,则修辞立诚其首也,气乎德乎,亦末务而已矣。"[1] 他批评阮元"文言说"一系浮华,批评桐城"文气说"一系无根,批评章学诚"文德说"一系庸弱,认为他们皆违背了"修辞立诚"的原则,但他正面所强调"修辞立诚"又在哪里?"修辞"他没有展开论述,"立诚"只剩下文字的切实。章太炎的"修辞立诚说"似乎没有充分地正面展开。

黄侃在刘师培与章太炎"修辞立诚"说基础上进行了统合与发挥,能够显出国粹派在这个方面的理论成就。

一 修辞以达心

黄侃认为文辞之美源于"人心","文心"源于人心。从文之本体形成的意义上,黄侃认识到作为"文辞"的语言艺术,实是"人心"的自然传达。《文心雕龙札记·乐府第七》[2]云:"古者诗歌不别,览《虞书》、《毛诗序》、《乐记》则可知矣。"《乐记》曰:"凡音之起,由人心生也,人心之动,物使之然也,感于物而动,故形于声,声相应,故生变,变成方,谓之音,比音而乐之,及干戚羽旄,谓之乐。"又曰:"诗,言其志也,歌,咏其声也,舞,动其容也。"说明音乐舞蹈的本体是语言的声音,语

---

[1] 章炳麟:《文学总略》,舒芜等编选:《近代文论选》,人民文学出版社1999年版,第426—427页。

[2] 黄侃:《文心雕龙札记》,上海古籍出版社2000年版。引文繁密处仅注出篇名。

言的本体是心灵的声音，艺术皆是心灵通过语言加以外发的。所以，文学强调文辞之美，并非只是强调文学的形式，而是抓住其整个形体。舍弃语言而谈心灵，乃是凌空蹈虚之虚谈，反而使文学走向异质化。

黄侃认为"文章之初，实先韵语；传久行远，实贵偶词"，所以他将诗歌看作各种文体的"母体"，其他有韵的文体乃是"因事立名"的衍生。"古昔篇章，大别之为有韵无韵二类，其有韵者，皆诗属也。其后因事立名，支庶繁滋，而本宗日以痟削，诗之题号，由此隘矣。彦和析论文体，首以《明诗》，可谓得其统序。"①（《文心雕龙札记·明诗第六》）至于体裁众多的散体文，则是在"言辞"基础上的发展变化。

"圣贤言辞，总谓之书，书之为体，主言者也。"案著之竹帛谓之书，故《说文》曰：著也。传其言语谓之书，故《说文》曰：如也。是则古代之文，一皆称之曰书。……彦和谓书记广大，衣被事体，笔札杂名，古今多品，是真能悉文章之原者。纪氏乃欲删其繁文，是则有意狭小文辞之封域，乌足知舍人之妙谊哉？②

这里值得注意的是，基于"韵语"的诗歌和基于"言辞"的散文哪个更是"文章之初""文章之原"呢？黄氏所讲似乎有矛盾，但如果细致研究，则可以发现，就文学的本体来说，他强调的是"韵语"，是文辞的声音之美。至于古今多品的散体文章，虽然更接近于生活原生态的"言辞"，但并非文学由"美"而"贵"的根本，而只能算是由于生活实用性文章体类的扩展，是广义上的"文辞"。有韵的其他"诗属"文体，虽然也是由实用而来的文体扩展，但在语言上保持了诗语言的特征；散体文章则是直接由生活中"言辞"而来，二者皆是"文辞"的扩展形态，当然也在"文

---

① 黄侃：《文心雕龙札记》，上海古籍出版社2000年版，第25页。
② 黄侃：《文心雕龙札记》，上海古籍出版社2000年版，第82页。

辞"的范围内,所以不能以有韵无韵缩小"文辞"的封域。

二 美合于情理

文字之美是文辞之美的抓手与锁钥。黄侃以"文辞之美"来论文,在实践的意义上表现为对"文字之美"的追求。他认为在情性与文采之间,是贯通一体的,黄侃认为,诗的体式可能随时代而变化,但诗的根本规律是不变易的,如果要上追《诗经》,避免庸俗,走上诗学的大道,也有基本的原则与方法:"本之情性,协之声音,振之以文采,齐之以法度而已矣。"(《明诗第六》)他提出的四个要素,情性、法度二端较引人注目;声音、文采二端往往是被人忽略,甚至常常是被人贬低的。在《情采》篇的札记里,黄侃重申"文采"的大义,重新厘清文质关系,仍然是为了纠正人们对于文章之美的忽视:"彦和之言文质之宜,亦甚明憭矣。首推文章之称,缘于采绘,次论文质相待,本于神理,上举经子以证文之未尝质,文之不弃美,其重视文采如此,曷尝有偏畸之论乎?……盖侈艳诚不可宗,而文采则不宜去;清真固可为范,而朴陋则不足多。……盖闻修辞立诚,大《易》之明训,无文不远,古志之嘉谟。称情立言,因理舒藻,亦庶几彬彬君子。"(《情采第三十一》)"本之情性"也好,"修辞立诚"也好,思想情感的表达总要呈现为语言之美,语言之美要落实于文字之美。仅追求文字之工巧固然成就不了文学,然而,舍弃文字而谈文学又怎么可能呢!他认为,从文字之美来入手,是追求文学之美的必经之途;而文字之美,在刘勰《文心雕龙》的《声律》《章句》《丽辞》《比兴》《夸饰》《事类》《练字》一系列篇章里,有具体而细致的论述,整个《文心雕龙》的"雕刻"之意,很大程度上体现在"文字之美"的探讨之上。

三 乐合于当下

黄侃同时认为,对文字之美的追求,只是一个语言音乐美的大方向,他不认同六朝人所强调"声律"之说,更不承认这是最高的法则。六朝人发现的规律也好,对文学语言的创造也好,只是代表了他们对"文字之美"探索的成果,只是实现文字之美的有限法则,仅执守于此,不但无益,反而有害。黄侃对文学语言的音乐美有深入的分析:文章之兴虽然起于文字,但它更根本的渊源仍然是言语,言语是人发出的自然的声音,疾徐高下,完全是天然的。宣之于口,脱口而出,听者入耳,会意会心。中国古代的乐教,正是建立在语言的音乐美的基础上。虽然在经传诸子以及后世的各体文章中表现的不一样,但总的要求都是便于诵读,便于称说,便于领会。总之,文章语言的音乐美与人的接受是分不开的。六朝人发现了四声,执着于浮切,在当时有它的重要作用,但也不可奉为金科玉律,不可尊为万古不变的僵硬的模式。六朝人有六朝人的发现和创造,后代人在"文字之美"的大方向下有后代人自己的发现与创造。按照这个逻辑,我们生在今天,应该在"文字之美"的大方向有我们这一代人的发现与创造,应该孳孳不绝地探索"文字之美",才能实现文学之美的创作。

第六节　文生自然

一　反对"文以载道"

刘师培、章太炎等人固然皆强调文字是文学的基点,但他们也不否认在文字之前,有文字的前身——言语,虽然他们不怎么承认言语对文学的重要性,只强调文字的音韵或训诂对文章的重要性。刘师培云:"太古之文,有音无字。谣谚二体,起源最先。'谣'训徒歌,'谚'训传言。盖言出于口,声音以成,是为有韵之文,咸合自然之节。则古人之文,以音为主。"[①] 章太炎云:"文学之始,盖权舆于言语。自书契既作,递有接构,

---

[①] 刘师培:《文说》,陈引驰编校:《刘师培中古文学论集》,中国社会科学出版社1997年版,第195页。

则二者殊流,尚矣。"① 其实二人皆无意透露出文学生成有更为基础的自然表达——言语。如果把这种自然表达看成整体性的东西,那么它的主体则是人的心灵。

"文章本由自然生"是黄侃的论断,确切地说,是他在解释刘勰《文心雕龙》时对文本的创造性解释,不尽符合刘勰的原意。他在《文心雕龙札记》中"原道"下云:"《序志》篇云:《文心》之作也,本乎道。案彦和之意,以为文章本由自然生,故篇中数言自然,一则曰:心生而言立,言立而文明,自然之道也。再则曰:夫岂外饰,盖自然耳。三则曰:谁其尸之,亦神理而已。寻绎其旨,甚为平易。盖人有思心,即有言语,即有文章,言语以表思心,文章以代言语,惟圣人为能尽文之妙,所谓道者,如此而已。此与后世言文以载道者不同。"② 黄侃此段论述引起很大的争议,赞成者与反驳者极多。其中的症结在于刘勰"自然之道也"并不是篇名《原道》的"道",二者不在一个层次上,《原道》之"道"在超越性整体的高一层次上;"自然之道也"之"道"在日常语言的低一层次上,"自然之道也"应该理解为"这是自然的道理"。虽然黄侃"原道"下的札记不符合刘勰的语意,借以反驳"文以载道"说显得没有针对性。但黄侃对"心生而言立,言立而文明"的阐释还是具有重要意义的,其中揭示了刘勰从心灵到言语的文学的自然生成原则,相对于他崇敬的国粹派巨子刘师培、章太炎的相关论述,有重要的提升意义。

二 "心灵的自然"

黄侃强调文章由"自然"的原则而生,而这个自然是心灵的自然,可做如下分析。

---

① 章炳麟:《文学说例》,舒芜等编选:《近代文论选》,人民文学出版社1999年版,第403页。
② 黄侃:《文心雕龙札记》,上海古籍出版社2000年版,第5页。

辞以达心。刘勰云:"心生而言立,言立而文明。"黄侃认为只有圣人才能尽文之妙,才能把握文辞的真切表达。语言是心灵的外显,就表达的本质来说,必须遵守简练原则。但简练只是定性,不是定量,也不并是从总量上来说越短越好,而是尽可能以简练的语言,表达相应丰富、准确、生动的内容。

辞以贴心。刘勰云:"宅情曰章,位言曰句。"黄氏《文心雕龙札记》云:"结连二字以上而成句,结连二句以上而成章,凡为文辞,未有不辨章句而能工者也;凡览篇籍,未有不通章句而能识其义者也;故一切学术,皆以章句为始基。"① 可谓意味深长。章是思想情感的单元,句是语气的单元。人的思想情感是一个单元一个单元的,话是一句一句说的,这既是表达的自然单元,也是人的心灵接受的自然单元,它们合乎心理接受的规律。现在的文学作品,虽然也分段落,也分句子,但很少有人能在此用功。文学作品必须在段落与句子上下到功夫,达到层次清楚,疾徐有致,接受起来符合心理活动的节奏。

辞以和心。《文心雕龙·丽辞》云:"造化赋形,支体必双,神理为用,事不孤立。夫心生文辞,运裁百虑,高下相须,自然成对。"黄侃认为:"文之有骈丽,因于自然,不以一时一人之言而遂废。"② 此一原则当然不能拘泥于对偶的修辞手法或者骈体文格律诗,甚至应该超越语言层面,在文学创作的整体方法中,坚持"事不孤立"的原则,有呼有应,互文足义,从小到大,相待相须。

辞以悦心。《文心雕龙·声律》云:"故言语者,文章神明枢机,吐纳律吕,唇吻而已。"黄侃云:"案彦和此数语之意,即云言语已具宫商。"③声律既然植根于人的言语,那么它不但不是文章语言的镣铐,而应该是语

---

① 黄侃:《文心雕龙札记》,上海古籍出版社2000年版,第127页。
② 黄侃:《文心雕龙札记》,上海古籍出版社2000年版,第162页。
③ 黄侃:《文心雕龙札记》,上海古籍出版社2000年版,第119页。

言音乐美的集中体现,六朝人探讨语言声律,桐城派以文章腔调模拟,一执拗一神秘,但得之者皆有会心,然而现在多数人视为寻常,不加重视,甚至加以非议。其实好的诗、好的文章皆耐诵读,富有语言形式的音乐美,它们的基础是渗透在民族文化心灵深处的个性,是文化积淀的结果,既不可以"人同此心"概论囊括,亦不可视为神秘之谈。

黄侃"文生自然"的理论思想主要得力于刘师培,然而论述的重点对刘氏"声音——音韵——格律"的逻辑有所转变,转变为"声音——心灵——自然美"的论述系统。他对自然美的追求既包括俪词骈语的追求,也包括修润藻饰的追求,这些追求皆以"自然"为旨归。他所强调的自然,和老庄哲学的自然内涵并不相同,老庄哲学的自然反对"人为"的努力方向,认为自然的根源在天地万物那里。黄侃所追求的"自然"恰恰是一种"人为"的效果,是对天性之美的追求。他对章太炎的文学观念也是有所吸收的,章太炎认为中国文学的范围极为广泛,凡是语言文字,皆可以称为"文",这可能从基本意义上符合"文学是人文"的逻辑。这种"泛化"的文学观,其中也包含一种自然精神,将文学的主体指向人文的全部,而人文的宽泛性就是人文的自由形态。黄侃《文心雕龙札记》之《原道第一》引阮元《书梁昭明太子文选序后》及《与友人论古文书》,按语云:

> 案阮氏之言,诚有见于文章之始,而不足以尽文辞之封域。本师章氏驳之(见《国故论衡·文学总略》篇)。……窃谓文辞封略,本可弛张,推而广之,则凡书以文字,著之竹帛者,皆谓之文,非独不论有文饰与无文饰,抑且不论有句读与无句读,此至大范围也。……若夫文章之初,实先韵语;传久行远,实贵偶词;修饰润色,实为文事;敷文摛采,实异质言;则阮氏之言,良有不可废者。……又况文辞之事,章采为要,尽去既不可法,太过亦足召讥,必也酌文质之宜

而不偏，尽奇偶之变而不滞，复古以定则，裕学以立言，文章之宗，其在此乎！①

黄侃对从阮元到刘师培"文言说"一系文章美的观念是非常认同的，文章之美根于声音之美，强调骈俪与藻饰。但是，此一系文论从强调"自然"始，却以违反自然的原则终，对文学的范围限制太严，对文学的本质理解得太偏。黄侃认为他们能见文学自然美之"始"，"不足以尽文学之封域"。对症下药，结合章太炎所论文学自由宽泛的定义，广泛的语言，广泛的文字，广泛的人文，释放文学的自由空间。然而，难道能把文章之美废除吗？不管什么文体，不管写什么内容，总要写得精彩才好！他提出既要学习典范，又要充实学问，在文与质、骈与散之间，充分地衡量，充分地吸收，充分地融合，以创造超越古人、引领时代的新文体，这是国粹派文论的制高点。

第七节　风骨论

"风骨"本是刘勰《文心雕龙》中的一篇，也是中国文论中最重要的范畴之一。黄侃《文心雕龙札记》以此为基础开掘了丰富的文章理论。黄侃云：

> 风骨　二者皆假于物以为喻。文之有意，所以宣达思理，纲维全篇，譬之于物，则犹风也。文之有辞，所以摅写中怀，显明条贯，譬之于物，则犹骨也。必知风即文意，骨即文辞，然后不蹈空虚之弊。或者舍辞意而别求风骨，言之愈高，即之愈渺，彦和本意不如此也。②

---

① 黄侃：《文心雕龙札记》，上海古籍出版社2000年版，第10—11页。
② 黄侃：《文心雕龙札记》，上海古籍出版社2000年版，第101页。

黄侃认为，风骨只是形象的比喻，让人易于领会，但是如果真是运用到文章写作和文章欣赏中，那就必须抓住"风""骨"背后的实际内容。他认为风的实际内容就是"文意"；"骨"的实际内容就是"文辞"。这样说来，写文章就要突出展现文章的"风骨"，具体的实施就是抓住"命意"与"修辞"；文章鉴赏要抓住文章的"风骨"，具体就要考察作者的"命意"与"修辞"。他引用《文心雕龙》本文进行解释：

> 其云瘠义肥辞，无骨之征，思不环周，无气之征者，明治文气以运思为要，植文骨以修辞为要也。其曰情与气偕，辞共体并者，明气不能自显，情显则气具其中，骨不能独章，辞章则骨在其中也。综览刘氏之论，风骨与意辞，初非有二。然则察前文者，欲求其风骨，不能舍意与辞也；自为文者，欲健其风骨，不能无注意于命意与修辞也。①

这里，他特别强调风骨理论在文学创作与文学欣赏中的实践意义，将似乎玄妙的理论，解释得具有操作的意义和价值。其实，他以"命意""修辞"来讲风骨与其说是对《文心雕龙》的解释，不如说是在此基础上对国粹派"修辞立诚"文章学理论的进一步发挥。从刘师培到章太炎，都非常注重修辞炼字对于文章表达的意义，将文字的表达看作文学创作的主体，但他们对于"修诚"的内容方向的理解是有分歧的。钱基博曾经概括刘、章二人的文章："师培与章炳麟并以古学名家，而文章不同。章氏淡雅有度而梏于响。师培雄丽可诵而浮于艳。章氏云追魏晋，与王闿运为同调。师培步武齐梁，实阮元文言之嗣乳。"② 大体可以见出二人的文章渊源特点甚至弱点。黄侃继承二人的长处，化解他们的分歧，弥补二人一些不足，在"修辞"的方

---

① 黄侃：《文心雕龙札记》，上海古籍出版社2000年版，第101—102页。
② 钱基博：《现代中国文学史》，华中师范大学出版社2011年版，第103—104页。

向下找到了文章的"心灵"源泉。他对"风"下"思理""意""情"等意义具体的展开，强调了心灵因素对文体的贯穿意义。对"骨"下"修辞"意义的展开，强调了语言艺术性具体实现的重要作用。

黄侃既以"命意修辞"解风骨，着力纠正前人以"性气"解风骨的偏颇，他认为，文章虽然与人的性气相符合，但在写作之时，人的性气与风骨不可等同。所以，当黄叔琳解释"气为风骨之本"时，他认为立论已经偏了，已经偏向"专以性气立言"，忽略了作家如何展现风骨的写作技术，如果离开了"命意修辞"，风骨就不会呈现在文章中。至于纪昀解释为"气即风骨"，那就取消了风骨的文体呈现的意义。黄侃云：

> 案文帝所称气，皆气性之气，此随人而殊，不可力强者，惟为文命意，则可以学致。刘氏引此以见文因性气，发而为意，往往与气相符耳。黄氏谓气是风骨之本，未为大谬，盖专以性气立言也。纪氏驳之谓气即风骨，更无本末。今试释其辞曰：风骨即意与辞，气即风骨，故气即意与辞，斯不可通矣。[①]

黄侃有意消解淡化"风骨"与"气"的联系。虽然他也承认风骨与气有关系，但仅限于性气——"性情"的轮廓，是先天性的东西，至于他所强调的"命意修辞"，则主要是后天学习得来的，与性气的内涵离得较远，所以黄叔琳解释"气为风骨之本"，气只是风骨远远的前身，还"未为大谬"。他消解淡化"风骨"与"气"的关系，其实就是淡化人格修养与文章写作之间的关系，这是他一贯的思想。在《文心雕龙·风骨》篇的前一篇《体性》篇的黄侃札记云："体斥文章形状，性谓人性气有殊，缘性气之殊而所为之文异状。然性由天定，亦可以人力辅助之，是故慎于所习。

[①] 黄侃：《文心雕龙札记》，上海古籍出版社2000年版，第103页。

此篇大旨在斯。……纪氏谓不必皆确，不悟因文见人，非必视其义理之当否，须综其意言气韵而察之也。……今谓人之贤否，不系于文之工拙，而因文实可以窥测其性情，虽非若景之附形，响之随声，而其大齐不甚相远，庶几契中之论，合于彦和因内符外之旨者欤。"① 他承认人的性情与文章的风格有关系，但他反对将人的义理思想与文章写作直接联系起来。如果联系章太炎等人对文气说的批评："文气之论，发诸魏文帝《典论》，而韩愈、苏辙窃焉，……气乎德乎，亦末务而已矣。"②（详见上文）大略可以了解从章太炎到黄侃一系列关于"人与文"关系问题的论文取向。章太炎表面上在攻击韩愈、苏辙之"窃"文气说，其实将矛头指向了桐城派。因为桐城派的古文理论，往往将文学理论的渊源追溯到韩愈。

然而，黄侃在批评纪昀以及桐城派强调义理、强调文气的理论方向时，恐有矫枉过正之偏颇，将文章的根源追究到人格，从《易经》的修辞立诚到扬雄的心声心画之说，这是中国文论的大传统。刘勰《文心雕龙》虽然重视雕缛成体的写作实践，但仍然忠于圣贤立言的文学价值观念。《文心雕龙·风骨》开篇即云："《诗》总六义，风冠其首，斯乃化感之本源，志气之符契也。"将风骨之"风"追溯到"风雅"之风，"风骨"不但是一个比喻，它就在人的身上，也在文章中，黄侃强调了文章中的风骨，认为表现为"命意修辞"——这确实是贴合了刘勰论文章风骨的一半意思，而对刘勰所讲"志气符契"的另一半意义，没有足够重视。《文心雕龙》论气，虽然着重沿着曹丕论气的先天的"性气"，但是往往"志""气"并言（《文心雕龙·神思》），"才""气""学""习"并列③，共同指向作家的人格。作家的人格是有精神形象的，并不完全是抽象玄虚的，

---

① 黄侃：《文心雕龙札记》，上海古籍出版社2000年版，第96—97页。
② 章炳麟：《文学总略》，舒芜等编选：《近代文论选》，人民文学出版社1999年版，第426—427页。
③ 《文心雕龙·情性》："故辞理庸俊，莫能翻其才；风趣刚柔，宁或改其气；事义浅深，未闻乖其学；体式雅郑，鲜有反其习；各师成心，其异如面。"

而"风骨"正是贯通作家人格形体与作品形体一个贯通性的美的范畴。刘勰云:"是以缀虑裁篇,务盈守气,刚健既实,辉光乃新。"又云:"情与气偕,辞共体并。文明以健,珪璋乃聘。"(《文心雕龙·风骨》)明言作家的"气"的刚健才是作品"辉光"的基础,而这个"气"又是作家人格的整体性,包含一个丰富真实的生命体。黄侃认为《风骨》篇之说易于凌虚,也是指将"气"讲得玄虚或支离破碎。然而,仅在命意修辞的环节上讲风骨,仅在技艺层面进行探究,不但疏离了中国文论的大传统,也削减了刘勰《文心雕龙》中风骨说的理论内容。

第六章 东方文化派文论

"东方文化派"因新文化运动时期东西文化论战而受到广泛关注,与当时杜亚泉主编的《东方杂志》有一定关联,主要代表人物有杜亚泉、钱智修、陈嘉异、梁启超、章士钊等。最早提出"东方文化派"这一称呼的人应该是瞿秋白,[①]但瞿秋白在他的文章中并没有解释这个派别具体指哪些人。至于往往亦被学术界认定为"东方文化派"的梁漱溟和张君劢等人,甚至涉及的学衡派诸人,本章不作重点论述,在另外的章节来谈。东方文化派的根本特征,就是坚信东方文化的独特价值,认为东方文化可以补救西方文化的弱点,同时认为复兴东方文化也是解决中国问题的出路。其中"东方文化"内涵往往指向中国传统文化,他们各自提出民族文化复兴之路,梁启超研究中国学术思想史与章士钊提倡"复兴礼教",其中包含丰富的文论内容。

第一节 东方文化

如果将"东方文化派"看得过于散漫,那么将给"东方文化"的论述

[①] 袁立莉:《"东方文化派"思想研究》,黑龙江大学出版社 2013 年版,第 12 页认为:最初提出者是瞿秋白,1923 年,瞿秋白在《东方文化与世界革命》一文中使用"东方文化派"一词,认为东方文化派是竭力拥护"宗法社会的文化"的人。……若追溯东方文化派思想方向的形成,最早应推至晚清学者辜鸿铭。

带来极大的困难。在以往相关的研究史中,往往采取并列排比的形式,将"东方文化派"的"人物"一一论述,以体现他们基本上一致的文化方向。有人提出"东方文化派"以文化观点上的"自相残杀"著称,淡化他们作为学术派别的联系性。① 有人对相关人物的关联与组织加以忽略,或者说他们"没有组织"。② 这些观点不符合学术史的真实情况,不管是东方文化派人物文化思想的系统关联性,还是提出者的指称,指向都是相对清楚明确的。

一 东方文化与《东方杂志》

1918年9月,陈独秀在《新青年》上发表《质问〈东方杂志〉记者——〈东方杂志〉与复辟问题》(《新青年》第五卷第3号,1918年)。③ 对《东方杂志》上发表的三篇文章提出了一连串16个"质问",并且言明:"以上疑问,乞《东方》记者一一赐以说明之解答,慎勿以笼统不中要害不合逻辑之议论见教。"④ 口气凌厉且暗藏论辩的陷阱。本来《东方杂志》上的三篇文章,包括杜亚泉《迷乱之现代人心》(1918年第4号)、钱智修《功利主义与学术》(1918年第6号)、平佚编译的《中西文明之评判》(1918年第6号,译自日本杂志《东亚之光》),内容的中心皆指向中西文明的评论,同时也指向对当时中国社会问题的关怀与解决,总体上应该是学术文化层面的。然而,陈独秀却将论述的重点与矛头指向"复辟"问题,他认为,刚刚发生的袁世凯称帝和张勋复辟,背后皆是所谓的"君政时代不合共和之旧思想",文章中既然称引辜鸿铭、康有为所主张的中国文明,那么就等于引辜鸿铭、康有为为同志,就是破坏眼前的"共和"。

---

① 罗志田:《异化的保守者:梁漱溟与"东方文化派"》,《社会科学战线》2016年第3期。
② 袁立莉:《"东方文化派"思想研究》,黑龙江大学出版社2013年版,第18页。参考其文献综述部分。
③ 任建树主编:《陈独秀著作选编》第一卷,上海人民出版社2009年版,第431—436页。
④ 任建树主编:《陈独秀著作选编》第一卷,上海人民出版社2009年版,第436页。

陈独秀对于眼前的"共和"不见得多么倾心，但是却一味将对方归向破坏"共和"的分子。这样完全将学术文化与现实政治混在一起，是不可能得到公平恰当的学术讨论结果的。关于陈独秀发动的与《东方杂志》记者之间的"东西文化论争"的曲折，以及其中所显示的意义和问题，王元化已有详明深切的论述。①然而，这里牵涉一个问题，"东方文化派"之称，应该与《东方杂志》有关联。陈独秀针对的"《东方杂志》记者"不是一个人，也不是偶然的一篇文章，显然是将《东方杂志》作为一个"集体"看待的。而《东方杂志》讨论东西文化关系问题，也不仅仅只有陈独秀指出的三篇。1911年，《东方杂志》在主编杜亚泉的主持下进行改革，据王元化《杜亚泉与东西文化论战》文中的统计，仅杜亚泉在主编《东方杂志》期间（1909—1919年），他本人在《东方杂志》上发表文章200余篇，其中多有涉及东西方文化问题讨论者。其他如钱智修、陈嘉异、章士钊、梁漱溟等人，即后人每举为"东方文化派"者，在民国初年到五四运动前后，皆在《东方杂志》上发表论文，讨论东西方文化问题，在陈独秀的眼中，《东方杂志》频繁发表弘扬东方文化的文章，隐然就是一个集体，所以将论战的笔锋指向"《东方杂志》记者"。他将东方文化论者所肯定的中国文化定性为"君政"思想，与当时的政治绑定起来，在激烈反传统的大旗下反对东方文化论者，乃是后来瞿秋白将"东方文化派"定性为"宗法社会"文化的先河，二者是一脉相承的。

然而，《东方杂志》毕竟是一个稳健开放的杂志，特别是在1919年杜亚泉被迫辞去主编职务以后，"鼓吹东亚大陆之文明"的色彩淡化，《东方杂志》由钱智修接任主编，杂志新旧糅合兼容并包的特色更加突出，所以当"东方文化派"的称呼通行以后，人们反而淡化了"东方文化派"与《东方杂志》曾经发生的关联。1921年，陈嘉异在《东方杂志》第18卷

---

① 王元化：《杜亚泉与东西文化问题论战》，《王元化集》卷六（思想），湖北教育出版社2007年版，第160页。

第 1、第 2 号连载了《东方文化与吾人之大任》一文，对"东方文化"一语的内涵意义进行了辨析，强调东方文化不同于"国故"，具体来说，东方文化指向"中国民族之精神"或"中国民族再兴之新生命"。[①] 如果说"中国民族精神"是晚清以来讨论的焦点问题，那么"中国民族再兴"问题则指向随着民国的建立"民国文化"的建设问题，将此义的背景定位于辛亥革命以后，东方文明与西方文明论争的背景之下。

二 日本"国粹"思潮的影响

如果仅把东方文化派的思想定位于辛亥革命以后，甚至五四运动以后，那么实际上很可能忽略了其真正的思想源头。上文陈嘉异辨析东方文化与"国故"之间的区别，以章太炎为代表的国粹派一直努力从"国故"中整理出民族文化的精粹。当然，在五四时期，东方文化派的人物确实与"国粹派"之间有了较为清晰的分野。但是，之所以需要辨析，恰恰说明二者在源头上或者内涵上有重合的地方。《东方杂志》创刊时（1904 年 1 月），也是"国学保存会"成立、《国粹学报》创刊之时（1904 年年末），二者面对的时代背景是基本相同的。《东方杂志》明确宗旨："本杂志以启导国民联络东亚为宗旨"[②]，可以略见其启蒙意识及"东方"意识。而这个东方意识与国粹派的"国粹"一样，受到日本当时"国粹"思潮的影响。然而，《东方杂志》与国粹派不一样的是，它没有国粹派那么激烈排满的色彩，它走的是稳健的路向，踏实地介绍西方科技与社会文化成就，也老老实实地登载皇帝的谕旨，对以张之洞为代表的晚清自救的中体西用派的述论作品更是大力地传播。在辛亥革命之前，《东方杂志》传达的是晚清在体制内社会政治改革的主流方向。后来被认为是东方文化派重要人物的梁启超、章士钊等，此时各有自己的思想学术轨迹，虽也是心念国家民

---

① 陈嘉异：《东方文化与吾人之大任》，《东方杂志》第 18 卷第 1 号、第 2 号，1921 年。
② 《东方杂志》第 1 卷第 1 号，1904 年。

族，但所表现的"启导国民"的方法与《东方杂志》不一样。

　　据有关学者研究，梁启超是中国人在报章上最早使用"国粹"一词的人。① 1898年梁启超在日本创办《清议报》，将"发明东亚学术，以保存亚粹"作为宗旨之一。其中"亚粹"既是国粹一词的变体，又指向"东方文化"的含义。1901年著《中国史叙论》其中论中国史的意义："今者泰西文明与泰东文明（即中国之文明）相会合之时代。而今日乃其初交点也。故中国文明力未必不可以左右世界，即中国史在世界史中当占一强有力之位置也。虽然，此乃将来所必至，而非过去所已经。"又第六节"纪年"云："耶稣虽为教主，吾人所当崇敬，而谓其教旨遂能涵盖全世界，恐不能得天下后世人之画诺。……且以中国民族固守国粹之性质，欲强使改用耶稣纪年，终属空言耳。"② 另外，在1902年梁启超致康有为、黄遵宪等人的信中，多次出现讨论日本国粹思潮及当下中国如何处理中西文明的关系问题，虽然当时其启蒙心态占了上风，但是可以看出梁氏本人对国粹思潮的关注。③ 此时所著《新民说》及其阐发的新民理论，其中包含了复杂的重建民族文化的思想，这与他在五四时期的"东方文化"论是前后贯通的。

　　章士钊本来与国粹派关系密切，从1903年到辛亥革命前的几年，章士钊深受章太炎的影响，一方面鼓吹排满革命，一方面也非常佩服章太炎的学问，后来深感党人无学，妄言革命，将来祸发不可收拾。由"革命"救国转而走上读书救国之路。④ 章士钊虽然没有加入同盟会，但他同样为反清革命做了大量工作。其背后的思想根源之一，便是民族救国思想。1906年，章太炎出狱后来到日本东京，成立"国学讲习会"，章士钊列名发起

---

① 郑师渠：《晚清国粹派文化思想研究》，北京师范大学出版社2014年版，第4—5页。
② 梁启超：《中国史叙论》（1901），《梁启超全集》第2卷，北京出版社1999年版，第448—452页。
③ 郑师渠：《晚清国粹派文化思想研究》，北京师范大学出版社2014年版，第5页。
④ 袁景华：《章士钊先生年谱》，吉林人民出版社2001年版，第33页。

人，作《国学讲习会序》，其中云："夫一国之所以存立者，必其国有独优之法施之于其国为最宜，有独至之文词为其国秀美之士所爱赏。立国之要素既如此，故凡有志于其一国者，不可不通其治法，不习其文词，苟不尔，则不能立于最高等之位置，而有以转移其国化，此定理也。"① 这里可看出章士钊思想的细微之处，他关心中国的存与立，将目光集中于中国的"法"与"文词"，可以看出他志向所在。国粹派诸人往往将"国学"引向革命，看到的是被专制的、异族统治下的学术史的"变异"，从而加以否定和消解，而章士钊所理解的"国学"，比较接近日本国粹思潮的本义，即代表民族精神正面价值的民族文化。章士钊疏远激进的暴力革命，转向文化救国，已经符合东方文化派的基本路向。

三 梁启超《欧游心影录》以及西方文化的反思

梁启超是五四时期"东方文化"运动的重要推动者。如果说辛亥革命前后涌动的东方文化思潮一直处在不温不火的状态，在各种思潮中"并行而不相害"，那么五四时期，东方文化则与现实政治相关联，进入了一个蓬勃发展的时期，其中重要的推动者便是梁启超。

其一，1919 年梁启超《欧游心影录》的发表，无疑形成了一定的轰动效应。其中对第一次世界大战后的欧洲乱象进行生动的描写，特别是借一些欧美人的现身说法，更增加了说服力与宣传鼓动性。欧洲所代表的物质文明已经破产了！他们要向东方文明寻找解救！这无疑令许多中国人感到振奋。其二，民国初年的梁启超在政府和社会上都是颇具影响力的人物，他利用他的影响力，实施他的理想，一方面整理国学；一方面引进西方的新思想。而这两个方面皆对东方文化产生推动作用。在整理国故方面，梁启超 1922 年著《先秦政治思想史》，对中国文化的正面价值予以抉发。在

---

① 章士钊：《国学讲习会序》，《章士钊全集》第 1 卷，文汇出版社 2000 年版，第 176—177 页。

引进西方思想方面，最突出的是邀请外国名哲来中国长时间地巡回讲学。据学者研究，梁启超在五四前后主持邀请的名哲有罗素、杜威、泰戈尔等，但这些名哲往往站在反思西方文化的立场上，对中国文化予以不同方式的肯定。[①] 这令陈独秀等人感到十分不悦，也显出新文化运动内部激烈反传统的西化派、革命派与保守温和的东方文化派之间的分歧。比如，陈独秀《太戈尔与东方文化》篇末说："太戈尔所要提倡复活的东方特有之文化，倘只是抽象的空论，而不能在此外具体的指出几样确为现社会进步所需要，请不必多放莠言乱我思想界！太戈尔！谢谢你罢！中国老少人妖已经多的不得了呵！"这里他讥讽泰戈尔，将矛头指向中国的"老少人妖"，也将矛头指向泰戈尔来华讲学的邀请者梁启超。

梁启超《先秦政治思想史》序论云："中国在全人类文化史中尚能占一位置耶？曰能。中国学术，以研究人类现世生活之理法为中心，古今思想家皆集中精力于此方面之各种问题。以今语道之，即人生哲学及政治哲学所包含之诸问题也。"[②] 此处他以"人生哲学"与"政治哲学"两个方面勾勒了东方文化的轮廓。

第二节 文化调和论

东方文化派往往并不像他们对手攻击的那样是所谓的复古主义者，相反，他们往往是对西方文化有一定研究，并切实将西学引入中国的人。即使将文化价值方向转向东方，回向中国传统，也并不从根本上反对西方文化，在中西方文化关系的问题上，在重建中国文化的问题上，他们往往采取调和、渐进的思路。

[①] 郑师渠：《五四前后外国名哲来华讲学与中国思想界的变动》，《近代史研究》2012年第2期。
[②] 梁启超：《先秦政治思想史》（1922），《梁启超全集》第12卷，北京出版社1999年版，第3604页。

一 文化动静说

1916年，杜亚泉发表《静的文明与动的文明》一文，其中云：

> 西洋文明与我国固有之文明。乃性质之异。而非程度之差。而我国固有之文明。正足以救西洋文明之弊。济西洋文明之穷者。西洋文明浓郁如酒。吾国文明淡泊如水。西洋文明腴美如肉。吾国文明粗粝如蔬。而中酒与肉之毒者，当以水及蔬疗养之也。

又云：

> 西洋社会为动的社会。我国社会为静的社会。由动的社会发生动的文明。由静的社会发生静的文明。两种文明各现特殊之景观。……至于今日。两社会之交通。日益繁盛。两文明互相接近。故抱合调和。为势所必至。①

对于杜亚泉的东西方文化观及其意义，王元化有详切的论述。② 杜亚泉提出西方是动的文明，东方是静的文明，对东西方文化的轮廓进行了描述。他是站在东方文化"弱势"的立场上发言的，认为近世东方文化在西方文化面前处于程度上"落后"的地位，有必要加以重新认识。这里暗含了对于庸俗进化论的拒斥，因为将西方文化看作程度上的先进文化，正是以庸俗进化论为基础的。另外，杜亚泉《何谓新思想》一文较早提出意图伦理并加以批评。钱智修《功利主义与学术》最早批

---

① 杜亚泉：《静的文明与动的文明》，《东方杂志》第13卷第10号，1916年。
② 王元化：《杜亚泉与东西文化问题论战》，《王元化集》卷六，湖北教育出版社2007年版，第167页。

评功利主义。① 这些观点无疑对于五四运动前后激进主义思潮具有针砭意义，可惜当时并没有引起文化界足够的重视，后来渐渐地为激进主义的声浪所湮没。

不过，杜亚泉提出的东西文化的"调和"在理论和实际的指导意义方面都是较为粗糙的，理论上既缺乏足够的深度，实践上的建议也过于简单。他以动静说来描述东西方文化的关系，虽为一些人所认同，但不管是用来描述西方文化之"动"，还是用来描述中国文化之"静"都缺乏理据，缺乏具体思想文化学术的历史内容来支撑。比如说以中国劳动力的输出及对外国资本的输入来论述两种文明的"抱合调和"，显得尤为皮相或者错误。因为这种输入和输出根本就没有达到思想文化的层面，而外国资本输入背后往往涉及殖民化问题。

二　调适与化合

辛亥革命以前《新民说》创作前后，梁启超已经基于"国民性"对中国文化的特性做出了较深入的研究，形成东方文化的思想基础。进入民国之后，经历中国政治迭变，游历欧洲，更加深了他对中西文化关系的认识。总体来说，他坚持"中西文化化合"论来解释中西文化的关系，并试图解决中国的政治问题。在《欧游心影录》中明确表示："拿西洋的文明来扩充我的文明，又拿我的文明去补充西洋的文明，叫他化合起来成为一种新文明。"② 他的化合与调适的思想，显得比杜亚泉的文化调和论富有学理，也较为具体。如，他在《历史上中华国民事业之成败及今后革进之机运》（1921年）中，就立足"国民"绾合人生哲学与政治哲学两个层面提

---

① 王元化：《杜亚泉与东西文化问题论战》，《王元化集》卷六，湖北教育出版社2007年版，第158、165页。

② 刘集林：《保守与社会重建——五四时期东方文化派社会思想》，天津社会科学院出版社2010年版，第161页。

出建设蓝图。他认为，欧洲中世纪历经千年，似乎黑暗无所成就，而实际正是欧洲各国"国民性"孕育之时，其基础正是基督教文化。中国历史上有两千多年的封建帝制，其实也正是我中华国民人格形成的时期，现在已经成为"壮夫"。我国国民有一种什么样的精神呢？他认为有五种：世界主义、人类平等、政治上的不干涉主义、中庸妥协性、思想的统一性。不管他概括得如何，总是结合历史论述的。这其中有些是优点，有些是缺点，但总的来说是一个生命体："我国民之形成，在人类全体上有莫大之价值，其将来之发展，亦当有同等价值。"① 坚持民族精神的价值，是东方文化立场的表现，而具体的分析，如何发扬，如何补救，如何取长补短，则体现了他的化合调适的文化思路。他说："中国文化，本富有世界性，今后若能吸收世界的文化以自荣卫，必将益扩其本能而增丰其内容，还以贡献于世界，则20世纪之中国国民，必在人类进化史上占重要之职役。"②

值得注意的是，梁启超将历史与现实打通，将学术层面与社会生活打通，体现了文化诗人的气质。他文中的学理往往出于感受，学理上的严谨性往往值得推敲，对于社会政治改革的意义有待验证。

三　采用与整合

反对激烈的社会变革，强调历史的连续性，这是杜亚泉、钱智修等人在民国初期坚持的文化思想，杜亚泉的《接续主义》《国民今后之道德》《战后东西文明之调和》《新旧思想之折衷》等文体现了一贯的思想线索。如何融合东西新旧，杜亚泉提出"统整"说，统整我国固有的文明，对其已有的系统加以发扬，对其中错误的内容要进行修整。一方面努力输入西

---

① 梁启超：《历史上中华国民事业之成败及今后革进之机运》(1921)，《梁启超全集》第11卷，北京出版社1999年版，第3347页。
② 梁启超：《历史上中华国民事业之成败及今后革进之机运》(1921)，《梁启超全集》第11卷，北京出版社1999年版，第3347页。

洋学说，让输入的新学说融合于中国固有文明之中。西方文化的断片如满地的散钱，要用中国固有文明的绳索穿起来，才能发挥应有的效力。他认为中华文明的特长就在于"统整"。① 这里他把中国固有文明作为一个整体系统，将西方文化作为可以采用的个别零件，通过组装西学的零件来统整我国固有文化的系统，可以看出晚清以张之洞为代表的"中体西用派"文化思路的影响。然而，当阐释中国固有文明的整体系统时，往往涉及伦理道德的层面，涉及中国古代的社会政治结构，如果不对此结构系统加以重新解释，则会遭遇新的社会政治制度——共和体制的质疑。陈独秀正是抓住这一点，以"复辟"为辞，对杜亚泉代表的"《东方杂志》记者"展开攻击的。

五四时期的章士钊在中西文化问题上也执"调和"论，但他说的调和，乃是指在"旧"的基础上对"新"的吸收，形成新旧混合的状态。他提出，新旧时代相接，形如犬牙交错，并不像鳞次栉比排列很整齐；又如水中的波线，新旧两心，开花互侵，中间并没有截然的分界。社会的进程取连环式，但它是无数的连环，要想改善当今的圆环，必然要与上接无数的环相联系，将上接无数的连环作为参考，才能得到历史的整体性与方向性。② 他讲的"今环"就是今天的社会文化政治的整体结构，但这个今环，只不过是从历久的深处发出的波纹，虽然要加入新的成分，但必须适合这个大的历史系统。每加入新的文化成分，固然都会产生新的"今环"，但这个今环与"第一环"是连在一起的，甚至是第一环向外的不断扩展，而环的中心力量，正是这个民族文化的根本。他在《评新文化运动》（1923年）一文中说：

---

① 杜亚泉：《迷乱之现代人心》，《东方杂志》第15卷第4号，1918年。
② 章士钊：《进化与调和》（1918年12月8日演讲，后发表于1925年《甲寅周刊》第1卷第15号），《章士钊全集》第4卷，上海文汇出版社2000年版，第103页。

文化二字，作何诂乎？……文化者，非飘然而无倚，或泛应而俱当者也。盖不脱乎人地时之三要素。凡一民族，善守其历代相传之特性，适应与接之环境，曲迎时代之精神，各本其性情之所近，嗜好之所安，力能之所至，孜孜为之，大小精粗，俱得一体，而于典章文物，内学外艺，为其代表人物所树立布达者，悉呈一种欢乐雍容、情文并茂之观，斯为文化。①

章士钊的文化观念视野较为开阔，既不像中体西用论者将"中体"定位于纲常伦理，也不像梁启超较注重国民精神，构建出从物质文化到精神文明的宏大构架。然而，他认为他所重视的这个文化系统，是接纳新文化的根据，所以其思路仍与中体西用论不可绝对分开。至于如何才是"新"文化，他认为没有绝对的"新"，反对将"新"与"旧"截然分开或者对立起来。他反对胡适重视的白话文运动，认为如果离开了旧的语言系统，哪里有一个新的语言系统呢？也反对新文化运动提出的"文学革命论"。他认为新对旧不是取代，而是一种借鉴，一种资源，新文化建设的任务是不断地正本清源，吸纳时代精神，解决新的问题，让国家民族更好地发展。他在英国留学多年，潜心研究逻辑学与政治哲学，试图借鉴"英国经验"。学术界有学者认为，章士钊大力主张的代议制、调和立国论、五四后鼓吹的科道制、联业自治、农村治国论，以及反对新文化运动等都是典型的英国经验主义思维的体现。其中农村治国论更是直接与英国经济学家潘悌交流的结果。然而，章士钊又是特别重视中国文化的人，1925年整顿教育界，规定学生读经，观其一生行止，"他其实是礼教中人"。② 这样评论章士钊，固然能够体现他在处理新旧文化关系，将文化理想贯彻于政治

---

① 章士钊：《评新文化运动》，《章士钊全集》第4卷，文汇出版社2000年版，第211页。
② 刘集林：《保守与社会重建——五四时期东方文化派社会思想》，天津社会科学院出版社2010年版，第183页。

实践的一些真实图像，但如果将他的借鉴西学与中国立场分离开来，便有一些"割裂"的意味。章士钊以中国文化为基础借鉴英国经验与西方文化，是东方文化派文化调和论的一种思路。

第三节　新民说

梁启超的"新民说"是东方文化派的重要思想基础。

一　"新民"二义

1902年梁启超著《新民说》，揭新民有二义：

> 新民云者，非欲吾民尽弃其旧以从人也。新之义有二：一曰，淬厉其所本有而新之；二曰，采补其所本无而新之。二者缺一，时乃无功。先哲之立教也，不外因材而笃与变化气质之两途，即吾淬厉所固有采补所本无之说也。一人如是，众民亦然。①

梁启超揭示的新民二义，乃是张开了中西文化的两翼，一方面"淬厉其本有"，乃是指向中国固有文明。他认为，中国能够自立于世界，其国民必有特别的性格，上自道德法律，下及风俗习惯、文学艺术，皆有一种独特的精神，这是民族文化的根基，也是文化民族主义形成的依据。首先有保存，才能更好地发展。这当然不完全等同于中体西用派的"保国、保种、保教"，而应该是保护它更好地生长，才是最好的保存。他以树的生长为例，如果没有年年的新枝新芽，那么这棵树必然会干枯。又如一口水井，如果没有新泉涌出，井中的水必然会成为枯水，这口井很快就变成一

---

① 梁启超：《新民说》（1902），《梁启超全集》第3卷，北京出版社1999年版，第657页。

口枯井。①另一方面，国民性格中有所缺失，就要从西方文明中博采众长，不但要重视西方的政治、学术、技艺，而且要重视西方文明中的民德、民智、民力，对西方社会文明的关注，是梁启超关注的焦点之一。②他所批评的论者，大约指向"中体西用"论者，他从"新民"义入手，体现了对中体西用派的超越。

梁启超以"论公德"与"论私德"展开了新民二义的架构。前面十七节，基本上是以论公德展开的，而公德的内容，皆是他认为民性中所缺少的因素，也就是他要从西方文化中要"采补"的部分，包括国家思想、进取冒险精神、权利意识、自由、自治、进步、自尊、合群、生利分利、毅力、义务思想、尚武精神等，连载了近一年，构成了《新民说》大部分篇幅。从第十八节开始，到了1903年，才开始了新民的另一义——"论私德"。梁启超还在此节下特别加了按语："吾自去年著《新民说》，其胸中所怀抱欲发表者，条目不下数十，以公德篇托始焉。论德而别举其公焉者，非谓私德之可以已。谓夫私德者，当久已为尽人所能解悟能践履，抑且先圣昔贤言之既已圆满纤悉，而无待末学小子之哓哓词费也。乃近年以来，举国嚣嚣靡靡，所谓利国进群之事业一二未睹，而末流所趋，反贻顽钝者以口实，而曰新理想之贼人子而毒天下。噫！余又可以无言乎？"③梁启超解释，他自己一度不太重视中国的旧道德，认为中国的旧道德不足以维系现代社会的人心，所以力求采用一种新道德加以补助，认为这是自己太过于理想化。经过重新思考他改变了自己的认识，认为道德是行为的表现，是社会养育成就的，社会性质不改变，而只寄希望于道德的改造，是本末倒置，要进行社会的改造与建设，还是要发扬旧道德中优良的传统。至于旧道德中可倚恃的精髓，他提出三点：

---

① 梁启超：《新民说》（1902），《梁启超全集》第3卷，北京出版社1999年版，第657页。
② 梁启超：《新民说》（1902），《梁启超全集》第3卷，北京出版社1999年版，第658页。
③ 梁启超：《新民说》（1902），《梁启超全集》第3卷，北京出版社1999年版，第714页。

一曰正本。吾尝诵子王子之拔本塞原论矣,曰:"圣人之学,日远日晦;而功利之习,愈趋愈下……"呜呼!何其一字一句,皆凛然若为今日吾辈说法耶?夫功利主义,在今且蔚成大国,昌之为一学说,学者非惟不羞称,且以为名高矣。……二曰慎独。……故以良知为本体,以慎独为致之之功。此在泰东之姚江,泰西之康德,前后百余年桴鼓相应,若合符节,斯所谓东海西海有圣人,此心同,此理同。……三曰谨小。以上三者,述鄙人所欲自策厉之言也。①

此处他运用的是王阳明的学说,处处分解,处处印证,颇有心得。有人批评梁启超行事多变,文风不加检束,梁氏亦自谦在实践的层面上做得不够。然而,既有如此之自觉,且与当时的"新民"的事业结合起来,可见梁启超对传统儒学特别是陆王一系确有探究。

二 "新民"与中国学术史的自觉意识

梁启超是近代较早具有中国学术史意识的人,他心目中的学术思想,是指一个国家民族总的智慧,具有"左右世界"的力量。② 除了像哥白尼、培根、笛卡儿、孟德斯鸠、卢梭、富兰克林、亚当·斯密、达尔文等人具有宏大的学术力量足以左右世界,还有一些能运作他国文明新思想,移植本国的人,往往能将本国文化与外来文明鼓铸一体,亦足以"左右一国"。1902年,他著成《论中国学术思想变迁之大势》,对中国文明史进行勾勒,将中国学术思想史划为八个时代:"一胚胎时代,春秋以前是也。二全盛时代,春秋末及战国是也。三儒学统一时代,两汉是也。四老学时代,魏晋是也。五佛学时代,南北朝、唐是也。六儒、佛混合时代,宋、元、明

---

① 梁启超:《新民说》(1902),《梁启超全集》第3卷,北京出版社1999年版,第722页。
② 梁启超:《论学术之势力左右世界》(1902),《梁启超全集》第3卷,北京出版社1999年版,第563页。

是也。七衰落时代，近二百五十年是也。八复兴时代，今日是也。"① 梁氏著史，别具一番苦心，他从学术历史的曲折中，见出民族文化的精彩之处，也见出衰落的原因，所谓知历史之兴替，明文化之长短。他研究中国学术思想史，与他写作《新民说》是互为表里的。正如他在十多年后的五四时期坚持的两个理想，一个是整理国故，一个是新思想文化的建设。他特别提出，中国文化无宗教，一些人认为这是中国文化的缺憾，而梁启超认为这正是中国文化的长处，宗教思想在人类早期历史中发挥较多的积极作用，而随着文明的进步，则害多而利少。他认为中国学术思想的丰富广大，正可以弥补宗教思想之不足。他取生物学杂交优势原理为喻，认为中西文化的会合必然会有更加优良文化类型的产生：

  盖大地今日只有两文明：一泰西文明，欧美是也；二泰东文明，中华是也。20世纪，则两文明结婚之时代也。吾欲我同胞张灯置酒，迓轮俟门，三揖三让，以行亲迎之大典，彼西方美人，必能为我家育宁馨儿以亢我宗也。②

梁启超中国学术思想史的研究，乃是一种民族文化身份自我强化，由此身份自认，则可以此为基础更好地输入外来的新文化。

三　新民与东西方文化的"调和"

在梁启超的文化思想中，调和的色彩是极为突出的。长期以来，学术界很重视梁启超"新民说"中"论公德"的部分。认为梁启超此期启蒙心

---

① 梁启超：《论中国学术思想变迁之大势》（1902），《梁启超全集》第3卷，北京出版社1999年版，第563页。
② 梁启超：《论中国学术思想变迁之大势》（1902），《梁启超全集》第3卷，北京出版社1999年版，第563页。

态占了上风,"新民"主要指向改造国民性,是趋新的。这固然不太符合梁启超的思想真实。近年来,一些学者注意到梁启超1902年前后的思想变化,认为这一次变化意义重大,标志着梁启超思想人格的定型。在此之前,梁氏以"多变"著称,甚至不惜"以今日之我挑战昨日之我",但从《论私德》开始,发表《新民说》其他系列文章,出版《节本明儒学案》《德育鉴》等,梁启超对中国传统文化有了一种坚定的信念,可以作为观测梁启超后期思想的特别视角,这无疑是具有启示意义的。[①] 不过另外有的学者在这个方向之下,对梁启超的学术思想身份做了"进一步的"不太确切的推论,认为"《论私德》根本确立了梁启超作为近代新儒家的思想立场和方向,也奠定了儒家道德论在近代的调适和发展的典范"。[②] 梁启超对儒家思想并没有做大力的专门研究,他对王阳明论说的引用基本上是浅近的发挥,特别是他在中国学术思想史研究中表现出的博览会通,以及对儒家践履精神的疏忽,对西学的兼收并蓄而缺乏选择融化,都说明他是不能被称作"近代新儒家"的,只是其思想调和性恰好符合"东方文化派"的特征。

第四节 "国性"论

一 从"新民"到"新国"

1912年梁启超著《国性篇》,其中开宗明义云:"国于天地,必有与立。国之所以与立者何?吾无以名之,名之曰国性。"[③] 当时清朝覆亡,中华民国刚刚建立,梁启超进入了新民国,作为众人瞩目的上流,其思想言论极为重要。《国性篇》的发表,无异昭示了其文化思想的基本纲领。他

[①] 文碧方:《〈新民说〉发表百年后的思考》,《孔子研究》2010年第2期。
[②] 陈来:《梁启超的"私德"论及其儒学特质》,《清华大学学报》(哲学社会科学版)2013年第1期。
[③] 梁启超:《国性篇》,《梁启超全集》第9卷,北京出版社1999年版,第2554页。

认为一个国家的国性,有的成熟,有的不成熟;有的强大,有的薄弱,一些国家之所以曾经外表强大终归灭亡,是因为没有强大的国性。他举清朝为例,其武力强大时,入主中原,而一旦被推翻,连自己的生存都成问题,一是没有故墟可依,二是没有民族精神可以自立。又举日本人占领台湾为例,专采同化主义,如果嬴之负螟蛉,诲以似我似我,将以日本人的新国性去除中国台湾的中华旧国性。以此说明日本人之阴谋,也说明日本人多么重视他们的"国性"。他所说的国性,其实乃是民族精神与文化。抽象地讲是民族精神,具象地讲则是民族文化。

他认为,国性只能在原来基础上助长而不可凭空创造,可改良而不可蔑弃。国性作为精神文化,必涵濡千百年,在不知不觉中发育而成,即使有神圣奇哲去呼吁创造,也不能实现。这就好比一个勇士不管力气多么大,也举不起自己的身躯。① 国性是长期形成的,也是不断改良不断淬炼而成的,关键是进入国民精神的深度。十年前梁氏著《新民说》,强调先有民而后有国,先新民而后有新国,现在中华民国建立,已经有了新的国,但国性是否深入人心却是立国大计。《新民说》前半大量篇幅皆是讲国民性的淬炼,讲如何采补外来文化以建立中国国民的"公德心";后半小部分开始"论私德",讲传统儒家文化的重要价值和意义,但是限于篇幅,毕竟没有充分展开。梁启超在1912年所著《国性篇》,可以说是《新民说》思想的继续,特别是"论私德"部分,是弘扬民族文化、民族精神的继续。

二 传统与现代的接续

"国性"的重要意义还在于贯通古今,在国性的助长和改良中,可见中西文化沟通的意义。他认为国性就其抽象的意义来说固然是一种精神,

---

① 梁启超:《国性篇》,《梁启超全集》第9卷,北京出版社1999年版,第2554页。

是一种性格，是不可以具体看见的。但就具象的内容来说有三个方面："就其具象的事项言之：（具体的不可指，具象的略可指。）则一曰国语，二曰国教，三曰国俗，三者合而国性仿佛中得见矣。"① 这三个方面仍然是分项总括的意义。他举国语为例，现在的语言固然不完全同于汉、唐的语言，汉、唐时期的语言也不同于殷周时期的语言，中间有变化、有淘汰，增益新的，淘汰旧的，以适应一个时代传播思想的用途。有的是在交流中自然的变化，有的是人力促进变迁，但是必须遵守一个原则，那就是要保持其连续性，其中的根本内容、根本精神气质是连贯的。他以一个人的身体为例，身体每天都蜕去一些旧质，每天都要生长一些新质，不可能一下了长出一个全新的身体。② 虽然梁启超也一直主张促进文字语言的通俗化，不反对白话文，但梁启超主张的是改良，虽主张白话文，但是也不反对文言文，因为后者是前者的前身母体。这也是梁启超与后来的新文化运动激进派人物陈独秀、胡适根本上不同的地方。

国语、国教、国俗既然是国性的分支，为了守护国性，这些分支都要保持相对的连续性，这正是进入民国时期的梁启超"东方文化派"的思想核心。他认为，如果一国之人对自己国家的典章文物纲纪法度，甚至历史上的一切成就，皆采取一种怀疑态度，甚至破坏态度，那么整个国家社会就失掉了标准和秩序，一国之人就会变成一盘散沙，不复有存在的凝聚力，终究会沦于消灭。他这样说，当然有他的视角，他看到了当时各国救亡图存的大量实例。中华民国建立以后，民族危机并没有解决，可以说仍然是政府面临的最大的危机。为了应对这种危机，梁启超以守护"国性"相号召，试图由此促进民族精神的自觉。为此，他大声疾呼：

中国曷为能至今存耶？中国今后何道以自存耶？……若是者，无

---

① 梁启超：《国性篇》，《梁启超全集》第9卷，北京出版社1999年版，第2554页。
② 梁启超：《国性篇》，《梁启超全集》第9卷，北京出版社1999年版，第2555页。

以名之,名之曰国民自觉心。然欲使此自觉心常普遍而明确,则非国中士君子常提命之而指导之不可,而欲举提命指导之责者,其眼光一面须深入国群之中,一面又须常超出于国群之外。……其对外能抵抗侵略者,以同化力特强故。其对内能抵抗斫丧者,以自营力特强故。①

从"新民说"到守护"国性",再到唤醒"国民自觉心",是梁启超思想的一个重要线索,中间也许有语境的变化,面对的对象,面对需要解决的时代问题也许不一样,但是依据民族文化解决国家民族的危机,思想线索大体是连贯的。他所提出的中国文化的两大特性"同化力"与"自营力",应该是他从中国学术思想史研究中得出的结果,这无疑对后来研究中国文化史的学者具有重要的启发意义。在唤醒国民自觉心,促使国民常有此心的过程中,他对"士君子"提出了殷切的希望。谁来新民,谁来守护国性,谁来唤醒国民自觉心?这一切都要"士君子"来付出努力。在梁启超思想深处,有深厚的启蒙意识,他对士君子的期许,更是一种自我期许,一切文化学术工作,都可以在这个大线索上找到位置,也由此找到各自的意义和价值。在梁启超看来,文学正是此一系列文化学术工作中的一支,以其独特的方式和效果发挥"新民""守护国性"的作用。

三 政治的缠绕

1915年,梁启超发表《吾今后所以报国者》,其中声明以后脱离政治,再也不谈政治,今后要谈"人之所以为人"与"国民之所以为国民"②。有学者认为梁启超此时发生了思想上的重要变化。③ 学术界论梁启超思想

---

① 梁启超:《敬举两质义促国民之自觉》(1915),《梁启超全集》第9卷,北京出版社1999年版,第2798—2800页。
② 梁启超:《吾今后所以报国者》,《梁启超全集》第9卷,北京出版社1999年版,第2805页。
③ 张冠夫:《作为嗣续光大"国民性"与"国性"的文学——梁启超1915年前后文学观的转变》,《河南大学学报》(社会科学版)2012年第6期。

变化者较多,梁启超一生也确实在言论行为方面有很多变化。然而,梁启超思想的变化虽然存在,但并不能流于表面现象,有些是牵于现实政治在方式与地位上的变化,有些可能是实质上思想的变化。民国初年,梁启超深涉现实政治,做了民国政府的司法总长,但当时政治风云变幻,南北矛盾激化,制度争论激烈,民族矛盾危机,梁启超无奈辞去了总长职务,内心是非常痛苦的。但是,其文化思想上的民族主义根基未变,梁启超一生从没有远离政治,他的思想与学术皆应该在近代中国现实政治背景下得到解读。此际不管是深探国学,比如向陈衍请教诗学,还是出国游历,考察解决中西文化问题的出路,都可以在守护"国性"的方向下找到根据。他的守护"国性"前以新民说为基础,后通五四以后东方文化派的思想理论,可以说是一以贯之。其国性论又是和民国政治分不开的,他所守的"国"性,当然是建立在保护、爱护"中华民国"的立场上,建立在渐进改良的思想基础上,此与五四新文化运动中的激进派当然是不同的。

第五节 新民文学

一 "新民体"之称

1920年梁启超著《清代学术概论》,其中论及自己在晚清的"今文学"成就,其中云:"启超夙不喜桐城派古文,幼年为文,学晚汉魏晋,颇尚矜炼,至是自解放,务为平易畅达,时杂以俚语韵语及外国语法,纵笔所至不检束,学者竞效之,号新文体。老辈则痛恨,诋为野狐。然其文条理明晰,笔锋常带感情,对于读者,别有一种魔力焉。"[①] 后来钱基博所著《现代中国文学史》,其中讲"新文学"的部分,特别列出"新民体"。钱基博认为,梁启超的文章是从研习桐城文开始的,对东汉、魏晋文章亦

[①] 梁启超:《清代学术概论》,《梁启超全集》第10卷,北京出版社1999年版,第3100页。

有吸收，文笔练达。后来受到康有为今文学的启发，思想大为解放，文体也大为解放，打破条条框框，语录语、藻丽俳语、佻巧语，杂以外国语法，纵横决荡，不加检束。文学界称之为"新民体"，老一辈的传统文人则痛恨，诋之为"文妖"。钱基博归纳梁启超文章的特点为"晰于事理，丰于情感"，肯定梁启超在近代文学史上的重要地位和影响。①

钱基博所论基于梁氏自己的论述，所称"新民体"与梁氏自称"新文体"相当，也许更本于《新民丛报》发行时读者的称呼。至于有学者认为亦称"时务体""报章体"等，应该是内涵的扩大，甚至界限的泯失。②《新民丛报》时期，梁启超从思想学术到文章写作皆达到炉火纯青的地步，与《时务报》时期明显不同。梁启超早年在思想学术上特别崇拜康有为，以宣传"师说"为己任，特别喜欢引用外来文化材料，尚缺乏自己的格局。从《新民丛报》刊发《新民说》开始，梁启超"新民"思想形成，而"新民体"应该是和梁启超新民思想相适应的"新文体"，有学者因梁启超的成就将1902年称为中国近代文学史上的关键的一年，③应该是独到的见解。

一般人之所以将新民体与"报章体"等同，往往仅重视新民体文学的形式意义，仅在语言因素或结构层次形式因素着眼。戊戌政变之前，维新派出于宣传维新思想的需要，就特别强调文章语言的通俗易懂，裘廷梁发表《论白话为维新之本》，黄遵宪强调"我诗写我口"。1897年梁启超在《湖南时务学堂学约》中约定：

> 六曰学文。《传》曰："言之无文，行而不远。"学者以觉天下为任，则文未能舍弃也。传世之文，或务渊懿古茂，或务沉博绝丽，或

---

① 钱基博：《现代中国文学史》，华中师范大学出版社2011年版，第336页。
② 付建舟：《中国散文文体的近现代嬗变》，《湖南大学学报》（社会科学版）2009年第1期。
③ 胡全章：《1902：文学界革命起狂飙——中国近代文学史上的关键性年份》，《青海社会科学》2009年第6期。

务瑰奇奥诡,无之不可。觉世之文,则辞达而已矣。当以条理细备,词笔锐达为上,不必求工也。①

在《万木草堂小学学记》(1897年)中约定:

学文:辞章不能谓之学也。虽然,言之无文,行之而不远。说理记事,务求透达,亦当厝意,若夫骈俪之章,歌曲之作,以娱魂性,偶一为之,毋令溺志。②

这里都表示在学文方面一定要注意其实用性、通俗性。特别是梁启超提到的"觉世之文",人们往往认为这就是"新民体",其实非常笼统。此时的梁启超并没有形成典范的文体,他的学文理论及其实践,与其说是他此阶段的创造,不如说是维新派的共识和实践。如果结合梁启超具体的思想情况,当时其学堂章程是沿用康有为万木草堂讲学的章程,那么关于文学语言通俗化的"革命",亦应该是发端于康有为的思想,此时梁启超尚未形成独具个性特色的"新民体"。

二 新民体的"情"与"理"

梁启超《清代学术概论》中举"新文体"论自己参与的晚清"今文学运动",应该是有所针对的。其《自序》中记述胡适曾请他对此加以记述,因为作者亲身参与,意义特别,因而述晚清特详,述"新民体"尤其是浓墨重彩的一笔。并且特别指出:"余于十八年前,尝著《论中国学术思想

---

① 梁启超:《湖南时务学堂学约》(1897),《梁启超全集》第1卷,北京出版社1999年版,第109页。
② 梁启超:《万木草堂小学学记》(1897),《梁启超全集》第1卷,北京出版社1999年版,第115页。

变迁之大势》，刊于《新民丛报》，其第八章论清代学术，章末绪论云：'此二百余年间总可命为中国之文艺复兴时代，特其兴也，渐而非顿耳。然固俨若一有机之发达，至今日而葱葱郁郁，有方春之气焉。吾于我思想界之前途，抱无穷希望也。'……余今日之根本观念，与十八年前无大异同。惟局部的观察，今视昔似较为精密。"①《清代学术概论》本来是为蒋方震《欧洲文艺复兴时代史》写的序，但越写越长，甚至与蒋书的字数差不多了，只好成为一部独立的著作。怎么会有这样的情况发生？也许就与回应胡适的建议有关系。胡适看重晚清今文学运动，应与当下进行的新文化运动相关，特别是梁启超在今文学运动中进行的"文学革命"，更可以看作当下文学革命的先河。现在，一般论者谈梁启超也往往是这样认识的。然而，如果细绎《清代学术概论》，会发现梁启超肯定的是清代学术的主流中所体现出来的科学精神，而对康有为主持的"今文学运动"则多有微词，强调自己与老师康有为之间的差异。自云从三十岁以后，再也不谈"伪经"，甚至也不怎么谈"改制"，他反过来对清代古文经学的肯定，乃是基于对中国学术史整体研究得出的真知灼见。他又认为，清代文学艺术不发达，与欧洲文艺复兴时期不一样。至于其中的原因，则在于欧洲文艺复兴虽然号称复兴希腊文化，但语言已发生了转变，当希腊语译为各国通行语时，所以有创造性的"新文体"产生。反观中国清代，虽然亦有古学复兴，"而传述此学问之文体语体无变化"，所以缺乏"新文体"的刺激，以致陈陈相因，文学艺术就显得无特色。② 这里从反面可以看出他对文学史发展过程中"新文体"的重视。

文学的基础乃是学术思想，这是梁启超重要的文学观念。伟大的学术思想固然需要相应的"新文体"来传达，更重要的是一种"新文体"也要

---

① 梁启超：《清代学术概论》自序，《梁启超全集》第 10 卷，北京出版社 1999 年版，第 3067 页。

② 梁启超：《清代学术概论》，《梁启超全集》第 10 卷，北京出版社 1999 年版，第 3107 页。

伟大的学术思想来支持与充实。新民体号称一种"新文体",必有其特殊的相应的思想基础。一般学者皆能论说新民体"晰于事理,丰于情感",但往往并不深究其是什么样事理,什么样的情感,也许有人说,这是梁启超的个人风格吧,然而就梁启超"思想的文学"观念来说,其风格的背后应该有深厚的思想系统形成他活的生命体,进而才有文学的风格。1902年,梁启超著《新民说》与《论中国学术思想变迁之大势》,代表他的思想与文学的成熟,其中所显示出来对民族精神的关注,对民族文化的自觉,对"国性"的守护,正是其"新民体"的思想基础和情感基础。

三 新民体与文章传统

关于新民体以及梁启超散文创作实践在文学史上的意义,学术界仍有不同的认识。有学者认为,连梁启超自己都将写作排除在"美文"之外——虽然他在某种意义上也不太看重那种"美文",总之,他将自己的这类"觉世之文"与"传世"的"美文"相区别,结果,以致像"新民体"这样的文章在文学史上都找不到自己的位置,竟然连"散文"也称不上。与之相联系,在散文理论上也没有太多的收获。[1] 当然,这是有些偏重现代文学中西化的文学观念而言的,没有顾及中国近代文学的传统文学意义。当然,更多的学者指出梁启超新民体在中国文学承上启下过程中的意义,对梁启超文章对中国文章传统的继承学习颇有指示,比如钱基博《现代中国文学史》中就讲得较为辩证,但不够具体(上文已引)。一些学者沿着这种思路进行了细致的探究。比如"以欧西文思入文"与"义理、辞章、考据、经济";"平易畅达"与宋代文风;"笔锋常带感情"与"发愤著书";"条理明晰"与古代诸子、论辩文;等等。[2] 对此进行具体的比

---

[1] 蔡江珍:《中国散文理论的现代性想象》,博士学位论文,苏州大学,2004年。
[2] 宁俊红、王丽萍:《梁启超"新文体"散文的近代转型意义——兼及"新文体"散文的传统渊源》,《甘肃社会科学》2010年第1期。

较研究，这无疑是极有价值的探究。这里需要进一步指出的是，梁启超新民体文章写作是中国文章传统在近代重要的继承者，无论是其中的创作精神还是文体价值皆可以称为典范。

梁启超自云"不喜桐城"，钱基博称其初治桐城文，又云从八股文陶炼而来，都说明梁氏文章"矜炼"的一面是从讲究章法格律的文章入手的。然而，梁启超似乎并不崇尚韩柳等古文家，而是崇尚先秦两汉的政论史传散文。在他1922年著成的《作文教学法》中，所举范例多是《左传》《孟子》《史记》，由此可见他的功夫所在。新民体语言畅达，文风凌厉，其精神气固然是他个性的表现，但从文化精神上可以看出他近承南海圣人康有为，远绍孔子、孟子的天下情怀，还有一种舍我其谁的自信力。这是将文化精神内化于自己生命的结果。在他的思想中，有一种极强的历史意识，天下古今融会贯通，一切皆指向国家民族的命运。他一直反对将古与今、中与西割裂开来，特别是在语言层面表达的时候，如果处处是界限处处是堤岸，就不可能放笔去写。他认为："文言和语体我认为是一贯的，因为文法所差有限得很，会作文言的人，当然会作语体，或者说可以说文言用功愈深语体成就愈好，所以中学以上在文言下些相当工夫，于语体文也极有益。"[①] 其文化精神的贯通，是其文笔畅达的基础。

第六节　逻辑文学

钱基博《现代中国文学史》论梁启超"新民体"文学之后，接着论章士钊"逻辑文"云："自衡政操论者习为梁启超排比堆砌之新民体，读者稍稍厌之矣；于斯时也，有异军突起，而痛刮磨湔洗，不与启超为同者，长沙章士钊也。大抵启超之文，辞气滂沛，而丰于情感。士钊之作，则文

---

① 梁启超：《作文教学法》（1922），《梁启超全集》第14卷，北京出版社1999年版，第4072页。

理密察，而衷以逻辑。逻辑者，侯官严复译曰'名学'者也。惟士钊为人，达于西洋之逻辑，抒以中国之古文；绩溪胡适字之曰'欧化的古文'；而于是民国初元之论坛顿为改观焉。"① 将二者联系在一起论述，同中显异，前后辉映，这是钱氏文学史家的特别眼光。然而，就后世接受的情况来看，章士钊的文学史地位似乎远不及梁启超，学界往往将他的"逻辑文"看成"另类"的文学，甚至排除在文学的主流之外，这又不能不加以特别的辨析。

一 "国文"系统中的文学

辛亥革命以前，章士钊流亡日本东京，已经对中国文学有了自觉的思想认识，1906年，著成《初等国文典》，第二年出版时改称为《中等国文典》，其《序例》有云：

> 治国文者，小学尚矣，而小学实为专门之业。苏氏父子，小学家所嗤为不识一字者也，而苏氏之文，固亦不必深娴雅诂者也。今之教人者，于十五、二十之年，学课纷陈之际，律以苏、王，且虞其不治；责为许、郑，不犹治丝而棼之乎？故小学者，当专科治之，不可以授初学。吾友仪征刘子，其文学当今所稀闻也。特其持论以教国文，必首明小学，分析字类次之，余则以为先后适得其反。②

这里他特别论述了"小学"与"国文"的关系，又举友人刘师培，认为刘师培强调小学为国文的基础，教国文首先在文字音韵上下功夫，是本末倒置。这里实际上表明了他与国粹派诸人观念的区别。章士钊自从与章

---

① 钱基博：《现代中国文学史》，华中师范大学出版社2011年版，第360页。
② 章士钊：《中等国文典》序例（1907），《章士钊全集》第1卷，文汇出版社2000年版，第181页。

太炎定交以后,思想学术皆受到"吾兄太炎"的影响。1906年章太炎到了日本东京以后,发起成立"国学保存会",章士钊还列名发起人,并撰写章程。然而,章士钊虽与太炎交好,与刘师培也算"革命"朋友,但学术上无论如何却算不上国粹派。究其原因,即在于他在学术上另有脉络。章士钊对桐城派古文深有钻研,他撰写《中等国文典》讲课时使用的教材便是姚鼐《古文辞类纂》,他上所举苏、王之文,平生酷爱柳宗元文章,皆是古文家系列的范例。1925年,钱基博编成《古文辞类纂解题及其读法》一书请他审读,他回信说"详审为自来谈桐城流派者所不及"①,可谓知言。至于他后来扬柳抑韩,激烈批评韩愈,那又另当别论。桐城派从学术思想渊源上来说,近于程朱理学,章士钊一生志行实基于此。

章士钊既与国粹派学术脉络不一样,他所论国文脉络中的"文"的价值方向也不一样。章太炎、刘师培等论文学皆以文字为基础,以明小学为前提,而章士钊强调"文以足用",强调文学语言的便捷简洁。他提出:"窃谓国既有文,文可足用,则在逻辑,无论何种理想,其文之总体中,必有最适于抒写者若干字,可得委曲连缀以抒写之。能控制总体,拣出此号称最适之各字,不增不减,正如其量,道尽人人意中之所欲道而不能道,闻之而叫绝,累读而不厌者,是谓文家。"②他认为文章的用在于"逻辑",而这个逻辑,其实就是文章内在的"意思",表现为文章的理路,用合适的话将它完美地表达出来就是理想的文学。他强调文章的用,强调文章的便捷,显然与刘师培强调文学"修辞"的特别意义不一样,相比之下,与梁启超强调文章的社会功用倒有些相近。

不过,章士钊强调文学的功用和梁启超一样,强调的是中国文学的大传统。他们强调文以达用,将文学重点引向文学的内容和文化功能,有意

---

① 章士钊:《十年》,《章士钊全集》第5卷,文汇出版社2000年版,第497页。
② 章士钊:《评新文化运动》(1923),《章士钊全集》第4卷,文汇出版社2000年版,第215页。

将自己的文章与"美文"加以区别。在中国文化传统中,过于形式化的"美文"一直受到排斥,或者说,在正统的儒家看来,文学的意义不在它的自身,而是传达思想情感内容。也可以说,像"逻辑文"这种达用的文章才是中国文学的主流。有些学者认为,中国散文在古代散文的基础上实现了近代的分化,分化成为"美文"和"应用文",在这种分化中,章士钊有意将自己的"逻辑文"划为"应用文和学术文章","对狭义散文从广义散文中完全分化出来起到了相当重要的作用"。① 这也许是站在现代文学观念的立场上误解了章士钊的初衷。

二 "峻洁"论

章士钊文论思想虽出于桐城派,然而也不断地切磋琢磨,试图超越桐城派。五四前后,章氏主编《甲寅》,发表大量以"逻辑文"著称的政论文章,引发极大的反响。学界不少人向他请教文章秘诀,他特作《文论》一篇解答之,而《文论》通篇特别强调一个"洁"字。他认为柳宗元《答韦中立书》"参之《太史》以著其洁"的"洁"字,"尤为集成一贯之德,有获于是,其余诸德,自帖然按部而来,故子厚殿焉"。② 至于如何才能达到"洁",他说:"凡式之未慊于意者,勿著于篇。凡字之未明其用者,勿厕于句。力戒模糊,鞭辟入里,洞然有见于文境意境,是一是二,如观游涧之鱼,一清见底,如察当檐之蛛,丝络分明,庶乎近之。"③ 这里所强调的"洁"颇与其"逻辑文"的形质相符。既区别于以小学为文章根基的国粹派,也区别于以"气"为主导论文的桐城派,包括梁启超的新民体,其中"丰于情感"的特质往往也表现为一种文气。章士钊非常重视"修辞",认为文章乃形式之事,非精神之事,由此疏离桐城派义理、考据、辞章三

---

① 徐鹏绪、周逢琴:《论章士钊的文学观及其"逻辑文"》,《山东社会科学》2003 年第 2 期。
② 章士钊:《文论》(1927),《章士钊全集》第 6 卷,文汇出版社 2000 年版,第 383 页。
③ 章士钊:《文论》(1927),《章士钊全集》第 6 卷,文汇出版社 2000 年版,第 383 页。

者不可缺一的论文主张。在章士钊看来，桐城派所强调的义理、考据仅关乎学养，在作家写作落笔时，往往要退于潜隐之中。①他强调的修辞与国粹派的"修辞"重点不一样，国粹派的修辞重点在字词的声韵训诂，他修辞的重点则在于"逻辑"："以愚观之，凡文自有其逻辑独至之境，高之则太仰，低焉则太俯，增之则太多，减之则太少，急焉则太张，缓焉则太弛，能斟酌乎？俯仰多少张弛之度，恰如其分，以予之者，斯为宇宙至文。"②那么他所说的"逻辑"，似乎又不仅仅是"义理"，而指向文章的肌理，是由文章义理向外扩展的文章形体。内容的切实准确与文章形式的清晰得体完全是相应的，也就是言简意赅的境界。为此，他反对所谓"词尽而意不尽"的含蓄纡曲，认为桐城派长期追求的那种文章腔调是一种歧途："言尽意不尽之谬论，历经展转陈述，往往误人思致，而流毒无穷。……上谬论所遗之毒，显在两条文脉上流衍，一洪武十七年功令所规定之八股文，一从方苞以来士子所朦然服习之桐城派，前者驱使一般可供劳力有用青年，掷于虚牝，后者导诱高级才智有余之少年学子，误入歧途。"③

章士钊后论"古文贵洁"特又据柳宗元加一"峻"字：

> 子厚名史迁之文曰洁与峻，至何以为洁？缘何得峻？人亦各因其领会而姑为之说，殊难准确。嘉兴王惺斋（元启）曾感曰："状物之妙，昔人譬之系风捕影，欲使著之于文，朗然无纤毫障翳，必先精审于心目之间，使其物鉴然有可指之形。……以文而言，莫高于太史公之作，柳子称之，不过曰洁曰峻而已。何以能然？唯其明耳，文之不洁不峻，皆不明之害也。"以明释洁与峻，可谓深通柳志。④

---

① 章士钊：《文论》（1927），《章士钊全集》第6卷，文汇出版社2000年版，第383页。
② 章士钊：《文论》（1927），《章士钊全集》第6卷，文汇出版社2000年版，第383页。
③ 章士钊：《言尽而意不尽之谬论》，《章士钊全集》第10卷，文汇出版社2000年版，第1413—1414页。
④ 章士钊：《明说》，《章士钊全集》第10卷，文汇出版社2000年版，第1389—1390页。

他引王元启说以"明"解"峻洁"二字固然大体是正确的。但"峻"有严整之义，与"洁"相得益彰。有人解释"洁"往往过于向"平淡"的方向上理解，认为柳宗元之"洁"与韩愈表现出来的倔强之气是不同的。章士钊以"文资反语"为例，认为韩愈文中有时正面难于下笔，即以反语警悟，似乎是一种跌宕的行文技术，使文章表现出所谓的倔强之气。但这种"反语"的行文技术违反了"修辞立诚"的原则，品格严整的柳宗元是不屑于用的。他说："盖修辞之道，首在立诚，今矢口而正反不明，等于东西易位，去诚何止千里？子厚论文，树诚为一义，此在集中昭然可观。……韩、柳之所以为韩、柳，斯为最高极峻之分水岭。"[①] 此处他辨韩、柳之不同，明显地扬柳抑韩，认为在柳宗元"峻洁"的文风中，隐藏着峻洁的人格，表现出来是平易明白而高明，是人格在文章中自然的体现。但韩文所用技巧太过，结果也许造成人与文的分离。这里与其说目标在扬柳抑韩批评韩愈，不如说这是针对桐城派长期重韩轻柳，以致一些末流之作仅仅从韩愈那里学到一些诸如"反语"的行文技艺，而文气也随之变成虚张声势，从根本上背离了修辞立诚的文章传统。

三 文学"接续"论

作为五四时期"东方文化派"身处高位的领袖人物，章士钊在文学上突出的作为是对"新文化运动"以及"新文学运动"提出质疑。当时他也被称为"甲寅派"，著《评新文化运动》（1923 年）与《评新文学运动》（1925 年）二文及大量相关内容的论辩文章，对胡适一系列理论提出反对意见，并正面提出自己的见解。章士钊在文化上坚持新旧接续调和论："状文化曰新，新之观念，又大误谬。新者对夫旧而言之，彼以为诸反乎旧，即所谓新。今既求新，势且一切舍旧。不知新与旧衔接，其形为犬

[①] 章士钊：《文人好作反语》，《章士钊全集》第 10 卷，文汇出版社 2000 年版，第 1392—1393 页。

牙，不为栉比，如两石同投之连钱波，不如周线各别之二圆形。"① 在文学上，他不认为胡适断定"旧文学"就是"死文学"。他举例说明，当时欧洲人对于希腊文字，多数人很隔膜，解之者确实很少。而中国两千年前之经典，当今的幼童仍能背诵，琅琅上口，意思通达，众多的人皆使用，并没有大的隔膜，明明还活着，怎么能算死文学呢？他认为写文章的时候，只有语言的连续性，才能传达丰富的文化思想。有的思想内容古今有隔阂，可能需要改变，如果是称心达意文字，为什么硬要加以变化呢？② 唐大圆将编成的《东方文化》特刊寄给章士钊，认为一切文化，基于思想，一切思想，借助文学，阐扬中国文化，也是要表达中国思想，而需要有相应的文学。坚持东方文化立场诸人，往往将文学视作文化的载体。在陈嘉异给章士钊的一封来信中，这个意思说得更明白："我公目光如炬，大笔如椽，此次重光《甲寅》，极盼从整理国故、发扬文化入手，而其部署，则以董理我固有道德学术思想脉络，与夫传统之政治制度，社会组织等等，排比而条贯之，使成一凝然有物，秩然有序之完整文化系统，而形成西方学者所谓支那学系 Sinology，其于范围人心，蜚声世界，所益必无涯量。"③ 虽然章氏在回信中对陈嘉异来信中关于东方文化建设的"浮词"不太认同，但对陈来信中"整理国故、发扬文化"八字是认同的。所以，章士钊及东方文化派与胡适在文学观念上的不同，根本在于文化思想的不同。一直到晚年，章士钊对韩愈"惟陈言之务去"一语耿耿于怀，认为此语在桐城文派中错误理解和流传，造成文章写作中种种窒碍。④ 章士钊坚持其逻辑文中有效地使用古代文化中流传下来的"称心"文字，乃是基于东方文化价值观念的体现。只有在如此传承有自身相对稳定的文化系统

---

① 章士钊：《评新文化运动》，《章士钊全集》第4卷，文汇出版社2000年版，第211页。
② 章士钊：《东方文化——答唐大圆》（1927），《章士钊全集》第6卷，文汇出版社2000年版，第505页。
③ 陈嘉异：《致章士钊函》，《章士钊全集》第6卷，文汇出版社2000年版，第420页。
④ 章士钊：《陈言务去》，《章士钊全集》第10卷，文汇出版社2000年版，第1394页。

中，其文中的"逻辑"才能更好地传达和接受。

第七节 "美文"说

梁启超、章士钊等既坚持中国文化格局中的文学观念，极为重视文章传统，创造大量议论文章以及传记、杂记文章，对新文学运动的文学观念表示不同程度的疏离甚至反对。然而，他们也并不以此一系列文章为全部，而另有"美文"之说，显示文学的不同分支。

一 "分业"观念

梁启超有《中国之美文及其历史》，其中论及先秦两汉以及魏晋南北朝到唐代的"美文"，由于讲义内容所限，唐代以后的内容并没有论述完整。梁启超所论"中国之美文"指的是韵文，包括古歌谣及乐府、诗词等。他另有《中国韵文里头所表现的情感》，以"情感"作为韵文最突出的特征。在《中学以上作文教学法》中，他将文章写作分成三类：记载之文、论辩之文、情感之文。他说："作文教学法本来三种都应学，但第三种情感之文，美术性含的格外多，算是专门文学家所当有事，中学学生以会作应用文为最要，这一种不必人人皆学，而且本讲义亦为时间所限，所以仅讲前两种为止。"① 至于第三种的研究法，他特别指出可参考《中国韵文里头所表现的情感》一文。这样说来，情感之文、韵文、美文在梁启超的文论中，基本上是相同的概念。他将"美文"从文章系统中分离出来，具有较明确的"分业"意识。如果向前追溯，1897年他在《湖南时务学堂学约》中区分"觉世"与"传世"两种文学的不同特征，认为"觉世"之作务为平易实用，"传世"的文章追求形式的精美，已经有了文学分业

---

① 梁启超：《作文教学法》（1922），《梁启超全集》第14卷，北京出版社1999年版，第4072页。

的迹象，只不过尚未以"情感"作为重要的观测点而已。章士钊论自己的逻辑文，亦区别于美文，显示两个层次的文学概念。①

二 "美文"并非高一等的文学

梁启超以"情感"为观测点论"美文"，有两个重要的引申论点。

其一，美文之美要情感来表现，但情感抒发并非完全依据"天然"，而是人工造成的"艺术"，这个人造工艺怎么样，往往决定美文的高低。他说："韵文之兴，当以民间歌谣为最先。歌谣是不会做诗的人（最少也不是专门诗家的人）将自己一瞬间的情感，用极简短极自然的音节表现出来。并无意要他流传。……人类的好美性决不能以天然的自满足，对于自然美加上些人工，又是别一种风味的美。譬如美的璞玉，经琢磨雕饰而更美；美的花卉，经栽植而更美。原样的璞玉、花卉，无论美到怎么样，总是单调的，没有多少变化发展。人工的琢磨雕饰栽植布置，可以各式各样月异而岁不同。诗的命运比歌谣悠长，境土比歌谣广阔。"② 这里他也许是有意地消解所谓文学根源于下层民间的观点。胡适主张白话文，强调古代的文学主流是死文学，说如《水浒》《红楼梦》这些不登大雅之堂的通俗文学才是正宗，强调文学的通俗性、民间性。梁启超虽然不反对白话文，但也不主张废除文言文，特别是对中国文学大量的经典文学不能随意抛弃。他在写作"新民体"的同时，对中国的诗词曲赋也进行研究。在《中国韵文里头所表现的情感》一文中，梁启超对中国韵文的抒情艺术进行细致的分析和论述，对中国韵文特有的审美价值和文化价值进行了充分的肯定。

其二，梁启超认为，情感固然是美文的灵魂，但情感本身并不一定就

---

① 徐鹏绪、周逢琴：《论章士钊的文学观及其"逻辑文"》，《山东社会科学》2003年第2期。
② 梁启超：《中国之美文及其历史》（1924），《梁启超全集》第15卷，北京出版社1999年版，第4339页。

是真美。他认为,"情感可以为美,也可以为恶"①。这可以理解为,他对美文之美的追求仍然坚持中国传统文化中"善美合一"的观念。虽然美文要靠艺术家的人工创造来实现,但真正能够打动人的,真正发挥审美价值的,仍然是与情感之美联系在一起的内容,不是形式化的因素。所以,美文不是高一等的文学,它只是以其特有的构造工艺来实现文化的价值。这是梁启超看待一切文学样式的基本认识。

三 弥合文章传统的断裂

梁启超与章士钊早年皆基于启蒙的立场对"美文"表现出一定的疏离。梁氏以"觉世"之文疏离精致的"传世"文,章氏以应用文排斥国粹派强调小学的文学观。然而到了新文化运动兴起之际,他们皆从中国文学传统吸取丰富的资源,反过来对"美文"亦表现出相当的重视,表现出重新建设中国文学格局的宽阔视野。章士钊主张学生读经,梁启超是极为认同的,他们的目光皆认为"经"是中国文化的载体,是国性所在,更是中国语言文学的根源。通过弘扬旧学,以培养新学的工具。梁启超在《〈晚清两大家诗钞〉题辞》中说:"文学是一种'技术',语言文学是一种'工具'。要善用这工具,才能有精良的技术。要有精良的技术,才能将高尚的情感和理想传达出来。所以讲别的学问,本国的旧根柢浅薄些,都还可以。讲到文学,却是一点偷懒不得。"② 极为重视中国文学,特别是诗歌语言艺术的文化载体功能。章士钊对于文学传统失坠极为担忧,曾在给钱基博的信(《答钱基博》,1925 年)中说:"愚意文事凋敝,向后有衰无起,可以断言。选事及今不为,将成绝响。文章大业,付之流水,思之凜

---

① 梁启超:《中国韵文里头所表现的情感》(1922),《梁启超全集》第 14 卷,北京出版社 1999 年版,第 3921 页。
② 梁启超:《〈晚清两大家诗钞〉题辞》,《梁启超全集》第 17 卷,北京出版社 1999 年版,第 4927 页。

然。近馆中拟将同光以来及今存者各家，略师姚氏之例，精选一集，使学生一年尽二百万部《水浒》《红楼》之余，少以余力及之，以延文脉一线。"① 不管是梁启超选的晚清诗，还是章士钊拟选的同光以来各家的作品，皆是从"美文"着眼的。当然，这里章士钊的观点也许显得过于悲观，但他的心情是可以理解的，他实在不想看到中国的文章传统在自己手中断绝。

---

① 章士钊：《十年》，《章士钊全集》第5卷，文汇出版社2000年版，第497页。

第七章　学衡派文论

学衡派的称呼据说是由钱基博提出的,因《学衡》杂志而得名。[①] 分作前后两个阶段。前阶段杂志的编辑部在南京,在东南大学,以梅光迪、胡先骕、吴宓、刘伯明、柳诒徵为代表,刘永济、汤用彤、景昌极、缪凤林等人认同杂志的宗旨,也是刊物的重要作者。后阶段随着编辑吴宓到北京任职,杂志的编辑部迁到北京。除一些坚持下来的前期作者外,清华国学研究院的部分师生,也成为杂志的主要撰稿人。学衡派标举"昌明国粹,融化新知",将儒家思想与新人文主义相结合,批评新文化运动和新文学,展开国学研究,坚持古典主义文学理想,并付诸一定的创作实践,试图为中国文化的建设别开新路。

第一节　新人文主义

一　"白璧德主义"的中国化

新人文主义,是学衡派对白璧德思想学说的概括及中国化论述,学术

[①] 沈卫威:《"学衡派"编年文事》,南京大学出版社2015年版,第194—195页:"钱基博在为《国学文选类纂》写的总序中,首次提出'学衡派'之说。'言今文者势稍稍衰'……章氏之学乃以大白于天下……古学乃大盛……胡适新游学美国归,方以謷髦后起讲学负盛名……于是言古学者,益得皮傅科学,托外援以自张壁垒,号曰'新汉学',亦名曰'北大派',横绝一时,莫与京也!独丹徒柳诒徵,不循众好,以为古人古书,不可轻疑;又得美国留学生胡先骕、梅光迪、吴宓辈以自辅,刊《学衡》杂志,盛言人文教育,以排难胡适之重知识论之弊。一时之反北大派者归望焉,号曰'学衡派'。世以其人皆东南大学教授,或亦称之曰'东大派'。"

界又称"白璧德主义"。胡先骕在《评〈尝试集〉》一文中,将 Humanism 一语译为"人文主义"①。《学衡》杂志第三期(1922 年)载胡先骕译《白璧德中西人文教育谈》,这篇文章其实是一场演讲的要旨,本已登载在《中国留美学生月报》第十七卷第二期(1921 年 12 月出版),其中包含白璧德有关"新人文主义"学说的重要思想观点,只是并未明确标出"新人文主义"的概念。1922 年翻译转载于《学衡》第三期,前面增加了吴宓撰写的"附识",对白璧德讲学立说之大旨概括介绍,并明确归结云:"此即所谓最精确、最详赡、最新颖之人文主义也。"吴宓的"附识"应该是"新人文主义"一词的早期出处。如果胡先骕的翻译对"人文主义"一词具有"定名"的意义,那么吴宓附识所强调的"最新颖",则是"新人文主义"一词的来源。吴宓自编年谱对此曾有记述:"一月初,得白璧德师自美国寄来其所撰之 Humanistic Education in China and in the West 一文。……Humanistic 宓初曰人本主义。译为人文主义,皆胡先骕君造定之译名,而众从之者也。Humanitarianism 译为人道主义,则世之所同。"② 在此之前(1916 年),在梅光迪与胡适的通信中,将 Humanism 译为"人学主义",将 Humanistic 译为"人学主义的"③。白璧德新人文主义思想既于 1922 年由吴宓特别标出,1923 年《学衡》杂志又登载吴宓翻译文章《白璧德之人文主义》;1929 年由梁实秋负责、由吴宓收集文稿在新月书店出版印刷《白璧德与人文主义》一书,则促进了"新人文主义"思想在中国的传播。

二 学衡派与"天人学会"

有的学者认为学衡派的思想并非起于白璧德的影响,而是有更早的渊

---

① 胡先骕:《评〈尝试集〉》,《学衡》1922 年第 2 期。
② 《吴宓自编年谱》,生活·读书·新知三联书店 1995 年版,第 233 页。
③ 沈卫威:《回眸学衡派:文化保守主义的现代命运》,人民文学出版社 1999 年版,第 131 页引文。

源:"《学衡》派的思想早在其前身'天人学会'之时就已见端倪,到了美国,恰恰是白璧德的思想吸引了他们,使他们原有的思想得到了进一步的发挥。"① 这样说来,就有必要细致考查学衡派对白璧德学说进行解释发扬的时候,有哪些内容是白璧德的学说,有哪些是中国学衡派学者们在留学之前已奠定基础,且与白璧德思想相结合,用以接通白璧德的思想,成就一种"中国化"的论述。

吴宓概括白璧德讲学立说之大旨有以下几个方面:其一,西方"物质之学""科学实业"的兴盛,造成了"人生道理""宗教道德"的衰微。其二,认为"人事"自应有人事之律,西方以"物质之律"施之于人的事务,造成"理智不讲,道德全失,私欲横流",将成"率兽食人"的局面。其三,如何能达到人事之律的精确?须排斥虚浮的感情,重视经验与事实,追求完美的"个人主义"。其四,如何可得人事之正道?须博采东西并览古今,折中而归一。认为西方有柏拉图、亚里士多德,东方有释迦及孔子,皆最精于为人生正道,可以作为东西方的典范加以融合变化,然后施之今日。②

再看"天人学会"的宗旨:"其宗旨有七。现时之宗旨(一)敦交谊。(二)励道德。(三)练才识。(四)谋公益。终极之宗旨(一)造成淳美之风俗,使社会人人知尚气节廉耻。(二)造成平正通实之学说,折衷新旧。发挥固有之文明,以学术道理,运用凡百事项。(三)普及社会教育,使人人晓然于一己之天职及行事之正谊。"③ 此七项宗旨分两个部分,包括"现时的"四项与"终极的"三项,特别是终极的三项宗旨,与后来学衡派的宗旨颇有相合之处,重视道德、折中新旧、普及教育诸大端,确实是吴宓、汤用彤等人贯彻始终的思想理念,与白璧德倡导的人文主义精神大

---

① 乐黛云:《世界文化语境中的学衡派》,《解放军艺术学院学报》2004年第4期。
② 参考吴宓"按语",白璧德:《中西人文教育谈》,胡先骕译,《学衡》1922年第3期。
③ 吴宓:《吴宓诗话》,吴学昭整理,商务印书馆2005年版,第180页。

体上也是相合的。正是如此思想理念，才使后来学衡派诸人走近白璧德，并逐渐引导中国新人文主义的开展。然而，"发挥固有之文明"一端，既是"天人学会"的立足点，也是后来学衡派在发挥白璧德思想学说时的立足点，由此决定展开的新人文主义思想学术一定是"中国化论述"。从这个意义上说，学衡派新人文主义思想学说虽然是对白璧德思想的介绍发扬，却有更深的近代中国思想学术界的深厚资源，可称是中国化的新人文主义思想。

"天人学会"创立于1915年，持续十余年，后来消灭于无形。按吴宓的说法是由于"历久涣散"①，其实质原因在于"宗旨"不够切实明确，因而缺少强固的凝聚力。一方面来说，大约"折衷新旧""发挥固有之文明"诸说，与晚清中体西用之说一脉相承，自有其思想学术传承的渊源。另一方面，如果仅保持一个思想的轮廓，与原来的"中体西用"说没有明确的分野，则缺少具体的开展方法，只是空洞的想法，缺少实际的意义，很难做出具有新的思想意义的学术成绩。

学衡派思想虽然具有近代中国文化保守主义的思想基础，并且有"天人学会"的组织与宗旨，但就具体的新人文主义思想标识来说，仍然主要得力于白璧德思想学术的激活。白璧德对吴宓、汤用彤等这一批中国学生寄予厚望，希望他的思想能够在中国传播，并由此成为拯救世界精神文化的重要力量。他指导这些中国学生重视自己祖国的文化，特别是孔子所代表的儒家道德文明与释迦代表的佛教文明，他希望有人深入钻研梵文和巴利文，因为可以借此研究原始佛教，他认为原始佛教中可能包含着比已经中国化的佛教更为契合人类精神文化需要的东西。事实上这些中国弟子们确实这样做了，汤用彤与陈寅恪等人皆曾经努力钻研梵文与巴利文，研究佛教文化史，特别是汤用彤，以毕生的精力研究佛教文化，研究玄学史，

---

① 《吴宓诗话》，吴学昭整理，商务印书馆2005年版，第180页。

打通儒、释、道，对中国思想文化多有发明，就是受了白璧德的指引。其他间接所及，比如柳诒徵、景昌极、缪凤林、刘永济等对中国文化史、中国思想史、中国文学史的研究，其中无不贯注道德理性的精神血脉，形成学衡派文史哲相互融通的中国学术系列。不过，从白璧德新人文主义思想到中国学衡派具有新人文主义精神的学术研究，已经有了质的变化，这个变化其实就是一种中国学术化的结果。白璧德的人文主义思想，展开的学术话语是美国教育，是对杜威实验主义的批评，展开的是19世纪欧洲的文学批评，是对卢梭与法国浪漫主义的研究，虽然提及中国文化学术，毕竟极少。就学衡派一面来说，虽然也通过翻译介绍白璧德及其思想，介绍西方文化与文学的经典，但主要精神仍是对中国学问的展开。因此，作为学衡派核心思想的新人文主义，具有中国化论述的鲜明特征。

三 学衡派与现代新儒家的分野

学衡派的新人文主义思想是不是一种"新儒家人文主义"呢？这一点需要进一步的辨析。有学者认为："将吴宓等学衡派文人算作新儒学人文主义者，不仅是因为他们确实既信奉儒学又传承人文主义，而且还因为他们身上寄托并体现着白璧德在中国运作儒学运动的期望。"[1] 虽然从轮廓来看，学衡派新人文思想与现代新儒家有一定契合，但这种契合基本上是建立在对中国文化主干价值认定的基础上的，如果细致分析他们的学术传承的线索、学术内容的重点、思想理论的归趋，还是可以发现其间重要的差异。学衡派梅光迪、吴宓、汤用彤等人师从白璧德、穆尔诸哲，留学哈佛大学，具有明显师传关系，现代新儒家人物极少与此学术系统发生密切关

---

[1] 朱寿桐：《"新人文主义"与"新儒学人文主义"》，《哲学研究》2009年第8期。作者认为新人文主义与新儒学人文主义有明显的契合关系，认为"对于'正心''诚意'等理性自省和道德反观命题的强调，是新人文主义与中国儒学之间最显在的契合点，甚至是新儒学人文主义存在和发展的理由"。

联。现代新儒家虽亦溯源中国儒学的早期传统，但更重视接续宋明理学、心学的学术脉络；对西学传统则重视西方现代哲学、心理学知识系统，特别对德国哲学情有独钟，此与学衡派学术重点并不一致。更为重要的是，学衡派新人文主义受白璧德的影响，对西方现代思想文化的反思具有极强的针对性，特别反对以培根为代表的自然主义、以卢梭为代表的浪漫主义、以杜威为代表的实验主义，现代新儒学虽然亦有回应现代西方文化的架构，但同时具有一种强大的吸收和包容，正面建设的意义更大。特别是以"心"展开的精神文化，对生命与理性基本上采取一种贯通的理论结构。对于人性问题，也多是一种肯定和坚持。不像学衡派新人文主义由人的理性追求趋向神性，以人文主义反对人道主义。在近代文化保守主义大的背景下，可以看出新人文主义与现代新儒家的某种一致性，甚至可以发现学术脉络的某种交叉，但从学术群体的活动以及学术的成就来说，不能不说这是分野清楚的两个阵营，至多算是人文学术上的同盟。

第二节 古典主义

一 古典主义的引进

Classicism（古典主义）文学思想在中国的发展与学衡派对于白璧德人文主义的传播息息相关。1916 年在梅光迪致胡适信中，详细讨论了古典主义的重要意义，他站在人性的高度，认为人性是由学问教育成就的，即使再杰出的天才，也要在古人留下的文明中进行陶铸方能显出他的天才。强调学习古人留下的文明成果，并非就要做古人的奴婢，而是以古人的精神引出今人的特长。他纵论历史上中西文学家，Goethe（歌德）最慕希腊文学，Stevenson（史蒂文森）少年时期模拟前人最力。韩愈在中国文学史最具革命性，但也最注重学古。欧阳修、王安石皆师法韩愈，但皆成就了他们的特别的"自己"，从而超越了韩愈。他又举相反的例子，欧洲自 18 世纪文学革命以来，一些号称革新的作家反对模仿，不讲标准，成就低劣；而取得卓越成就的文学家，如歌德、爱默生、阿诺德等人，皆是古典主义文学家。①

此处梅光迪将 Classicism 译为"古文派"，并与人生观上的"人学主义"（人文主义）相联系。胡先骕于1920年发表的《欧美新文学最近之趋势》将 Classical School 译为"古学主义派"②；在1922年《评〈尝试集〉》中将 Classicism 译为古学主义③。二人应该是较早将西方文学上的 Classicism 译介到中国并加以运用的学者。梅光迪分析了古典主义的理论内容：古典主义在创作方法上的意义首先是重视学问，不相信凭天才就能完成文学的创造，天才仅仅具备了一种可能性，必须向古人学习方能显示出来，才能成就"完器"。其次，向古人学习并不是一味模仿古人，也不是自我贬低做古人的奴婢，而是积极突出主体的学习精神，取法古人精神，完成一个具有独有之长的自我。最后，他举出西方文学的古典——希腊文学，举出中国韩愈向"古人"学习，虽为举例，亦大略可见"古典"的具体指向。胡先骕在《评〈尝试集〉》中，则将古学派进行了分别：认为亚里士多德是古学派的鼻祖，其中心理论则为模仿说，模仿的对象为"天然之事物与人情"；后来的"新古学派乃主张模仿昔人之著作，流弊遂如明七子之学杜，陈陈相因，依草附木，而个性尽矣"④。后来的一种其实是一种"假古学派"。胡先骕推崇一种真正的古典精神，即一种节制的精神，与白璧德"真正人文主义"相应，他批评浪漫主义的两种"漫无限制"，一种是基本感官快乐的情感泛滥；一种是入诗内容的漫无节制，认为这都是"极端主义"的表现。他提出要将"形式"与"形式主义"区别开来，形

---

① 沈卫威：《回眸学衡派：文化保守主义的现代命运》，人民文学出版社1999年版，第131页引文。
② 张大为等编：《胡先骕文存》上卷，江西高校出版社1995年版，第8页。
③ 张大为等编：《胡先骕文存》上卷，江西高校出版社1995年版，第49页。
④ 张大为等编：《胡先骕文存》上卷，江西高校出版社1995年版，第50—51页。

式主义是僵化的，往往流于机械的模仿；而人类天性中所有较高之美德与解说此美德之言词，这是一种可以不断发现余蕴的载体，也可视为一种"形式"，但却不是机械的形式。古典主义的真精神，则在于重视学习这种"形式"，因为这是一种不断发现的过程。① 梅光迪与胡先骕虽着眼点不同，但皆在阐发白璧德新人文主义的思想框架内，对西方文学上相应的古典主义理论进行了解释，并将理论的精神引向对中国当下文学的批评。

刘永济《论文学》云："古典主义 Classicism 一派，夙为文学之正宗。其要旨在注重中庸之道德，推崇高尚之理性，专写恒常普遍之人情，而一归于纯正。"② 梁实秋 1927 年出版论文集《浪漫的与古典的》。刘永济与梁实秋皆明确使用"古典主义"一词，二人之著作，无疑是古典主义文论在中国传播的重要推动力。根据吴宓的说法，刘永济的《文学论》印行于 1919 年。③ 现在能够看到的最早的版本则是 1922 年 4 月由湘鄂印刷公司印刷的。④ 未知孰是。刘永济认为，自 18 世纪以后，古典主义受到浪漫主义一派的攻击，而浪漫主义主张破除文学的规矩，表现自我，放纵情感，虽自命求美而不免失真。19 世纪中叶以后，科学兴起，风尚求实，而写实主义随时代崛起，写实主义不久流为自然主义。此时，则有古典主义的复兴。关于文学主流发展的趋势，刘永济认为"未易言"，没有特别肯定，他虽然分析了古典主义复兴背景，但又认为写实主义与浪漫主义正在逐渐克服自身所短，走向相互融洽，这一转变，"或即后来趋势之所由成也"。⑤ 而二者的互相克服，趋向"知全情正"，则无形中又接近了古典主义的审美理想。

---

① 张大为等编：《胡先骕文存》上卷，江西高校出版社 1995 年版，第 54—55 页。
② 潘水平：《古典主义在中国》，博士学位论文，暨南大学，2011 年，第 8 页引文。
③ 《吴宓自编年谱》，生活·读书·新知三联书店 1995 年版，第 237 页。
④ 刘永济：《文学论 默识录》，中华书局 2010 年版，第 212 页。附《刘永济撰〈文学论〉版本目录汇编》。
⑤ 刘永济：《文学论 默识录》，中华书局 2010 年版，第 88 页。

二 古典主义文学批评与创作

学衡派不但在理论上对西方古典主义加以介绍引进，而且借以展开文学批评及文学创作的实践。胡先骕《评〈尝试集〉》、吴宓《论新文化运动》等文，皆以文学上的古典主义为其重要的思想理论基础，并在一定程度上实现了中国化的转变。特别是胡先骕对于晚清诗歌的系列评论文章，是古典主义文学批评在中国的成功实践。在创作方面，吴宓、胡先骕、陈寅恪等人沿着古典主义的创作思想，在旧体诗的创作方面皆取得了重要成就。吴宓是古典主义诗歌创作的坚持者，曾于自己诗集扉页上译法国解尼埃之《创造》诗数行以明自己作诗的"义法"：

> 采撷远古之花兮，以酿造吾人之蜜。
> 为描画吾侪之理想兮，借古人之色泽。
> 就古人之诗火兮，吾侪之烈炬可以引燃。
> 用新来之俊思兮，成古体之佳篇。

又"自识"云：

> 吾于中国之诗人，所追摹者三家。一曰杜工部，二曰李义山，三曰吴梅村。以天性所近，学之自然而易成也。吾于西方诗人，所追摹者亦三家，皆英人。一曰摆伦或译拜轮 Lord Byron，二曰安诺德 Matthew Arnord，三曰罗色蒂女士 Christina Rossetti。摆伦以雄奇俊伟之浪漫情感，写入情精密整炼之古典艺术中。安诺德谓诗人乃由痛苦之经验中取得智慧者。又谓诗中之意旨材料，必须以理智鉴别而归于中正。但诗人恒多悲苦孤独之情感，非藉诗畅为宣泄不可。又谓诗为今世之宗教，其功用将日益大。罗色蒂女士纯洁敏慧，多情善感。以生

涯之推迁，遂渐移其人间之爱而为天帝之受。笃信宗教，企向至美至真至善。夫西洋文明之真精神，在其积极之理想主义。盖合柏拉图之知与耶稣基督之行而一之。此诚为人之正鹄，亦即作诗之极诣矣。①

吴宓所标举的"积极之理想主义"并非一般意义上的浪漫主义，而恰恰是浪漫主义一般意义的反动，就像他标举的"新颖的人文主义"恰恰是一般意义上的人文主义的反动一样。其积极的理想主义从实质上的意义乃指向古典主义。重视向经典的模仿，重视理性精神对情感的控制和鉴别，重视人间情感的超越，重视超越的真善美，这正是古典主义文学的精神。同时，吴宓也特别重视"吾人""吾侪"的天性与性情，这毕竟是诗人主体的精神，一切的模仿还要以此为根基，实现文学的创造，文学的模仿与创造似乎相反而实相成，二者相互统一于文化与文明的传承之中。吴宓云："中国之文化以孔教为中枢，以佛教为辅翼。西洋之文化，以希腊罗马之文章哲理与耶教融合孕育而成。今欲造成新文化，则当先通知旧有之文化，盖以文化乃源远流长，逐渐酝酿，孳乳煦育而成，非无因而遂至者，亦非摇旗呐喊揠苗助长而可致者也。"② 古典主义的文学观正是与其文化观相表里。

第三节 模仿论

学衡派的模仿论固然与胡适《文学改良刍议》其七曰"不模仿古人"一语相对立，然而，就其展开论述的不同层面来说，也有不同的意义。就文学起源的意义上说，因学衡派深受白璧德人文主义的影响，对古希腊哲

---

① 《吴宓诗集》，吴学昭整理，商务印书馆 2004 年版，卷首"吴宓自识"。
② 吴宓：《论新文化运动》（节录留美学生季报），《学衡》1922 年第 4 期。标点符号为引者所加。

学非常推重，因此，也极为重视亚里士多德的"模仿说"。亚里士多德认为，诗是模仿艺术，意指诗是对事物的模仿，而非主观的生造。就此基本意义来说，学衡派也是排斥生而知之的天才论的，反对诗歌所谓空无依傍的"创造"，二者有共同的起点，所以学衡派引亚里士多德模仿说为同道。

一 重视经典的追摹

就模仿的对象来说，学衡派之模仿论与亚里士多德的模仿说有截然不同。学衡派既然在思想上认同白璧德人文主义，尤其信任白璧德论中西人文的"古典"精神，即特别注重西方文化的古希腊文明及基督教文明，就中国文化来说，则为儒家文化与佛教文化。与之相应，学衡派诸人在文学观念上极为重视对中西文学经典的学习——或者称为模仿。上引吴宓自云作诗追摹中、西各三家，即为明证。然而，就学衡派的创作实践来说，真正贯彻向中西文学史的经典学习，且加以融会贯通的案例并不多见。吴宓诗歌创作的成就并不是很高，同一阵营的胡先骕就认为吴宓的诗歌既缺乏天才，也缺乏锤炼，发表时也缺乏选择。也许，如果漫无边际地学习模仿中外文学经典，缺少较为明确的"宗主"，本身就是不切合创作实际的，仅可理解为一种思想方向而已。相对来说，同为学衡派的柳诒徵与胡先骕在作诗方面就有比较明确的宗主，胡先骕称柳诒徵"其为诗宗杜韩，并出入汉赋"[1]。至于胡先骕本人的诗，其自认及一般人亦认为他宗宋诗，如马宗霍《忏庵诗稿序》云："君于诗自云宗宋，初从山谷入，微觉律度过严，无以自骋，转而向东坡，又惧其纵驶或轶衔也。于是亦苏亦黄，靡之响之，久之颇融而为一。其与他家虽或旁有所挹，归趣终不越是也。既复念宋出于唐，唐之杜韩则苏黄之所哺乳，因又由苏黄以撢杜韩，而于少陵浸

---

[1] 胡先骕：《忏庵丛话·柳翼谋先生》，张大为等编《胡先骕文存》，江西高校出版社1995年版，第513页。

馈尤深云。"① 如此有明确的"宗主",当然与"模仿"深相关联。但是,此"宗主"意义上的模仿,又不可当作一般意义的抄袭和剽窃,只不过是在入手功夫和归趣上有一个较为明确的方向。其实,不管是柳诒徵的诗还是胡先骕的诗,早已脱尽"宗主"个别诗人的具体面目,呈现出来的是他们自身的面目。正如马宗霍论胡先骕诗云:"今集中诸制……要皆纬之以识,诗中有一我在。盖已绝去町畦,自成为步曾之诗,杜韩苏黄筌蹄而已。"② 钱钟书则云:"丈论诗甚推同光以来乡献,而自作诗旁搜远绍,转益多师,堂宇恢弘。谈艺者或以西江社里宗主尊之,非知言也。"③ 不管是马宗霍以得鱼忘筌喻胡先骕对杜韩苏黄的吸收并加以超越,还是钱钟书所云的"转益多师",皆认为胡先骕诗虽"宗主"江西诗派,但已不是一般意义上的模仿,而是一种西方古典主义文学精神的"中国化"实践。就中国文学史的系统来说,由于诗人具有强烈的现代意识和一定中西诗歌比较的眼光,不是江西诗派或同光体的翻版,历史上任何拟古学古的文学思想亦不能拘囿。

二 由模仿上达创造

就文学创作的方法而言,皆强调模仿为入手功夫,由模仿上达创造。吴宓针对胡适的"八不主义",提出了自己的文学创造的方法:④（一）宜虚心。（二）宜时时苦心练习。（三）宜遍习各种文体,然后专精一二种。（四）宜从模仿入手。作文者所必历之三阶段:一曰模仿,二曰融化,三曰创造。由一至二,由二至三,无能逾越者也。（五）勿专务新奇。（六）勿破

---

① 胡宗刚:《胡先骕先生年谱长编》,江西教育出版社2008年版,第625页引。
② 胡宗刚:《胡先骕先生年谱长编》,江西教育出版社2008年版,第625页引。
③ 钱钟书:《忏庵诗稿跋》,胡宗刚:《胡先骕先生年谱长编》,江西教育出版社2008年版,第607页引。
④ 吴宓:《论今日文学创造之正法》,载《学衡》1923年第15期;沈卫威:《回眸学衡派:文化保守主义的现代命运》,人民文学出版社1999年版,第74—75页。

灭文字。（七）宜广求知识。吴宓对文章写作的练习从"虚心"开始，这是对中国文章传统的领会，文与人密切相关，特别是面对文章传统，更应该具备一种虚心学习的态度。另外，文体意识也很重要，文体本身就是文章传统长期积累的结果，对文体的辨别与重视，本身就意味着对前人的学习。无独有偶，胡先骕在中正大学指导青年学生时也提出自己重视模仿的写作方法。1942年中正大学学生组织诗歌研究会，胡先骕在成立大会上讲演，标题为《学诗规则》，其内容要点如下：（一）审言；（二）辨体；（三）谋篇；（四）琢句、练句、练词；（五）造意；（六）陈理；（七）行气；（八）摹象；（九）咀韵；（十）抒情；（十一）写景；（十二）叙事；（十三）用典。① 观吴宓、胡先骕的主张，可知他们皆重视中国古代传统的文章功夫，注重民族文化历史的整体性。他们对诗歌各个要素的分析批讲，井然有序，对诗歌技巧的概括，单刀直入切膝理，乃是基于自己诗人身份的经验之谈。

第四节 "反进化论"

一 "二胡之争"

学衡派对进化论的反对主要是针对新文化运动时期文学的历史进化论，由此波及科学与人生观的关系问题。进化论为陈独秀、胡适提倡新文学的思想武器，陈独秀倡言文学革命，胡适倡言文学改良，基本的逻辑皆是以新革旧，在"新"与"旧"之间划一鸿沟。胡适提出自己的"历史进化观"："历史的进化有两种：一种是完全自然的演化；一种是顺着自然的趋势，加上人工的督促。前者可以叫做演进，后者可叫做革命。"② 在文学的领域里，则认为文言代表的旧文学是死文学，白话文才属于新文学，将

---

① 胡宗刚：《胡先骕年谱长编》，江西教育出版社2008年版，第328页。
② 胡适：《实验主义》，《新青年》1919年4月15日第6卷第4号。

新旧文学之争集中于文白之争。学衡派提出昌明国粹、融化新知，强调文化上的新旧结合，那么在具体的文学观上，明确地反对胡适等人所坚持的进化论。

有人将学衡派与"新青年派"之争化约为"二胡"之争——胡先骕与胡适之争，二人确实具有思想核心的作用。在反进化论的问题上，胡先骕有独到的论述。胡先骕熟悉中国文学的历史，尤其是中国诗史，在《评〈尝试集〉》（《学衡》1922年第1期）中，就结合中国诗歌的历史，细论"中国诗进化之程序及其精神"，认为中国诗可分为四个时期：第一时期，自唐虞终于周末；第二时期自西汉迄于陈隋；第三时期，唐诗；第四时期，宋诗。虽然技术方面似乎越来越趋于精美，但"自然之美，人情之隐，以及经史百家、道藏内典所含蕴之哲理"等，才是实质的内容，才能与技术之美结合起来体现出综合的成就。因此四个时期体现出来的"进化"，仅可视为"变革"或"变异"而已。[①] 认为中国诗的出路，一方面是输入新文化，一方面是发扬旧文化，诗之实质内容日充，复得美好的工具修饰之，自能开创中国诗歌的新纪元，不能仅因内容的某些问题，将历代几经改善的工具丢弃破坏。

二 科学与人文之不一致

胡先骕《文学之标准》（《学衡》1924年第31期）是一篇全面阐述其文学思想的文章。这篇文章既是胡先骕继《评〈尝试集〉》之后对自己文学主张的系统表述，也不排除具有回应当时思想文化界正在进行的"科玄论战"的意图。胡先骕自己是一个生物学家，按一般的逻辑他应该站在"科学派"立场上，然而，他却认为当时作为主流思潮的"科学派"人物对科学的理解和运用皆存在严重的错误，其显例即对进化论学说的误解和

[①] 张大为等编：《胡先骕文存》上卷，江西高校出版社1995年版，第55页。

误用:

> 吾以为文人误用科学最甚者莫如天演学说。吾身为治生物学之人,然最恶时下少年所谓 19 世纪为生物学之世界之说。自达尔文"物种起源论"行世之后,证明创世纪之谬妄,而人类为由下等动物所演进,与夫物之繁衍,由于生存竞争之激烈,物竞天择之效用,固矣。然此不过科学上之大发明,舍破除数种无根之见解外,固不必影响于一般之人生观也。而一般不知生物学者,乃视为奇货可居,动辄以之为哲学之基础。如尼采之摭拾生存竞争说而大衍其超人主义。至演成德国帝国主义与此次欧战之大惨剧。又如一般思想家之滥用进化天演之名,引起若干无谓之纷争。皆是也。夫事物历时而必有变迁,固属常理,然不能概谓有递邅之迹皆谓进化谓天演。①

这里需要注意的是,胡先骕明确标示"科学"与"哲学"的不同,将进化论中的物竞天择转移到人类的生存竞争、种族战争、社会纷争,甚至将进化论作为人生观的哲学基础,是极为错误的,并且引发了严重的后果。进而,胡先骕特别强调宗教、哲学、道德、艺术等,并不能以科学的规律来规范,也不能简单地纳入进化论的序列之中。这里他将科学与进化论联系起来,承认它们相对的有效性,同时点出它们无法控制的范围,可以说是在进化论与"庸俗进化论"之间划开了界限,较早地意识到科学主义的膨胀可能带来的灾难。这里他还特别点出道德人文"高峰"难逾的现象:

> 自天演进化之名滥用之后,而思想之纷乱以起。于是对于一般无进化与天演可言之事物,亦加以天演之名。故道德观念,除在蓁狉时

---

① 张大为等编:《胡先骕文存》上卷,江西高校出版社 1995 年版,第 273—274 页。

代而未进于文明之域者外，无进化天演之可言者也。圣贤之徒，不能世出，孔子、苏格拉底、释迦、基督诸圣，距今皆已数千载矣，未见后人能进化天演以胜之也。其言行之精微，似已尽得人生哲学之究竟，后人之思想未见能进化天演以胜之也。……文学亦然。自商周至于唐千余年而有李白杜甫，自乔塞数百年而有莎士比亚、弥儿顿，以古况今，犹自可言进化与天演也。唐至清千余年而诗人未有胜于李白杜甫者，自17世纪至于今日，英国诗人未有胜于莎士比亚、弥儿顿者，则不得谓文学之变迁为进化与天演也。今日则以破弃规律之自由诗语体诗为进化为天演矣，种种花样，务求翻新，实则不啻迷途于具茨之野，无所归宿。①

这些道德人文的"高峰"，正是学衡派新人文主义、古典主义追求的典范。特别是就文学的发展来说，不仅不能简单地用进化论全盘否定传统文学，而且应该重新梳理传统文学发展的历史，从传统文学中吸取营养，才可能建设真正的新文学。

作为学衡派成员的景昌极于1925年2月发表《佛法浅释之一：评进化论》（又题《生命及道德之真诠》，《学衡》第38期）。全文采取"佛法"与"进化论"对话的方式，辩论驳诘，对进化论泛化、庸俗化进行了批评。全文问题意识显明："旧日之迷信虽去，新来之成见又生；生命之真相未明，道德之尊严扫地。"问题就是文章标示的"生命及道德之真诠"，应该是有意回应"科学与人生观"的大讨论——"科玄论战"。这里假设"进化论"的中心观点是："莽莽乾坤，一战场耳。弱肉强食，优胜劣败，势之必至，理所当然。如是而有文化，如是而有进步。""佛法"回应的观点是："势则至矣，而非必至；理则然矣，而非当然。如是而有之文化，

---

① 张大为等编：《胡先骕文存》上卷，江西高校出版社1995年版，第274—275页。

非吾所谓文化；如是而有之进步，非吾所谓之进步。"这里争论的焦点是，作为具有主观能动性的人类，究竟能不能超越大自然的法则？按照景昌极假借"佛法"之口代言的观点是："聚无刃之柄终不能成刃，聚无火之柴终不能成柴……聚无生命与精神之物质，又安能成生命与精神？"① 人的生命精神如刀刃锋利之性；如柴可燃之能，不见得完全符合从生物学界推导出来的进化论原则，科学亦不是万能的。这也符合白璧德新人文主义的一贯思路。

第五节　文学与理性

学衡派对理性有一种特别的理解和坚持。一方面，他们深受白璧德一派的启发，深入反思卢梭与浪漫主义，"故培根者，凡百科学的人道派之始祖也。其另一办法，则凭感情，以人自合于自然（物质）之中，而求安身立命。此说卢梭主之最力。故卢梭者，凡百感情的人道派之始祖也"。② 对于法国浪漫主义流派的过分张扬个性、宣扬激情表示一种疏离，反过来倾向古典主义的节制，走向理性之路；另一方面，他们也反对以培根为代表的过分重视知识之弊，倾向人文情怀道德追求，反对科学主义的工具理性，此中再次表现出一定的分歧，即使在保守主义阵营的不同人物身上，分歧也是存在的。比如郑师渠著文比较学衡派与东方文化派：其同，反对科学万能论、肯定宗教的价值、倡言"合理的人生观"和主张中西文化融合等。其异，于"合理的人生观"的具体内涵，存在强调个性发展、本能发抒与强调"以理制欲"的深刻分歧。③ 对于学衡派"以理制欲"的道德

---

① 上几段引文皆见于景昌极《佛法浅释之一：评进化论》，《学衡》1925年第38期。
② 吴宓译：《白璧德之人文主义》，《白璧德与人文主义》，新月书店1929年版，第23页。标点为引者所加。
③ 郑师渠：《反省现代性的两种视角：东方文化派与学衡派》，《北京师范大学学报》（社会科学版）2013年第5期。

理性观应该进一步分析。

一　高扬道德理性

学衡派崇拜的导师白璧德对欧洲近代流行的浪漫主义与科学主义进行了有力的批判，他以卢梭与培根为代表，分别称之为"卢梭主义"与"培根主义"，由此更波及柏格森的生命哲学：

> 卢梭主义者和培根主义者都没有将区分真正的认识和某些纯粹的感情幻觉所必需的敏锐的分析用于人性法则领域。当然，我指的特别是在近来的某些哲学家的哲学——像柏格森哲学——中出现的卢梭主义因素和培根主义因素的相互影响。……卢梭主义者和培根主义者尽管表面上不同，但也有合作的时候，而它们趋于合作的基础是它们都关注新因素。①

浪漫主义、科学主义、生命哲学，这些似乎没有多少交集的思想学术，白璧德却找到了它们的交集，这个交集正是以物质的新奇为基础的。他认为，科学主义追求物质丰富，追求科学的进步；浪漫主义正是在此寻找到了快乐的源泉和精神的动力，并且将由此物质引发快乐幸福当作人的本性。他认为柏格森崇尚的直觉——生命哲学，只不过是"卢梭的超验闲荡的最新形式"②。白璧德认为，他们的共同点就是在分析"人性法则"上出了大问题。由物质引发的人的快乐只是瞬时的快乐，并不能认定为人的本性，他引用亚里士多德的话，就像一只燕子构不成春天一样，瞬间的时间也不能决定一个人是否可称作快乐。他认为，在人瞬间快乐之上，应该

---

① ［美］欧文·白璧德：《卢梭与浪漫主义》，孙宜学译，商务印书馆2016年版，第342—343页。

② ［美］欧文·白璧德：《卢梭与浪漫主义》，孙宜学译，商务印书馆2016年版，第342页。

有更高、更大、更完整的"快乐"法则，在此他指向道德人文的追求。他认为，符合人性法则的工作，就是人的自我克制，而人的最大的欲望冲动，则是权力意志，因此，他高扬道德理性，认为只有道德理性才是坚持人性法则的有力保证。

在理性的问题上，白璧德无形中做了细分。卢梭、培根、柏格森这些不同学说思想的大师们，并不是没有理性的追求，他们既然关心"人性法则"，就是对人本身的问题是非常在意的。在卢梭那里，就有强烈的启蒙理性精神，在培根那里，有强烈的科学理性精神，他们也有强烈的人的终极关怀。但是，白璧德认为，卢梭强调的感情、想象、冲动、快乐，培根强调的知识与科学，背后依据的都是自然原则，而不是"人"的原则。他所高扬的是基于历史人文的道德理性。

白璧德在中国的弟子们——学衡派诸人，在这里受到很大的启发，投身于中国正在开展的文化运动和文学革命，在处理错综复杂的文学上的古今中西理论问题时，时时涉及文学与理性的话题。

二 提倡文学的"节制"

学衡派在思想上高扬道德理性，在文学上标举古典主义，而在文学创作方法的层面具体提出"节制"的策略，作为理性精神在文学创作中具体的呈现。胡先骕在这一方面探索尤力。他相关的论述又可分为三个层次。

其一，在人性论的层次，强调人的"自制力"。他说："人类可称为有理智、有道德与宗教观念之动物。又可称为有自制力之动物。"[①] 他认为卢梭主张人性善，但是却着眼于人身上的感情、冲动、情欲的内容，这些近于本能的东西，不能称为是善的。所以白璧德及其在中国的弟子们皆反对人性善的观点，而主张人性有善有恶。胡先骕称扬雄主张的"善恶混"是

---

① 张大为等编：《胡先骕文存》上卷，江西高校出版社1995年版，第253页。

人性最好的表述。其实,这样表述是不够清晰准确的。既然人性"善恶混",那么又怎么能确定"自制力"的根源性呢?既然强调人的自制力的根源性,那么,还是承认"人性"在根本上属于"善"的性质,只不过这种善根与卢梭所指示的内容不同罢了。胡先骕认为,宗教与道德作为人类文化的集中体现,其根源在于人的自制力。他认为,人生的目的在于不断地上进、文明,其过程则在于自制力不断地克服情欲,以理胜欲。这里明显吸收了中国儒家文化中理学的因素,而具体展开的人性"善恶混"的观点,近于荀子、扬雄,又与理学家不尽相同。

其二,在文学创作与文学批评的精神层面,强调"中正平情"。作为一个作家,不可逞才炫奇;作为一个批评家,更不能诋毁谩骂,这对新文化运动中各种思想激烈碰撞显示出来的弊端不无针砭意义。在涉及"节制"的精神与责任伦理时,胡先骕认为,一个批评家如果没有冷静的精神,就不易有中正的态度和平情的议论,因为务趋激烈、好奇立异,实际上从根本上就违反了修辞立诚的原则;忽视道德理性,只顾逞一时一己之快,就丢掉了社会的责任心。他举陈独秀、易家钺等人之间的批评文字,认为违背了一切批评的原则,在此种风气之下,不会产生优美的文字,不会产生真正的批评,只会助长意气自雄、互相谩骂之风。

其三,节制与文学的"言之有序"。学衡派不满胡适《尝试集》对中国诗歌格律规范全面打破,认为这种极端的"改良",目的在于"打破一切枷锁自由之枷锁镣铐"[①],实质上是对诗歌乃至文学的一种破坏。学衡派认为古今中外的文学,自有其语言形式的法则,这些法则不但不会成为文学表达的镣铐,而且它们扎根于民族文化的历史之中,成为文学表达的重要特质。此种创作方法上对于自由精神的"节制",乃是古典主义文学的应有之义,可以看作其理性精神的一种具体展现。

---

① 张大为等编:《胡先骕文存》上卷,江西高校出版社1995年版,第27页。

三 追求高尚之美

新人文主义宗师白璧德本来具有一定的宗教情怀，对于东方的佛教与西方的基督教，皆给予极大的重视，认为它们是重建人类文化的重要精神资源，可以说，对"神性"的关注是新人文主义学说的重要内容。此种精神到了中国学衡派身上有一定的减弱，他们把更大的关注投入东西方历史人文传统的梳理工作，同时也对中国儒家思想和古希腊哲学以及18世纪以来欧洲人文思潮给予了较大的关注。当然，这也并不是说他们对道德理性的追求缺乏超越的维度，他们对文学的高超卓越理想的追求，可以说是道德理性精神在文学上的突出表现。

胡先骕认为，文学有两种："文学之宗旨有二：一为供娱乐之用，一为表现高超卓越之理想、想象与情感。前者之格虽较卑，而有其功用。……二者虽各其艺术之标准而格之高下不可不知。"① 虽然这里仅将"表现高超卓越之理想"看作文学之一种，似乎也将娱乐的文学加以论列，但这样仅仅是一种观念的打开与包容。他的论述方向还是极为明确的，这两种文学高低之分是一种价值上的分别，所以，他强调的重点乃在于文学对超越理想的表达。刘永济强调文学与宗教的关系，认为："文学之先，亦包括于宗教之中，而为之服务。"② 后来随着历史的发展，文学虽有独立的意义，但文学仍离不开人类的特性："概括言之，则文学者，乃作者具先觉之才，慨然于人类之幸福有所贡献，而以精妙之法表现之，使人类自入于温柔敦厚之域之事也。"③ 此仍强调的是文学的文化意义，此"温柔敦厚"的文化精神，则有儒家文化的深厚底蕴，指向一种超越时空的人文精神。吴宓讲有天、人、物三界，对应有三种人生观。在理智之上，为人所不能知，属

---

① 张大为等编：《胡先骕文存》上卷，江西高校出版社1995年版，第251页。
② 刘永济：《文学论 默识录》，中华书局2010年版，第5页。
③ 刘永济：《文学论 默识录》，中华书局2010年版，第20页。

天，对应的是宗教的人生观。适合人的理智，而为人所能尽知者，属人，对应的是人文主义的人生观。在人的理智之下，为人所不能尽知者，是物，对应的是物本主义。而其自称他自己是人文主义的人生观。① 他虽然不承认自己是宗教的人生观，但他相信有各种绝对观念，比如道德、礼教、文学等，他说："彼因惑于各世各邦各族风俗制度仪节之不同，而遂于道德礼教等一概屏弃，……因未信或未究道德礼教等之本体（即观念：原作者注），而但就实例外物为片断之研究逞肆为攻讦也，不特道德礼教然也，即文章之美、诗词之美、图画之美等等亦同。文章虽有中文、希腊文、法文、俄文之不同，而其中要必有绝对之美焉。"② 吴宓强调有"绝对观念"的存在，并且提及文学的"绝对之美"，与胡先骕所强调的文学要表现高超卓越之理想同属理性追求，只是在吴宓这里其超越性更加突出地被强调了出来。

有学者认为，学衡派对超越的道德理性的追求显示出"非理性"成分：

> 在认识论上又在理性与非理性之间艰难地挣扎。他们继承了中国思想传统中道德理性，以详密的论证形式形成了一套关于道德法则、道德实践的学说，其中充满了大量的思辨智慧和理性的光芒。但他们设定终极真理的存在，证明道德律令亘古不变，又有大量非理性的成分。③

其实，在这里不适合以认识论衡量学衡派的理性追求，这里基于历史文化对人的道德、礼教、文学的把握，来源于对人的价值与规则的根本把握，也可以说是基于人性的整体认识。道德理性与科学理性并不在一个层面上，因此亦不能以理性中包含有非理性的成分来概括。总之，学衡派对

---

① 吴宓：《我之人生观》，《学衡》1923 年第 16 期。
② 吴宓：《我之人生观》，《学衡》1923 年第 16 期。
③ 周云：《学衡派思想研究》，甘肃人民出版社 2005 年版，第 61 页。

文学超越之美的追求，仍然是基于追求道德理性的体现。这种超越性，也是区别于中国传统中"文以载道"论述的一个重要着力点，因为传统的文以载道，往往过多地和当下的具体道德律令贴合在了一起。

第六节　文学批评与人生批评

学衡派非常重视批评，在新文化运动中以一个富有特色的学派立于学林，也是以批评为职事的，在《学衡》的办刊宗旨中，就有"以中正之眼光，行批评之职事"的显明表述。这个批评固然是人文学术的综合批评，文学批评是其中的重要内容，并且由文学批评关联社会人生的批评。学衡派宗仰的白璧德本来就以文学批评为职业。文学批评的方向，本来具有强烈的规整社会现实的强烈意识，他批评盛行的浪漫主义和自然主义，其实是对此一系列文化思想主导下的社会人生表示担心和不满。将文学批评与人生批评关联起来，应该是19世纪以来文学发展的主流，在现实主义流派这里如此，在浪漫主义这里也是如此，新人文主义思潮下的古典主义文学追求同样强调文学批评与人生批评的一致性。只不过上述各派对人性的观念不同，其人生批评的具体价值方向也有极大的差异。

一　增进人生

刘永济著《文学论》，专辟一章"文学与人生"，认为文学基于人类的特性，特别是"感乐""慰苦"二端，最为深切，乃关乎人生终极的幸福，认为"文学之真用在增进人生"[①]。他说："文学者，闵人生之颠倒，思有以增进其乐于无穷也，故慰苦尚非文学至极之用。然则文学还以供感乐与慰苦之用者，不如谓其为人生求乐更真也。"[②] 但他所说的"求乐"，乃是

[①] 刘永济：《文学论　默识录》，中华书局2010年版，第79页。
[②] 刘永济：《文学论　默识录》，中华书局2010年版，第79页。

终极意义的大乐，是道德与智慧，是绝对的真、善、美。虽然他强调文学家所表现的是具体的，是拣择的，真、善、美三者常因作者之学识情感与表现之法而难齐同，文学作品的高低上下有区别，然而，人生于文学中追求绝对的真、善、美之心是不容忽视的。为此，他批评浪漫主义与现实主义两派末流之缺点。认为浪漫派末流的短处有两个，其一是空虚，其二是放荡，整体上是"大抵此派之长，在以情阅物，在求超脱实际之疾苦，趋重想像之娱乐。其弊在玩世而不切于人生"①。认为写实派末流的短处也有两个：其一是片段，其二是颓丧，"大抵此派之长，在以知察事，务求表现实际之人生，而不一一为之选择。其弊在使人自念无法解脱环境而悲观厌世，不知其所写者，实人生之片断，似真而非真也"。②他所评述的长短，长处是在作者动机好的一面，缺点恰恰是效果的一面，认为不管是浪漫主义还是现实主义，其动机往往也是关注人生，而实际上并不能增益人生，这和他所强调的文学的真用在于增进人生恰成鲜明的对照。

二 指导社会

学衡派中在批评理论和批评实践方面成绩显著的是胡先骕。在批评理论方面，胡先骕强调批评家的责任，认为一个批评家的责任应包括"批评之道德""博学""以中正之态度，为平情之议论""具历史之眼光""取上达之宗旨""勿谩骂"，等等。③ 特别是人生批评的宗旨方面，胡先骕认为，批评家之总的责任，"为指导一般社会。对于各种艺术之产品。人生之环境。社会政治之事迹。均加正确之判断。以期臻于至美至善之域"。④"夫批评之主旨。为指导社会也。指导社会纯为上达之事业也。"⑤ 批评也

---

① 刘永济：《文学论 默识录》，中华书局 2010 年版，第 90 页。
② 刘永济：《文学论 默识录》，中华书局 2010 年版，第 91 页。
③ 胡先骕：《批评家之责任》，《胡先骕文存》上卷，江西高校出版社 1995 年版，第 61—71 页。
④ 胡先骕：《批评家之责任》，《胡先骕文存》上卷，江西高校出版社 1995 年版，第 61 页。
⑤ 胡先骕：《批评家之责任》，《胡先骕文存》上卷，江西高校出版社 1995 年版，第 69 页。

是选择，选择人生的楷模，促进社会进步，这是先知先觉启发后知后觉的事业。因此，胡先骕的批评理论中，包含一定的启蒙思想，同时又显露出古典主义文学的价值观念。

胡先骕的文学批评实践，指向近现代中国的文学，也指向近现代中国的社会人生。他曾经概论自己一系列的近代诗歌批评：

> 吾于评论晚清诗人各文中。尝数数指示戊戌维新为一种浪漫运动。张文襄所作"学术"一绝句自注云："二十年来。都下经学讲公羊。文章讲龚定庵。经济讲王安石。"恰与欧西19世纪之浪漫主义、功利主义之趋向。同出一辙。康南海在今日固以极端守旧著称。然在公车上书之时。言学术、于春秋则主公羊。于曲礼则主礼运。且创孔子改制之学说。更附会以大乘佛教之门面语。所言务为高远。……其组强学会之目的。固在维新。然其维新之目的手段步骤。颇不明了。亦几有时下少年惟"新"是求之通病。……梁任公固戊戌维新最重要之人物。其于晚清与民国近三十年之影响。无论为祸为福。皆远在康南海之上。然其主讲湖南时务学堂。务以传播种族革命、政治革命为目的。果何为者。戊戌失败之后。则誉清德宗为天人。未失败以前。则鼓吹革命。浪漫文人思想之矛盾。每每如此也。……其时文学上之浪漫运动。最佳之例。为黄公度之新诗。谭壮飞之仁学。黄之才气横溢。务以新意为诗。实具浪漫诗人之资格。与陈伯严郑太尹之诗异趣。谭之仁学。无深邃之理想。但为反抗旧日礼俗之表示。虽未能与欧西浪漫思想相接触。然以大乘佛教之门面语。以为指摘旧日道德标准之口实。其动机要与近日所谓新潮运动无殊也。①

---

① 胡先骕：《文学之标准》，《胡先骕文存》上卷，江西高校出版社1995年版，第261—263页。

此处可见胡先骕文学批评的大概。其中涉及的人和事，颇为复杂，其批评的观点值得专门探讨。而其批评的宗旨与方法，还是很能印证他的批评理论的。他认为从康有为开始的维新运动，与后来求新求变的文化运动、政治运动一脉相承，社会政治的激进思潮与文学上浪漫运动互为表里，他对此提出了严厉的批评，并将矛头指向"时下少年""新潮运动"——新文化运动。他批评康有为的功利心，批评梁启超的思想矛盾、前后多变，批评谭嗣同、黄遵宪诗歌学术的浅薄，从修辞立诚的宗旨上来说是中肯的，特别是以文学批评关联人生批评，对社会发展具有引导的功能。不过，他基于文化上政治上的保守思想，对浪漫主义提出了过分严厉的批评，对近现代"新"价值观念产生社会运动与文学运动的积极作用，是估计不够的。

三 人生的超越

吴宓也极为重视文学与人生的关联，20世纪20年代后期，他在清华学校曾开设"文学与人生"的课程，其讲义曾登载于当时的《大公报·文学副刊》，后来印刷成书。有学者认为，在文学与人生的问题上，"吴宓体会最深，论述最多"。[1] 如果贯通吴宓的文学实践与人生阅历，他所重视的"人生"更是人生的超越意义。他虽然强调文学艺术是描摹人生的，但他又认为文学有"三境"：实境、幻境、真境。他说："凡美术皆描摹人生者也。……美术皆造成人生之幻境。而此幻境与实境迥异。……美术中幻境之价值，不在其与实境相去之远近，而在其本身是否完密，无一隙可击。使读者置身其间，视如真境。真境者，其间之人之事之景之物，无一不真。盖天理人情物象，今古不变，到处皆同，不为空间时间等所限。故真境与实境迥别，而幻境之高者即为真境。"[2] 大约他所说的实境就是生活世

---

[1] 周云：《学衡派思想研究》，甘肃人民出版社2005年版，第142页。
[2] 吴宓：《诗学总论》，《吴宓诗话》，吴学昭整理，商务印书馆2005年版，第66—67页。

界，他所说的幻境，为艺术世界，那么他所说的真境乃是理念世界。所以吴宓重视文学对人生超越意义的揭示。

第七节 儒家人文精神

一 圣哲意识：以文化人

学衡派对于儒家思想的了解不仅仅是传统儒学的延续，更是新人文主义系统中的重新开展，对儒家人文精神的理论内涵多有发挥。学衡派中人物年辈最长、资历最深者为柳诒徵，他曾经与自己的恩师缪荃孙一起参加晚清时期张之洞领导的文化教育改革，到日本考察学务，对张之洞中体西用思想知之深切。① 然而张之洞的中学为体，仅在循序、守约的意义上对传统学术进行了化约整理，虽有一定的改造，但却没有西学资源的充分投入。柳诒徵入民国后，致力于中国文化史的研究，学术视野宏大，在《学衡》上连续刊载，后来成书《中国文化史》三编。出版时前有"弁言"，其中有云：

> 吾国圣哲遗训曰："立天之道曰阴与阳，立地之道曰柔与刚，立人之道曰仁与义。持仁义以为人，爰以参两天地，实际以天地之道立人极。……人之性根于天地，汩之则日小，而人道以亡；尽之则无疆，而人道以大。本之天地者，极之参天地，岂惟是营扰于物欲，遂足为人乎！……庶人修其身，不愧天子；天子不修其身，不足侪庶人。此是若何平等精神！而其大欲在明明德于天下，非曰张霸权于世

---

① 缪荃孙：《致柳翼谋书》，柳曾符注释："一九〇二年冬张之洞权江督篆，议创学校，以北方兴学先奏派吴挚甫至日本考察教育，至是亦奏派缪荃孙赴日本考察，缪乃预请教员并先生（柳诒徵）同行。……及归，之洞询荃孙游日所记，同人皆无以应命，惟翼谋先生有日记且详，乃命先生草《日游汇编》印行。"载王元化主编《学术集林》卷七，上海远东出版社1996年版，第4页。

界，攫政柄于域中也。彝训炳然，百世奉习，官礼之兴以此，文教之昌以此。"①

柳诒徵在这里强调官礼兴起的基础、文教昌盛的力量，正是来源于儒家"人"的精神期许与实践，此正是儒家人文精神的概略表述。《学衡》发刊，前亦有"弁言"：

> 杂志迩例，弁以宣言。综其旨要，不逾二辙。自襮则夸饰，斥人则诋诃。句必盈尺，字或累万。同人俊劣，谢未能也。出版之始，谨矢四义。
> 一　诵述中西先哲之精言，以翼学。
> 二　解析世宙名著之共性，以邮思。
> 三　籀绎之作，必趋雅音，以崇文。
> 四　平心而言，不事谩骂，以培俗。
> 揭橥真理，不趋从好，自勉勉人，期于是而已。庄生有言，瞽者无以与乎文章之观，聋者无以与乎钟鼓之声。岂惟形骸有聋盲哉？夫知亦有之。同人不敏，求知不敢懈。第祝斯志之出，不聋盲吾国人，则幸矣。②

此"弁言"与《中国文化史》前之"弁言"贯通来看，可以看出柳诒徵以及学衡派诸人的精神祈向，这种"自勉勉人"的思路，合乎儒家"修己治人"之道，在责任的意义上将自己真正地划进去，又要做无限的扩充，成就了自己，也要成就天下，这是传统儒家的思想。但是，其中中西比较融通的眼光、世界宇宙的意识、追求真理的超迈精神，又明显溢出

---

① 柳诒徵：《中国文化史》，东方出版中心1988年版，"弁言"。
② 《学衡》1922年第1期。

了传统儒家的论域，打上了现代学术的烙印。胡先骕、吴宓等人流露出强烈的精英意识与现代知识分子精神的文化意识，正是在传统儒家圣哲意识的基础上又受到白璧德新人文主义思想的淬炼。白璧德自云对中国文化了解不多，但他眼里最为突出的乃是孔子的思想。他说："盖其所以可贵者。以能见得文化非赖群众所可维持。又不能倚卢梭之所谓公意。及所谓全体之平均点。而必托名少数超群之领袖。此等人笃信天命而能克己。凭修养之功。成为伟大之人格。吾每谓孔子之道有优于吾西方之人文主义者。则因其能认明中庸之道。必先之以克己及知命也。"① 又云："若夫孔子骤观之。似与亚洲三大圣人中其余二人（耶稣基督、释迦我佛）绝不相类。盖如前所言。孔子以人文化世而不以宗教为务也。"② 吴宓将《学衡》杂志看作自己的生命与事业，颠沛流离，百折不挠，心中正是有一种强大的以文化救世的信念力量；胡先骕在文学批评中标举的"上达事业"，正是指导社会。此精英意识与启蒙思想表面上相似，实质上又是不同的，根本的最大区别则在于儒家"修己"的起点，启蒙思想往往是不强调这个起点的。

二 道德理性与道德意志的双重开启

白璧德对学衡派打开儒家人文主义思想的理论空间具有重要的启发意义。因为让白璧德感到人类面临的最大困惑就是"感情派人道主义者"的人性论，他们认为基于动物性的感情扩张是人类精神所同具，以至物质虽丰富，机械虽发达，而人的精神仍然是涣散的。白璧德发现，孔子认定人的精神所同具的力量，是自制力，此与西方亚里士多德的见解是契合的。相信人类自身的道德性，不为西方近代功利主义、浪漫主义者虚假的人性

---

① [美] 白璧德：《中西人文教育谈》，吴宓译，《白璧德与人文主义》，新月书店1929年版，第14—15页。
② [美] 白璧德：《论欧亚两洲文化》，吴宓译，《白璧德与人文主义》，新月书店1929年版，第118页。

论所迷惑，在人本身就立定价值，这是白璧德沟通中西人文主义的大发现，也是对儒家人文精神的阐扬。吴宓对此深有体会：

> 宗教昔为道德之根源。然宗教已见弃于今人。故白璧德提倡人文主义以代之。但其异乎昔时（如希腊罗马）异国（如孔子）之人文主义者，则主经验。重实证。尚批评。以求合于近世精神。易言之。即不假借威权。或祖述先圣先贤之言。强迫人承认道德之标准。而令各人反而验之于己。求之于内心。更证之以历史。辅之以科学。使人善恶之辨。理欲之争。义利之际。及其远大之祸福因果。自有真知灼见。深信不疑。然后躬行实践。坚毅不易。……大率东方主行。西方主知（耶稣乃东方之人，耶稣与孔子皆主行，即视道德为意志之事。希腊苏格拉底三贤皆主知……）白璧德先生确认道德为意志之事。非理智所能解决。但既不以威权立道德之标准。则如何而使各人心悦诚服而自愿遵守道德耶？白璧德先生以为。此非辩论思想所能奏功。而须借助于想象。[①]

白璧德强调道德立足于"人事之律"，其中当然有伦理的理性因素，对其中的合理性逻辑，是可以认识验证的，在此他开启了道德的理性空间。然而，这里似乎又不是白璧德论述的重心所在，因为他毕竟重视的是道德的实践。道德如何落实？道德如何实践？这似乎又不是理性在生活中的简单显现，生活中所显现的是人们对"道德律令"的自觉遵守和行动，这种自觉的行动，是道德意志支配的。关于意志背后的"道德律令"的本体，是人们借助"想象力"而成，这种想象力是人的精神力量，既可以洞见道德的因果，也可以沉醉于本能的快乐，白璧德讲得很玄妙，总之，它

[①] 白璧德：《论民治与领袖》"按语"，吴宓译，《白璧德与人文主义》，新月书店1929年版，第54—55页。

是可以成就理性的生命力量。但是在运用时，一定要"慎择善用"。白璧德按照这种思路打开了道德意志的本体论。吴宓如此解释："其与东方耶孔异者。在虽主行而并不废知。其与西方道德学家异者。在用想象以成其知。而不视理智为万能。就其知行并重一层言之。似与佛法为最近。真幻之对待。亦为其得力于佛法之处。然白璧德先生不涉宗教。不立规戒。不取神话。不务玄理。又与佛教不同。总之。白璧德先生实兼采释迦耶稣孔子亚里士多德四圣之说。而获集其大成。又可谓之为以释迦耶稣之心，行孔子亚里士多德之事。闻者或不讥为门人阿好乎。"① 白璧德试图以宗教与人文合而为一，在中国取佛教与孔子人文思想合而为一，从而开启道德的本体论和伦理学，这种思路深深影响了吴宓，也深深影响了就学于白璧德的学衡派诸人。吴宓说：

> 世之誉宓毁宓者，恒指宓为儒教孔子之徒，以维持中国旧礼教为职志，不知宓所资感发及奋斗之力量，实来自西方。质言之，宓爱读柏拉图语录及新约圣经。宓看明（一）希腊哲学，（二）基督教，为西洋文化之二大源泉，及西洋一切理想事业之原动力。而宓亲受教于白璧德及穆尔先生，亦可云宓曾间接承继西洋之道统，而吸收其中精神。宓持此所得之区区以归，故更能了解中国文化之优点与孔子之崇高中正。②

吴宓有一定的家学渊源，又在清华学校攻读多年，已有一定传统文化的学养，经过白璧德的点拨，才真正认识到儒家思想的可贵，并为之打开理论与实践的广阔天地，这是白璧德思想学术对于儒家思想学术的照亮。

---

① 白璧德：《论民治与领袖》"按语"，吴宓译，《白璧德与人文主义》，新月书店1929年版，第55页。
② 吴宓：《吴宓诗话·空轩诗话》二十四，吴学昭整理，商务印书馆2005年版，第46页。

学衡派虽然对儒家人文精神的本体论与道德理性皆有所开发，对孔子的圣贤意识有所领会，但由于各人学力或专业方向所限，他们对儒家思想的现代建设仍然是有限的。有人举出中国的新人文主义与"新儒家人文主义"两个概念，将学衡派与现代新儒学两个学术集团纳入比较的视野，这无疑是极有意义的。学衡派对儒家的重视及对儒家人文精神的阐发，对现代新儒家应该具有重要的影响，但不可将这种影响过分夸大，认为现代新儒家人文主义只不过是延续儒学传统下纳入了白璧德新人文主义。[①] 精神上的契合与学理的借鉴确实让两个学术系统互相关联，特别是回应中国问题方面更可能构成一个大的学术共同体。但是如果从学术宗旨以及对儒家思想现代开发的尝试和广度而言，都是差别很大的。不管是受传统儒家的影响还是对传统思想的解释，现代新儒学的"儒学"标志性和体系性都要更强一些。学衡派将儒家思想作为学术资源和精神动力之一，更加着眼现代人文的展开。

第八节 昌明国粹 融化新知

一 对仗互渗义

"昌明国粹，融化新知"八字见于吴宓撰写的《学衡杂志简章》中，简章第一节为"宗旨"云："论究学术。阐求真理。昌明国粹。融化新知。以中正之眼光。行批评之职事。无偏无党。不激不随。"第二节为"体裁与办法"，其中又分甲、乙、丙三条，甲乙两条分别论"国学"与"西学"云："（甲）本杂志于国学则主以切实之工夫。为精确之研究。然后整理而

[①] 朱寿桐：《"新人文主义"与"新儒学人文主义"》，《哲学研究》2009年第8期："新儒学人文主义具有双重人文主义传统：其一是中国固有的儒学人文传统的延续，其二则是白璧德新人文主义影迹的时或呈现；儒学人文传统的绝对影响与新人文主义的相对参照，凸显出新儒学人文主义的理性精神，这也是这一现代思潮的基本特性。"

条析之。明其源流。著其旨要。以见吾国文化有可与日月争光之价值。而后来学者。得有研究之津梁。探索之正轨。不至望洋兴叹。劳而无功。或盲肆攻击。专图毁弃。而自以为得也。(乙)本杂志于西学则主博极群书。深窥底奥。然后明白辨析。审慎取择。庶使吾国学子。潜心研究。兼收并览不至道听途说。呼号标榜。陷于一偏而昧于大体也。……"① 其中"昌明国粹，融化新知"一语其精神应该是远承朱熹的诗句："旧学商量加邃密，新知培养转深沉。"（朱熹《鹅湖寺和陆子寿》），朱的诗句是一个对联，上下具有对仗互渗、互文合成的意义。也就是说，在学衡派的学术精神方向下，对待国粹与西学有一种平等沟通、合成一体的强调，但在具体的指向与操作的方法上又不是等量齐观简单地相加，所以才有体裁方法上的甲乙两条。

这里谈到西学强调了"审慎取择"；国学既称"国粹"也是要选择的，学衡派深受白璧德新人文主义的影响，结成学派平章中西学术，既有明确的目标——目标指向激进的新文化运动，指向新文学，同时也有自己的学术领域与根基。他们要昌明的"国粹"，融化的"新知"都是有所指的。具体来说，国粹指向中国儒与佛，新知指向西方的古希腊与基督教。吴宓明确地说：

> 西方之人文大师。以亚里士多德为最最重要。孔子与亚里士多德立说。在在不谋而合。比而观之。若欲窥见历世积储之智慧。撷取普通人类经验之精华。则当求之于我佛与耶稣之宗教教理。及孔子与亚里士多德之人文学说。舍是无得由也。论其本身价值之高。及其后世影响之巨。此四圣者。实可谓为全人类精神文化史上最伟大之人物也。②

---

① 《学衡》1922年第1期。
② [美]白璧德：《论欧亚两洲文化》，吴宓译，《白璧德与人文主义》，新月书店1929年版，第118页。

当然，吴宓是针对文化学术思想的核心来说，从此四个核心，可以扩展成广大的文化学术系统，可以创造出丰富的文化学术作品。

二 学衡派与国粹派之关联

有学者看到"国粹"二字，就联想到"国粹派"，从《学衡》杂志作者中，又检出"国粹派"成员多人，计有：黄节、诸宗元、陈澹然、王国维等，就判断"即可见其与'国粹派'的密切传承关系"。[1] 又从总共79期《学衡》杂志作者中，检出南社社员十多人，其中数人名字同列在国学保存会和南社中，因此就判定"学衡派"在文化精神上内承"南社""国粹派"的余脉，外受白璧德新人文主义思想的影响。其实，如此的判断显得粗疏。近现代中国风云变幻，学术派别林立，一些学者的名字列在多个学术派别中，这往往并不代表学派的文化精神的一致，更不能由此判定学派之间的"传承"。学派的文化精神往往是由核心的代表人物决定的，也往往由学术成就所体现。一些学者在这个学派可能是核心人物，在另一个学派仅仅是外围人物；一些学者在不同的学派中列名，皆仅仅是外围人物。所以，学派之间的重复列名或不同学术团体的成员在对方刊物上发表文章，仅仅说明其间有限的关联性。

学衡派与国粹派在文化精神的方向上有大方向上的一致性，那就是对中国传统文化价值的基本认定。然而，两个学派对"国粹"的具体内容的认定，对"国粹"的具体价值和运用，对"国粹"具体展开的研究方法及成就，皆有极大的差别。国粹派感于清代学术的不振，感叹国家政治的衰亡，立志重新绘制中国文化的图像，以学术激发民族精神，强化子学在中国学术文化中的地位，成就颇多，扬弃亦多，过失亦多。学衡派激于新文化运动对西学采择之不慎，着重开发儒家人文精神，重视接引西学，促进

---

[1] 沈卫威：《作为文化保守主义批评家的胡先骕》，《江西社会科学》2005年第3期。

中国文化的现代转化。如此种种,与国粹派文化精神的开展并不相近。

　　学衡派诸人大多经过现代西学研究方法的训练,他们对"国粹""新知"的研究已具有明确的学科意识,在中国人文学术的不少学科方向和相关领域,都取得了令人瞩目的成就。比如,刘伯明的西方哲学史研究,柳诒徵的中国文化史研究,吴宓的西方文学研究、中西诗学比较研究,胡先骕的晚清诗学研究,刘永济文学理论、中国文学批评史研究,等等。多具有世界眼光,运用中西文化渗透比较的方法,真正实现"昌明国粹、融化新知"的宏愿。他们取得的学术成就,正是他们宗旨的具体说明。

第八章 现代新儒家文论

"现代新儒家"的名称有宽严之分,宽泛来说,是指20世纪中国以弘扬中国传统文化特别是儒家文化为职志的思想学术人物;狭义来说,是指熊十力学派。前者太宽太多;后者又太狭太少,按照学术界一般观点,宽狭折中一下,举出十家:梁漱溟、马一浮、熊十力、张君劢、冯友兰、钱穆、方东美、唐君毅、牟宗三、徐复观。前后可分为两个阶段,以1949年为界,前期活动的场地主要在大陆,后期则主要在港台,也有人称后期的新儒家为"港台新儒家",因前后精神气脉相通,故通论以见其整体,"现代"所指随之破例延伸至20世纪80年代。

第一节 返本开新与心性之学

先秦孔子、孟子、荀子儒家思想和宋明儒者心性之学是现代新儒家人文学的根本资源,追溯和弘扬这个"根本",是现代新儒家思想学术的出发点。现代新儒家文论乃是这个人文学术系统的分支,而返本开新则是新儒家思想学术的整体特征。

一 返本开新

"返本开新"一语为港台新儒家所习用,应该是源于牟宗三"儒家三期发展"之说。牟宗三《〈道德的理想主义〉序》云:"此中心观念为何?

曰即孔孟之文化生命与德慧生命所印证之'怵惕恻隐之仁',此即为价值之根源,亦即理想之根源。直就此义而曰'道德的理想主义'。……不惟极成此纲维,而且依据此纲维,开出中国文化发展之途径,以充实中国文化生命之内容。由此而三统之说立:一、道统之肯定,此即肯定道德宗教之价值,护住孔孟所开辟之人生宇宙之本源。二、学统之开出,此即转出'知性主体'以融纳希腊传统,开出学术之独立性。三、政统之继续,此即由认识政体之发展而肯定民主政治为必然。"① 此处他将孔孟所代表的儒家思想的核心概括为"道德理想主义",并以此为纲维,开辟中国文化发展的前途,分为道统、政统、学统三个方面,可以说是返本开新之说的具体注脚。此序写于1959年,其中的思想观点应该酝酿得更早,据牟宗三弟子蔡仁厚云:

  1948年,先生特撰《重振鹅湖书院缘起》,略谓,自孔、孟、荀至董仲舒为儒学第一期,宋明儒学为第二期,今则进入第三期。儒家第三期之文化使命,应为三统并建:重开生命的学问以光大道统,完成民主政体建国以继续政统,开出科学知识以建立学统。此一缘起,乃先生对当代儒家之文化使命最早而明确之披露。②

  港台新儒家号称现代新儒家第二代,由于特殊的历史背景和文化语境,其"返本开新"的事业亦有特定的内涵。其返本的"本",指向儒家生命的学问,虽扎根于先秦以孔子为代表的儒家,但须由宋明理学的心性之学的阐发才能更见其宏大的规模。牟宗三特别指出:"孔孟开出此观念,

---

① 牟宗三:《〈道德的理想主义〉序》,《牟宗三先生全集》第9卷,台北联经出版事业股份有限公司2003年版,第7—9页。
② 蔡仁厚:《牟宗三先生学思年谱》,《牟宗三先生全集》第32卷,台北联经出版事业股份有限公司2003年版,第15页。

经由宋明儒者之阐发,其义蕴深远而广大。吾兹简单之点醒与肯定,悉以此为背景。假若对此背景不能稍有感触,则不能知此中心观念之真切与严肃。此将有一'心性之学'全幅展露之。"① 所以先秦儒家与宋明儒的"心性之学"从根本的意义上是一贯的整体,不可再强分。言孔孟是为了体现其"本"的意义的真切与严肃,而心性之学则体现这个根本的具体规模。至于"开新"虽然是三统并建,但道统是在原来基础上的光大,另二者"学统"与"政统"才是要"开出"的重要内容。值得注意的是,返本与开新并不是两件事,而是通过"返本"达到"开新",落实在学术的研究中往往是整体的工程。然而两者在言说上又是有所侧重的,"返本"具有原则和方法的意义,"开新"重在建设,在港台新儒家的学术实践中,开新的意义往往重于前者。

二 梁漱溟、熊十力的"根本"思想

港台新儒家所标举的"返本"之本,在第一代现代新儒家梁漱溟、熊十力、马一浮诸先生那里已有所标示,或者说已经标示得极为庄重严整了,作为第二代的港台新儒家正是沿着他们的标示进一步展开"返本开新"学术工程的。

梁漱溟、熊十力、马一浮称现代新儒家"三圣"。梁漱溟早年即关注东西方文化问题,1916 年著《究元决疑论》并发表于《东方杂志》,试图引佛法解决人生的困惑。因为这篇大文章,梁漱溟受到学术文化界的关注,并进入北京大学任佛学讲师,后汇集演讲录成《东西文化及其哲学》一书,于 1922 年出版,引起极大的反响。《东西文化及其哲学》将西方文化、中国文化、印度文化排成三个系列进行比较,虽然在某种程度、某种层面上肯定中国文化的价值,以柏格森生命哲学的"直觉"论述儒家文化

---

① 牟宗三:《〈道德的理想主义〉序》,《牟宗三先生全集》第 9 卷,台北联经出版事业股份有限公司 2003 年版,第 9 页。

的特征，但同时又强调印度文化具有超越当下的长远价值。1926 年，他意识到："没把孔子的心理学认清，而滥以时下盛谈本能一派的心理学为依据，去解释孔学上的观念和道理，因此通盘皆错。"① 在此之前，梁漱溟一直被认为是"东方文化派"的代表人物之一。直到他在山东邹平搞乡村建设时期，他对中国文化的建设才立定儒家文化的根基。他说："中国文化将要有一个大的转变，将要转变出一个新文化来。……转变二字，便说明将来的新文化：一面表示新的东西，一面又表示是从旧东西里转变出来的。"② 这里梁漱溟的论说中已有"返本开新"的意味了。他认为中国文化的根就有形的来说，就是乡村；就无形的理论形态来说，就是"中国人讲的老道理"。"以乡村为根，以老道理为根，另开创出一个新文化来。无论是政治、经济……什么组织构造，通统以乡村为根，以老道理为根。"③ 而他所讲的老道理又包括两点，一是以对方为重的伦理情谊，另一点是改过迁善的人生向上，而二者皆以理性为基础。梁漱溟所讲的理性不是超越抽象的理性，而是基于"伦理"的义理："超绝观念不便于他的系统，强权势力他也不受，乃至多数人的意见也不一定合理。唯理所在甘之如饴，于是就开出来中国人数千年好讲理之风。"④

与梁漱溟由佛转儒不同，熊十力可以说是借佛立儒。他早年参加辛亥革命，思想学问的根基是"二王"之学，早年即服膺王阳明、王夫之的思想学说。1916 年梁漱溟写作《究元决疑论》时，熊十力因失望而弃武从文，苦闷之余也曾经留心佛学。然而，他并不是倾心学佛，而是希望在佛学中找到救世之方。1917 年他在《问津学会启》一文中写道："继智（熊十力曾用名）以为近世学者之患，皆物为之累，而气不自振；奸生于心，

---

① 梁漱溟：《〈人心与人生〉序》，《梁漱溟全集》第一卷，山东人民出版社 1989 年版，第 329 页。
② 梁漱溟：《乡村建设大意》，《梁漱溟全集》第一卷，山东人民出版社 1989 年版，第 612 页。
③ 梁漱溟：《乡村建设大意》，《梁漱溟全集》第一卷，山东人民出版社 1989 年版，第 614 页。
④ 梁漱溟：《乡村建设理论》，《梁漱溟全集》第二卷，山东人民出版社 1990 年版，第 183 页。

而诐辞以祸世。邦人君子，倘返求诸先哲，由诸祖以证唯心胜义，而不滞于物；上溯诸儒气节文章之盛，而求无愧于先；慎独而可示于众，乐群而不私于己；日渐月溃，成为风气，世乱其有疗乎！"① 由于他当时对佛学了解不深，激烈地批评佛学，出语不谨，因此遭到梁漱溟在《究元决疑论》中指名道姓的批评，二人也由此结下文字之缘，梁漱溟成了熊十力在佛学方面的引导者，后来熊十力也来到北京大学任教，讲解唯识学，1932年印行的《新唯识论》，正是1924—1930年在教学中深入研究的结果。熊十力《新唯识论》是现代新儒家在"本体论"方面的开山之作，假如说梁漱溟返本开新的架构重在中国社会文化——乡村建设，那么熊十力更富于新儒家学术理论方法论的意义。《新唯识论·明宗》云："今造此论，为欲悟诸究玄学者，令知实体非是离自心外在境界，及非知识所行境界，唯是反求实证相应故。……真见体者，反求内心。自他无间，征物我之同源；……动静一如，泯时空之分段。"② 据熊十力解释，他的本体论归宗《易经》，就万物变动不居生生不息的整体来说，是宇宙论；就吾人对宇宙精神的领会来说，是生生不息不断努力的人生功夫论，由体及用，体用不二，心物不二。在熊十力的学说中，突出了率性健动、人生努力、尊重生命的精神，吸收了道家、佛家的本体论，但力避其"虚寂"，吸收了西方哲学的理性精神，但力避其物质化科学主义的偏颇，在宋明儒者心性本体论基础上更强调宇宙精神及人文精神的刚健。熊十力云："寻晚周之遗轨，辟当代之弘基，定将来之趋向，庶几经术可明，而大道其昌矣。"③ 为第二代现代新儒家"返本开新"的思想学术架构打下了坚实的基础，其本体论就是"大本"。

与梁漱溟、熊十力基本同时或稍后开辟现代新儒学学术规模的还有马一浮，马一浮提出"六艺该摄一切学术""六艺统摄于一心""西来学术亦

---

① 熊十力：《心书·问津学会启》（1917），《新唯识论》，中华书局1985年版，第20页。
② 熊十力：《新唯识论》，中华书局1985年版，第43页。
③ 熊十力：《读经示要》自序（1945），中国人民大学出版社2006年版，题记，第8页。

统摄于六艺"等学说,其讲论见于《泰和宜山会语》,乃1937年避寇江西时给浙江大学诸生做"国学讲座"的讲课内容,其中思想形成的时间也许更早一些。马一浮以中国传统学术"六艺"为本涵摄一切学术,亦具有"立本"的意义,由此可以开启各种现代学术的专门研究,且"六艺统摄于一心",亦具有本体论的意义。然而,由于马一浮在教学实践中过于重视立本而反对西方学术的"分科"治学,以至其思想在"三圣"中的影响面较为狭窄。

三 唐君毅等人对儒家人文学术的分科研究

立足于"心"本体论,在现代新儒家学术系统中展开分支学问,以接通容纳现代学科体系,并因此展现"开新"意义的是唐君毅。1943年,唐君毅著成《道德自我之建立》,主要阐发人的道德心灵的本体意义,道德自我充内形外,是现实生活、超现实世界的根本。不过这仍是"立本",是道德哲学的讲法。写于1947—1952年的《文化意识与道德理性》一书,以"一一分殊"的思路提出:"人类一切文化活动,均统属于一道德自我或精神自我、超越自我,而为其分殊之表现。"[1] 在全书中,作者分章论述"家庭意识与道德理性""经济意识与道德理性""政治及国家与道德理性""哲学科学与道德理性""艺术文学意识与求真意识""体育军事法律教育之文化意识"等等,以"道德理性"为根基,展开了各个分支的探讨。他认为,"中国文化过去的缺点,在人文世界之未分殊的撑开,而西方现代文化之缺点,则在人文世界之尽量的撑开或沦于分裂"[2]。那么此书具有在"心"本体论基础上重建中国人文学术的规划。此一学术规划,与

---

[1] 唐君毅:《文化意识与道德理性》"自序(二)——明本书宗趣",中国社会科学出版社2005年版,第3页。
[2] 唐君毅:《文化意识与道德理性》"自序(二)——明本书宗趣",中国社会科学出版社2005年版,第3页。

牟宗三"道统、政统、学统"三统并建的"儒学第三期发展"的说法相比,不管是出发点还是思想学术方向都是一致的,只不过学术进路略有不同。总体上体现了港台新儒家"返本开新"的思想学术规模。

方东美、钱穆、徐复观等人以现代学科中的哲学、史学、文学、美学为进路,而归趣中国文化价值、归趣儒家文化价值,在相关学术领域取得突出的学术成就,应该是现代新儒家另一种意义上的"返本开新"。他们往往无意立足心性之学建立本体论,而是从更广阔的历史空间吸取中西文化的资源,以实现中国文化的自我更新和再造,从根本上来说,仍是中国文化内在生命力量的充分体现。

第二节 诗化人生与生命精神

一 早期梁漱溟、熊十力皆关注"生命"

有学者认为:"梁漱溟的文化诗学用柏格森的生命哲学印证宋明儒学的心性和天理流行说,以直觉主义论说陆王心性修养方法,这一思路对深化中国古代心理诗学研究大有裨益。"[1] 这里指出现代新儒家一个重要的核心观念"生命精神"对于文化诗学的构建意义,然而其中颇有曲折,在理解上存在逻辑上的误区。早期梁漱溟和熊十力确实是以"生命哲学"开发中国儒家学问的。在梁漱溟著《东西文化及其哲学》中,以柏格森生命哲学与宋明儒者心性之学互相比较印证,以此突出"生命"的意义,又以"直觉"说描述"生命"的心理特征。此著引起众多讨论,不少学者对此提出质疑。因为柏格森生命哲学具有显著的非理性特征,而中国儒家特别是宋明理学的心性之学又是特别重视"理"的,即使是"天理流行",也不是"非理性";以柏格森的生命哲学及直觉主义来解释宋明理学并不十

---

[1] 侯敏:《有根的诗学——现代新儒家文化诗学研究》,上海人民出版社2003年版,第43页。

分恰当。后来梁漱溟觉察到了这一点，所以在《东西文化及其哲学》第八版自序中特别加以说明（上引），认为自己没有认清孔子的"心理学"，表示收回书中的观点。那么，梁漱溟在《东西文化及其哲学》中确实搞错了吗？其实也不是全部为错，因为以生命、直觉讲孔子的哲学固然是没有抓住重点，而宋明理学中的心性之学的"天理流行"说及其天人合一的本体论，本身就是超越孔子，融合儒、道、释，是中国文化思想新的结合，特别是其中的道家思想，还是比较契合"生命""直觉"等非理性的理论方向的。所以梁漱溟所讲虽然不太契合"儒家"，但对于中国文化的整体把握，特别是涉及道、佛思想的把握，还是极有见地的。所以从大的轮廓上说"这一思路对深化中国古代心理诗学研究大有裨益"也不能算错。

　　熊十力也极为重视"生命"的本体论意义，他以生生不息讲宇宙生命，以"工夫"讲人的生命，功夫即本体，在天人合一的框架中突出人的生命健动的意义。他认为道家、佛家讲本体归于虚寂，正是没有重视人的生命意义。认为柏格森虽然讲生命，但是却以人的物质生命为基础，没有体现人的精神生命、文化生命。在熊十力的生命论中，吸收了王夫之重气的思想，以生命之气贯穿人性与天道。关于这一点，唐君毅是有自己的理解的："唯王船山论性与天道，过于重气，诚不如朱子、阳明重心与性理之纯。然重气即重精神之表现，由精神之表现以论文化，又较只本心性以论文化者，更能重文化之发展。"[1]为什么"重气"就不纯，因为气作为生命的表现，容易连带"形气"之私欲。所以，在熊十力一系的现代新儒家中，唐君毅、牟宗三论"生命"皆极为谨细，毕竟"生命"在传统儒家那里是一个内涵宽泛的概念，仅能在分解细致的前提下运用其积极的理论意义。

---

[1] 唐君毅：《文化意识与道德理性》"自序（二）——明本书宗趣"，中国社会科学出版社2005年版，第5页。

二 生命之美

真正将"生命"的现代理论价值发挥到极致的是方东美。方东美哲学具有显著的形而上学的关怀,他对生命论的阐发亦具有宇宙论的意义,然而,他对哲学思想的阐发,与其说是论证,毋宁说更是富有诗意的描述。他认为,中国文化最大的特色,在于能够对从宇宙到万物到人的生命整体进行观照:"中国在遥远的古代,在对外隔绝,未曾受到一点外来文化的影响下,早就发现了一种中国文化最大的特色,就是能观照在人和世界中生命的全面。"① 由生命可以贯通理解儒家、道家甚至佛家的哲学思想,他认为:"在中国哲学里,人源于神性,而此神性乃是无穷的创造力,它范围天地,而且是生生不息的。这种创生的力量,自其崇高辉煌方面来看,是天;自其生养万物,为人所禀来看,是道;自其充满了生命,赋予万物以精神来看,是性,性即自然。天是具有无穷的生力,道就是发挥神秘生力的最完美的途径,性是具有无限的潜能,从各种不同的事物上创造价值。由于人参赞天地之化育,所以他能够体验天和道是流行于万物所共禀的性分中。"② 他认为佛的无上智慧之光照射保护的也是人与万物的生命永存。③ 在这里,人、自然、佛三者各贯注生命的精神是浃洽无间的,不过最高主宰仍然是神性。只是他并不重视在此形而上学的意义上展开,他更重视在"宇宙真相"的意义上展开,他称之为"机体形而上学":"首先对于宇宙应当了解为一整体,然后在宇宙里谈本体论、谈宇宙的真相,就要谈整体的实有界,如果我们认为宇宙真相还可以透过艺术、宗教、哲学、科学,看出它的艺术理想、道德理想、真理理想,然后就可以把真善美的最高标准同宇宙真相贯串起来,使得宇宙不但不贫乏,反而可以成为更丰

---

① 方东美著,李溪编:《生生之美》,北京大学出版社2009年版,第61页。
② 方东美著,李溪编:《生生之美》,北京大学出版社2009年版,第74—75页。
③ 方东美:《中国哲学之精神及其发展》,中州古籍出版社2009年版,第373页。

富的真相系统、更丰富的价值系统。"① 此理论架构也是一种"理—分殊",不过这个"理"是"生命"。其人生论与艺术论皆是在此基础上展开的。他认为:

> 我们所安身的宇宙,……乃是生生不已、新新相续的创造领域,所以我们有充分的理由相信,任何生命的冲动,都无挫败的危险,任何生命的希望,都有满足的可能,任何生命的理想,更有实现的必要。②

他论艺术的创造与艺术欣赏云:

> 不论在创造活动或欣赏活动,若是要直透美的艺术精神,都必须先与生命的普遍流行浩然同流,据以展露相同的创造机趣,凡是中国的艺术品,不论他们是任何形式,都是充分的表现这种盎然生意。一切艺术都是从体贴生命之伟大处得来的。③

方东美所理解的儒家形而上学强调人道与天道的自然和谐,其理论根基在《易》《中庸》,将人与自然之间的关系看成妙合无间。他认为儒学的哲学重视满足人类在本能、情感和欲望上的实际需要。但同时也承认,所谓的满足只是相对的,"他们为了准备能继续得到真正的满足,便必须着重于心性修养和人格的升华"。④ 他对人的自然欲望与宇宙精神的冲突似乎不太重视,认为宋儒过于强调"理欲"之间的紧张关系极有可能造成生命的萎缩:"宋儒的传统都是一个大的理性主义者。他们上天下地一直到内

---

① 方东美著,李溪编:《生生之美》,北京大学出版社 2009 年版,第 57 页。
② 方东美著,李溪编:《生生之美》,北京大学出版社 2009 年版,第 183 页。
③ 方东美著,李溪编:《生生之美》,北京大学出版社 2009 年版,第 295 页。
④ 方东美著,李溪编:《生生之美》,北京大学出版社 2009 年版,第 78 页。

心,都是一个通上下,彻内外的'理性'。这种思想的传统和道家的思想一比较起来,马上就显出一个很大的缺陷——在情绪、情感、情操生活方面很贫乏。……于是乎他们的生命不是开放性的而是萎缩性。"① 他不承认宋明儒者是中国儒家的主流,往往造成许多心理上的"偏执狂":"疗治这个文化的弊病,最好是借重道家的精神。"② 从此处可以看出他与现代新儒家重视接续"心性之学"的系统之间存在的差别。

三 文学人生化

钱穆论文学,特别强调"人生"的意义。

其一,文学的非虚构性与理性并举。

> 中国文学重在即事生感,即景生情,重即由其个人生活之种种情感中而反映出全时代与全人生。……时代酝酿出文学,文学反映出时代,文学即人生,人生即文学,此一境界,特借此作家个人之生活与作品而表现。故中国文学之成家,不仅在其文学之技巧与风格,而更要者,在此作家个人之生活陶冶与心情感映。中国文化精神,端在其人文主义,而中国传统之人文主义,乃主由每一个人之真修实践中而表达出人生之全部最高真理。③

钱穆所强调的人生,是作家真实的人生,而且是非虚构的真实。在中国文学的作品中,甚至可以考查历史的细节,可以还原历史的全貌,作家的作品集,往往可以看出作家人生的踪迹,可以看作作家最翔实、最真切的自传。而且,钱穆认为,此人生"写实"往往表达的是"最高真理",

---

① 方东美著,李溪编:《生生之美》,北京大学出版社2009年版,第335—336页。
② 方东美著,李溪编:《生生之美》,北京大学出版社2009年版,第337页。
③ 钱穆:《中国文学论丛》,生活·读书·新知三联书店2002年版,第40页。

也就是说，作家人生的生动与人生真理的表达是不矛盾的，而且是顺理成章的。那么这又是如何做到的呢？他认为除了文学专门的技巧和风格以外，重要的是人格的修养，需要真切的修炼。这里隐含了儒家人格修养的功夫论。钱穆论文学以"人生"为进路，当然非常重视作家生命精神，但他所强调的方向与方东美不同，他以理性精神统驭"人生"的方向，其强调的人生不但不担心因"理性"造成生命的萎缩，而且人生必须要理性来引导，来显示趋向。

其二是"上行"与"下层"并举。钱穆云：

> 中国文化环境阔而疏，故一切宗教、文学、政治、礼律，凡所以维系民族文化而推进之者，皆求能向心而上行。否则国族精神散驰不收。然而未尝不深根宁极于社会之下层，新源之汲取，新生之培养，无时不于社会下层是资是赖。①

文学家通过描述"自我"的人生来体现最高的真理，以此来维系民族文化，推进民族文化，当然是"向上"的追求，是一种精英知识分子的自我认定。然而，文学所描写所表达的，绝不能只是作家的理想人生，而是需要将目光投向"下层"，展开广阔的社会生活场景，这样的文学作品才能将根深深扎于下层社会之中。所以，文学家所表现的人生，固然是自我的人生，也是社会的人生，关键是作家要有敏锐的触角，有宽广的视野。这样写的作品就不是简单地向内表现自我，而表现的是自己感受到的社会"人生"。

另外，钱穆所强调的文学人生化，重心是"人生"，是先有合格的"作家"人生，才可能有相应的作品。用他的话来说："先培养其德性，乃

---

① 钱穆：《中国文学论丛》，生活·读书·新知三联书店 2002 年版，第 20 页。

可进之以文艺。先为一不庸俗人，乃能为一文学作家，乃能有真性真情真人生从其作品中流露。"① 作家往往不是因为他创作了什么作品而出名，而是某种作品因为它的作者是一个伟大的人而著称。这样，他也许无形中轻视了文学艺术创作本身内部的复杂性。比如他认为在文学创作中要有丰富的情感，但这种情感与西方文学所强调的情感不同，在天人合一的哲学框架之下，他认为通过修养人的情感可以与天理的流行相一致："中国人生理想乃是要任性，任性亦犹言任天。惟此天字亦可分内外。在己之内者为性，尚有在己之外者。如云天理，则即孔子言不逾矩之矩字。能任己之性而不违天理，则其间当有一段修养工夫。"② 人既然通于天理流行的宇宙精神，对周围的人群，对整个社会，乃至对万物，不可能没有情感。但这种情感虽然是发于内，扩充到了整个外界，毕竟要受到理性的制约。如此讲文学中的情感，也许就轻视了情感的个体性和复杂性。

第三节 文化心灵与人文精神

在梁漱溟阐发的以"理性"为中心的文化哲学中，以及在熊十力重建的以"本心"为基础的本体论哲学中，已经包含对中国文化价值的肯定。然而，对此文化价值在人的心灵中具体的生长与发用，尚有待从理论上展开。唐君毅立基心性之学对"文化意识"做了大力的理论开发，可以看作"本心"本体论的发用撑开。

一 文化心灵

唐君毅认为，"文化"从根本上来说是精神现象，是人的精神活动的表现和创造，其中有理想、有目的、有方向、有价值的中心。这些特征是

---

① 钱穆：《中国文学论丛》，生活·读书·新知三联书店2002年版，第60页。
② 钱穆：《中国文学论丛》，生活·读书·新知三联书店2002年版，第228页。

文化作为精神现象区别于自然现象、心理现象、社会现象的标志。① 一般的人看到文化可以呈现为物质形态，就误认为文化也是自然现象，其中忽略了文化背后的人类生命的意义；一些人看到文化呈现在具体的精神状态之下，就误认为文化是个别的主观的心理现象，没有看到背后的整体性；一些人看文化在社会中存在，仅看作一般的社会现象，而忽略了文化的价值方向，忽略了文化引领社会的灵魂意义。唐君毅同时认为，文化作为精神现象，同时又涵盖了文化的自然物质意义、心理生动意义、社会存在意义。特别是从文化的心理生动的意义上可以展示出"文化心灵"："唯吾人所谓精神虽非为一主观心理，然精神之所以为精神，要必以心灵之自觉的肯定或任持一理想，而有实现理想实现价值之志愿为主。"② 文化心灵乃是文化在心理现象意义上的表述，包含一种价值理想的自觉追求，呈现为生动的活动。体现文化的"心灵"意义，方能打开文化的活性，方能体现文化的力量。

唐君毅认为，文化心灵的根本，在于超越自我，在于"理性"，而理性的根苗，又内在于"自我"："吾人必有一超越已成自我，而内在于具有此态度此情此判断之自我或心灵本身之理想作标准。此理想乃根于吾人之理性而生起，而具理性之普遍性者。此理想纵初非自觉的而为超自觉的，然亦可由反省而使之成为自觉的。而其由超自觉的而成为自觉的，即更证其不由外来而纯由内出。其能对吾人已成自我之经验内容，表示判断态度，即证此理想之所以由内出而形成，由吾人原有形成此理想之内在理性。此理性在中国儒家即名之为性理。"③ 因为文化心灵的形成，也是一个长期的、艰苦的"反省"的过程，反省的力量根本则在于理性，而理性的

---

① 唐君毅：《文化意识与道德理性》，中国社会科学出版社 2005 年版，第 1 页："文化现象在根本上乃精神现象，文化即人之精神活动之表现或创造，亦即为自觉的求实现理想或目的之活动。"
② 唐君毅：《文化意识与道德理性》，中国社会科学出版社 2005 年版，第 3 页。
③ 唐君毅：《文化意识与道德理性》，中国社会科学出版社 2005 年版，第 5 页。

根本又在哪里？按中国儒家的理论，这是人人具备的一种可能性，是一种内在的本性。但用现在的眼光来看，它正是沉积在文化历史的河床上，成为人人具备的"公共自我"，为人人提供了通过不断反省达到超越"狭隘自我"的可能性。唐君毅认为，在日常生活中，在人格成长的过程中，精神也会有不合理的活动，这种不合理，源于人的精神受到本能欲望的干扰，而文化心灵的不断成长，正是对这种不合理不断超克的过程。而文化之所以具有如此大的力量，则在于文化心灵内在于人的精神生命。两个"自我"就好像人人都有两个心一样，一个是人心，一个是道心，人心不断向理性升进，便是道心的成就。

唐君毅认为，由孔子开发的人文精神是中国文化价值的集中体现，也是文化心灵的典范和概括。具体表现为一种"天人合德"的人格：

> 孔子之人格，表现对人文之全面皆加重视而无所不学，及知行合一精神，此在原则上，为一神足漏尽而无遗之人格精神。……自孔子之教立，而人人皆可自觉其有"能行仁道之心"，而此心即启示人之有无尽之尊严性、崇高性、广大性。人之可如神、如帝、如天子、为师、为承继祖宗文化而发扬之以延续社会生命之孝子，与为圣、为孔子，此数者，实为一事。[①]

唐君毅阐述孔子对中国人文精神的开发，无疑具有重要的意义，通过人的不断学习人文的各种成就，将文化视为流行的实体，不断地超越自我，不断努力实践，知己知人，成己成人，指向终极性的"天道"。因为文化内在于人的历史之中，也内在于人的心灵之中，文化心灵的发育生长，不是外来的注入，而是内在的自觉。而向上追求的合于天道，是不断

---

① 唐君毅：《中国文化之精神价值》，广西师范大学出版社2005年版，第41—42页。

追求的成德方向，也是不断成就的高标，其中自然替代了宗教的作用。中国人文精神，乃是向下超克物欲，向上转化宗教的人文之教，人的文化心灵正是在此方向上生动的显现。唐君毅以中国人文精神强调人的责任，相对宗教精神来说是一种落实和贞定，同时又针砭现代物质主义的偏颇，有的学者以"效益"为标准评论唐君毅的人文主义思想，理解不免显得隔膜。①

二　人文精神

唐君毅以"全面的合天"论述孔子的"全面的人文精神"，认为孔子继承的是"全面的"文化，而又实现于"全面社会"，所以堪称中国人文精神的典范承载者。唐君毅是在 1951 年成书的《中国文化之精神价值》中提出的。稍后徐复观在《中国人性论史》中，将中国人文精神的出现上溯到周初。他认为周人灭商之后，并没有显出胜利者趾高气扬的姿态，表现出来的而是一种忧患意识，其中"忧患"二字，来自《易传》："易之兴也，其于中古乎？作《易》者，其有忧患乎？"（《系辞下》）他指出：

> 这种忧患意识，实际是蕴蓄着一种坚强的意志和奋发的精神。……周初所强调的敬字，实贯穿于周初人的一切生活之中，这是直承忧患意识的警惕性而来的精神敛抑、集中及对事的谨慎、认真的心理状态。这是人在时时反省自己的行为，规整自己的行为的心理状态。周初所强调的敬的观念，与宗教的虔敬，近似而实不同。宗教的虔敬，是人把自己的主体性消解掉，将自己投掷于神的面前而彻底皈依于神

---

①　侯敏：《有根的诗学——现代新儒家文化诗学研究》，上海人民出版社 2003 年版，第 120 页："唐君毅是以儒家思想为标准来衡量人文主义的，把人文主义的主流定格在中国，正宗的人文主义是'吾家旧物'，且比西方完善高明。这种贬西褒儒的做法，不免欠理失衡。西方近现代的人文主义和人道主义在个体的、感性的人的价值方面的发现，毕竟反映了时代的真实的前进要求，而且具有农业社会的人文精神所不能比拟的效益。"

的心理状态。周初强调的敬，是人的精神，由散漫而集中，并消解自己的官能欲望于自己所负的责任之前，凸显出自己主体的积极性与理性作用。……这正是中国人文精神最早的出现；而此种人文精神，是以敬为其动力的，这便使其成为道德的性格，与西方之所谓人文主义，有其最大不同的内容。①

值得注意的是，徐复观在此特别指出与西方所谓人文主义的不同。有学者认为，徐复观 1950 年发表了自己翻译的日人三木清著《西洋人文主义的发展》一文，徐复观正是在三木清著作的基础上，阐发中国人文主义的特质。② 如果比较三木清所著与徐复观阐述的方向，恰恰形成鲜明的对比。如果说徐复观从反面受到些启发还讲得通，但如果指为重要的动因恐怕不确。西洋人文主义的主线是从文艺复兴以来，突出人的中心地位，强调人从宗教中解放出来，强调人的力量，结果形成现代西方文化的思想动力。而徐复观阐发中国最早的人文精神是道德精神，并且特别从心理状态来分析，是克制、敛抑、反省，显示出来的是一种刚健的力量，而力量的源泉则是理性。此种理论方向仍在大体上符合熊十力、唐君毅诸师友的理论方向，以儒家文化精神为旨归，只是在论述方法上颇有异同。熊十力本体论的构建即归本《易经》，"体乾元而立人极，即人道而识乾元，其为宣圣《大易》之旨欤"。③ 特别从乾元体悟到人的力量，这种生生不息的精神力量是一种责任意识，更是一种理性作用。徐复观所引《易辞》"忧患"一语，如果按照他们师友确认的孔子所作的话，其中的忧患意识又何尝不是"宣圣之旨"——孔子的思想。唐君毅论孔子的人文精神，是从文化与践行两个方面展开的，而知行合一之中包含的正是孜孜不倦的

---

① 徐复观：《中国人性论史》（先秦篇），上海三联书店 2001 年版，第 20—21 页。
② 张晓林：《徐复观艺术诠释体系研究》，上海古籍出版社 2007 年版，第 85 页。
③ 熊十力：《新唯识论》，中华书局 1985 年版，第 14 页。

刚健力量。然而,徐复观将此人文精神上溯到周初,在历史上加以定位,是一种思想史的讲法。借助历史事实,以忧患意识解释中国人文精神,淡化了孔子所依托的文化系统,甚至脱离了"心性""天人"的理论框架,使人文精神的内涵有了转变,作为一种民族文化精神更具备了穿越时空的意味。

另外,特别值得注意的是,人文主义思想在中国传播起于晚清,从梁启超到新文化运动,中国的文艺复兴"人"的主题一直被津津乐道。学衡派将白璧德新人文主义思想引介到中国,更强化了人道主义与人文主义思想在中国文化建设中的冲突。现代新儒家对中国人文主义思想的阐发,应该在这个大背景下得到更为深细准确的理解。

第四节 心灵境界与道德理性

一 精神活动呈现心灵境界

自从王国维在《人间词话》中以"境界"论词,境界成为谈诗论艺的重要理论范畴。然而如果考查境界一词的来源,则发现它与"心"相关。唐君毅认为:"此境界一名,初出自庄子之言境,佛家唯识宗以所缘为境界义。所缘即心之所对、所知,则境界即心之所对、所知。"① 那么境界不仅仅是诗词的艺术境界,也是生命境界、心灵境界,是人的精神生活所呈现出来的物象、界域和层次整体。至于此处的生命和心灵,唐君毅认为二者所指是一致的,皆表示人的精神生活的活动特征。②

唐君毅晚年著《生命存在与心灵境界》一书,以"心灵境界"一词总

---

① 唐君毅:《生命存在与心灵境界》,《中国现代学术经典·唐君毅卷》,河北教育出版社1996年版,第8页。
② 唐君毅:《生命存在与心灵境界》,《中国现代学术经典·唐君毅卷》,河北教育出版社1996年版,第8页:"人有生命存在,即有心灵。则凡所以说生命或存在或心灵者,或可互说,而此三者所表者,亦可说为一实。"

括人类精神文化活动的种种性质和特征，试图比较沟通中西文化，体现人类文化的大方向。其中笼络儒道释耶各种文化，平章中西众家哲学思想，涵盖各行各业人类活动，体系极为庞大，可以视作者一生哲思的总结。此书的副标题是"生命存在之三向与心灵九境"，"三向"分别是"客观觉他""主观自觉""超主客"三个系统方向，分别引出前三境、中三境、后三境，共计"九境"。

（1）"觉他"前三境

第一境万物散殊境：凡世间之一切个体事物之史地知识，个人之自求生存，保其个体之欲望，皆根在此境，而一切个体主义之知识论、形上学与人生哲学，皆判归此境之哲学。

第二境依类成化境：一切关于事物之类的知识，一切以种类为本之类的知识论，类的形而上学，与重人之自延其类，人之职业活动之成类之人生哲学，皆判归此境。

第三境为功能序运境：一切世间以事物之因果关系为中心而不以种类为中心之自然科学，社会科学之知识，皆根在此境。

（2）"自觉"中三境

第一境为感觉互摄境：于中观心身关系与时空界。……一切人缘其主观感觉而有之记忆、想象之所知，经验的心理学中对心身关系之知识，人对时空之秩序关系之一般知识，及人对其个体与所属类之外之物之纯感性的兴起欲望，与其身体动作之由相互感摄、自然互相模仿认同以成社会风气之事，而以陈述经验之语言表述者，皆根在此境。

第二境为观照凌虚境，于此中观意义界。一切由人对纯相与纯意义之直观而有之知，如对文字之意义自身之知，对自然及文学、艺术中之审美之知，数学几何对形数关系之知，逻辑中对命题真妄关系之知，哲学中对宇宙人生之意义之知，与人之纯欣赏观照之生活态度，皆根在此境。

第三境为道德实践境：人之本道德的良心所知之一般道德观念与本有之

伦理学、道德学知识，及人之道德生活，道德人格之形成，皆根在此境。

(3)"超主客"后三境

第一境为神教境；第二境为佛教境；第三境为儒教境。

"三向九境"如何观看呢？唐君毅提出三个方法：首先是纵观。唐君毅分列的三个系统方向——"三向"是有高下层位的价值意义的。"客观觉他向"是外向，是人的精神活动最早也是最初级的一个面向，其次是"主观自觉向"与"超主客向"，而超越主客观意识的宗教境界为最高。排在上边的为低，排在下边的为高，在"三向"的大方向上从低向高观，唐君毅称为"纵观"，最能见出心灵境界的高低层次。其次是"顺观"。在三个系统方向每一个方向下皆有三个境界，所谓客观三境，主观三境，超主客的三境，每个方向下的三境皆有次序，是从先到后的连贯，这样可以看出一个系列的活动的先后和由浅入深，或从低到高，或从不成熟到成熟，这样分别看每一个系统的三境，是顺观，也可以看出价值方向和进展次序。这里值得注意的是，唐君毅讲顺观，重在前面两个系统方向的各三个境界，对于超主客的三个宗教境界，其中的顺序意义似乎没有展开论述。最后是"横观"。也就在三个系统方向下的三个"第一境"、三个"第二境"、三个"第三境"，横向联为一体，特别是前两个系统方向下的两个第一境、两个第二境、两个第三境分别指向体、相、用，可以体现境界背后的活动类别。图示如下

体		相	用
客观	万物散殊境	依类成化境	功能序运境
主观	感觉互摄境	观照凌虚境	道德实践境
自观	归向一神境（耶）	我法二空境（佛）	天德流行境（儒）[①]

[①] 黄克剑：《唐君毅先生小传》，《中国现代学术经典·唐君毅卷》，河北教育出版社1996年版，第9页。

总之，主客观内显顺序；主客相对显类别；三观九境显层位。

二　心灵境界之升降

唐君毅特别用心地指出，三个系统方向的九种境界，三个系统方向下相应的并列位次境界，每一系统方向下的体、相、用三个序列境界，皆互相包含衔接，所以互相关联，可前后上下以升降转进。这是人类精神活动自作主宰的重要体现。他指出：

> 在此诸境中，无论自智慧或德行上言，人之生命存在与其心灵及世界中之事物，固有原属于高境者，或原属于低境者。若能如实知其所属，而有一与之相应之当然的感通之道，则皆是而皆善。若不如实而知其所属，以淆乱其层位，则必引致思想上之种种疑难与偏执错误之见，而使人更无与境相应之当然的感通之道，则人之行亦恒不能尽善，而或归于不善。[1]

在种种心灵境界中，特别是在"顺观"的方法下，有些分别是因为精神生活内容的不同，虽可分高低，但属于内容性质的决定，是可以同时各自存在的，不必要也不可能达到完全相同。但是其中的升进转进之道有两个要点，其一是"知其所属"，其二是向上向后的感通。也就是要知道某种精神活动的境界在哪里，在哪个层次，前后上下有哪些关联的境界；另一方面就是努力找到向上向后精神的通道，即使是在此一种"境界"的种属下，也能使此一境界具有向上向后的精神方向。比如具体到主观第二境的"观照凌虚境"，唐君毅将文学艺术等精神活动归于此一境界，如何追求向上向后升进的可能呢？他指出："吾人将初由自觉反观，而知其由感

---

[1] 唐君毅：《生命存在与心灵境界》，《中国现代学术经典·唐君毅卷》，河北教育出版社1996年版，第757—758页。

觉而得之物象，更加以提升，以为此心灵所观照之纯相、纯意义，则为再进至高层位之事。反之，将观照境中所观照之相，只作为判断感觉境中之事物所具之功能之用与其相所属之类，则又为退至低层位之事。又将观照之境之所视'真'或'美'的'相'或'理想意义'，作一心灵中之具体理想之内容，以成一道德实践之事，为更前进一层位之事。反之，将一心灵中道德理想，只自加以观照，而为一哲学的论述，又为后退一层位之事。"① 因为此一境界前面为主观第一境"感觉互摄境"，在此第一境界中，已经具有了充分的自觉反观，但是缺乏"纯相""纯意义"的表达与创造，只能向第二境的"观照凌虚"，才能达到文化形象和意义的创造。如果"观照凌虚"境界所得的形象和意义不能扩充提升，仅拘泥于个别事物的形象，那么就降回到第一境界"感觉互摄境"的精神方向了。相反，如果向后追求，向第三境"道德实践境"的精神方向追求，就会使"观照凌虚"的普泛理想有了更加广大切实的德性创造。另外，在并列的方向上，"观照凌虚"可以向并列的但高一层次的佛教中得到教益；在"纵观"的方向下，作为"主观自觉"的"观照凌虚境"可以在"超主客系统方向"下追寻更加高远的宗教精神。

三 文学境界的展开

唐君毅以"三观九境"囊括一切心灵境界，只是大的类别划分，并没有落实在具体精神活动的境界来展开。然而，其中也蕴含了与具体精神活动相对应境界的理论因素。他指出："克就此九境中每一境而观，又自是繁中更有繁，如九爪之神龙之游于九天，而气象万千。一一境又皆可自成为一无穷尽之境，而人之生活于其中，或观其境之何所是者，亦皆可永安

---

① 唐君毅：《生命存在与心灵境界》，《中国现代学术经典·唐君毅卷》，河北教育出版社1996年版，第756—757页。

居游息其中，而不知出。"① 这里他强调的九境每一境又可以展开无穷尽之境。这无穷尽之境中应该包括文学艺术的"境界"。文学的"境界"相对于他所论的"九境"来说，从性质上是一样的意义吗？也许就王国维等以"境界"谈诗论艺的理论来说，唐君毅所论境界自成一个理论意义系统。成书于1975年的《中华人文与当今世界》中的一些文章，"由人的学问与人的存在，直至论历史意识、文学艺术意识，及哲学意识，皆意在为人文学术确定其意义及其在学术文化世界中的地位"。② 可以与《生命存在与心灵境界》一书对比合观，可以看作一些内容的展开。其中论文学境界云：

> 文学境界之形成，乃由境界中之事物之能互为呈现之条件，则吾人可改而说文学中之境界，决非一直觉的平铺之境界，实乃其中之境物，能各居其所，而以依其性质之类而不类，不类而类，以相依相涵而互相照明，所合成一立体之境界。此中之各境物为一度向，各境物之相类为一度向，不相类而各与其自己一类之物为类，又为一度向。合此三度向，以成一立体之境界。而此境界则为吾人对此境界所生之情志之所涵覆，以合为一整体。③

唐君毅所说的"相类"，是指境界事物中有其共同性，而不相类，是说这些事物有相对独立自成单元的画面组成，而这些事物相对独立的镜头画面，又成为自足相类的景象。但这些景物是如何成为一个整体的，原来皆是由于作者的"情志"所发育，其中"相类"的事物是作者着眼某侧面选择的结果，其不相类是事物自身某些方面不被作者注意，也可以说是作

---

① 唐君毅：《生命存在与心灵境界》，《中国现代学术经典·唐君毅卷》，河北教育出版社1996年版，第41页。
② 唐君毅：《中华人文与当今世界》"自序"，广西师范大学出版社2005年版，第3页。
③ 唐君毅：《中华人文与当今世界》，广西师范大学出版社2005年版，第251页。

者忽略但仍然写进作品的部分。不管是相类还是不相类，抑或是事物自足的系统，都在作者的情志的驾驭之下成为一个整体。作者的情志具有整体性，具有个性，所以文学的境界具有整体性，也具有统一的个性。但作者的"情志"又是从哪里来的呢？情志的根本是道德理性，是一个人的文化生命，也就是形成特定心灵境界的基础。但是，仅有此道德理性之根，即心灵境界的基础，是不可能充分成就文学艺术境界的。此道德理性伴随着生命之气，依托语言文化的积累，触物而发动，发动而强化，物境反过来成为凝定形塑作者情志的缘助。所以，文学境界固然是作者创作出来的，但却有相对的独立性，其意蕴有时会超越甚至消融作者的自我。

强调作家的心灵境界为文学境界的根本，是现代新儒家大体一致的思想理论方向。马一浮以"仁"讲《诗》教："《诗》以感为体，令人感发兴起，必假言说，故一切言语之足以感人者皆诗也。此心之所以能感者便是仁，故《诗》教主仁。"又云："诗人感物起兴，言在此而意在彼，故贵乎神解，其味无穷。"[1] 以仁为基础，以感物起兴为路径，包含了中国诗歌意境形成的基本逻辑。徐复观不同意王国维"境界说"中"境界有大小，不以是而分优劣"一语，就是因为他不同意王国维将心灵境界与诗词的境界分开。[2] 当然，王国维在《人间词话》中是不是真地将诗词"境界"与心灵境界分开了，那就是另一问题了。

第五节　中国艺术精神

徐复观关于"中国艺术精神"的论述是与"人文精神""心灵境界"

---

[1] 马一浮：《群经大义总说》，《马一浮集》第一册，浙江古籍出版社、浙江教育出版社1996年版，第161—163页。

[2] 徐复观：《王国维〈人间词话〉境界说试评》，《中国文学精神》，世纪出版集团、上海书店出版社2004年版，第57页："大小景的把握，关系于作者的胸襟气度，所以古今能写小景者多，能写大景者少。可以说，大诗人能写大景，也能写小景；小名家则只能写小景，……由此可知，写景之大小，亦未尝不可分优劣。"

等范畴相关联的,所谓中国艺术精神,是指中国艺术中呈现的生命境界。至于"艺术"及"艺术精神"等概念,采用的是与现代西方美学互通比较的理论方法,艺术包括音乐、绘画、雕塑、文学等门类,艺术精神指的是对艺术本质特征的概括。但是,中国艺术,中国艺术的精神,徐复观在具体内涵上进行了充分的"中国化"阐发,使"中国艺术精神"成为一个独立不可分割的范畴。有的学者认为,徐复观"这是对西方哲学的有意改造。……误读为中西提供了一个比较的平台。在这种情形之下,对西方的误读有其必要性,于是误读也就起到了交流作用"。① 称之为"有意改造"或"误读"是不妥当的,没有充分证据能够证明徐复观的"故意",有关"中国艺术精神"理论的展开,其中的中西比较脉络是极为重要的,但这种比较研究在方法上发挥的是"相得益彰"的效果,中西美学中一些范畴仅在某种层次上相通,并不能证明其整体上的相同。

一 从人性论到艺术精神

徐复观"中国艺术精神"回应的时代问题是——"中国文化的现代意义和价值",是沿着"中国人性论"的理论线索陆续展开的。他认为,在道德、艺术、科学人类文化的三大支柱中,中国文化占据道德文化与艺术文化两大支柱。他说:

> 在人的具体生命的心、性中发掘出道德的根源、人生价值的根源,……中国文化在这方面的成就,不仅有历史的意义,同时也有现代的、将来的意义。……在人的具体生命的心、性中,发掘出艺术的根源,把握到精神自由解放的关键,并由此而在绘画方面产生了许多伟大的画家和作品,中国文化在这一方面的成就,不仅有历史的意

---

① 张节末、刘毅青、闫月珍等笔谈:《比较语境中的误读与发明》,《浙江大学学报》(人文社会科学版) 2007 年第 4 期。

义,并且也有现代的、将来的意义。……我写这部书的动机,是要通过有组织的现代语言,把这一方面的本来面目显发出来,使其堂堂正正地汇合于整个文化大流之中,以与世人相见。①

这里,徐复观特别强调"具体生命的心、性",他讲中国文化中的人性论,虽然也讲"心"讲"性",但和宋明理学家的讲法有意地加以区别。大约宋明儒者讲心性,多注重心性形而上学的意义,而徐复观在《中国人性论史·先秦篇》中,在分析诸子各家的人性论观点时,特别注意他们关于人的心、性生动的、现实存在的意义阐发,将心、性的分析方向指向心理状态的整体特征,指向心灵活动的整体特征。这样"具体生命的心、性",就是文化心灵,就是理想人格的概括。在这里可以发现"道德的根源",也可以发现"艺术的根源",而所谓的"根源",可以说就是最基本的精神形态和动力。他又认为,中国只有儒、道两家思想具有人格修养的积极意义,因为儒、道两家思想皆由现实生活的反省,转化生理生命中的夹杂,显示理性节制的力量,从而不断调整人生的状态,奠定人生价值的基础。至于先秦其他诸家,或偏颇或堕落,不能适当地调适人类的生命,因此不具有积极的人格修养的意义。儒、道两家所修养的人格方向,是人文的大方向,虽然从中成就的是人类丰富的文化,不限于文学艺术,但可以成就文学艺术是无疑的,可以称为文学艺术的"根源"。所以儒、道两家修养的具体生命的心、性,作为文化心灵的理想,作为理想的人格,成为文学艺术最基本的精神形态和动力,也是艺术精神的发源地。从这个意义上说,徐复观关于中国艺术精神的论述,是中国儒、道两家人性论的进一步延伸。

二 "万古标程"——孔子艺术精神

徐复观认为,中国文化中的艺术精神有两个典型:

---

① 徐复观:《中国艺术精神》"自序",广西师范大学出版社2007年版,第2页。

中国文化中的艺术精神，穷究到底，只有由孔子和庄子所显出的两个典型。由孔子所显出的仁与音乐合一的精神穷极之地的统一，这是道德与艺术在穷极之地的统一，可以作万古的标程，但在现实中，乃旷千载而一遇。而在文学方面，则常常是儒道两家，尔后又加入了佛教，三者相融相即的共同行动之场。……由庄子所显出的典型，彻底是纯艺术精神的性格，而主要又是结实在绘画上面。①

所谓两个典型，就是两种有代表性的精神形态。所以，此"艺术精神"不可与西方文论以艺术精神讲"艺术本质"相混，亦不可以本质论来衡量徐复观的理论。徐复观认为，孔子所论的以"乐"与"仁"精神的相通，道德与艺术的相通，是"究极之地的统一"。何处是"究极之地"呢？恐怕应该是指的儒家人格修养的最高境界。儒家人格的修养，是在文化中化育而成的，也是一个不断实践自省的过程，所谓"学思并重""知行合一"正是人格修养思想的概括。在化育人格的文化作品中，孔门非常重视"乐"的作用，孔子一开始便有意识地将音乐作为人格修养的重要依托，在他向师襄学习鼓琴时，即由音乐的曲调力求追索到音乐背后的人格形象。徐复观认为，就《史记·孔子世家》的材料看，"孔子可能是中国历史上第一位最明显而又最伟大的艺术精神的发现者"。② 孔子由自己人生的体验，将乐教的精神贯彻到教育实践中，所谓"兴于诗、立于礼、成于乐"（《论语·泰伯》）便成为孔子人格培养教育的三个节点，而"成于乐"，明显的是把"乐"的境界视作最高的境界。乐何以能作为人格的最高境界？徐复观认为：

乐系由性的自然而感的处所流出，才可以说是静；于是此时由乐

---

① 徐复观：《中国艺术精神》"自序"，广西师范大学出版社2007年版，第4页。
② 徐复观：《中国艺术精神》，广西师范大学出版社2007年版，第4页。

所表现的，只是"性之德"。性德是静，故乐也是静。人在这种艺术中，只是把生命在陶镕中向性德上升，即是向纯净而无丝毫人欲烦扰夹杂的人生境界上升起。①

徐复观认为，最高明的音乐是从"人性"深处自然流出的，表现得纯净而安静，他引孔子所云"无体之礼""无声之乐""无服之丧"，论礼乐最高的境界是达到了"性德"的高度，"无体"并不是绝对的没有礼的形式，而是超越了礼的具体形式；"无声"并不是绝对的没有声音，而是超越了乐的具体形式；"无服"也不是强调绝对没有"服"，而是超越了"服"，抓住了礼乐的精神核心。徐复观力求避免以形而上学的本体论来论述，认为这是达到了人生的艺术化，也是人生达到了最高的道德境界。徐复观说：

> 儒家认定良心更是藏在生命的深处，成为对生命更有决定性的根源。随情之向内沉潜，情便与此更根源之处的良心，于不知不觉之中，融合在一起。此良心与"情"融合在一起，通过音乐的形式，随同由音乐而来的"气盛"而气盛。于是此时的人生，是由音乐而艺术化了，同时也由音乐而道德化了。这种道德化，是直接由生命深处所透出的"艺术之情"凑泊上良心而来，化得无形无迹，所以更可称之为"化身"。②

这里值得注意的是，徐复观认为，良心作为生命决定性的根源，可以促使"情"的沉潜，而音乐的精神也是指向"静"的，二者融合在一起，生命的气因之而汰繁去杂，而成为纯粹的生命之气，成就一种新的"化身"，也就是经过修炼的新生命。

---

① 徐复观：《中国艺术精神》，广西师范大学出版社2007年版，第24页。
② 徐复观：《中国艺术精神》，广西师范大学出版社2007年版，第21—22页。

徐复观指出孔子艺术精神可作"万古的标程",但在现实中又是"旷千载而一遇",这又如何理解?徐复观认为,良心作为人的生命根源,它与艺术中的根本情感是相通的,皆指向文化的根源。然而,此相通是一种修养的结果,是一种文化修炼的功夫,具体来说,一方面,以道德理性为根源的生命之气须有上达的高度;另一方面,是对艺术载体——"艺术形式"的深切领会。徐复观认为,儒家借助特定艺术形式展开的文化修养,不但是精神的陶冶,其实也是对艺术整体的修养,在此修养的过程中,人的生命之气是经过了特定"艺术化"转换的,如果没有这种艺术形式的深入学习领会,那么仅有所谓的生命之气的根源——良心,是成就不了艺术的。所以,孔子的艺术精神是一种文化修养的结果。这种文化修养的功夫,是深不见底的,是一生博学慎思明辨笃行的结果,也是对经典艺术不断修养深化为艺术之身的结果,至于其他人,能够达到孔子修养功夫高度的不多,面对孔子真有高山仰止的感觉,所以说如孔子其人者,可能"旷千载而一遇"。但这也并不意味着在儒家思想中孕育的孔子艺术精神,在历史上不见踪迹,相反,虽然达不到孔子的高度,但儒家思想孕育的艺术精神在中国文学艺术史上又何尝没有产生重大的影响呢!

三 庄子的"真面目"

徐复观认为中国艺术精神第二个典型是庄子精神。他提出:

> 庄子之所谓道,落实于人生之上,乃崇高的艺术精神;而他由心斋的工夫所把握到的心,实际乃是艺术精神的主体。由老学、庄学所演变出来的魏晋玄学,它的真实内容与结果,乃是艺术性的生活和艺术性上的成就。[①]

[①] 徐复观:《中国艺术精神》"自序",广西师范大学出版社2007年版,第2—3页。

徐复观认为，庄子所追求的"道"，就庄子的思想动机来说，是指向人生的，并且具有形而上学的意义。但是，道家的"道"的形而上学，在人生意义上却结不出美善的"果实"，老子、庄子悟道成就的"虚静"人生，仍然显得有些虚寂，有些空洞，"多少有些挂空的意味"。此种思想脉络与熊十力是一致的。熊十力在《新唯识论》中建立心灵的本体论，对老子、佛氏二家，亦认为他们虽能"究体"，但所根究的"体"却是归于虚寂和空无。所以，徐复观研究庄子，对庄子思想的人生意义仍然持保留态度，这一点至关重要，可以结合《中国人性论史·先秦篇》论老子、庄子的部分得到全面的了解。另外，徐复观论庄子的艺术精神是"崇高的"艺术，是"最高的"艺术精神，并没有与儒家艺术精神比较高下优劣的意味。他说：

> 说道的本质是艺术精神，乃就艺术精神最高的意境上说。……老、庄的道，只是他们现实的、完整的人生，并不一定要落实而成为艺术品的创造，但此最高的艺术精神，实是艺术得以成立的最后根据。[①]

所以这里的"高"，是从精神的根源——心灵的意义上而言的，文化心灵是一切艺术创造、艺术欣赏的根源之地，也是最高的精神境界。说到底，是一种虚灵纯净、自由自在、物我一体的精神境界。这种精神虽然只是一种人生境界，甚至只是一种缺少积极意义的人生境界，但却是成就一切艺术的最终根据，因此可称为最高的艺术精神。徐复观认为，庄子以虚静的功夫修炼虚静的人生，就"修炼"的用力来说，与儒家一样，也是出于一种深厚的人生关怀，但不管是具体的用力方式还是最后达到的效果，却不是积极的人生。其中具体的修炼方式——心斋与坐忘，其实就是忘掉

[①] 徐复观：《中国艺术精神》，广西师范大学出版社2007年版，第37—38页。

分解性的概念性的知识活动，达到一种"纯知觉活动"，而这种纯知觉活动即是美的观照。而心斋之"心"，接近于现象学之"纯粹意识"，通于审美意义上的"无关心的满足"。所以他认为："这种由一个人的精神所体验到的与宇宙相融合的境界，就其对众生无责任感的这一点而言，所以不是以仁义为内容的道德；就其非思辨性而是体验性的这一点而言，所以不是一般所说的形而上学。因此，它只能是艺术性的人生与宇宙的合一。"① 值得注意的是，心斋之心是不是等于现象学的"纯粹意识"？坐忘是不是等于"纯知觉活动"，这里涉及徐复观借用西方学术阐释庄子的方法问题，有人认为此中存在"误读"或误解，其实不可如此拘执。任何文化学术皆有其特定的上下文——"语境"，也有其理论的特定视域，简单的完全"相等"现象是不存在的。再者，徐复观明明用的是"接近"的比较方法，可以说是借比较加以理论内容的显发，不存在"故意"误读的问题。

徐复观将庄子的"道"归结为艺术精神，固然是对庄子的弘扬，是对道家文化思想现代价值的显发，但此种显发是曲折而丰富的。庄子艺术精神在中国文化的历史上，特别是在中国的艺术史上影响很大，硕果累累，不但具有历史的意义，也具有将来的意义。但是也不能据此怀疑或轻视孔子的艺术精神，更不能由此轻视儒家思想在中国文化的历史上以及对现代对将来的重要意义。将儒家思想的意义价值归之于道德，将道家思想的意义价值归之于艺术，二水分流而终汇为一体，理论意义是重大的。况且，孔子的思想人格不但具有道德的意义价值，同时也成就艺术，其规模具有更宏大的架构。徐复观《中国艺术精神》第二章，是阐发庄子艺术精神的，徐复观称之为最难读的一章，全书序文中曾赋诗一首："茫茫坠绪苦爬搜，刳肾镂肝只自仇。瞥见庄生真面目，此心今亦与天游。"其"难读"，其爬搜之"苦"，正在于理论意义的丰富性与曲折性。

---

① 徐复观：《中国艺术精神》，广西师范大学出版社2007年版，第78页。

四 气韵与精神

徐复观认为,中国艺术精神特别是庄子艺术精神在艺术领域中的凸显与自觉,与魏晋时期凸显的人伦鉴识有关,人伦鉴识中重视人的精神气象,成为艺术精神范畴——气韵的来源,而"气韵"则是中国艺术精神核心范畴。徐复观提出:"凡当时人伦鉴识之所谓精神、风神、神气、神情、风情,都是传神这一观念的源泉、根据,也是形成气韵生动一语的源泉、根据。"① 所以,一般说到"神气",还是属于人的鉴别与欣赏,而说到"气韵",则是艺术领域的用语,但人的"精神"与艺术的"气韵"之间是有密切关联的,以"人"为主线,区别而又关联,这是中国艺术精神重要的特色。

徐复观认为,中国文化中真正以"气"论人的整体生命,是从《孟子》"知言养气章"开始的。孟子之前中国古老文化中也有论"气"的内容,不管是宇宙论的"气"还是从人的生理卫生来说讲"气",皆不是切就人的整体生命来讲"气"。孟子讲"气"并没有脱离人的"生理的生命力","气"的形质就是"生理的生命力",但是人的"生命"又不仅仅是"生理的生命力","气"必然有精神文化的主宰方能实现艺术的创造。徐复观说:

> 一个人的观念、感情、想象力,必须通过他的气而始能表现于其作品之上。同样的观念,因创作者的气的不同,则由表现所形成的作品的形相(style)亦因之而异。支配气的是观念、感情、想象力,所以在文学艺术中所说的气,实际是已经装载上了观念、感情、想象力的气,否则不可能有创造的功能。但观念、感情、想象力装载上去,

---

① 徐复观:《中国艺术精神》,广西师范大学出版社2007年版,第118页。

以倾卸于文学艺术所用的媒材的时候，气便成为有力的塑造者。所以一个人的个性，及由个性所形成的艺术性，都是由气所决定的。前面所说的传神的神，实际亦须由气而见。神落实于气之上，乃不是观想性的神；气升华而融入于神，乃为艺术性的气。指明作者内在的生命向外表出的经路是气的作用，这是中国文学艺术理论中最大的特色。①

这里他所说的"观念、感情、想象力"正是精神文化的内容，"气"必须"装载"这些精神文化内容的时候，才有主宰，才可能实现艺术的创造。这里他用了"装载""倾卸"等动词描述精神文化对"气"的贯注和主宰，也许是为了体现其生动性，但不可理解得太轻易。"观念、感情、想象力"装载"气"的过程，是长期文化陶养的过程，"观念、感情、想象力"伴随"气"作为人的文化生命将生命力量倾卸——作用于艺术材料的过程，是千辛万苦的创作过程。

徐复观认为，作为艺术审美范畴的"气韵"固然可以分成"气"和"韵"两个细分的范畴，但气和韵都包含在总体的"气"观念之内，也就是说，"气"作为一种生命意义的观念，是气韵作为审美范畴的根源，与气韵并不是在一个层次上。作为审美范畴的"气韵"，或作为分支范畴而与韵相对的"气"，或与气相对的"韵"则各自有其审美形象的意义。气韵作为一个完整概念，是艺术总的审美形象的概括，而气与韵分开来说，则各有意义。徐复观指出：

> 所谓"气"，常常是由作者的品格、气韵所给与作品中力刚性的感觉；在当时除了有时称"气力"、"气势"以外，便常用"骨"字加以象征。②

---

① 徐复观：《中国艺术精神》，广西师范大学出版社2007年版，第121—122页。
② 徐复观：《中国艺术精神》，广西师范大学出版社2007年版，第122页。

韵是当时在人伦鉴识所用的重要观念，它指的是一个人的情调、个性有清远、通达、放旷之美，而这种美是流注于人的形相之间，从形相中可以看得出来的。把这种神形相融的韵在绘画上表现出来，这即是气韵的韵。①

又云：

> 谢赫的所谓气，……实指的是表现在作品中的阳刚之美；而所谓韵，则实指的是表现在作品中的阴柔之美。②

徐复观对中国艺术理论中"气韵"范畴的分析与界定，具有重要的理论意义。他从气与韵两个细分范畴的意义探究出发，揭示了魏晋时期中国文艺走向自觉发展的独特性、时代性，又前后贯通，将"气韵"放在整个思想史上来考察，揭示气韵对于整体上的中国艺术精神，对于儒道艺术精神的意义，以及中国"气"文化思想的重要意义。气韵作为艺术审美范畴，固然受到当时玄学思想特别是庄学的影响，但是以"气"指示人的生命，是中国大传统，与儒家思想也密不可分，所以他表现的是一种大的贯通的中国思想格局。相比也可看作新儒家重要代表人物的方东美，将生生诗学中的生命情调向"自然"解释的过分单一化，徐复观显得眼界更加阔大，也更加符合中国艺术精神在历史上实际展开的情形。

五　儒道艺术精神的沟通

中国艺术精神虽有两个典型——孔子的艺术精神与庄子的艺术精神，分别基于儒家思想与道家思想，然而二者却是一体两面的整体，共同铸成中国艺术精神的中国性。徐复观认为，儒道两家的艺术精神皆是根源于人生，皆是根源于心灵的修养，皆是沿着功夫的进路对人性的追究。

---

① 徐复观：《中国艺术精神》，广西师范大学出版社2007年版，第134页。
② 徐复观：《中国艺术精神》，广西师范大学出版社2007年版，第134页。

其功夫的进路，都是由生理作用的消解，而主体始得以呈现，此即所谓"克己""无我""无己""丧我"。而在主体呈现时，是个人人格的完成，同时即是主体与万有客体的融合。①

这里，徐复观避开本体论的讲法，将儒道两家人格修养的完成归为主客的融合。与熊十力、唐君毅诸师友相比则有一些差异。然而，从心灵的修养，到功夫的进路，再到人格的完成——主客的融合，莫不体现儒家思想根源的一致性，此思想根源应该与中国人古老的天人合一的宇宙观念相关。徐复观避开宇宙论、本体论的讲法，从人生论讲儒道两家的一致性，更加生动真切地见出中国艺术精神乃至中国文化精神，在儒道两家这里既分别又统一的内在逻辑。由于其统一性，更体现中国文化的一元性，体现出民族文化的根本特征。至于其分别性，则更能体现在文化精神的不同侧面多样而丰富的成就。

第六节 心的文化与心的文学

一 心的文化

徐复观虽然非常重视中国文化中的"心性之学"，提出具有现代意义的"心的文化"，但他所讲的"心"，既不同于其师友熊十力、唐君毅重视心的本体意义和形上意义，也不像宋明儒从性理或良知来讲心的根本意义。徐复观讲"心"，极为重视心的生命意义，而其所讲的生命，也不像唐君毅从整体上将"生命"与"存在"、"精神"相等同，徐复观所讲的心，突出的是生命活动的意义，实践的意义。他指出：

> 中国文化所说的心，指的是人的生理构造中的一部分而言，即指的是五官百骸中的一部分；在心的这一部分所发生的作用，认定为人

---

① 徐复观：《中国艺术精神》，广西师范大学出版社 2007 年版，第 101 页。

生价值的根源所在。……《易传》中有几句容易发生误解的话："形而上者谓之道，形而下者谓之器"……假如按照原来的意思把话说完全，便应添一句，"形而中者谓之心"。所以心的文化，心的哲学，只能称为"形而中学"，而不应讲成"形而上学"。[1]

他力图消解心性之学方向下各种"形而上学"，将心的文化讲成"形而中学"。由于他在演讲中采取的是简便的论述方式，不管是对原典字句的解释，还是在立论的严密性上，都有一些不确切之处。[2] 然而，他的立论方向是显明的，也是具有重要意义的。他对心的文化最重要的发挥，莫过于重新整理"生命与理性"的关系。他认为，生命具有涵容性，是理性的根源之地。他所说的生命，既是生动可感的现实生命，也是上下互通的历史生命，总之，人的生命能够感觉到他人的生命，甚至能够感受到宇宙万物，每一个生命都像可以上下打开的房间一样，可以涵容丰富的文化精神，此种涵容性正是理性的根源。另外，生命中的理性具有主宰性，也就是说，从生命中产生的理性反过来主宰生命的方向。生命既以生理构造为基础，就自然免不了其中有形气之私，但这种以"物性"作为生命的连带部分，总要被理性适度地超越和克服，仅保持一种适度的状态。他说："人的身体，本是一堆细胞积聚而成，在一堆细胞中，只有食色这一类的刺激反应。顺着反应去活动，只是一种无目的性混沌的活动；遇着某种自然的阻限，或相互的斗争失败时，便会混沌地死去。……但人的血肉之躯中，又有称为理性的作用，烛照着血肉的活动，而赋予以价值和方向，以使人作合理的选择，于是人开始能自由而和谐的生存下去。"[3] 他认为理性

---

[1] 徐复观：《心的文化》，《中国思想史论集》，台湾学生书局1983年版，第243页。
[2] 王守雪：《人心与文学：徐复观文学思想研究》，郑州大学出版社2005年版，第48—50页。
[3] 徐复观：《毁灭的象征——对现代美术的一瞥》，《徐复观文存》，台湾学生书局1991年版，第264页。

的作用与生命的"涵容"性是同时出现的,当人的生命可以感通他人生命,能将宇宙万物社会人生涵摄到自己的生命中时,理性就同时出现了,此涵容性是"人"的生命特征。

二 "心"对中西文化资源的涵摄

徐复观"心的文化"吸收了丰富的文化资源,他远承孟子心学传统,贯通儒、道、禅各家关于心的思想。近与熊十力、唐君毅、方东美诸家论述相切磋,并且对西方生命哲学、心理分析学派、思辨哲学等文化资源加以批判吸收,卓然成就一个新的学说。

有学者认为此学说的重心是"以中济西"[①],有学者认为主要在于"表现了他对西方文化的不满和批评"[②]。这些看法从特定的视角各有所见,但整体上不符合徐复观"心的文化"的精神方向。徐复观突出的是"生命"的意义,认为人在自己当下一念之间生命中就能找到人生价值的根源,因为理性是在生命中涵容生长的。徐复观认为,在中国文化中,"儒家发展到孟子,指出四端之心,而人的道德精神的主体,乃昭澈于人类'尽有生之际',无可得而磨灭。……道家发展到庄子,指出虚静之心,而人的艺术精神的主体,亦昭澈于人类'尽有生之际',无可得而磨灭"[③]。可以说,儒、道两家皆是以人的心灵为文化的根源。荀子阐明心是认知的根源。禅宗强调明心见性,阐明心是宗教的根源。然而在中国文化的各个系统中,对心的文化方向的解释并不一致,儒家强调道德之心,道家强调虚静之心,佛禅强调寂灭之心,基本上各讲各的"心"。大体上来说,儒家着眼于现实社会人生,道家着眼于现实人生的超越,佛家强调心灵执着的解

---

① 侯敏:《有根的诗学——现代新儒家文化诗学研究》,上海人民出版社2003年版,第129页:"尽管徐复观所言人的生命深处有一良心存在缺乏科学根据,但在弘扬中国心性之学的过程中,徐复观抱有'以中济西'遐想。"
② 张晚林:《徐复观艺术诠释体系研究》,上海古籍出版社2007年版,第147—155页。
③ 徐复观:《中国艺术精神》,广西师范大学出版社2007年版,第100页。

放。徐复观对心的文化的论述，是以儒家思想为底色的，然而在对其中生命论的阐述中，将道家"虚""静""明"的生命境界也视作人生的成就，认为也是人生价值的实现，明显吸收了道家甚至佛禅的思想因素，超出了传统儒家对"心"的视域，他对"生命"内涵的理解，也比传统儒家显得宽泛。

徐复观虽然表现出对形而上学的拒斥，对西方哲学中康德、黑格尔等将理性精神形而上学化表示不以为然，甚至对自己老师熊十力将"心"讲成本体论的方式不以为然。然而，他仍然极为重视理性精神在"心"文化中的主宰意义，强调理性对生命的主宰意义。他梳理西方人文主义的发展线索，认为理性实居于中心的地位。他激烈地批评近代西方的非理性思潮，特别是弗洛伊德主义，认为这是人类面临的三大危机之一。[①] 西方文化中呈现出来的两极———一种将理性讲成形而上学；另一种是反理性，强调人类生命的幽暗，徐复观皆是不赞成的。但在这两极的对面似乎仍可以发现其理论的价值，徐复观"心"的文化，对西方近代文化是一种回应，不能否认这也是一种吸收。

三 心的文学

徐复观提出"心"的文化，指向理想人格的实现，性情的培养，亦有儒家"厚人伦美教化移风俗"的宏愿。而"心"的文学是其中的应有之义，文学作为文化建设的重要分支，徐复观尤为重视。其"心的文化"既以生命与理性的合一为旨归，以人文主义为基础，"心的文学"也体现出相应的精神方向。

（一）功夫的升华

徐复观认为，理性虽然为生命所涵容、所生长，但终究为生命的主

[①] 徐复观：《一个中国人文主义者所了解的当前宗教问题》，黎汉基、李明辉编：《徐复观杂文补编》第一册，台湾"中研院"中国文哲研究所2001年版，第157页。

第八章 现代新儒家文论 / 289

宰,就文学来说,其中包含的个性固然是基础,但文学的社会性毕竟是决定文学高下的因素,而真正优秀的作品,其个性与社会性是充分结合在一起的。作家的个性之所以能与其社会性完美地结合在一起,往往是文化修养的结果。因此,在心的文化方向下,徐复观强调的首先是功夫的文学。①而这里的功夫便是作家人格性情的培养。他指出:

> 文学艺术的高下,决定于作品的格;格的高下,决定于作者的心;心的深浅、广狭,决定于其人的学,尤决定于其人自许自期的立身之地。②

将作家的"人"与作品的"文"联系起来,强调二者之间的联系,似乎是中国文学的大传统,学者多能言之。而徐复观所强调的作家人格性情,自有其特殊之处,这就要与他论述的"中国艺术精神"关联起来。他认为,中国文化中的儒道两家,特别具有人格修养的典型意义,他们人格修养的功夫,皆是"由现实生活的反省,迫近于主宰具体生命的心或性,由心性潜德的显发,以转化生命中的夹杂,而将其提升,将其纯化,由此而落实于现实生活之上,以端正它的方向,奠定人生价值的基础"。③ 不管是儒家的仁义之心还是道家的虚静之心,都是由功夫升华了之后的"生命",皆根源于对现实社会人生的关心,乃至念念于人的生存与发展,由此心灵发出的文字,必具有伟大的品格。这里有两个问题,其一是,中国文化的修养的功夫,其中包括对文化传统的领会,伴随着对相关知识学问艺术修养的熏陶,假如真能期望以孔子精神为心,以庄子精神为心,功夫

---

① 王守雪:《人心与文学:徐复观文学思想研究》,郑州大学出版社2005年版,第67—74页。
② 徐复观:《溥心畬先生的人格与画格》,《中国艺术精神》"附录",广西师范大学出版社2007年版,第439页。
③ 徐复观:《儒道两家思想在文学中的人格修养问题》,《中国文学精神》,上海书店出版社2004年版,第6—7页。

展开的过程，也是艺术修养的过程。人格修养对创作技术本身也是具有重要助益作用的。其二，古往今来的文艺家不见得皆经过了儒道艺术精神的修养，甚至连儒道两家都没有听说过，难道会妨碍其成为一个伟大的艺术家？其实，徐复观提出儒道人格修养的目标，指向深厚的同情心，指向高洁的情操，不能反过来认为仅以两家思想去衡量文学艺术。所以，伟大的文学家也许没有读过儒道两家的著作，但他们精神中必有些脉络可以联通儒道两家思想的因素。

(二) 生命的展开

徐复观认为，心的文学固然指向功夫的文学，但它的落实必然要归于生命的文学。生命本身有夹杂，但生命精神，生命的方向却是由其涵容的理性决定的。理性精神虽然具有主宰性，但生命是它的存身之处，也是其力量的源泉。具体到文学上，徐复观认为，功夫的修养必然归于生命的人格性情才可能作用于文学艺术，他指出：

> 学问教养之功，通过人格、性情，而依然成为艺术绝不可少培养、开辟的力量。学问必归于人格性情，所以艺术家的学问并不以知识的面貌出现，而系以由知识之助所升华的人格、性情而出现。……学问不归于人格、性情，对艺术家而言，便不是真学问，便与艺术为无干之物。①

另外，徐复观认为，人的人格、性情经过功夫的修养，可以达到"性情之正"；"如果不经过工夫的修养，其生命本身亦具有过滤纯化的作用，感情愈近于纯粹，而很少杂有特殊个人利害打算关系在内的，愈近于感情的原型，这就是性情之真"。他认为，"一般人的感情，是要向下沉潜中始

---

① 徐复观：《中国艺术精神》，广西师范大学出版社2007年版，第316页。

能滤过、净化其渣滓,……得其正的感情,是社会的哀乐向个人之心的集约化;得其真的感情,是个人在某一刹那间,因外部打击向内沉潜的人生真实化。在其真实化的一刹那间,性情之真也即是性情之正"。① 值得注意的是,徐复观关于"性情之真"通向"性情之正"的论述极为精彩,在理论上为"生命的文学"打开了通道。中国历史上的文学虽然深受儒道思想的影响,以士为主流作家的知识精英文学,也多经过了人格性情的陶养,所以他们的文学可以说是以"性情之正"为基础的文学。但是,文学很广大,虽然强调性情之正的文学是中国文学的主流,但不能囊括所有的文学,"性情之真"通于性情之正,揭示了文学基于作家生命精神的主体性原则,即性情的纯真同样可以铸成作品伟大的品格。

(三) 文气与风骨论

文学根于性情,是徐复观"心"的文学理论的中心观念,他重点开掘了文气与风骨两个重要命题,使此一思想观念化为理论系统。徐复观研究《文心雕龙》,著《〈文心雕龙〉的文体论》,认为"古来文章,以雕缛成体"乃是《文心雕龙》的理论线索,全书三部分皆是沿着"文体"这一线索展开的。徐复观将《文心雕龙》前5篇视为"文体的根源",将"论文叙笔"的20篇理解为"历史的文体",将其余25篇的下篇理解为"普遍的文体",认为这是刘勰文体论的三个视角,至于文体的含义,又有"体要、体裁、体貌"三重意义,总之,在徐复观的解释下,整个《文心雕龙》就是一部体大思精的"文体论"。

徐复观通过《文心雕龙》的"文体"与西方文论的 style 进行比较,认为文学作品中的"形相","实际上含有艺术家的感情、个性在里面,是主观与客观合一的结晶"②。这与其说是对中西文学通过"形象"理论的沟

---

① 徐复观:《儒道两家思想在文学中的人格修养问题》,《中国文学精神》,上海书店出版社 2004年版,第4页。
② 徐复观:《现代艺术的归趋》,《徐复观文存》,台湾学生书局1991年版。

通,不如说是对中国文学传统的彰显。"文体"根于性情,根于人,是徐复观对《文心雕龙》理论核心的概括。而具体的展开,则主要发力于文气理论。胡晓明研究徐复观文学思想时指出:"中国诗文、绘画艺术中,特别重视气的问题。这当中必有着一以贯之的精神。然而关于'气'的研究多忽视这一点,多偏重于古文家、骈文家或哲学家的差异。《中国文学中的气的问题》一文的特点,正在于泯除古文与骈文、文学与哲学的界限,从中国文学思想一以贯之的传统上认取'气'的实质。作者以《文心雕龙·风骨》为核心,上接汉魏先秦生命力的气(血气),下通唐代古文家、清代桐城派有关艺术性的'气'(辞气、神气),由此显出一个传统。这一传统的特征就是他反复论证的'人与文体之间根源性的关系'和'激励刚劲的生命力的表现'。"①"风骨"为文体的落实,也是理想文体的充分展现,也是《文心雕龙》的重要一篇。徐复观以《风骨》篇的解释为枢纽,展开了气与风骨的理论。徐复观指出:

> 《风骨》篇之所谓风骨,依然指的是作者的两种不同的生理地生命力——气,贯注于作者之上,所形成的两种不同的形相。所以就两种不同的生理地生命力的自身而言,便可以说"气即风骨"。就文章的两种不同的形相而言,也可以说"气即风骨之本"。所以我说纪昀的两句评语,皆可以成立。

"气即风骨之本"为黄叔琳的评语,"气即风骨"为纪昀对黄评的再评议,② 本来二者之间意见不同,徐复观这里加以打通。"气即风骨之本"的说法,气是广义的生命力,指作家的个性、禀赋等生命特征,刘勰讲的

---

① 胡晓明:《思想史家的文学研究——徐复观"中国文学论集"及"续篇"读后》,李维武编:《徐复观与中国文化》,湖北人民出版社1997年版,第593页。
② 张少康等:《文心雕龙研究史》,北京大学出版社2001年版,第239页。

"气有刚柔"正是基于此。这个意义上的气要呈现为风骨,中间少不了艺术的创造与转换。但此种意义上的"气"是浑涵的生命意义,不但是风骨的根源,也是一切文体形相的根源。而"气即风骨"的讲法,则接近韩愈之后古文家的讲法,"气"指的是一种充沛有力的"神气",也落实在作品具体的形相上,有这种力量的"神气",自然也就有了"风骨"的形相。这种讲法也许更接近儒家标举的精神气象,但也在某种意义上过滤了气的浑涵性,失去其带有原质的"生命"意义。徐复观打通《文心雕龙》与古文家之间"气"的理论,对中国文学思想是一个大的疏通,显示出一种大的眼光,以生命的文学为基础,以功夫的文学为高标,立足中国文学,以接通现代文学、世界文学的广阔视域。

第七节 中和之美与善美合一

一 中和之美

现代新儒家往往将"中和"视作中国哲学的宇宙论与根本的文化精神,同时也是真、善、美的最高标准,在此种根源性观念之下,真、善、美各种价值从逻辑上说自然是合一的。方东美指出:

> 《中庸》说得好:"中也者天下之大本也,和也者天下之达道也。"正因我们能守这"中和"的至高美德,眼光绝不偏颇自私,心胸绝不狭窄顽固,行动能够保持大本,生命能够遵循达道,所以我们所了解的宇宙绝非一个封闭系统,而是一个生生不息的开放世界。[①]

方东美认为,中国古人眼中的宇宙是普遍生命的流行,其中物质条件

---

① 方东美著,李溪编:《生生之美》,北京大学出版社 2009 年版,第 125 页。

与精神现象融会贯通,浑然一体,此生命之流之所以能够如此,则在于皆遵循了"中和"的原则。就个体生命而言,得其本性规定,乃是得其"中";就普遍生命而言,得其恰当的关系,乃是得其"和",人类一切至善至美的价值理想,皆可以依生命流行而充分体现出来。

方东美更指出,"中和"观念在中国文化中起源甚早,在原初儒家那里,他们继承了中国远古文明的文化遗产,其中一点即是"大中的象征和证明其基本含义之最高原则的建立(建用皇极)":

> 大中乃是本源,代表着现代比较宗教史学家所谓的"天上原型",是一切的来源和一切的归宿。在整个中国上古世界里,一切都与这大中的原始象征有关。后来因此而发展出最广泛的公正原则和中道哲学,并导向永恒领域。①

"中和"之理正是"中道哲学"的重要内容,成为中国文化精神"最高深的妙谛"。方东美认为中和之理丰富地包含在中国的音乐和诗歌之中,成为中国文化的重要载体,"寓于中国的音乐和诗歌之中,潜移默化了中国历史和社会风俗,更进而形成修齐治平的政治理想"。② 至于说"中和"的理念之所以具有此一系列巨大的文化力量,乃在于它包含种种性能,他具体从五个方面做了分析:"一往平等性";"大公无私性";"同情体物性";"空灵取象性";"道通为一性"。这样加以解释,使"中和"理念变得具体化了,淡化了"中和"作为一种思想观念的形而上学的意义。

二 善美合一

现代新儒家一般认同现代学科之分野,对真、善、美分属不同的学科

---

① 方东美:《中国哲学之精神及其发展》,匡钊译,中州古籍出版社2009年版,第32页。
② 方东美著,李溪编:《生生之美》,北京大学出版社2009年版,第134—135页。

是认同的，但同时也认为真、善、美是从心灵"作用"意义上的分别说，从心灵根本意义上来说，真、善、美又是合一的，在特定的心灵作用之下，可以达到真、善、美合一的心灵境界。牟宗三提出真、善、美的"分别说"和"非分别说"：

> 分别说的真指科学知识说，分别说的善指道德说，分别说的美指自然之美与艺术之美说。三者皆有独立性，自成一领域。此三者皆由人的特殊能力所凸显。……真是由人的感性、知性，以及知解的理性所起的"现象界之知识"之土堆；善是由人的纯粹意志所起的依定然命令而行的"道德行为"之土堆；美则是由人之妙慧之静观直感所起的无任何利害关心，亦不依靠于任何概念的"对于气化光彩与美术作品之品鉴"之土堆。①

牟宗三引用陆象山"平地起土堆"讲人的心灵作用，认为真、善、美是人的心灵的不同性能所产生的分割界限，人为地建立起不同的范畴，这些范畴体现出世界本身的某些性相，如同凸起的土堆一样。这些"土堆"如果达到"道心"的境界，真、善、美的各种性相也回归相通的整体——平地，成就的是一个"即真即美即善"之境地："真是'物如'之存在，善是'天理'之平铺，美是'天地之美，神明之容'。"②"物如""天理""天地之美"这些称呼虽然还是有些不同，但是它们却同指向心灵世界的本体。这里值得注意且须加以分析的是以下两个方面。

（一）高处必合一。牟宗三受到康德哲学的启发，但他认为康德哲学

---

① 牟宗三：《康德〈判断力之批判〉》（卷首），《牟宗三先生全集》第16卷，台北联经出版事业股份有限公司2003年版，第76页。
② 牟宗三：《康德〈判断力之批判〉》（卷首），《牟宗三先生全集》第16卷，台北联经出版事业股份有限公司2003年版，第86页。

没有解决人的自由意志何以实现的问题，其纯粹理性之说带有先验的性质，因此关于美是善的象征的说法是很不坚确的。牟宗三认为，中国文化的儒、释、道皆认为人可以有"无限心"。儒家的良知，道家的玄智，佛家般若知，皆指向无限。在"无限心"的观照之下，现象之真归于平地之真，道德行为之善归于平地之善，形象之美归于神明之容的平地之美。他特别指出，一般意义上的美本来只是人的妙慧心所遭遇，是在"闲适之原则"下显示的一层静观的住相，在全部的精神生活中仅是处于光彩浮动的表层，如果展开精神生活的立体，妙慧之心也可以被消融而归于无声无臭。这无声无臭的世界本真，也正是天地之心的至善，也正是"天地之美，神明之容"。此处的合一，不是康德所说的"以美学判断沟通自由与自然之两界合而为一谐合统一之完整系统"的合一，乃是在最高意义上"平地"的即真即美即善的合一。

（二）立足于道德心。牟宗三认为，中国文化中导致"即真即美即善"之合一之境的精神动力在于善方面的道德心，即实践理性之心。他认为儒家内圣之教原动力善的道德心，是"建体立极之纲维者"。其中经历三关：第一关，挺立大体，以克服小体或主导小体，从感性中解脱出来，显示真。第二关，显示崇高之伟大相，显示道德相。第三关，无相原则之体现，这是游于艺的阶段，也显示圣心之无相，即是美。此三关中一直贯注的是道德心，因为道德实践心是生命奋斗之原则。释、道两家不以道德心立教，但他们的实践基于宇宙人生的关心，关注问题正与儒家相同，释、道两家虽然不从道德心入手，也比不上儒家具有担当意识，但它们达到的最高理境亦与儒家相通。

唐君毅也谈到文学艺术的真、善、美合一，其中善为"原始"动力：

> 文学家之情志之道德意义之善，乃为原始者。文学之美的意义与其中包含之真的意义，则由情志要求之欲表现于故事境界而形成。至

此表现于故事境界之美的意义,再主观内在化于人之情志,则为其美的意义,再反照于情志之善的意义,以成为内在的再构造此情志之善且美的意义,使之更充实而有光辉者。合此三者,即为文学意识所表现之价值之全体。①

唐君毅认为,文学作品的真、善、美的基础在于作家的"情志",这个情志是作者人格的"善"的内容,构成文学精神的原动力。至于真与美,则与作品所表达的具体内容有关,作品中所表达的"内部世界",也可以说是艺术境界,其中的人和事,其中的情境,自有其"真",自有其光彩——"美",然而作品中的真、善、美皆基于作家"善"的精神动力所发现,所塑造。当然,作品里表达的艺术世界,反过来对作家也有激发"内化"的作用,创作的过程,也是作品内容不断与作家的情志交相辉映的过程,不断强化逐步成就作品真、善、美的整体意义。这里也可以看出,唐君毅与牟宗三一样,认为道德心是人的性情完善、实践理性"建体立极"的基本动力,也是达到善美合一的基本动力。

唐君毅与牟宗三从心灵根本意义上来说真、善、美的合一,皆带有本体论的意味,心灵的本体是纯粹的"道德心",这往往在不同程度上超越了道德在经验层面的意义,而成为"本心"或"良知"的意义。心灵本体潜存于历史文化之中,而作用显现于具体的生命之上,是不可究诘的论述方式。但有些学者往往在经验的层面进行质疑诘问,这就容易产生理解的隔膜。相比之下,徐复观在经验的层面讲善与美的合一。他认为孔子以音乐为进路达到的艺术精神境界,是仁与乐的合一,是道德与艺术的合一,也是善与美的合一,代表了儒家艺术精神的典型。至于善与美为何达到合一,他说:

---

① 唐君毅:《中华人文与当今世界》,广西师范大学出版社 2005 年版,第 258 页。

> 乐的正常的本质与仁的本质，本有其自然相通之处。乐的正常的本质，可以用一个"和"字作总结。……就"和"所含的意味及其可能发生的影响而言，在消极方面，是各种对立性质的东西的解消；就积极方面，是各种异质的东西的谐和统一。因为和谐统一，所以荀子便说"乐者天下之大齐"，"大齐"即是完全的统一。[①]

就"和"的经验意义来讲"仁"与"乐"的合一，就是一种经验的讲法，甚至说可以用具体的精神状态、心理状态来分析，讲"仁"与"乐"如何在心灵容纳的境界中是一种和谐的秩序，是如何在消极方面克服异质的冲突，又如何在积极方面达到均调统一。这样从经验方面讲道德与艺术的合一，相对容易理解，但如何达到此种境界，就不能不重视文化心灵的修养功夫，这往往展开的是人的生命不断学习不断践行的复杂过程。相比之下，道德哲学本体论的过分强调道德心灵的超越意义而显得有些"蹈空"，心理分析、思想史的讲法显得容易理解并且有阶可循，但如果入门不正或用心不专，难免陷于支离而无功而返。

总之，现代新儒家基本上沿着中国传统文化的思想脉络强调善美合一，不管是方东美以宇宙论描述"中和"的根本特征，以中和涵容善、美；牟宗三以道德哲学本体论的讲法，强调"道心"本体对善、美的贯通；还是徐复观以精神分析、思想史的讲法，强调善、美的一致性，他们皆努力将"美"与"善"关联在一起，重新塑造现代人文的整体性。现代科学的分科治学，本就包含了人类精神文化的分裂的危险，而物质主义借"真"之名，各种张扬暴力与色情的艺术借"美"之名，无不将人的精神文化引向偏激的误区，重新强调人类精神文化的真善美一体，无疑具有纠偏去甚、正本清源的意义。

[①] 徐复观：《中国艺术精神》，广西师范大学出版社2007年版，第12—13页。

附录一　张之洞与文化"江南"

近代中国"南北"观念特重。自19世纪中叶开始，鸦片战争、太平天国运动、洋务运动以及大大小小的反清排满运动，基本上是在南方中国展开的，至辛亥革命，乃演成南北对峙的局面。论者每以为此乃是外来文化从东南沿海地区向南方中国内陆渗透的结果，仅重外因，于内在机缘多有忽略。刘师培著《南北文学不同论》，认为"声音既殊，故南方之文亦与北方迥别"。[1] 似为探源之论，实际上仅着眼于歧异，忽视其整体，陷入地理决定论。近代文化意义上的"江南"，正是基于中国近代"南方意识"而言，长江以南的南方中国，皆是"江南"之广义；而其核心地域，却在于长江中下游。张之洞（1837—1909）祖籍河北南皮，但他生于南方，宦于南方，一生大节出处皆在南方。[2] 他以达官兼名士集合江南士人，立足于湖湘文化而加以发展转变，兴学育才，体用贯通，守正驭奇，广包容，善切磋，激活了江南；其门下及幕府也是近代江南诗人的聚集之地，他本人也因此成为近代诗学的枢纽人物。

一　"江南"意识之萌发

1837年，张之洞出生于贵州贵筑，他的父亲张锳，时任贵筑知县，后

---

[1] 刘师培：《南北文学不同论》，陈引驰编校：《刘师培中古文学论集》，中国社会科学出版社1997年版，第261页。
[2] 张之洞提学湖北（1867—1870）、提学四川（1873—1876）、总督两广（1884—1889）、总督湖广（1889—1907），其间两次兼署两江总督，1907年后直到去世，入京仍管理湖广事务。

迁任贵州兴义知府。张之洞13岁之前，一直在父亲任所生活，读书为学。14岁以后回籍应试，入南皮县学，当时其叔父张铖为晋州训导，留住署中；16岁应顺天乡试，中试第一名举人；24岁时曾入山东巡抚文煜幕府；26岁入河南团练督办毛昶熙、河南巡抚张之万幕府；27岁入都会试、复试、朝考，成绩优异，授职翰林院编修；31岁任浙江乡试副考官，旋任湖北学政。从14岁至30岁的十余年间，其中部分时间仍在父亲任所，部分时间生活在北方，这也是太平天国运动在南方中国发展如火如荼的十多年。他多处奔走，结交名流，创作了不少诗，后来有人以"河北派"目之，其实颇值得商榷。[①] 从任湖北学政起，张之洞回归了南方人的身份，他的"南方"意识的萌发，正是从提学湖北开始的。

1867年12月，张之洞抵达武昌，在奏报到任的上疏中，他明确提出了他的思想两大端：重品行、务实学。"学政一官，不仅在衡校一日之短长，而在培养平日之根柢。不仅以提倡文学为事，而当以砥砺名节为先。"[②] 随后札行各属："本院属当下车，式循前轨，期与此邦人士研究实学，共相磋切，务得通经博古之士，经世致用之才。……此次发题较多，良以学业文章，各有优绌，许其量能自占，各尽所长，引用隐僻典实，书名自于篇末注明。……特是因题为文，仅见一斑。其平日学术渊源，具有著作若经史纂述，诗古文辞之属，或裒然成集，或录写数首，可随同试卷一并送阅，俾才俊耆宿得以周知。"近代实学思想固然渊源有自，不是张之洞的创发，但他于此时此地的大力提倡和实践，仍具有特殊的意义。据《抱冰堂弟子记》："（张之洞）经学受于吕文节公，史学、经济之学受于韩果靖公，小学受于刘仙石观察，古文学受从舅朱伯韩观察琦。"《张之洞

[①] 汪辟疆以"河北派"目之，仅从前期诗歌着眼，固然有失偏颇；钱基博则将他放在"宋诗"中论之，胡先骕、马亚中等以"唐宋调和派"目之，从风格上有所把握，然而对张之洞诗之渊源及其在近代诗史上的地位和作用，仍欠深切之论。

[②] 吴剑杰：《张之洞年谱长编》，上海交通大学出版社2009年版，第33页。

年谱长编》云:"十三岁……从韩果靖公超受业于光义府署。超字寓仲,直隶昌黎人,道光甲午附贡,以直隶州判需次贵州独山州篆。……未几,韩公就胡文忠公幕于黎平。后累官贵州巡抚。"又云:"(张之洞)又尝从胡文忠公(林翼)问业。"张之洞的实学思想乃得力于韩超(1800—1878)、胡林翼(1812—1861)等在南方动乱中磨炼而成的"实学"家,他的父亲张锳,也是其中的一员。特别是胡林翼,历任湖北按察使、湖北布政使、湖北巡抚,在太平天国运动期间,坐镇武昌,呕血死于任上,与曾国藩并称"曾胡",是近代"经济"之学——实学的有力推动者。张之洞到湖北下车伊始便以"实学"相倡,"式循前轨",自有其特殊的地标意义。张后有《谒胡文忠公祠二首》追思胡林翼及韩超:"枢轴安危第一功,上游大定举江东。目营四海无畦町,手疏群贤化党同。江汉重瞻周雅盛,山林重起楚雄风。长沙定乱诚相似,未及高勋又赤忠。""二老当年开口笑,九原今日百身悲。(自注云:'公与先大人手札云:在军中得令郎领解之信,与南溪开口而笑者累日。南溪乃昌黎韩果靖公名超,韩与公皆余受业师也')敢云驽钝能为役,差幸心源早得师。圣虑当劳破吴后,雄心不瞑渡河时。安攘未竟公遗憾,微福英灵倘有知。"

值得注意的是,张之洞虽以实学相倡,但同时也兼重文学。三年间,张之洞视学湖北各府,重经解明实通畅兼重文章淳雅,一丝不苟,奖励先进,力戒浮华。所到各地,间有题咏。《江上望荆州城》云:

> 苍箓既徂东,诸姬遂摇荡。
>
> 云梦纳九流,南纪最清壮。
>
> 夐矣祝熊泽,封域启江上。
>
> 篮筚逞攘剔,山林顿昭旷。
>
> 嶪嶪渚官起,包匦渐倔强。
>
> 蛮辟巴濮险,神赫滩漳望。

良弼登於芫，俊儒侍倚相。
来汉北门远，逾淮东略广。
六国絜雄富，惟楚堪霸王。
后嗣一湛乐，止隅无远量。
青兕供射猎，黄雀昧讥谤。
朝云巫峡阴，夕风兰台畅。
鄂君何婉娈，宋玉殊谑浪。
孤謇终沉原，老师亦弃况。
问天憨不聪，割地懵被诳。
倘尽楚材用，秦师讵东向。
湘东及铣汭，蜗角等昏妄。
七泽今安流，三户久雕丧。
军府仍上游，天堑实巨防。
三楚十年乱，南郡独保障。
江步存殷赈，墟邑瘵潦涨。
息壤古茫昧，徙州秋悽怆。
江汉日滔滔，赋诗箴佚荡。[①]

此诗颇堪玩味。约作于同治八年（1869）年春，《诗集》序次在此期间，《年谱长编》云："二月（西历3月），按试省西荆州、宜昌、荆门各属。"视角是在长江上望荆州城，但展开的却是"江南"全景，是"逾淮东略广"的中国"南纪"，从祝熊开拓，到历代楚人经营建设的王霸之资。然而，楚人有堪称"孤謇""老师"的屈原、荀况，也有堪称"婉娈"的楚襄王、"谑浪"的宋玉，似乎指向文化"江南"的二重性特征，一方面，

---

① 附录所引张之洞作品据《张之洞全集》，武汉出版社2008年版。

楚人是英锐多才的；另一方面，楚人也不乏由佚荡而衍生的浮华之气。如能登高望远，自针佚荡，转华美趋于务实，尽气尽才，再加上江山之助，南纪中国岂可限量！太平天国运动以来，三楚震动扰乱，终于依赖两湖力量归于稍安，不但因地理形胜，物质丰饶，亦是人文化育能人辈出的结果。张之洞深知南方并不平静——"江汉日滔滔"，江南文化中的英锐之气亦可流为躁竞之行，因而赋诗箴佚荡，可谓意味深长。

张之洞对湖北地方风物感受至深，吟咏所至，多是触物兴情，发奖学育才之幽思，见其精神世界之大体。有《咏怀湖北古迹九首》，其中《屈大夫祠》有云："婵媛兴歌终无济，婞直危身亦有由。宋玉景差无学术，仅传词赋丽千秋。"《鹦鹉洲》云："孔融报国怜无智，德祖戕生枉厚颜。"《吴王台》云："张昭乞食无长策，豚犬悠悠等可哀。"《杜征南祠》云："羊傅德优才未若，遗踪卓冠汉江浔。"多处对江南文士表彰之后提出针砭，文才也好，德优也罢，或徒有报国救世之志，但缺少经邦济世的真才实学仍是遗憾，终于成为千古悲剧。

又有《湖北提学官署草木诗十二首》，分咏桂、梧桐、藤、兰、桃、紫荆、竹、腊梅、何首乌、构、杂草木。《桂》："厮养不相宥，捆载戕繁形。"《梧桐》云："此物产龙门，百尺干清虚。墙宇遭迫迮，生气阏不舒。"《紫荆》云"拙匠治屋漏，一枝当南荣。悍然锯之去，大如车轴横。断者不复续，泫然泣花精。"乃怜物之天性生机之可贵，不应因其形体散放而阻遏其常态，更不应粗暴斫伤之。乃寄托对人之才华之呵护，虽有纵逸开放之处，亦不应轻易排斥。《兰》云："世无屈灵均，虽佩亦辱汝。"《竹》云："秀外而刚中，此君勿弭忘。"乃强调中心实学之可贵。《杂草木》云："附物固不长，因依亦当识。不见菟丝子，施松至百尺。""惨如漆室女，自伤嫁不早……秋靓世所欣，吾独怜潦倒。"包含对贫贱士子的同情和扶持之意。至于《构》，虽写的也是一种"天物"，但为什么不顾及"好丑皆天物"，让它生长呢？因为它是恶木，"穿墙走横株，蓄汁蕴余毒",它的存在伤害众多草木的生长,因此斩之绝之,"誓绝句萌出"。这里似乎透露张之洞为存正而"去邪"的另一面。

1870年11月,张之洞三年湖北学政任期满,离任之前,择岁、科两试中的优秀文章,由樊增祥协助,编成《江汉炳灵集》,序云:"左太冲《蜀都赋》云:'江汉炳灵,世载其英。'……太冲此语,宜施之楚,不宜施之蜀也。今湖北境为两大川所注,故其气势雄博,土田膏衍,人物称盛。同治六年,之洞承命视学此邦,当是时,东南大定,上游休息。于是曩日兵冲四战之区,咸得乐其生而修其文。弦诵彬雅,几复旧观。顾惟谫陋,兢兢奉法,思与学校之士,讲明本原笃实之学。其才气恢张者,则因而奖掖之,不敢以断断绳尺,隳沮其志气。"又云选文的标准:"时文必以阐发义理,华实具备者为尚,诗、古文辞必以有法度不徇俗为工。无陈无剽,殆斐然焉。"应试之文,极易流于陈腐,特别是晚清时期,科举考试的流弊日益突出,张之洞视学湖北时已有所觉察,后来,他一直是教育改革的有力推动者,也是废科举、兴新学的有力提倡者和实行者。当然,发现流弊之初,他还是力求在科举的格局内加以救治改造的,他以"名节"正面奖引生命的才气升华为志气,以"实学"充实治疗空疏陈腐,二者相辅相成,避免由"名节""实学"而来的约束力量扼杀士人的生命精神,这不但对湖北抑或对广大的近代士人具有对症治疗的意义。后提学四川,撰《輶轩语》《书目答问》,创立尊经书院,总督两广时期,在广西创办广雅书院,将此种精神贯注其中,产生了广泛的影响。

提学湖北,是张之洞仕途的重要一站,也是他出京做官的第一站,对于他的一生意义重大,其学术思想的核心,正是在此期形成的,其"江南"意识亦萌芽于此。在此之前,他曾寓于北京,客于山东、河南,也曾到浙江视学两个月。在此之后,他提学四川,又回京做官数年,直到简任山西巡抚。所到之处,例有兴作,也不乏诗文之作,或记行,或咏物,或怀古,但在各地都没有形成其地域标志性的文化思想系统。他在湖北学政时期形成的"江南"意识之萌芽,因缘际会,当他重回江南,方得到进一步的伸展。

二 张之洞与江南诗人之关联

张之洞与近代江南诗人颇有关联。后人论近代诗人,对于张之洞的身份定位,处理每有失当之处。汪辟疆将他定为"河北派"的领袖,与"湖湘派"领袖王闿运、"闽赣派"领袖陈三立并列,三足鼎立,似为公允并且很重视,其实不然。"河北派"有拼凑之嫌,名号不能成立,况以"河北派"如何能概括张之洞的诗歌内涵、诗学影响?汪氏又有《光宣以来诗人点将录》,将张之洞点为"双鞭呼延灼",尤为不切,更没有理会张之洞作为诗人与闽赣诗人陈三立、郑孝胥等人的密切联系。钱基博著《现代中国文学史》,分讲"古文学"与"新文学";古文学又分文、诗、词、曲,讲诗又分开两个系统:"中晚唐诗"与"宋诗","中晚唐诗"以王闿运、樊增祥、易顺鼎、杨圻为代表;"宋诗"以陈三立、陈衍、沈曾植、郑孝胥等为代表,而将张之洞厕于其间。[①] 钱所论两个系统的代表诗人皆是江南诗人兼江南名士,近代诗人的两个系统与张之洞均有一定关联。特别是1889年张任湖广总督之后,兴办事业,广揽人才,江南士人辐辏云集,张之洞更有领袖江南群英的意义,将张之洞列在"宋诗"系统中,就其诗歌风貌来讲稍近情实,仍失之于简单。

1871年5月,张之洞在北京龙树寺组织了一次文人集会,名义上是与潘祖荫〔(1830—1890),苏州人,任工部尚书、军机大臣〕同为主人,实际上是借重潘的声望。现存张之洞致潘氏的信三十余封,可以参考。关于此集会的目的和意义,似乎有待深入讨论。关于此集会的目的,如视为一般意义上的文士聚会,固为皮相;即使如张对潘所说的"欲观四方胜流谈

[①] 傅宏星主编,郭璋校订:《现代中国文学史:钱基博集》,华中师范大学出版社2011年版,第178页。

谐辩论以助清兴",也仍然显得笼统。当时,张之洞自湖北学政任满回京,任翰林院教习庶吉士、侍读,正值人生蓄势待发的时机。次年春,正值会试,四方名流云集北京,他要趁着这个时机,结交名流,聚集力量。当然,这并非势利,培植私人势力,而是胸怀大志,存时代家国之深思;他对邀集的对象细加审量,自有他的标准,即"实学"兼有"韵致"。动议之初,他提交给潘祖荫一个名单:

  湘潭王壬秋(闿运)、南海桂皓庭(文灿)、镇海黄元同(以周)、秀水赵桐孙(铭)、会稽李莼客(慈铭)、会稽赵撝叔(之谦)、相云甫(?不详)、遂溪陈逸山(乔森)、宜都杨星吾(守敬)、南海谭叔裕(宗浚),另举浙江通家(世代交谊)5人:王子裳(咏霓)、王子庄(棻)、孙仲容(诒让)、蔡竹孙(笛)、张子余(预)。

  后来这个名单中有8人参加了集会,其余7人,或约而不赴,或未实约(应为潘所刊落)。实际参加集会的17人,约而未赴的6人,欲约而未及的5人。值得注意的是,如果细究张之洞的初衷,还要从他当初提供的名单说起。他所提名单15人,几乎全部为江南士人(仅相云甫不详),后来实际参加集会的人员中,则有山东、陕西等北方士人3人,不过仍然以南方士人为主。龙树寺集会,名义上是会"四方胜流",倒不如说是江南士人之雅集。

  龙树寺雅集中的焦点人物是王闿运。王当时已名满天下,此次来京是又一次参加会试,然又一次失败,未得第;之后归湘潭,从事讲学著述,再不应试。此次集会前后他与张之洞多有酬唱之作,王赠张诗云:

    良使闳儒宗,流风被湖介。
    众鳞归云龙,潜虬感清泪。

附翼天衢旁，嘉期耦相对。

陆荀无凡言，襟契存倾盖。

优贤意无终，依仁得所爱。

招要宏达群，娈彼城隅会。

从来京洛游，俊彦相推迈。

流飙逐颓波，倐忽陵往辈。

终贾无久名，音恭岂专贵。

飞蓬偶徘徊，清尊发幽嘒。

金门隐遁栖，魏阙江海外。

聚散徒一时，弦望旋相代。

君其拔泰茅，人焉远唐棣。

无曰四难并，弹冠俟林濑。

前有序云："五月朔日，潘伯寅侍郎南房下直，同张香涛编修招陪耆彦十六人，宴集龙树寺。酒罢，赋赠潘、张各一篇。张新从湖北省提学满归，故有良使之称。"① 张之洞回赠和诗有云："王功多楚产，君独好文学。菀枯若转毂，一士翔寥廓。……太息金门下，扬雄独寂寞。"张之洞与王闿运本非深交，有感于王的名声，心生向往之情，然而王负文人之才，两次会试不售，内心郁郁，颇有老去归欤之情，又以散放自我排遣。对此，张之洞是不太认同的，王闿运生于1832年，比张之洞仅年长5岁，时年也才40岁，年龄不能算老，但心态却有些"老"。王闿运离京之前，张之洞有诗《送王壬秋归湘潭》，对于王闿运的才学文章，当然是十分看重的；对于他的仕途遭遇，当然也不乏同情，此送别诗中透出的景仰同情，发自肺腑，真气贯注。然而内含的劝解与引导，值得回味。开篇云："鸣华钟，

---

① （清）王闿运撰，马积高主编：《湘绮楼诗文集》，岳麓书社1996年版，第1395—1396页。

调素琴,漆室老女方哀吟。不嫁不悲好颜色,不知何事伤春心。"已暗含劝解之意。"不如一觞欢今夕,此会不比新亭集。横流能无沧海忧,陆沉差免神州泣。"更是对当下形势的乐观分析。王氏有赋《哀江南》,对太平天国运动中江南动荡,传统意义上的"文化江南"遭受破坏,曲写毫末,细致生动。张之洞写信向王闿运索稿本欣赏。然而,此时已经平定,大批士人对中兴之业颇有希望和豪情,张之洞更是其中之一。篇末"九嶷窈窕湘波绿,高楼正临湘水曲。女儿授学书满床,小妇弹筝美如玉。尽添鸿宝付名山,会听蒲轮动空谷"。虽多写实,但的确对王闿运的名山事业寄予了充分的肯定和希望。王闿运诗学汉魏六朝,能得古诗之洒脱宛转,然而往往缺乏真意深情,"古色斑斓真意少"[1];行为放达而涉世深,"善谈经济"而计迂阔,"能以逍遥通世法"[2]。张之洞对王氏才学文章好的一面加以肯定,对其不好的一面加以鉴戒。

张之洞有《哀六朝》,约作于1880年前后,批评"学六朝"的"文艺轻浮""字体不正",虽非针对王闿运而发,然而对王闿运有一定针砭的意义。同治十年北京会试后,王讲学著书,颇有成就,主讲尊经书院、衡阳船山书院,培养了大批士子,如廖平、杨锐、刘光第、杨度等,与张之洞仍声气相通。张之洞在四川学政任上创立尊经书院,仍以实学相倡,四川总督丁宝桢聘请王闿运为主讲。张之洞离任后曾品题蜀才,曰四校官、五少年,"五少年"中就有绵竹杨锐,后成为维新变法的骨干分子;而廖平受学王氏,后被两广总督张之洞聘请为广雅书院主讲,与朱一新、康有为互相切磋,成为晚清变法维新思想学术的重要发源地。

1889年,张之洞调为湖广总督,重回武昌,开始了他人生最重要的功

---

[1] 柳亚子:《论诗六绝句》,见(清)王闿运撰,马积高主编《湘绮楼诗文集》,岳麓书社1996年版,"序"第14页。
[2] 杨度语:《〈湘绮楼诗文集〉序》,(清)王闿运撰,马积高主编:《湘绮楼诗文集》,岳麓书社1996年版。

业之路,虽然他把大量的精力用于修铁路、炼钢铁、造枪炮、建纺织厂等实业上,但同时亦注重文化教育的建设,他深知各种实业还要落实到"人"上,事业与人才,是互为表里的整体,志在立足两湖,造福一方,做时代的中流砥柱。他每以东晋陶侃自期,陶侃是从西晋到东晋过渡时期的关键人物,平定荆襄,开拓江南,屏蔽北寇,为东晋建国时期的大功臣,官封长沙郡公,任八州都督。然而《晋书》本传篇末记有传疑之言,云陶侃在武昌时梦生八翼叩天门,已开九重,剩一重而翼折(暗示要做皇帝而不成)。张之洞《陶桓公祠》云:"江左诸军望义旗,明公一下决安危。曾闻运甓忧劳语,可胜新亭泣泪时。虚誉回翔殊庾亮,替人辛苦觅愆期。南朝史传多疑谤,百炼精金后世知。"《正月十七日发金陵久至牛渚》云:"牛渚春波浅涨时,武昌官柳应成丝。东来温峤曾无效,西上陶桓抑可知。"《寒溪寺观陶桓公手植桂》云:"一楚横天下,古今陶胡两。访古惬幽邃,伤时转慨慷。物存山自馨,人去吾安放。"《正学报序例》云:

> 江汉之间,南北馆毂。二千年,常为志士才人游集之所,后汉刘表牧荆州,集宋忠、綦毋闿等撰写五经章句。晋咸和中,陶侃始开武昌为军府。侃本传云:武昌号为多士,可考者则殷浩、庾翼、王愆期、梅陶、刘安诸人也。唐咸通中,段成式、余知古、温庭筠诸人会于汉上。诸人闲放不偶,以文章为乐,撰为《汉上题襟集》。本朝咸丰中叶,胡文忠公抚湖北。幕中多士……蒙等被服儒术,薄游江汉,同气相求,不期而遇。寓公十七,邦彦十三,相与揽江山之信美,感王室之多艰。外患日戚,内忧未弭。人伦渐斁,人类将绝。辄为之拈膺揽涕,腐心切齿。思惟昌明正学,庶有以救之。……若谓上拟东晋我朝江汉诸贤之忠义经济,其功效则未知敢知。以视季汉章句之儒、晚唐浮华之士,或少有殊异乎。

下有"题名":"番禺梁鼎芬节庵、麻城吴兆熊星陔,嘉兴沈曾植子培、天门周树模少朴、麻城姚晋圻彦长、元和曹元弼叔珍、长洲王仁俊干臣、长沙胡元仪子威、侯官陈衍叔伊、丹徒陈庆年善余、献县纪巨维悔轩、嘉兴朱克柔强甫。"皆张之洞幕府重要人物或僚属,可见当时江南人物荟萃之一斑。张之洞标举"江汉之间",具有明确的地域意识,宦迹从浙江、湖北、四川、两广再到武昌,每一站皆网罗兼培养一批人才,此时登高一呼,大有云集响应之势,幕府僚属,多江南名士精英。

张之洞从调任湖广总督至戊戌变法前后十多年间,招揽大批人才,这些人有些是从两广任上带至湖北的,有的是从所创办的两湖书院、尊经书院、广雅书院选拔招揽的,有他特别聘请的,也有慕名而至的,"同气相求,不期而遇"仅是大端。值得注意的是,近代文化名家特别是近代诗人,多曾参与张之洞的事业,在张之洞的引领下,展开自己人生的功业之路,同时展开文化文学活动。樊增祥《广雅堂诗集跋》云:"公自光绪丙子冬由蜀返京,作诗甚少。自己卯至壬午,殚心国事,更无余力为诗。壬午出抚晋疆,明年移督两广。荏苒八年,吟事都废。直至乙未自两江还鄂,始一意为诗。"①"乙未"即1896年。自甲午战后,张之洞的事业达到顶峰,也是江南才士聚集武昌之时。樊增祥在张之洞提学湖北时,已受到张的赏识和提拔,兼及为文为学的指导,居弟子列。此时在家乡(湖北恩施)居母丧,张之洞延致府中。易顺鼎(1858—1920),湖南龙阳人,早年即以才气著称,曾问业于王闿运,后入庐山于三峡涧上筑"琴志楼"居之,张之洞招入幕府,任两湖书院讲席。郑孝胥(1860—1938),福建侯官人,早有文名,中举后投李鸿章办洋务,东渡日本任大阪领事,甲午战争起回国,分配到江苏候补;张之洞署两江总督时,延入幕府,随之到鄂。梁鼎芬(1859—1919),中法战争时,曾因弹劾李鸿章被降职、罢官,

---

① 吴剑杰编著:《张之洞年谱长编》上卷,上海交通大学出版社2009年版,第497页。

张之洞督两广时招至幕府，设广雅书局，聘为首任院长，后随张至鄂，长期参幕府事。沈曾植（1850—1922），被张之洞聘为两湖书院主讲。陈衍（1856—1937），初因诗名招致参幕府事。陈三立（1853—1937），江西义宁人，湖南巡抚陈宝箴之子，时父子二人皆受张之洞重视，在湖南大搞改革。其间张之洞曾聘请陈三立校阅经心书院、两湖书院的卷子，先施往拜，备极礼数。这些人不但皆饱学之士，而且是近代著名诗人。公事之余，多有酬唱之作。相互感染亦相互切磋，遂成近代诗学的一大节。有《九月十九日八旗馆露台登高，赋呈节庵、孝通、伯严、斗垣、叔峤诸君子》《封印之明日，同节庵、伯严、实甫、叔峤登凌霄阁》《谢易实甫饷庐山茶》《谢实甫再惠庐山三峡泉》《正月初二日同杨叔峤登楼望余雪》《题残帖砚》《中秋夜登大军山，和易实甫》《送沈乙盦上节赴欧美两洲二首》《送梁节庵之官襄阳道》等。

张之洞又有《金陵游览诗》《金陵杂诗》四十余首，多纪游咏物酬唱之作，自序云："余两假江节，不暇游观，甲辰春奉命来与江督议事，公事无多，又不能速去，日日出游以谢客。"张曾两次署理两江总督，一次为甲午战争起，江督刘坤一奉命北上，调张来督两江一年有余；第二次是刘坤一去世，事发突然，又调张来暂理数月；另外，因各种实业建设需要共同协商，两湖、两江多互通声气，俨然为一整体，而张之洞乃这个整体中的灵魂人物。

三 张之洞之"江南"精神

综观张之洞的一生，基于江南，立于江南，成于江南。他景仰东晋陶侃、晚清的胡林翼，大体上重视的是他们的"经济"功业，挽救局势，转危为安。通过他的不懈努力，也确实在"经济"方面成就很大，成就了江南的实业，增强了江南地区的实力，促进了江南地区的发展。然而，他毕竟是一个文化人，更成就了文化意义上的近代"江南"。

(一) 广包容，成就"大江南"。江南地区人物称盛，张之洞以重视人才著称，"江南"意义的重要一层是人才的江南。晚清曾国藩、胡林翼、李鸿章等号称得人，然而曾国藩建立湘军，多用湘人；李鸿章建立淮军，多用淮人，且二人帐下多是太过于"实用"的武将、政客、实业家，文化思想上的成就多未展开；胡林翼地位低及影响略小；袁世凯聚众人多不以诚，缺少文化上的凝聚力。张之洞宦迹遍布江南各地，从湖北到四川，从两广到两湖，从浙江到两江，甚至北方的河北、河南、山东、山西、陕西，所至各地，皆能发现真人才，聚集真朋友。所以督湖广时能招揽大量的人才。当然，这些人乃以南方人居绝对多数，聚集起来最广泛意义上的"江南"。即使有鄂人以"本省""外省"为言，张之洞每大力去其町畦之见。① 即使对思想学术与自己不一致者，亦尽力推重，显出极大的包容力量。比如康有为，其《春秋》公羊学、孔子改制之说，张颇不以为然。虽力劝康有为勿言此学，但还是赞助康有为开强学会，后遂有"湖南新政"之端绪，容纳大量坚持维新思想的人。另如章太炎，戊戌变法前已有主张革命之说，张之洞还是把他请到武昌，准备让他主持《正学报》。后来虽由于章的固执与肆言无忌，恐不能见容，逃去，事不果，但仍然可以见出张的包容之心。康有为与章太炎，是戊戌变法前后的活跃人物，康是维新派的首领，章太炎是国粹派的代表人物之一，如果加上张之洞所代表的"中体西用"派，此三派乃晚清三大思潮。后人每多注意三派之异，似为平流竞进，特别是后来随着时局的发展，革命终于成功；维新派失败，清朝被推翻，更加轻视张之洞当时的重要作用。须知当时张之洞代表的是官方，影响及于长江中下游，维新派与章太炎能在上海、南京、长沙等地展开活动，应得力于张之洞的包容。迫于朝廷的压力，张之洞不得不小心谨

---

① 如 1895 年 1 月 11 日《就书院聘用主讲官电复武昌谭制台》："……鄂人主讲外省，外省不以为非，何鄂中不可请外省人耶？向来无此章程。"吴剑杰编著：《张之洞年谱长编》，上海交通大学出版社 2009 年版，第 461 页。

慎，从长计议。后来，虽然戊戌变法由于冒失的行动而失败，张之洞由于更受朝廷的羁縻而谨小慎微，然而最终辛亥革命还是从武昌爆发，并得到江南各地的响应而成功。从这个意义上来说，张之洞希望成就的是一个富有活力的"大江南"。

（二）善切磋，成就"多彩的江南"。张之洞善得人，亦善与人切磋。他思想广大，并不存由清朝学术而来的种种门户之见。特别是在诗学批评方面，以"清切"论诗，力求清正与广易亲切相结合，同时也是矫正近代诗歌创作中的极端，具有重要的切磋交流追求至境的意义。陈衍《石遗室诗话》记述了张之洞批评近代诗人偏于宗宋的一系列诗人，陈三立、沈曾植、郑孝胥、袁昶，加上陈衍本人，他们皆是张之洞倚重的重要人物。首先，张之洞将黄庭坚的整体成就与江西诗派的负面影响分开，当然是别具只眼的；陈衍认为批评江西诗派就是否定黄庭坚，肯定黄庭坚就不能批评江西诗派，其实这正是张之洞所批评的门户之见。张之洞对以上陈三立等一系列诗人皆是极为推重的，陈衍来武昌入张之洞幕府，正是张在友人扇子上看到陈衍的诗，"至为激赏"[1]。张之洞推荐门人袁昶至清廷，联络北京与江南，期望极大，但清廷却因袁谏阻借重义和团围攻外国使馆对外宣战而处死了他，张之洞痛惜不已，有诗《过芜湖吊袁沤簃》："江西魔派不堪吟，北宋清奇是雅音。双井半山君一手，伤哉斜日广陵琴。"认为袁能将王安石与黄庭坚融而为一，评价极高。盖黄庭坚有清奇的一面，也有从"奇"趋向倔强的一面，若"奇"不以清正为基，势必趋向形貌上的"槎牙""荆棘"。其次，将张之洞所主张的清切理解为"典雅"，进而理解为"旁皇周匝，无一罅隙、时参活著"，不能尽清切之义，对张之洞的良苦用心似未领会。"清"指向"雅正"，须由广大而至于雅正得到"清澈"之美；"切"指向"切当"，须由渊博而至于恰当得到"亲切"之感。郑孝

---

[1] 张寅彭主编：《民国诗话丛编》第一册，上海书店出版社2002年版，第157页。

胥和樊山诗云:"尝序伯严诗,持论辟清切。自嫌误后生,流浪或失实。君诗妙易解,经史气四溢。诗中见其人,风趣乃隽绝。浅语莫非深,天壤在毫末。何须填难字,苦作酸生活?会心可忘言,即此意已达。"[1] 则是对自己"辟清切"的反思,郑序陈三立诗在 1909 年,此和樊山诗约作于 1915 年,当年为推重陈三立诗,对于张之洞的清切之论在强调"甚正"的同时,引申而辟之,认为"诗之为道殆有未能以清切限之者"。此时读张之洞所推重的樊增祥诗,觉得自己"辟清切"的观点可能有粗率之处,可能对后生造成不良的影响。这是比较切实的反思。

与以上陈三立偏重宋诗一路诗人不同的是另外一路近代诗人,大约偏重于学习唐以前的诗,特别是对于汉魏六朝古诗,情有独钟;在人格上,也是偏于自由洒脱的一路。此一系以王闿运、樊增祥、易顺鼎为代表,他们皆两湖人,而以上陈三立一系列诗人基本上是江浙闽赣东南一带的人士。张之洞所论"清切",不但对于宗宋诗人的弊端具有针砭的意义,对于宗唐前诗人亦有指导的意义。只不过张提出此论时应在戊戌变法前后,当时身边主要是宗宋诗人群,游观酬唱品评之间更有当下的针对性。樊增祥、易顺鼎皆是张的门人,樊增祥长期在陕西任职,不在武昌;易顺鼎居留庐山、武昌时间较长,曾与陈三立诸人作庐山之游,多有酬唱之作,并请张之洞品评。但张之洞对易顺鼎等门人之作多是正面的引导与鼓励。易顺鼎赠张之洞"残帖砚",张有《题残帖砚》云:"介甫书颠狂,子瞻书豪纵。穆穆司马公,落墨必谨重。邪异贤亦殊,朝局成一哄。……易生性慷慨,如石充僧供。坳墨谨洗涤,廉棱戒磨砻。作我方正友,泚笔岂敢弄。"易顺鼎确实不乏颠狂与豪纵,此风在其诗中也时有表现,张之洞以"谨重""方正"教之,意味深长。《过芜湖赠袁兵备昶》:"为政有道道有根,佳人读书袁使君。九流擩哜仍摆落,收拾并入不二门。"道出读书为学,

---

[1] 张寅彭主编:《民国诗话丛编》第一册,上海书店出版社 2002 年版,第 135—136 页。

也包括为政为文，由博返约，层层刊落，最后归于一心尊的不二法门。所以，雅切之说，广易之论，并不是张之洞特别指责他倚重的一批宗宋诗人，而是他在切磋中联络众多才士的一条主线，是他诗学思想的概括。在切磋琢磨中互相借鉴，形成包容多样的共同体。从这个意义上来说，他要成就的是一个"多彩的江南"。樊增祥有《暮春苏堪见过作云》："……君家富樱花，吾花亦满篱。君树高于我，作花红倍之。君园花开早，我屋花较迟。君花备五色，我花淡白姿。同根而异态，姊妹分妍媸。君来看我花，如鲁适郏鄏。观花即可知，我诗与君诗。"虽有自谦，可为写照。

（三）守正驭奇，成就"有力的江南"。张之洞教士，行、学、文三者并举，《輶轩语》即有"语行第一""语学第二""语文第三"等三篇。"语行"不从高深的德行来讲，只从日常生活的为人处世来讲；"语文"虽从科举考试的要求来讲，颇能由浅入深。"语学"则深入系统。观张之洞门下之士，多学养深湛、诗文俊伟，既不是仅能纸上谈兵的浮华之徒，也不是仅能做事的粗重少文的人，可知张造士的功夫重在"学"，同时也兼顾"文"。

张之洞早年既受韩超、胡林翼的熏陶，"差幸心源早得师"（前引）；后任职两湖，便以近代湖湘之学为基础，展开兴学育才的事业。近代湖湘之学的代表人物是曾国藩与胡林翼，由于面对太平天运动的乱局和考据之学饾饤无用，因此力倡"经济之学"——实学，培养有用的人才。然而，由于时局的限制和对实用人才的偏狭理解，曾、胡较多地注重军事人才和实业人才，且人数有限，尤其在文化教育方面不够重视，总之，太过于实用。张之洞能够守正驭奇，重文学，刊落浮华，拒绝僵固。张之洞所到之处必兴办学校教育，湖北的经心书院、江汉书院、两湖书院；四川尊经书院、广西广雅书院、江陵书院等，皆有较大的影响，培养了大批人才，产生的集合力量是巨大的。特别是戊戌变法前后，张之洞一方面尽量拒绝清廷分配下来的候补官僚，一方面大力向外推荐江南人士，大力任用江南人士,使江南充满活力。

张之洞标举"正学",著《劝学篇》,系统地提出"中体西用"之说,虽然主要目标在于绝康梁、息内乱,但同时也反对"以陋为古,以迂为贤"的僵固思想,所提出"正人心""开风气"两端,乃是他守正驭奇思想系统的两翼,大方向将士人精神引向正、大、通、活,实现湖湘文化精神之转型,从这个意义上来说,他要成就的是"有力的江南"。

总之,张之洞一生成就集于"江南",给近代江南文化打上了深深的烙印。虽然理想不尽实现,成败得失之处多可讨论,但意义重大,影响深远。柳诒徵《张文襄祠》诗云:"南皮草屋自荒凉,丞相祠堂壮武昌。岂独雄风被江汉?直将儒术殿炎黄。六洲蒿目天方醉,十载伤心海有桑。独上层楼询奥略,晴川鼙鼓接三湘。"[①] 在近代诗学中,张之洞的地位和作用极为重要。在他的组织下,形成了江南诗人群的活动中心。他基于近代湖湘文化,激发诗人的现实精神和扎实精神,兼顾唐前诗的意气风发和宋诗的博雅凝练,彰显中国诗学传统的大体与整体。他一生创作诗歌量虽不很多,但诗中有人,气骨双胜,熔唐宋诗学精神于一炉,自有其他诗人所不及之处。他坚持以"清切"论诗,切磋对治,补弊救偏,促进了不同宗趣的诗人间相互借鉴吸收,健康发展。对于张之洞在近代诗人中的身份地位,实难以宗派限之,他是晚清"江南诗人群"当之无愧的领袖。

[①] 柳诒徵:《张文襄祠》,《学衡》1924 年第 25 期。

附录二 文化保守主义学术系统中的《文心雕龙》研究

这里把文化保守主义作为观测学术史的一个视角。黄侃（1886—1935）著《文心雕龙札记》，乃"现代"《文心雕龙》研究的奠基之作，他师从章太炎先生，师徒联名号称"章黄学派"，又同是"国粹派"的重要代表。徐复观（1903—1982）为现代新儒家宗师之一，他早年在湖北武昌国学馆求学时，曾受教于黄侃。中年以后，致力于中国思想史的研究，多涉及中国文学，反于黄氏《文心雕龙札记》多所批评，并著《文心雕龙的文体论》等文，自出途辙。王元化（1920—2008）青少年时期颇受国学熏陶，随着走上革命道路，于新文化新文学拳拳服膺；中年受到胡风案牵连，转向学术研究，所著《文心雕龙创作论》，致力于对文学"最普遍最根本的规律和方法"的探讨，晚年以后续有修订。王元化在20世纪90年代以后，被一些学者冠以"文化保守主义者"，当然，这一点颇有争议，不可作为定论。以上三人，对20世纪中国文论皆有重要的贡献，在《文心雕龙》研究史上应有重要的地位；三人皆湖北人，时代相近，学术渊源及师友交往错综关联，尤其在"文化保守主义"这一大的场域中形成对话交流的学术形态。徐复观的《文心雕龙》研究，深受黄侃的启发，但是他对黄氏的批评颇为尖锐；王元化的《文心雕龙》研究，与黄侃也存在某种关联，也一度受到徐氏的批评。[①] 对

---

① 徐复观：《陆机文赋疏释》，《中国文学论集续篇》，台湾学生书局1981年版，第144页。

于徐复观的批评，批评时黄侃早已作古，无法发出有效的回应；王元化对徐复观的批评意见虽有所回应，但没有展开论述，其中曲折仍有待进一步显发。为什么同在一个大的学术系统内，意见竟如此地不一致呢？他们各自的论述中心究竟相合不相合，相应不相应？究竟在怎样的层面上才能够体现互补互证的意义？本文重新检讨学术史上的曲折，希望能见历史之真实，亦略显疏通之义。

一　黄侃：以"文辞"守护"文心"

黄侃学术以"保守"著称，其《文心雕龙札记》更有守护传统文学的"保守"意义。王元化晚年随笔《谈杨遇夫》，其中谈及杨遇夫《积微翁回忆录》"尊太炎，而对黄侃颇有微词"，原因是章、黄学术渊源之不同："季刚（黄侃）受学太炎，应主实事求是；乃其治学力主保守，逆转为东吴惠氏之信而好古。读《诗》必守毛、郑，治《左氏春秋》必守杜征南，治小学必守许氏。于高邮之经学，不论今古文家法惟是之从者，则力诟之……"王元化又云："遇夫有《温故知新说》，大意谓温故而不能知新者，其人必庸；不温故而欲知新者，其人必妄。他在《回忆录》中明言，前者为黄侃，后者指胡适。"① 王元化在这里主要是介绍和表彰杨遇夫的治学精神，而对杨氏所言未及细加辨析。黄侃学术渊源究竟如何，黄侃治学是否力主"保守"，其人是否"必庸"？

徐复观指出：

> 清代乾嘉学派，喜为六朝骈俪之文；站在骈俪之文的立场，《文心雕龙》的文章，易合于这一派的脾气。所以《文心雕龙》，实际上是在这一派中重新提出的。但这一派，反宋明理学，反桐城派古文；

---

① 王元化：《谈杨遇夫》，《王元化集》卷七，湖北教育出版社2007年版，第58页。

而其自身对文学的了解,多是隔靴搔痒。因此,他们提出了《文心雕龙》,并不能了解《文心雕龙》。……目前发生影响最大的,还是黄季刚先生的《文心雕龙札记》。……黄先生在文学方面,天才卓绝,其诗词文章的成就,过于其他学术上的成就。但创作是一回事,理论批评,是另一回事。黄先生在理论批评方面,理解得不多;加以《札记》出于早年,而其偏执来自乾嘉学派。①

杨遇夫说黄侃"力主保守",徐复观说黄侃"偏执",然各有所指。杨氏所言,意指黄侃为学不知变通以达真是,而徐氏所言,特指黄侃之《文心雕龙札记》大体有失,偏执于细枝末节,偏离了刘勰的原旨。那么,黄侃为学特别是他的《文心雕龙札记》到底"保守"还是不保守呢?整体来看,黄侃为学确实有所"保守",或者说有所持守,甚至有所坚守,特别是他的《文心雕龙札记》,在新旧文学观念冲突的历史背景下,其解释方向是很明确的,对传统文学的价值持之甚坚。然而他所坚持的,与杨氏、徐氏所认定的传统文化的内容并不一致。

杨氏说黄侃"受学太炎",但却异于太炎变通求是的学术精神,强调黄侃学术渊源于太炎,只是讲出了人所易知的一个大概。其实,黄侃学术渊源并非如此简单。1906年,黄侃在日本遇章太炎,为其以讲学促革命的精神所动,遂师事之,当时黄侃已21岁。在此之前,堪称黄侃学术渊源的还有二端:其一是他的家学渊源;其二是地方学风——近代湖北学术风气的熏陶,特别是张之洞的引导。黄侃的父亲黄翔云(1819—1898),以二甲进士官至四川按察使,于1891年退休回到老家湖北蕲春,于1893年应湖广总督张之洞的聘请,连任江汉书院、经心书院及两湖书院的山长。②这期间,正是张之洞在两湖进行文化、教育、经济、军事一系列改革的时

---

① 徐复观:《文心雕龙的文体论》,《中国文学论集》,台湾学生书局1982年版,第402页。
② 黄焯:《黄季刚先生年谱》,《黄侃日记》,江苏教育出版社2001年版,第1093页。

期，也是戊戌变法酝酿开展的时期。黄侃生逢其时，正是他由童年向青少年过渡求学时期，"其志学实基于此"①。关于黄侃之父黄翔云的学术，不得其详，然而从黄焯整理的《黄季刚先生年谱》中可得仿佛。他以古文名家，号称"以格韵胜"；所著诗、文若干卷，《学易浅说》十四卷，《群经引诗大旨》二卷，等等；教导黄侃强调"读经之外，或借诗文以活天趣"②，综合来看，黄翔云的学术旨趣偏重于文学与经学，于经学中又偏重平实的义理方向，此等学术规模，对以后黄侃的学术旨趣具有奠基的意义。

黄侃《文心雕龙札记》论者已甚多，如周勋初《黄季刚先生文心雕龙札记的学术渊源》一文③。从时代背景、文学观念与师承关系等方面条分缕析，细加梳理，突出黄侃对齐梁文学与《文选序》的不同评价、批判褊隘者流及阴阳刚柔之说、反对文以载道提倡自然为文等论题，代表了学术界的主流观点。但同样作为黄侃弟子的徐复观，作为与黄侃颇有交往的时人杨遇夫，对黄侃及其学术却颇有微词。王元化的平议之词虽略有补充，但未能多视角、多侧面显示评论者各自的解释方向，黄侃《文心雕龙札记》的文学思想史意义仍缺少纵深的开掘。

综合论者的研究结果，黄侃《文心雕龙札记》显示的文学观念有二。

第一，对"道"的消解。黄侃强调"文章本由自然生"（原道第一），引《淮南子·原道》、《韩非子·解老》和《庄子·天下》来解释《文心雕龙·原道》篇，偏重以道家的自然之道来解释刘勰所原之道，又有《汉唐玄学论》，强调刘勰思想的玄学因素。他虽在《札记》的《征圣》里强调"宣尼……唯文是赖"，但仅落在"文辞"之上："诸夏文辞之古，莫古于《帝典》，文辞之美，莫美于《易传》。一则经宣尼之刊著，一则为宣尼所自修。"《宗经》篇中也强调"宜宗经"之四端，但他强调的"原"

---

① 黄焯：《黄季刚先生年谱》，《黄侃日记》，江苏教育出版社2001年版，第1095页。
② 黄焯：《黄季刚先生年谱》，《黄侃日记》，江苏教育出版社2001年版，第1095页。
③ 黄侃：《文心雕龙札记》，上海古籍出版社2005年版。

"柢",经体的广大,杂文的繁博、辞义的全备,莫不是从文章的体例文辞来立论,而避开了经学的思想价值。黄侃对《文心雕龙》"道"的消解,对刘勰儒家思想避重就轻的曲解,矛头指向清代桐城派主张的"文以载道"的文学思想,而顺应了近代反专制思想的大潮。然而,这样的立论方向打击目标太大,割裂了"道"在中国文学思想史的整体意义,与自己护持传统文学的思想相矛盾。更重要的是,离开了刘勰《文心雕龙》文之枢纽的立基意义。放在一百年后的当下来看,应该视为失误之论,如果非要追究其理论意义,则仅有文学思想史进程中破坏旧有思想的意义,而缺少学术研究和思想理论建设的正面意义。

第二,文辞封略弛张说。黄侃云:"文辞封略,本可弛张,推而广之,则凡书以文字,著之书帛者,皆谓之文,非独不论有文饰与无饰,亦且不论有句读,此至大之范围也。……若夫文章之初,实先韵语;传久行远,实贵偶词;修饰润色,实为文事;敷文摘采,实异质言;则阮氏之言,良有不可废者。即彦和泛论文章,而《神思》篇以下之文,乃专有所属,非泛为著之竹帛者而言,亦不能遍通于经传诸子。然则拓其疆域,则文无所不包,揆其本原,则文实有专美。特雕饰逾甚,则质日以漓,浅露是崇,则文失其本。又况文辞之事,章采为要,尽去既不可法,太过亦足召讥,必也酌文质之宜而不偏,尽奇偶之变而不滞,复古以定则,裕学以立言,文章之宗,其在此乎?"① 此一节较为概括地表达了黄侃的文学观及其对《文心雕龙》文学观的理解,前人多以平章阮元、章太炎、刘师培为说,以为黄侃只是将几家的观点加以综合,了无创意,其实未尽黄侃观点之细微曲折。黄侃论文辞封略虽有弛张,但他最关心的是文学的狭义而非文学的广义,是文学意义的"张"而非文学意义的"弛",认为这是文学的本原意义。文学有"专美",并且认为刘勰《文心雕龙·神思》篇以下,所

---

① 黄侃:《文心雕龙札记》,上海古籍出版社2005年版,第10页。

讨论文学的范围是"专有所属"。黄侃对"文辞之美"的追求，通向传统的文章之学，"复古以定则，裕学以立言"，最能见出其文化保守主义的文学观。但他对以"文辞之美"的文学价值观来观照中国传统文学、观照《文心雕龙》，仅能得其形体之仿佛，而不能贯通其精神气脉，因为传统文学的精神气脉乃扎根于知识分子的现实关怀之中，往往以儒家思想为基础。黄侃虽然也以文学的开张之义来涵蕴经传诸子，甚至书记笔札，但他忽视其历史文化的负载功能，而仅重视其形式意义，似有照顾平衡，仍然失之于偏颇。

二 徐复观：以"文体"守护"文心"

徐复观的《文心雕龙》研究对以黄侃为代表的《文心雕龙》研究方向具有回应讨论的意义。1959年，徐氏发表《文心雕龙的文体论》一文，篇末揭义"要把文学从语言、考据的深渊中，挽救出来，作正常的研究，只有复活《文心雕龙》中的文体观念，并加以充实扩大，以接上现代文学研究的大流，似乎这才是一条可走的大路"。[①] 后来到了20世纪70年代，又写了七篇《文心雕龙》专题论文，以申前义。徐复观认为，整个《文心雕龙》是以文体论为脉络来展开的，"《文心雕龙》，即我国的文体论"。他认为，按照刘勰的意思，《文心雕龙》全书五十篇，可以分作三部分：前五篇，刘勰称为"文之枢纽"，徐复观认为乃是追溯文体的根源；第二部分由《明诗》到《书记》二十篇，刘勰称为"上篇"，徐复观认为乃是历史性的文体研究；第三部分"下篇"则是普遍性的文体研究。在刘勰的笔下，称之为"文之枢纽""文之纲领""文之毛目"，徐复观皆转变为"文体的……"，将刘勰的研究对象"文"，统统理解为"文体"，如果借用刘勰的话："古来文章，以雕缛成体。""文心雕龙"四字，即有将文心雕缛

[①] 徐复观：《文心雕龙的文体论》，《中国文学论集》，台湾学生书局1982年版，第76页。

成体的意思，徐复观的理解与刘勰自有相应之处。

然而，徐复观将《文心雕龙》的研究对象"文"理解为"文体"，不能不说是一种特指或者转化，或者说是一种修剪整合，与《文心雕龙》原有的论述格局有一定差别。为了补充可能造成的断裂，徐复观将"文体"的内涵进行了充实伸展性的解释。他提出，文体的内涵有三个层次，即体制、体要、体貌。对于这三个层次，学术界多有质疑讨论。徐复观谈体制，基本上就是文章的体裁，与文章的种类相关联，在《文心雕龙》的第二部分"上篇"里，刘勰用二十篇的篇幅来分类讲解文章的写作要领，徐复观以"历史的文体研究"来概括，这样比较容易理解。徐复观所谈的"体貌"，是以文章风格为中心而扩展到文章由内附外的形象特征，刘勰在《文心雕龙》的下篇里，分开要素来谈文章的写作方法和注意事项，也可以说各要素皆涉及文章的外貌特征，徐复观称之为"普遍的文体"，这和刘勰的原意也比较相应。关于"体要"的提法，学者们多不认同。徐复观曾撰文加以解释，说"体要"这个词是动宾结构，即题材要求表达的要点，在《文心雕龙》里的根据是《征圣》篇中引《书》云："辞尚体要，不惟好异。""正言所以立辩，体要所以成辞；辞成无好异之尤，辩立有断辞之美。虽精义曲隐，无伤其正言；微辞婉晦，不害其体要。体要与微辞偕通，正言共精义并用；圣人之文章，亦可见也。"这里"体要"一词，刘勰是讲圣人文章的文体特征的，"体要"是指曲折含蓄表达之下思想内容的精当，徐复观将它加以普遍化，作为文体的一个层次，似乎寄寓了解释的深意。

徐复观"复活"《文心雕龙》中的文体观念，无疑是一种"保守"传统文化的研究实践，他作为现代新儒家代表人物，所从事的学术研究，皆镶嵌于"返本开新"的大格局。具体到传统文学之本，则埋藏在中国文学史的发源地及其河床之中，从中国文学史重要节点展开研究，可以重振中国文学的纲维。《文心雕龙》就是中国文学理论的重要代表著作，在这里可以发现中国文学的传统价值，可以接上现代文学的发展潮流。他认为，黄侃虽然是旧文学的代表，但在反对"文以载道"这一点上与新文学是一致的，如果消解了《文心雕龙》中"道"的观念，便在根本上错了，如同斩去了《文心雕龙》的首脑，也如同斩去了传统文学的主脑。黄侃将《文心雕龙》的重心落在"文辞"之上，将传统文学的价值落在文辞之美上，这在徐复观看来，简直是舍本逐末，不得要领。所以他对作为乡贤加老师的黄侃颇有微词，对沿着黄侃的研究方向从事学术研究的学界同道颇不客气，口出严厉之词，时时发出攻难。那么，徐复观对《文心雕龙》文体论的"复活"究其有何"保守"意义呢？

（一）徐复观强调的"文体"，指向作家的"心体"。徐复观认为，《文心雕龙》文体论的重心，在《文心雕龙》的"下篇"，文之枢纽是文体的追根溯源，上篇以体类展开，亦仅有历史的意义，也就是说，仅有文学史的范例意义，至于下篇，则是文学活动各种因素的具体展开，具有理论指导意义和实践意义。他又认为，整个下篇又是以《体性》为中心展开的，而《体性》篇的具体内容，则是讲作者心体与文体的关联。文章的体制形貌虽有各种类型、各种因素，但那都是作者内心世界的形象展开，所以，论文体必然重视作者心灵的修养。比如，下篇中涉及的情采、熔裁、声律、章句、丽辞、比兴、夸饰、事类、练字等篇，他认为这都是文体的"客观因素"，都是"主体"的发挥。这样来讲，无疑消减了这些篇目的独立意义，容易引起简单化的后果。但是，他这样讲，强调的倾向是很明确的，即非常重视传统文学中"人""文"合一的讲法，突出文学的主体性，也可以说是一种传统的人文主义文学观。

（二）以"文体"沟通西方文论中形象、风格等理论范畴。徐复观发表《文心雕龙的文体论》，在方法上具有比较文学的意义，"通中西文学理论之邮"，他认为，从根本上来说，文学既然是作者内心世界的形象展开，古今中外概莫能外，必然能找到沟通的理论途径。首先，虽然他将《文心雕龙》的文体内涵分为体制、体要、体貌三个层次，但他认为，体制不过是文章文字的排列形式，是作家容易按照习惯把握到的，是粗浅的文体因素。只有后两个层次，特别是文章的体貌，才是"彻底代表艺术性的一面"。而"体要"之"体"，较为集中地体现了中国文学的特色，是刘勰"较一般人更为完整的地方"。① 所以，他以"文体"沟通西方文论中的有关理论范畴，着重于"体貌"。他认为，中国关于文章体貌的自觉，开始于魏晋时期，是由人体转用于文体之"体"，文体浅层的意义是形式的统一体，深层意义则是形成文学艺术性的各种因素，它虽由语言而表达，但仅称语言不能表达这个统一体的意义，必须追溯到文学的内容，追溯到作者主体的世界，才能体现文体这个统一体的意义。徐复观认为《文心雕龙》文体与西方文论中 style 的意义是相通的："文体则为六朝很流行的名词，它的基本条件及基本内容，与西方文学中所谓 style 的基本条件与基本内容有本质的一致。"关于这一点，若干年前笔者已做过较为详细的分析。② 现在来看，徐复观的论断仍然站得住脚，只不过可以做一些补充和限定才较为准确。即：徐复观所讲的《文心雕龙》中的"文体"，集中指向"体貌"的层次；而他所论述的 style，则集中表达"文风"的内涵。这样，他所强调的文章体貌扎根于作家的情性，具体表现为作品的情调、意味等审美特征，这样来讲，作者主体对于文学表达的作用，中西文学在这一根本点上是可以相通的。

（三）以"文体"整合古文理论的重要命题。徐复观虽主要着眼于《文心雕龙》而立论，但他独具慧眼，具有整合中国古论的气魄。他认为，中国古代文学的最后终结于桐城派，在整个清代成就最大，但是这一派在近代文学的理论建设不够，甚至逐渐萎缩。而《文心雕龙》从近代以来备受重视，遗憾的是，黄侃《文心雕龙札记》向下延续的《文心雕龙》研究，没有从根本思想上弘扬传统文学的精神气脉，对桐城派文论多有攻

---

① 徐复观：《文心雕龙的文体论》，《中国文学论集》，台湾学生书局1982年版，第25页。
② 王守雪：《人心与文学——徐复观文学思想研究》，郑州大学出版社2005年版，第96—98页。

击，从某种意义上说，这是一种人为的隔膜和阻断，因此，他要"窥古今之迹"，疏通间隔，以体现中国文学传统的整体统一性。徐复观认为，一方面，《文心雕龙》总结文学发展的成效，欲救当时由过重藻饰而来的文体卑弱之穷，在思想的重要地方，开唐代古文运动之先河；另一方面，唐代古文运动的文学观念，弱化了文学在艺术上的追求，原因是道德实用思想太突出了，导致了文体观念中体貌范畴的模糊不清。从韩愈到方望溪，皆是强调"体要"而忽视"体貌"，姚鼐开始重视文学的体貌，因此可以视作从某种程度上找回了《文心雕龙》中的"文体"观念。徐复观认为，联结《文心雕龙》与古文家文体观念的是"文气"。虽然二者所强调的并不完全一样，但是，都是以生命为基础，上通于作家的精神，都是作家修养的结果，即需要由生理向精神的升华。就养气的目标来说，都是追求气的充实有力，表现在文气之上，则是作家充实有力的生命力，涵容思想感情力量，注入作品之中，形成作品以感染力为中心的审美效果。因此，重新检讨《文心雕龙》的文体观念与古文家文体观念的纠结，可以疏通致远，使中国文学精神发扬光大。

徐复观《文心雕龙的文体论》发表以后五十余年中，引发大量讨论，不少学者批评其中的"学理缺失"，就学术研究的科学性追求来说，这样的商讨文章具有一定的积极作用。然而，如果对徐复观运用的研究方法有详细了解，就可以发现"六经注我"的研究方法的建设性意义，局部的学理缺失根本不会动摇立论的根基，因为这种建构性的解释工作是在研究对象留下的"空白"——含而未彰处进行的，史料及文本代替不了思想史，只有对史料及文本的解释才可能重构思想史的图像。当然，这样也并不意味着对研究对象客观的"原意"有所轻视。徐复观对《文心雕龙》文体的"复活"，表现出他对中国文学传统的护持，他以"文体"追溯"文心"，以"文心"追溯作者的"人心"，以作者的"人心"辐射到普遍的心灵感受，隐然继承了中国古典文学的圣贤精神，并加入现代文学的潮流。

三 王元化：以"文学规律"守护"文心"

王元化祖籍湖北江陵，1920 年出生于武昌，其父当时任教清华，遂于次年随母亲与父亲团聚移居北京。王元化涉足《文心雕龙》研究，始由其父请同事汪公严指导，汪公严是广雅书院高才生，朱一新弟子，曾入张之洞幕府，助张之洞撰《劝学篇》。1947 年，王元化任教国立北平铁道管理学院，因教学所需，遂问学于汪公严。王元化于 20 世纪 60 年代初撰《文心雕龙创作论》，其中内容最初便酝酿于此。王元化进行《文心雕龙》研究的过程中，尚有另外两个学术上的机缘，其一是问学于韦卓民。韦卓民是研究德国古典哲学的专家，对黑格尔哲学造诣很深，王元化对哲学上理性问题、规律问题的重视及研究，便与此相关。其二是问学于熊十力。熊十力是现代新儒家的大师，一生致力传统学术的发扬光大，由佛转儒，或者说，以佛归儒，尤其重视二王——王阳明、王夫之之学。王元化曾因《文心雕龙》研究中佛学、儒学思想的有关问题，向他请教，熊十力在一种由政治环境的压力而来的孤寂心境下，耐心指导政治磨难中的王元化，加上学术方法的指点，文化人格的感染，对王元化进行学术研究产生了极大的影响。

王元化《文心雕龙创作论》的重心在于："从《文心雕龙》中选出那些至今尚有现实意义的有关艺术规律和艺术方法的问题来加以剖析。"王元化怀有一个愿望，他希望他的解释能让中国传统文学为现代文学的发展提供参考，受到世界范围内更好的理解和重视。因此，他非常重视解释中的本土性和客观性，"除了把《文心雕龙》创作论去和我国传统文论进行比较和考辨外，还需要把它和后来更发展了的文艺理论进行比较和考辨"。[1] 他希望能用自己的解释找出文学创作的一般规律，并证明这些规律

---

[1] 王元化：《文心雕龙创作论八说释义小引》，《王元化集》卷四，湖北教育出版社 2007 年版，第 81 页。

就埋藏在《文心雕龙》中，就这一点来说，他与徐复观以文体论来观照《文心雕龙》有相同的追求。陆机《文赋》云："普辞条与文律"，刘勰多称"文术"，王元化强调的"艺术规律和艺术方法"与之指向基本一致。只不过他强调的"创作规律"，虽有创作方法的意义，并不等同于"写作方法"的文法意义，就其内容形态来说，主要是指抽象的一般的创作理论，更接近西方文艺理论的形态。

王元化《文心雕龙》研究的基本方向是强调《文心雕龙》"文律"的普遍性与客观性。另外，对刘勰身世及其思想的一些考辨性文章，也意在强调刘勰的低层庶士身份及"唯物"思想，结合研究者面对的社会政治环境来看，不能不说是对刘勰及《文心雕龙》的一种"护持"。"《文心雕龙》创作论八说释义"是王元化阐释"文律"的代表性成果，"八说"包括《释物色篇心物交融说》《释神思篇杼轴献功说》《释体性篇才性说》《释比兴篇拟容取心说》《释情采篇情志说》《释熔裁篇三准说》《释附会篇杂而不越说》《释养气篇率志委和说》，每一篇皆对应现代文艺理论范畴，它们分别是创作活动中的主客关系、艺术想象、风格、意象、思想感情、创作过程、艺术结构、创作的直接性。王元化在解释时，是极为审慎的，但他脱不开当时"批判地继承"思想方法的格局，称"清理与批判"并重，"正文"侧重在"清理"，"附录"侧重在"批判"，其内容放到现在来看，不乏机械或评判失当之处，但其苦心孤诣和认真的态度仍可以让人领会得到。在一些重要问题或范畴的解释中，可以看出其正面的建设意义。比如，他对刘勰的"心物"观念的理解，以"对立统一"解之，就颇有当时语境下立论的深意。他清楚地认识到刘勰对于作家主体因素"心"的重视，这是贯穿其整个创作论的中心线索，但他从《物色篇》着手，分析物、情、辞三者之间的关系，避而不谈"心"的意义，从物我对峙到物我交融，观点显得更加全面平正。王元化将刘勰的文学起源论与创作论分开来讲，认为《原道》篇显示的是一种"儒学唯心主义观点"，是五十篇其中"不用"的一篇,"混乱而荒唐";认为"刘勰的文学创作论并不完全受到他的文学起源论先验结构的拘囿,其中时时显出卓见"①。这种分析与其说是一种"批判",不如说是一种特别的"选择",以突出刘勰文学创作论的理论价值。然而,这种论断有割裂《文心雕龙》的危险,因此受到一些学者的质疑。

王元化的《文心雕龙》研究对黄侃《文心雕龙札记》多有补正,摘引随处可见,非一般参考书可比。据记载,王元化写作《文心雕龙创作论》之际,曾手抄黄著。20世纪60年代初,王元化写作几篇《文心雕龙柬释》请郭绍虞审阅,郭在信中说:"我信此书出版,其价值决不在黄季刚《文心雕龙札记》之下也。"②黄著的重点也在《文心雕龙》的下篇,兴趣也是文学观与创作论,王著应该有后出转精、迈越而上之的意义。然而,值得注意的是,王元化的"补正"体现的不只是一种"超越"和"歧异",更体现出一种"关联"。比如,王著指出黄著缺略《物色》篇,骆鸿凯所补的《物色》篇关于"物"的解释亦未能尽其底蕴;范文澜《文心雕龙注》"物"字含混矛盾,以黄、骆、范师徒三人为基础,申说补正,以显发《文心雕龙》创作论主、客关系中客观因素的重要性。《释神思篇杼轴献功说》认为黄侃《文心雕龙札记》:"杼轴献功,此言文贵修饰润色。"王元化认为,这种看法不能解释刘勰的原意,创作不是修饰润色就可完成,必须想象活动起作用。王著无疑提升了理论高度,更符合一般文学创作的原理。

综上所述,黄侃、徐复观、王元化三位学者的《文心雕龙》研究构成20世纪龙学的重要内容,可以视作一条特殊的线索。一方面,就一般的观

---

① 王元化:《文心雕龙创作论八说释义小引》,《王元化集》卷四,湖北教育出版社2007年版,第63页。
② 钱钢:《王元化学术年表》,《庆祝王元化教授八十岁论文集》,华东师范大学出版社2001年版,第19页。

测而言，他们是在不同的语境下，从不同的进路，对《文心雕龙》发出不同的声音。黄侃当五四前后，新旧文学观念激烈冲突之际，以激发旧文学的活力而涵容新文学的生机，以"独殊"之力收"始变"之功①。他消解"道"的学说，强调"文辞"的载体意义，暗含对旧文学所附着的政教功能的剥离，促进文学向审美本体的迁变。徐复观流寓港台，面临两岸对峙的态势，认识到文化上的古今中西之争常为意识形态所宰制，试图以中华文化相倡，在学术上力主"窥古今之迹，通中西之邮"，他以"文体论"论《文心雕龙》，实为"六经注我"研究方法的一个大胆尝试。王元化《文心雕龙创作论》虽写作于20世纪50年代，但出版于七十年代末，时间跨度较大。这是他在一种特殊政治环境中思想活动的结晶。他对"文学规律"的执着追求和转向反思，皆有政治生活的背景发挥作用。从这一方面来看，三位学者的《文心雕龙》研究好像是各讲各的话，独立性很强。但另一方面，三位学者的《文心雕龙》研究又是皆有核心、互相关联、各有所守的学术共同体。他们对《文心雕龙》皆怀有一颗保爱之心，对中华文化具有深深的同情，在各自不同的语境中，开掘《文心雕龙》的价值和意义。黄侃以"文辞"概括《文心雕龙》的核心观念，徐复观以"文体"概括《文心雕龙》的核心观念，王元化以"文学规律"概括《文心雕龙》的核心观念，可以说都是对"文心"的护持。从地缘、学缘、学术上的沟通交流可以发现他们的学术思想存在一定关联。三位学者皆近代湖北人，深受近代湖北学风的浸染，张之洞于19世纪末20世纪初在湖北进行的文化、教育、政治改革形成的风气，成为孕育他们学术思想的地方环境。就三位学者的《文心雕龙》研究来讲，徐复观、王元化二人的龙学研究，实

---

① 黄侃：《黄侃日记》，江苏教育出版社2001年版，第51页。"学术有始变，有独殊。一世之所习，见其违而矫之，虽道未大亨，而发露端题，以诒学者，令尽心力，始变者之功如此。一时之所尚，见其违而去之，虽物不我贵，而抱守残缺，以报先民，不惩矩镬，独殊者之功也。然非心有真知，则二者皆无以为。其为始变，则堕决藩篱，以误群类。其为独殊，又不过抄袭腐旧，而无从善服义之心。是故，真能为始变者，必其真能为独殊者也。"

在是基于黄侃的《文心雕龙札记》而有意加以纠正补充；徐、王二人的龙学论著中虽少有互相引用称述，但晚年声气相闻，颇有会心之论。如果放在20世纪中国学术文化开展的大背景下，则可以发现他们具有文化保守主义的大致倾向。他们的龙学研究，可以说都是在应对西方现代文学思潮的冲击，从而转向传统文学资源的开发而产生的，他们保护了传统，也弘扬了传统，以传统文学理论接引世界文学的大流，真是功在千秋。

附录三　论近代"龙学"研究之转型
——以《国粹学报》为中心

论及《文心雕龙》研究在近代的转型与重新兴起，徐复观曾云：

> 清代乾嘉学派，喜为六朝骈俪之文；站在骈俪文的立场，《文心雕龙》的文章，易合于这一派的脾胃。所以《文心雕龙》，实际上是在这一派中重新提出的。但这一派，反对宋明理学，反桐城派古文；而其自身对文学的了解，多是隔靴搔痒。因此，他们提出了《文心雕龙》，并不能了解《文心雕龙》。[1]

徐复观所论虽在大端上有启发意义，但言辞过于激烈，多有疏略之处。至于饶宗颐云："自刘师培以中古文学史执教北大，提倡俪文，多缀录《文心》语，以资评骘。其后黄季刚撰《文心雕龙札记》，其门人秉其余绪，撰为《讲疏》。至于近世《文心》遂为显学，影响及于域外。"[2] 观点较为平正，但从"北大"谈起，时间起点太晚。张少康等撰《文心雕龙研究史》，列第二章"近现代的《文心雕龙》研究"，时间线索清晰，对"《文心雕龙》在近代文学理论发展中的影响"有专门的探讨。然而，其中

---

[1] 徐复观：《中国文学史的气的问题——文心雕龙风骨篇疏补》，《中国文学论集》，台湾学生书局1982年版，第402页。
[2] 饶宗颐：《文心雕龙探原》，《文辙——文学史论集》，台湾学生书局1991年版，第363页。

以"传统研究的继续延伸"和"自觉的科学研究"①划疆立界，稍显牵强，特别是对《文心雕龙》研究在近代兴起的学术史线索，似乎有所忽略。本文尝试以《国粹学报》为中心，论近代《文心雕龙》研究的转型与"国粹派"学术文化思想的关联。

一 缘"国粹"而起，偕"选学"以兴

考近代《文心雕龙》研究的兴起，可以发现，刘师培确实是一个关键人物。但刘师培的学术活动及成就不是起于"执教北大"时期，刘师培（1884—1919），仅享年35岁，"执教北大"是他人生的最后时期了（1916—1919）。刘师培学术活动的黄金时期乃是在《国粹学报》时期。《国粹学报》创刊于1905年，1911年随着辛亥革命起而停刊，共出版82期，是国学保存会的机关刊物。刘师培是《国粹学报》最重要的作者之一，发表文章数量多、密度高、影响力大，在同人中恐只有章太炎可与匹敌。

国粹派诸人当初声明不标榜"宗派"，于清代学术的两支：汉学与宋学皆有所掊击。近代以来，从曾国藩到张之洞，往往于汉、宋学术取"兼采"的态度，以示平正；国粹派于汉、宋皆加批评，也不失一种平正态度。但是，汉学、宋学之外，"国粹"何在呢？《国粹学报发刊辞》云：

> 海通以来，泰西学术输入中邦，震旦文明不绝一线，无识陋儒或扬西抑中，视旧籍如苴土。夫天下之理，穷则必通。士生今日不能藉西学证明中学，而徒炫皙种之长，是犹有良田而不知辟，徒咎年凶；有甘泉而不知疏，徒虞水竭，有是理哉？②

国粹派具有强烈的民族文化意识，目的在于弘扬民族学术，然而，

---

① 张少康、汪春泓、陈允锋、陶礼天：《文心雕龙研究史》，北京大学出版社2001年版。
② 《国粹学报》1905年第1期。

"中学"的"良田""甘泉"是什么呢？接着举出三个人的名字：王阳明、颜习斋、戴东原。"师三贤之意，综百家之长，以观学术之会通。"王阳明、颜习斋对于宋学，戴东原对于清代汉学，也许皆具有转进甚至"革命"的意义。《国粹学报》立七目：社说第一；政篇第二；史篇第三；学篇第四；文篇第五；丛谈第六；撰录第七。用现在的眼光来看，《国粹学报》文学内容还是占不小的分量的，除社说、政篇、史篇外，其余四个板块，皆与文学相关。特别是"文篇第五"明确标示出"《昭明文选》"作为文学方面"国粹"的典范，这是非常重要的。"《文选》派"在中国近现代非常令人瞩目，成败得失众说纷纭，但从新文化运动以后主流的观点来看，它是旧文学的代表，是最重要的"敌人"之一，因此深受新文学家的排挞，有"选学妖孽"之目，而首当其冲被攻击最烈的便是刘师培。22岁的刘师培在《国粹学报》第一期（创刊号，1905年）便发表论文学的两篇大作，其一是《文章源始》；其二是《论文杂记》。后者篇幅巨大，由《国粹学报》后来各期陆续刊毕。《文章源始》提出重要的观点如下[①]：

（1）积字成句，积句成文，欲溯文章之缘起，必先穷造字之源流。

（2）文字者，基于声音者也。……偶语韵文，以便记诵。

（3）文言者，即文饰之词也。

（4）文章取义于藻绘，言有组织而后成文也。

（5）律以沉思、翰藻之说，则骈文一体，实为文体之正宗。

（6）近代文学之士，谓天下文章，莫大乎桐城，于方、姚之文，奉为文章之正轨……文章之真源失矣。

刘氏《文章源始》本是以时代顺序展开的，从远古讲到近代，其中心

[①] 参考刘师培《文章源始》，陈引驰编校《刘师培中古文学论集》，中国社会科学出版社1997年版，第210—216页。原载《国粹学报》1905年第1期。

问题在于阐明文章的"真源",不但要从本源上弄清中国文学的来龙去脉,而且还指向形上的问题,"文学是什么?"这个问题的真正显豁乃是在(3)(4)两个要点,即在春秋战国时期形成的"文言"观及在汉魏六朝时期形成的"文章观",不管是"修词者谓之文"还是"沉思翰藻为文",目标皆指向文学是"书写语言的艺术"这个大方向。刘师培着眼文学的载体——"语言"来抉发中国文学的特质是别具只眼的,极为重要而且可行。然而,刘氏提出了问题,并没有很好地解决问题,因为他对文学的论述过多地牵扯了现实生活中的宗派之争。他提出骈文"实为文体之正宗"从理论上的"骈、散之争"变成"文选派""桐城派"之争,他本人也成了"文选派"的代表人物,以致后来被指目为"选学妖孽"。其实,刘师培讲骈体为文章正宗是有特定时代背景的,是在六朝"文、笔"的框架中来讲的,非要求天下文章皆要骈体。如此正本清源,不过是将文学的重点放在语言创造的本身。其理论基点有三个重要的引述文献:一是阮元的《文言说》;二是《文选》的"沉思翰藻"之说;三就是《文心雕龙》的"文、笔"之说。有人认为,刘师培"雅信阮说"(章太炎语),乃是完全继承阮元的观点,其实不然,如果对照阮元《文言说》和刘师培的《文章源始》,则可以发现二者论述中心的不同,阮元标举的是"文言"——"骈体文",以孔子《文言》来立论:"于乾坤之言,自名为文,此千古文章之祖也。"目标是治疗桐城派的偏颇,宗派意味极重。刘师培从文学史上梳理出的"语"与"文"的两条线索,他并不是要将"语"的传统排斥,而是强调"语"向"文"提炼,讲出中国文学"修词"的传统,文字功夫的"文章"传统,这是具有重要启发意义的。至于对《昭明文选》与《文心雕龙》的征引,虽沿阮元张扬骈体之义,然而,刘师培更为重视的是二书的文学史意义。特别是《论文杂记》之作,与《文章源始》桴鼓相应,互相配合,已具有中国文学史的梗概,此中得力于《文心雕龙》者更不少。

《论文杂记》主要论各体文学的源流,其《序》强调"论文"要"根于小学",认为文法根于"字类"。第一节认为中国古籍分为三类:即"文言""语""例",以与印度佛书的经、论、律三者类比。认为三者可以概括古今文体的全部。然而,在第二节中又认为,"文言"虽高,但不能普及,所以"近日文词,宜区二派:一修俗语,以启瀹齐民;一用古文,以保存国学"。① 以下二十余节,分体论述中国文学之流别,颇有引证《文心雕龙》处。然而,除标明处之外,未标明而实际得力于《文心雕龙》的地方可能更多。因刘氏当时讲到自己的文献基础:"诠明旧籍,甄别九流,《庄》、《荀》二家□矣。自此厥后,惟《汉志》集其大成,孟坚不作,文献谁征?惟彦和《雕龙》论文章之流别,子元《史通》溯史册之渊源,前贤杰作,此其选矣。"② 在他的心目中,《文心雕龙》具有国粹一流经典的地位,其特殊的成就尤在于"论文章之流别"。刘氏此时的判断,虽未见得十分中肯,但可以表明,《文心雕龙》一书在刘师培"保存国粹"学术事业中已占据非常重要的地位,《文心雕龙》的声誉随之升高。

二 贯注选学精神的李详《补注》

《国粹学报》第五十七期、第五十八期、第六十一期、第六十二期陆续刊发了李详(1858—1931)的《文心雕龙黄注补正》(后出书改称《文心雕龙补注》,以下省称《补注》)。此四期皆刊于1909年。李详之《补注》,乃响应保存国粹而作,与当时学术动向息息相关,不能仅视为"传统研究的继续延伸",而排除于"自觉的科学研究"之外,今人著《文心雕龙研究史》于此似有武断之见,值得商榷。李详《补注》前有序云:

> 凡黄氏所待勘者,尚不可悉举。合肥蒯礼卿观察向病黄注之失,

---

① 刘师培:《论文杂记》,陈引驰编校:《刘师培中古文学论集》,中国社会科学出版社1997年版,第226页。
② 刘师培:《国学发微序》,《国粹学报》1905年第1期。

曾属余为注。会以授学子而止。然观察之盛心所期余者，不可没也。时过矍矍，淹留无成，每取此书观之，粗有见地，志创茅蕝以启后人。略以日课之法行之，日治一二条，稍可观览。准元吴礼部《战国策校注》，名曰"黄注补正"。中有甚契于心，匪言可喻。将复广求同志，共成此业。海内君子，有善治是书者，若能助余张目，则于瑞安孙氏之外（孙氏札迻内有《文心雕龙》一种，研求字句，体准高邮王氏，与余书异）。未尝不可别树一帜云。

其第一部分在《国粹学报》第五十七期刊毕，编者有识语云："右稿李君匆遽录此见寄，盖从笔记摘出，未第编次，俟此书赓续竣事，本报再为按序定为完书云。"因其中有"笔记""日课之法"字句，便遽断为旧作，实属粗疏。从作者"时过矍矍，淹留无成"的时间感受描述来看，《补注》绝不可能是作者的旧作，更大的可能是近年所作。从"日治一二条"的日课之法，再看《补注》的总量，也不过是年内之事。特别是"广求同志，共成此业"，则反映了《文心雕龙》研究的新动向，说明《文心雕龙》已初步引起世人的注目，所以李详才有号召同志的想法。

李详一生服膺钱大昕和阮元，因二人名自己的书斋"潜研堂"和"研经室"，李详名自己书斋为"二研堂"，由此可知其学问的大致趋向。刘师培也服膺阮元，学术与之有较大的交集，李详与刘师培的叔父有交情，论年辈应长于刘师培。《国粹学报》时期，也是李详学术活动的高峰时期，其发表文章的数量也是比较大的，特别是与《补注》同时发表，也在《国粹学报》陆续刊载的《韩诗证选》《杜诗证选》二著，尤其应该重视，三者共同构成此际李详文学研究的整体内容。韩愈与杜甫，是对中国后期（两宋明清）诗歌影响最大的两位诗人，黄庭坚并称之为"韩杜"（《答洪驹父书》）。李详取二人之诗与《文选》对勘，从语言层面深入探索二人诗歌的《文选》渊源，是很有深意的。

李详《补注》虽然在体例上继承了传统的"注疏"方式,所谓"补正",有"补"有"正"对黄注来说是一种踵事增华,但在精神上却是近代的,它贯注了"选学"精神,打通了《文心雕龙》与选学之间的关系,强化了二者学术共同体的特征,并把研究目标指向"文学是什么"的核心问题。

对于《文心雕龙·原道》篇"乾坤两位,独制《文言》,言之文也,天地之心哉"。李详补注曰:"阮文达《研经室·文言说》本此。""余友丹徒陈祺寿星南云:《原道》名篇,本《淮南·原道训》,而黄注遗之。"(《国粹学报》第五十七期、第六十一期)此一节非常重要,刘勰从形上的意义上论述文学的根源。李详既点明阮元《文言说》本于《文心雕龙》,那么探究《文心雕龙》的文学观念就显得非常重要。特别是又点明《文心雕龙》之"原道",本于《淮南子》的《原道训》更蕴含了复杂的理论问题。

对于《文心雕龙·总术》篇"今之常言,有文有笔……"李详补注曰:"彦和言文笔,别目两名自近代,而颜延年以为,笔之为体,言之文也。案此尚言文笔未分,然《南史·颜延之传》言其诸子:竣得臣笔,测得臣文。又作首鼠两端之说,则无怪彦和诋之矣。惟南朝所言文笔界目,其理至微。阮文达《研经室文集》有《学海堂文笔策问》,其子阮福拟对附后,即文达所修润也。今撮其要,以为彦和左证。策问云:问六朝至唐,皆有长于文、长于笔之称,如颜延之云……何者为文?何者为笔?福拟对引《金楼子·立言》篇云:屈原、宋玉、枚乘、长卿之徒,止于辞赋,则谓之文,至于如不便诗如阎纂,善为章奏如伯松,若此之流,凡谓之笔。吟咏风谣,流连哀思者谓之文,而学者率多不便属辞,守其章句,迟于通变,质于心用,徒能扬搉前言,抵掌多识。然而挹源知流,亦足可贵。笔退则非谓成篇,进则不云取义,神其巧惠笔端而已。至如文者,惟须绮縠纷披,宫徵靡曼,唇吻遒会,情灵摇荡。福附案云,福读此篇呈家大人。大人曰:此足以明六朝文笔之分。福又引彦和无韵者笔、有韵者文谓文笔之义,此最分明。盖文取乎沉思翰藻,吟咏哀思,故以有情辞声韵者为文，笔从聿，亦名不聿，聿，述也。故直言无文采为笔。详案：阮氏父子所斩斩于文笔之别，最为精审。而以情辞声韵附会彦和之说，不使人疑专指用韵之文而言，则于六朝文笔之分豁然矣。"（《国粹学报》第六十二期）

  此一节亦非常重要，刘勰从当时文学观念出发，结合历史上的文学观念，概括论述文学的要义，所以称"总术"。李详特别指出，文与笔的分与不分，是相对的，"其理甚微"，不能简单硬性地划分；又以《文选》"沉思""翰藻"的论文标准，与刘勰所论"文笔"论结合起来，将文学引向文采——情辞声韵的艺术美①，避免简单地将文学对于语言的追求仅"专指用韵之文"，以致将六朝时期的特别要求视为文学的金科玉律。另如《诠赋》篇"铺采摛文，体物写志"。补曰："案彦和铺采二语，特指词人之赋而言，非六义之本源也。"（《国粹学报》第五十八期）《章句》篇"四字密而不促，六字格而非缓"。补曰："钱少詹十驾斋养新录据此谓，骈俪之文，宋人或谓之四六。梁时文字，已多有四字六字矣。"（《国粹学报》第五十八期）皆非常重视文学观念的时代性。李详虽以阮元、阮福文笔问对为基本材料，但他的引申极有价值。后来，以上《原道》《总术》两条补注皆被黄侃采入《文心雕龙札记》，成为黄侃讨论刘勰《文心雕龙》文学观念的基础。当然，黄侃对李详的《补注》加以延伸辨析，深度、广度、准确度皆有大的提升。黄侃《文心雕龙札记》"题记及略例"云："今人李详审言，有《黄注补正》，时有善言，间或疏漏，兹亦采取而别白之。"② 这里所说的"别白"，大约就是"辨别"之意，采取而加以辨析，

---

  ① 黄侃认为此处有模糊刘勰语义之处，刘勰讲当时人区别文、笔，就是指的押韵或不押韵，不指讲不讲"情辞声韵"。参看黄侃《文心雕龙札记》，上海古籍出版社2000年版，第214页。谨按，黄侃所论亦过于绝对，押韵和"情辞声韵"并不是没有关系，二者内容是有一种重合的，刘勰强调"自近代耳"，虽是说文笔之分不是自古而然，但语意的重点也不是为了"明斥其谬"无所取，刘勰真正的意思，对文笔之分虽有其谬，然既成历史事实，因而亦有所取，其论"论文叙笔，笼圈条贯"便是最好的说明。
  ② 黄侃：《文心雕龙札记》，上海古籍出版社2000年版，第4页。

这是黄侃参考李详《补注》的态度和方法，从中可以看出李详《补注》对于黄侃《文心雕龙札记》的重要意义。后人论黄侃的《文心雕龙》研究，重视他受两位老师刘师培和章太炎的影响，而对时人李详《补注》的影响，显得不够重视。

另外，就李详《补注》所用的材料来说，虽然是博览群书，引证广泛，但是最有特色的有两类，一类是吸收了清代朴学家的成果；一类是来自《文选注》的材料，即用《文选注》的材料补注《文心雕龙》。比如《杂文》篇"自连珠以下，拟者间出"。补曰："《文选·蜀都赋》……注引。《文选·景福殿赋》注引……"（《国粹学报》第五十七期）《事类》篇"观书石室"，正曰："得观书于石室……戴氏震……钱氏……咸据《选注》及《雕龙》此篇，改渠为室。黄氏所引，乃误本也。"（《国粹学报》第五十七期）《杂文》篇"极蛊媚之声色"。补曰："《文选》张衡《南都赋》'侍者蛊媚'，善注……"（《国粹学报》第六十一期）《文心雕龙》本身的文体特征，与《文选》的要求"事出于沉思、义归乎翰藻"非常一致，不但文辞优美，而且在优美的言辞背后包含着广博的文学史信息，特别是涉及的作家作品，与《文选》有相当的重合，《文心雕龙》与《文选》分别侧重理论和文学史对中国文学的前半部分做出描述，二者相关，如桴鼓之相应，李详正是立足于这样的基础，在治选学的同时，兼治龙学，或者在选学的大体上，催生出分支的龙学。当然，这个"分支"乃是在一个学术共同体中自成系统的。

三　文学观念的聚焦

刘师培、李详作为近代"《文选》派"的代表，在《国粹学报》上发表大量论著揭橥自己的文学观念，同时也将批判的矛头指向"桐城派"，从而引发文学观念的"切磋交流"。刘师培、李详可以说同时也是国粹派的重要成员，但国粹派阵容庞大，成分复杂，往往是清代"乾嘉学派"的接续者。本来乾嘉学派就分支众多，刘师培和李详都是江苏人，他们都服膺阮元，阮元是乾嘉学派"扬州学派"的代表之一。乾嘉学派的众多分支，往往形成国粹派复杂的学术渊源。因此，刘师培等人在"国粹"的旗帜下，执选学以重新论析文学的含义、中国文学的分野、中国文学的源流等问题，不但引起世人瞩目，即使在"国粹"同一旗帜下，也引发了不同观念的讨论。值得注意的是，此时并没有发生激烈的论争（所谓"骈散之争""文选派与桐城派之争"那是后来的事，那是在民国初年"北大"展开的），也可以说只是一种学术问题的"聚焦"，处在"和而不同"的各自发言、各自努力的状态。

（一）田北湖《论文章源流》

田北湖于《国粹学报》第二期即发表《论文章源流》，其开章明义云：

> 世间之故，非文弗宣；生人之道，非文弗著。是以纷颐之交，往来之序，皆存于中；行期其远，穷极口舌之形容，不逮纸墨之委曲。况移时则境失，历辙则迹亡，不有所依托，曷以为资？自序彝伦，胥纳轨物，覃研精思，发扬光采。名实既准，顺理而成章；情意相通，糅条而铺绪。仰观俯察，明义开宗；厘秩典要，垂布型范。摹绘虫鸟之微，罗列竹帛之上，不过六体之采摭，单词之傅会。接片附寸，悬识膝理，一指同归，肆响如应。故虽五方别声，曾无异读；百王易制，未尝废流。上而经国，下以修身，通诸其邮，言之有物。（《国粹学报》1905年第2期）

田北湖在《国粹学报》作者群中是一位较为偏重文学的作者，间有所作，颇通时事。他的《论文章源流》，可以说与刘师培的《文章源始》探讨问题的大方向是一致的。从强调文字的书面语言艺术，强调典范语言联通时空的文化功能，以及文学语言"不过六体之采摭，单词之傅会"的观点来看，他与刘师培的文学观念也是一致的。但他注重从文学的内容、功能来说论文学，从"仰观俯察"的高度来讲文学的大义；从经国、修身来讲文学的传统，取径较为广大。

（二）李详《论桐城派》

李详于《国粹学报》第四十九期发表《论桐城派》一文，文中梳理了桐城派的历史，肯定前期桐城诸老学有本源、谦虚通达，中间经曾国藩的光大与转折，引起的误会及不良后果，批评晚近桐城派门户自限。其论文章大义云：

> 文章一道，大则笼罩百家，自铸伟词；小亦钻仰先达，树义卓然。何宗何师，即为一派，譬之同源异流，归海而会。（《国粹学报》1908年第49期）

这里"笼罩百家""钻仰先达"都是从作者学习取径的大小而言的，其中自然包含着"沉思""翰藻"的功夫，这是"选学"的文学观。"自铸伟词"与"树义卓然"是讲作家达到的目标，虽有大小之分，皆有水到渠成之效。而异流归海之喻，强调的是突破一家一派，虽立意在广大，但仍然是选学强调语言的"工夫"文学观的讲法。李详又云：

> 余于今之能治桐城古文者，皆在相知之列，其学又皆有余于古文之外，未尝不爱之重之。余之此言，盖专为救弊而发。且告之曰：古文无义法，多读古书，则文自寓法；古文无派，于古有承者皆谓之派。期无负于古文，斯已矣，于桐城何尊焉？于桐城又何病焉？

《国粹学报》初创刊即表明反对宗派，一方面，所刊发的文章中对桐城派多有攻击；另一方面，亦间或发表桐城派的文章，如马其昶、姚永概等皆有文章在《国粹学报》上发表。刘师培《文章源始》指责桐城派失了文章"真源";李详则指斥桐城末流早已失去了早期桐城文派的精神,对姚鼐"义理""考据""辞章"三者并重的主张早已不讲,仅仅追求文章语气的末端,仅学习一些语气助词的用法,文章的"真源"已竭。然而,值得注意的是,不管文选派怎么挑战,桐城派似乎没有出来应战,双方没有形成激烈的论战。即使到了民国初期,在北京大学,随着黄侃、刘师培进入北大,与桐城派发生了一定的冲突,但在文选派与桐城派之间,始终没有形成理论上的深入探讨。究其原因,大约文选派与桐城派从根本上还是一致的,代表着中国文学对"文章"之美的追求。特别在对"考据"的重视方面,对清代汉学的继承方面,二者有着千丝万缕的联系。李详所讲的与桐城文家的"皆在相知之列",不能不引起重视。有人将二者之争简单地理解为意气之争,认为文选派是为争地位,也要争一个"天下文章皆在××"的赞誉,那认识就显得太浮浅了。近代文选派诸人从个性来说,是有些张扬,甚至不可一世,但他们同时也是学问精深的学者,意气的背后往往是时代理论问题的焦虑。

(三) 章太炎《文学总略》

《国粹学报》时期,文选派学者由阮元的《文言说》上溯《文选》《文心雕龙》,重新阐发中国文学的重要理论,并挑战当时文学界最负盛名的桐城派,没有引起论战,但引来了另一位"国学保存会"中坚人物的激烈批评。这就是章太炎于《国粹学报》第六十七期(1910年)发表的《文学总略》。

章太炎《文学总略》主要是驳论,正面的"总略"——将文学分作五篇《原经》《明解故》《论式》《辨诗》《正赍送》,这样分作五个部类有些杂乱。所以,提到这篇文章,不少学者认为这是对文选派的清算,成绩卓著。其实,这篇论文最大的成就,只是开拓了文学的疆域,对中国"杂文学"的特征有所认识,至于对阮元和刘师培的批评,可以说是不中腠理,因为章氏没有抓住从阮元到刘师培所论"文学价值"的核心问题。章氏最后总结说：

> 以上诸说，前之昭明，后之阮元，持论偏颇，诚不足辩。最后一说，以学说、文辞对立，其规摹虽少广，然其失也，只以彣彰为文，遂忘文字。故学说不彣者，乃悍然摈诸文辞之外。惟《论衡》所说，略成条贯。《文心雕龙》张之，其容至博，顾犹不知无句读文。此亦未明文学之本柢也。

这里没有提刘师培的名字，表面来看，好像章太炎（当时署名章氏学）批评的只是文选派，只是公论，不涉及私人。但从历史材料体现的背景来看，这篇文章多半是针对刘师培的。章太炎与刘师培1902年订交，私交极好，二人同居于日本东京，生活极为艰难，可以说是患难之交。1908年，章、刘因故发生隔阂，刘师培从日本回国，与章太炎断交，后来章氏有过努力，想恢复昔日的友情，但好像一直没有获得刘师培的谅解。二人的学术旨趣初多相合，同是"国学保存会"的重要成员。至《文学总略》批评的重点则在于刘师培"以彣彰为文，遂忘文字"。其实刘师培的"以彣彰为文"正是从"文字"观念引申出来的，从文字的"错画"之义引申为"藻绘辞采"，再推出"情辞声韵"，再推出六朝的骈体文。平情而论，刘师培及文选派这样的推论是偏颇的，在推论中过滤并削减了"文"的丰富含义。但是，这样努力推论的方向指向文学的载体——语言艺术，仍有重要的意义。章太炎从"文"的本义、广义出发，认为凡是书写出来传达信息的皆是"文"，不但包括有句读的文，还包括"无句读"的"文"，诸如"会计则有簿录，算术则有演草，地图则有名字"，只要写写画画的书籍材料皆是"文"，这样将"文"推向了无边无际的广泛义，哪里还能找到"文学"的真义呢？章太炎从正面肯定《文心雕龙》对文的界说，认为从《论衡》到《文心雕龙》皆将"文""笔"纳入考察的范围，比较广泛，且"略有条贯"；详细辨别了文选派对《文心雕龙》的"错误"理解，甚至对《文选》的"错误"理解。但《文心雕龙》与《文选》的文学观表面不一致，似乎刘勰较萧统将"文"的范围定义为广，但章氏未明二者对"文"的追求目标有很大的一致性。章氏对二著的理解，远没有阮元及文选派理解得深入。至于文选派的偏颇，那是另一个层面的问题。

章太炎对文选派批评，引出了对《文心雕龙》《文选》理解和解释的问题，并将问题的实质进一步聚焦于怎样看待中国文学的问题。当然，从刘师培到章太炎，他们都提出了问题，但都没有很好地解决问题，因为这个问题太大，解决起来非一人之力一时之功可以完成。后来，随着辛亥革命的爆发，民国的建立，《国粹学报》停刊，文学观念的讨论也告一段落。但随着形势的发展，蔡元培主政教育，后任北京大学校长，聘请名流，兼容并包，桐城派、文选派、国粹派等各方面的人物齐聚北京，思想理论的交会与碰撞在所难免，因此便有所谓文选派与桐城派之争，便有了姚永朴的《文学研究法》，刘师培的《中国中古文学史讲义》，而黄侃的《文心雕龙札记》便是在此学术新机运下应运而生的。

综上所述，近现代《文心雕龙》研究是由中国文学理论问题的焦虑所引发的。什么是文学？中国文学的分野；中国文学的源流，等等，从深层回应西方文学观念的引入。具体轨迹则是因缘国粹运动、联袂选学，在"语言文字"层面确立文学的大义。《国粹学报》时期（1905—1911年），刘师培、李详等文选派学者从"文、笔"问题展开文学观念的探讨，直接关联刘勰及《文心雕龙》，促进了《文心雕龙》研究的开展。民国初年北京大学的骈、散之争，《文选》、桐城之争，是《国粹学报》对文学问题讨论的延伸，虽掺入了意气之争，但进一步促进了《文心雕龙》研究的发展，重要的里程碑便是黄侃的《文心雕龙札记》。然而，不管是刘师培、李详开创的"选学"理论思路，还是章太炎的批评，皆维持在了"语言文字"层面确立文学大义的理论方向。特别是黄侃的《文心雕龙札记》以"文辞"之美为中心展开的研究格局,更确立了现代"龙学"以"创作论"为重点的研究方向。这无疑偏离了刘勰"文章乃经典枝条"(《文心雕龙·序志》)的文学观,消解了《文心雕龙》"道沿圣以垂文,圣因文以明道"(《文心雕龙·原道》)的理论系统。如此,则从根本上引发了对中国传统文学士人精神、人文精神的消解。

附录四　梁漱溟、熊十力从生命论至文艺观的分歧

梁漱溟（1893—1988）与熊十力（1885—1968），常被称为现代新儒家思潮早期的代表人物，加上马一浮一起被称为"三圣"①。三人之学博大精深，难见涯涘，讨论者颇不乏人，能继之而起"接着讲"并开出学术新境界者首推熊十力一脉。熊十力的三大弟子——唐君毅、牟宗三、徐复观皆成就卓越，在港台有大批再传弟子，硕果累累。然而，近一个时期，关于"中国儒学前途"的问题，颇有"心性儒学"与"政治儒学"之争，进而有"大陆新儒家"与"港台新儒家"之目，有人提出："中国儒家的未来，也许更多是回到梁漱溟，而非牟宗三。"② 这里虽然没有将梁漱溟和熊十力加以对列，但隐然包含他们代表两个系统。两人在生前交往颇深，学问见解也有不少分歧，特别是梁漱溟著《读熊著各书书后》，对熊先生的批评甚为激烈；又选录《熊著选粹》，指示"先生之学固自有其真价值不容抹杀"；晚年书写一系列相关回忆文章，谈二人学术因缘，关于"现代新儒学"思潮发生展开的曲折，亦可概见。两人之学，到底属于一个系统，还是两个不同的系统？本文拟从两人之生命观切入，以窥其学术归趣

---

① 王汝华：《"知变化之道者"的三种视角——由梁漱溟、熊十力、马一浮的易学观点切入》，《孔子研究》2014 年第 5 期；郭齐勇：《现代三圣：梁漱溟、熊十力与马一浮》，《光明日报》2015 年 4 月 30 日第 11 版。

② 刘悦笛：《评估"心性儒学"与"政治儒学"之争——兼论中国儒学的前途》，《学术争鸣》2015 年第 5 期。

之差异,并进而探索二者文艺思想对于建设中国文化的资源价值。

一 梁漱溟、熊十力对生命哲学的扬弃

论梁漱溟、熊十力者,常常以梁著《东西文化及其哲学》(1921年成书)、熊著《新唯识论》(1932年成书)作为其最重要的代表性著作,也作为现代新儒学的开山之作。二著皆以儒学、佛学的法相唯识学及西方生命哲学为基础,而以重建道德的形上学为旨归。特别是生命哲学的输入,对于中国近代儒学向现代新儒学的转变具有极为重要的意义。[①] 学界阐述现代新儒家的文化观及文艺观,往往也是以其"生命论"为基点的。[②] 然而,值得注意的是,梁漱溟对自著的《东西文化及其哲学》这本书,并不坚持。在出版的第二年所写的《第三版自序》中,已颇有"悔悟"之意:其一是以"直觉""理智"来解释《中庸》"极高明而道中庸"所谓"双的路",云"孔子一任直觉","及明代而阳明先生兴,始祛穷理于外之弊而归本直觉——他叫良知"。其二是关于书中的中心观点:"(一)西洋生活是直觉运用理智的;(二)中国生活是理智运用直觉的;(三)印度生活是理智运用现量的。"梁漱溟"愿意一概取消","请大家不要引用他或讨论他"[③]。《第八版自序》又云:"其后所悔更多,不只是于某处晓得有错误,而是觉悟得根本有一种不对。于是在十五年春间即函请商务印书馆停版不印。"附录1926年所作《人心与人生自序》云:"从前那本《东西文化及其哲学》原是讨论人生问题,而归结到孔子之人生态度的。自然关于孔子思想的解说为其间一大重要部分,而自今看去,其间错误乃最多。根本的错误约

[①] 程潮:《生命哲学的输入及其对现代新儒家的影响》,《嘉应大学学报》1995年第2期。
[②] 张毅:《儒家文艺美学——从原始儒家到现代新儒家》,末二章"现代新儒家的文化观及文艺观"、"现代新儒家的生命哲学和美学"以"人生哲学、生命哲学"作为现代新儒家文艺美学的基础。南开大学出版社2004年版。
[③] 《梁漱溟全集》第1卷,山东人民出版社1989年版,第321—323页。第485页下编者注云:著者曾于此加注云:"此下一大段话,由于当时对于人类心理认识不足,以致言词糊涂到可笑可耻地步。1975年老叟自批。"

有两点。其一：便是没把孔子的心理学认清，而滥以时下盛谈本能一派的心理学为依据，去解释孔学上的观念和道理；因此通盘皆错……"①

梁漱溟一再表示要"取消"《东西文化及其哲学》一书中的重要观点，告诫人们不能作为讨论他的依据，但还是一再被人引用，并作为讨论初期现代新儒家的代表性著作，这是值得注意并探究的。首先，梁漱溟为什么要收回自己的观点？其次，他有什么新见可作为自己修订旧作的核心观点？梁漱溟对这两个问题皆有交代，但因过于简练而不太容易引起人们的注意。关于前者，最大的要点是梁漱溟对于生命哲学改变了自己的看法，或者说放弃了以"直觉"解释儒家哲学的种种努力。在《东西文化及其哲学》里，他认定柏格森走的是"直觉"一路，罗素走的是舍去经验的"理智"一路，而佛家由"现量"去"我执""法执"，直证"真如"本体——便是"形而上学"一路了。认定柏格森坚持的"直觉"是与孔子哲学相应的，代表了当时世界文化应有的价值方向；罗素于本能、理智之外又标举"灵性"，则代表西方文化的反省，由一味的主智路线转而向东方文化的学习和吸取；至于印度佛教文化，虽可见体，但"去执"对于眼下的多数中国人面临的弱肉强食境遇来说，不但不能解决问题，而且从效果上可能更助长中国之乱，所以佛教的"机运"是遥远未到的。梁漱溟对生命哲学态度的明显转变应始于1926年初，此际偕北京大学诸生每星期五会于卫西琴的住所举行讨论之会。卫西琴是德国人，民国初年来到中国，从事教育学、心理学的研究，自谓自己的学问与孔子相契合。卫西琴讥讽当时流行的"心理学"为"身理学"，强调人的精神力量，人的精神力量则来自"人心"。他把人的"身体力量"称作"感觉力"，而将人心的力量称作"精神力"，人心的精神力量应该是身体力量的"解放"，指向"创造"。这样的分别，可能针对的不仅仅是生命哲学，但生命哲学本能与直觉的含混之处应该在

---

① 《梁漱溟全集》第1卷，山东人民出版社1989年版，第328—329页。

他的批判之列。梁漱溟此际对罗素有了更高的认识,认为卫西琴"与罗素开导人的创造冲动减低人的占有冲动之论相合"①,对罗素标举的"灵性"说重新加以开掘,并实现了思想的重要转变:放弃"直觉"说,转而弘扬"中国人的理性"②。从此,"中国式的理性主义"成为梁漱溟思想的核心。

熊十力创"体用合一"之论,心通乎本体是其反复申说的根本大义。《新唯识论》文言文本《明宗》云:"今造此论,为欲悟诸究玄学者,今知实体非是离自心外在境界,及非知识所行境界,唯是反求实证相应故。"③后来语体文本解释说:"本体非是离我的心而外在者,因为大全(大全,即为本体)不碍显现为一切分,而每一分又各都是大全的。……各人的宇宙,都是大全的整体的直接显现,不可说大全是超脱于各人的宇宙之上而独在的。"④ 在熊十力的哲学思想中,"心""生命""仁"等皆具有本体的意义,在本体的意义上,是可以彼此替换的范畴。

> 聪明觉了者,心也。此心乃体物而不遗,(心非即是本体。然以此心毕竟不化于物故,故亦可说心即本体耳。体物云者,言此心即是一切物的实体,而无有一物得遗之以成其为物者也。)是以主乎耳目等物而运乎声色等物。……浑然全体,即流行即主宰,是乃所谓生命也。(或问生命一词定义如何?余曰:此等名词,其所表诠是全体的,势不能为之下定义。然吾人若能认识自家固有的心,即是识得自家的生命,除了此心便无生命可说也。至世俗言生命者,是否认识自心,则吾不之知也。)宇宙只此生命发现,人生只此生命活动。其发现、

---

① 梁漱溟:《介绍卫中先生的学说》,《梁漱溟全集》第4卷,山东人民出版社1991年版,第811页。
② 关于梁漱溟思想的转变,已有学者进行了一定的研究,参考陈永杰《早期现代新儒家直觉观考察——以梁漱溟、冯友兰、熊十力、贺麟为例》,博士学位论文,华东师范大学,2009年。但由于重在论述其"直觉观"及其连贯性,对于其转变的历史轨迹和新变意义并未深究。
③ 熊十力:《新唯识论》,中华书局1985年版,第43页。
④ 熊十力:《新唯识论》,中华书局1985年版,第247页。

其活动，一本诸盛大真实而行乎其不得不然，初非有所为而然。①

人的个体生命是否具有本体的意义，是熊十力与梁漱溟"生命观"的分歧所在。梁漱溟早年坚持生命的"直觉"，认为其通于孔子的人生哲学；后来舍弃"直觉"说，着力阐发中国文化中的"理性主义"，虽一直伴随着生命哲学的影响，但他从来都不认为个体生命具有"本体"的意义。熊十力"吾人真性，即是宇宙真体"②，虽大致承接宋明理学的观点，然而，他将宋明理学的人生观翻为本体论，③ 为了强调宇宙真体之整全，以"一"概之，引道、佛之语以佐证，意指更加繁复。关于证会的"工夫"亦略显神秘，此中蕴含诸多现代哲学的意义。

二 "无私的感情"：生命的理性化修养

梁漱溟论述生命的特性，认为人的生命"可以通"天地宇宙。所谓"可以通"，只是一种可能性，是一种可能的人生体验。古圣先贤可能有这种体认，但似乎只是一种极高的圣贤境界，常人殊不易得。这是宋明理学的讲法，这只是人生观的讲法，没有本体论的意义。梁漱溟指出：

> 生命本性要通不要隔，事实上本来亦一切浑然为一体而非二。吾人生命直与宇宙同体，空间时间俱都无限。古人"天地万物一体"之观念，盖本于其亲切体认及此而来。④

当人类从动物式本能解放出来，便得豁然开朗，通向宇宙大生命的浑全无对去，其生命活动主于不断地向上争取灵活、争取自由，非

---

① 熊十力：《新唯识论》，中华书局1985年版，第102页。圆括号内为熊十力原注。
② 熊十力：《十力语要》，中华书局1996年版，"印行十力丛书记"第3页。
③ 陈永杰：《早期现代新儒家直觉观考察——以梁漱溟、冯友兰、熊十力、贺麟为例》，博士学位论文，华东师范大学，2009年，第80页，引述李泽厚观点。
④ 梁漱溟：《人心与人生》，《梁漱溟全集》第3卷，山东人民出版社1990年版，第572页。

必出于更有所为而活动；因它不再是两大问题的机械工具，虽则仍必有所资借于图存与传种。……原初伴随本能恒必因依乎利害得失的感情，恰以发展理智必造乎无所为的冷静而后得其用，乃廓然转化而现为此无私的感情。指出其现前事例，即见于人心是则是，非则非，有不容自昧自欺者在。具此无私的感情，是人类之所以伟大；而人心之有自觉，则为此无私的感情之所寄焉。①

梁漱溟以"自觉"作为人心的根本特征，认为生命的本性在于"通"，可与宇宙联通一体，无所阻隔。至于说生命由"发展理智"而趋于"冷静"；感情恒依托本能，经发展理智而产生"无私的感情"，则是梁先生创造性的论述。"无私的感情"之说，乃梁漱溟引自罗素而加以发展。在《东西文化及其哲学》中，梁漱溟就提到罗素论三种生活——本能、理智、灵性："灵性生活以无私的感情为中心，宗教道德却属于这一面，艺术则起于本能的生活而提高到灵性里去的。"② 1923 年发表《对于罗素之不满》云："别标灵性于理智本能之外；以宗教为灵性生活。不察看或以为宗教得此便有根据。吾意宗教自有立脚处，殊不有赖于此；而此灵性云者翻恐在心理上无其根据耳。质言之，吾雅疑其臆造也。"③ 梁漱溟当时不满罗素对柏格森的批评，转而对罗素的"灵性"之说表示质疑。然而，若干年之后，梁漱溟在《中国文化要义》（始作于 1942 年，1949 年出版）、《人心与人生》（1924 年立意写作，1984 年出版），皆以"无私的感情"来论述"中国人的理性"，成为其思想的发光点。细绎其意义，应有两个要点：其一是情感性。此虽称"理性"，然而乃是一种"情理"，由生命而来，原必

---

① 梁漱溟：《人心与人生》，《梁漱溟全集》第 4 卷，山东人民出版社 1991 年版，第 581 页。
② 梁漱溟：《人心与人生》，《梁漱溟全集》第 4 卷，山东人民出版社 1991 年版，第 509—510 页。
③ 梁漱溟：《对于罗素之不满》，《梁漱溟全集》第 4 卷，山东人民出版社 1991 年版，第 652 页。

伴随本能，后虽离开本能，亦往往不能脱去生动的色彩；从这一特点来说，此理性区别于西方的理性传统，区别于认识论意义的理性，体现出"中国性"的特点。其二是理智性。此理性乃是"发展理智"而来，必脱尽本能、趋于冷静无私而后得。这一点体现出对西方文化的一种吸纳，在梁漱溟看来，"发展理智"就是认识客观事物之理，理智是从本能到达理性的必由之路。从这一点上来说，梁漱溟补足了罗素"灵性"先天具有、来路不明的缺陷，体现出整合中西文化的创造性。

梁漱溟在《人心与人生》一书中曾专列一节"理性与理智之关系"，指示理性的内涵是"代表那从动物式本能解放出来的人心之情意方面"。[①]又云："理智者人心之妙用，理性者人心之美德。后者为体，前者为用。"[②]复总结云："从生物进化史上看，原不过要走通理智这条路者，然积量变而为质变，其结果竟于此开出了理性这一美德。人类之所贵于物类者在此焉。世俗但见人类理智之优越，辄认以为人类特征之所在。而不知理性为体，理智为用，体者本也，用者末也；固未若以理性为人类特征之得当。"[③] 值得注意的是，"理智"是心理学上的概念，理性是哲学上本体论的概念或认识论的概念，但梁漱溟所用"理性"仍指向人生论，既不是本体论概念，更不是认识论意义的"理性"。理智与理性如何能构成"体用"的关系？沿着理智的道路一定可以达到理性吗？细审梁先生论理智与理性的关系，可以发现，他之所以强调理智之大用，乃在于理智具有反本能的倾向，本能净尽，理性之真体自然显露。他以巴甫洛夫心理学说为根据，认为本能、理智之差异，在于生物体的构造不同，本能活动紧接于生理机能，十分靠近身体，所感知的好像只是一个点；理智活动主要关系于大脑，较远于身体，所感知的好像一个面；前者是集中的，后者则大大放宽

---

① 梁漱溟：《人心与人生》，《梁漱溟全集》第3卷，山东人民出版社1990年版，第600页。
② 梁漱溟：《人心与人生》，《梁漱溟全集》第3卷，山东人民出版社1990年版，第603页。
③ 梁漱溟：《人心与人生》，《梁漱溟全集》第3卷，山东人民出版社1990年版，第606页。

放远去，便有广大的空间，因此理智对生命的维护力更加全面，更代表生命的本质。这样论说似乎有些牵强。切不说过分放大理智的作用会造成严重的后果，工具理性、科学理性的泛滥应与之相关。不过，梁先生话语落点重在"反本能"一端。他认为人生的两大问题"个体生存、种族繁衍"皆因本能而起，以理智反本能，便有从根本上解决问题之可能，人类生命以此可能实现极灵活、极自由的本来境界，与宇宙生命通为一体。

梁漱溟《人心与人生》专列第十九章"略谈文学艺术之属"，其中指出：

> 文学艺术总属人世间事，似乎其所贵亦有真之一义。然其真者，谓其真切动人感情也。真切动人感情斯谓之美，而感情则是从身达心，往复身心之间的。此与科学上哲学上所求之真固不同也。

又云：

> 身心之间固可以有很大距离，那便有一种感情离身体颇远而联属于心。联属于心云者，即指说那些意境甚高的文艺作品，感召高尚深微的心情，彻达乎人类生命深处，提高了人们的精神品德。比如陶渊明的诗……如此其例多不胜举，总皆由人心广大通乎宇宙本体。①

梁漱溟将一般意义上的文学艺术定位于"人世间"，而一般世人的"感情"牵于身体的本能，远于"人心"，不能破除知障，所以"真"非世人想象所及。然而，有一般意义的层面，亦有超越一般意义的层面，当感情远离身体而联属于"心"，那么就有可能"通乎宇宙本体"，达到"真"，产生超越一般意义层面的文学艺术。

---

① 梁漱溟：《人心与人生》，《梁漱溟全集》第3卷，山东人民出版社1990年版，第733—737页。

梁漱溟先生承认文学艺术皆建立在感情之上，但感情常因依乎本能，本能又是通向宇宙本体的最大障碍。梁漱溟虽然论及文学艺术各个体类，包括诗歌、词曲、小说、戏剧、电影、音乐、绘画、舞蹈、雕塑、建筑等，指出它们作用于人的深浅之不同，然而基本归之为"引诱人的兴味，召致人的美感"；"引发人们兴奋豪情，具有刺激美感、快感之力"；"引人嬉笑，使人堕泪悲泣"。① 并认为艺术技巧"要靠本能，视乎天资之所近，殆有不学不虑者"。② 这里值得注意的是，他对一般意义上的文学艺术立足的"感情"提出了警示，文艺虽然因依于"感情"，从"身"出发，但这只是原始起点，其追求的方向在于"以身达心"，追求"无私的感情"，也就是脱离了本能的感情。

梁漱溟论文艺最大的贡献在于指出了文艺的高标，那就是"意境甚高"的文艺作品，使文艺的价值得以实现，这就是基于"无私的感情""内蕴自觉的感情"之上的文艺作品。他认为，这种感情远离身体而联属于心："然在人类生命中随个体之成长，随文化之进展，理智、理性渐次升起而本能势力则下降，或受到约束。理智、理性是从反本能的倾向发展而来的，其特征在内蕴自觉有以反省回想，不徒然向外活动而已。……那便有一种感情离身体颇远而联属于心。"③ 他举例证："陶渊明的诗，倪云林的画，恬淡悠闲，超旷出尘；又如云冈石窟，龙门造像，静穆柔和，耐人寻味；或如欧洲中世建筑仿古罗马式哥特式大教堂，外高耸而内闳深，气象庄严，使人气敛神肃，起恭起敬，引向神秘出世之思。"④ 所举例子确实具有超凡脱俗的艺术品格，成就可谓卓越。然而，所举作品也不尽只是

---

① 梁漱溟：《人心与人生》，《梁漱溟全集》第3卷，山东人民出版社1990年版，第735—736页。
② 梁漱溟：《人心与人生》，《梁漱溟全集》第3卷，山东人民出版社1990年版，第736页。
③ 梁漱溟：《人心与人生》，《梁漱溟全集》第3卷，山东人民出版社1990年版，第736—737页。
④ 梁漱溟：《人心与人生》，《梁漱溟全集》第3卷，山东人民出版社1990年版，第737页。

脱俗、出世，其中也不乏生机盎然的人间意味。比如陶渊明的诗，静穆之中自有热情猛志，背后有深厚的社会生活感受，这是古往今来的共识。所以，梁先生也许是以一种超越的心境读陶渊明的诗，以超越的视角欣赏倪云林的画，所以使丰富多彩的艺术作品呈现出某一方面超越的意味。梁漱溟强调文艺中的"无私的感情"，指向文艺的"高明"之境，对五四以来的"狂飙突进"的文艺强调激情、强调冲动的主流价值观点是一种对症治疗。

三 "一真之流行"：生命的整体义

熊十力以构建本体论著称，他对文学艺术的见解亦可纳入其本体论的系统之中。比如其《与张季同》曾针对来信中"画境与真境"论曰：

> 现实世界与造物世界，不可并为一谈。何谓现实世界？即吾人在实际生活一切执着的心相是已。如说窗前有棵树，这一棵树在吾人意计中是与其他的东西互相分离而固定的，这样分离而固定的东西决不是事物的本相，只吾人意计中一种执着的心相而已。……至于事物的本相，本非可以意想计度而亲得之者。……李君所谓"造物世界"，当是指事物的本相而言，此即实理显现，法尔完全，（法尔犹言自然。）① 本来圆满。吾人必须荡除执着，悟得此理，方乃于万象见真实，于形色识天性，于器得道，于物游玄。如此，便超脱现实世界，而体合造物世界。虽无妨顺俗，说有个体的东西，而实不执着有个体相，并共相之相亦复不执，荡然泯一切执，更何缺陷可言？总之，真正画家必其深造乎理，而不缚于所谓现实世界，不以物观物，善于物得理，故其下笔，微妙入神，工侔造化也。岂唯画家？诗人不到此境，亦不足言诗。②

---

① 以下所引熊十力著作片段的圆括号内皆为熊十力原注。
② 熊十力：《十力语要》，中华书局1996年版，第8—9页。

这里有三个问题：第一，何为"真境"？来信中将"现实世界"等同于"造物世界"理解为"真境"，熊十力加以辨析，"真"非所谓的"现实"而是"实理显现"，亦即万物实体，即本体。第二，艺术家"工侔造化"，即艺术世界通于万物实体，亦即心通宇宙本体。第三，艺术家的心灵如何才能通乎宇宙本体呢？必须荡除执着，超越现实。此处所讲，似乎颇有道禅思想的意味，然而将洞见实体说成"实理显现"，仍是宋明理学的归趣。

熊十力论文，切近人的生命而发，而生命的真性发露，亦是本体的显现。熊十力曾论中国文学：

> 文学所以抒写人生思想，内实则感真。感真故发之自然，自然故美也。孔子定三百篇为文学之宗，其论《诗》之辞，皆深妙绝伦，见于《论语》。孟子亦善言《诗》。三百篇皆直抒性情，无有矫揉造作，情深而文明，如天地自然之美，一真之流行故耳。及楚《骚》出，乃变为宏博恣肆，然其真自不漓，故可尚也。汉以下，乃有模拟字句，揣习声律者，其中情遂已稍衰。又《骚》之流变，而为赋颂及骈体文等。汉赋，辞极典雅，而无思理可言，缺其质矣。六代人诗，与其骈文，华而失真，日趋靡薄。不囿于时，而独有千古者，其唯陶令之诗耶？唐人诗，虽经心造语，而自有浑成意味，所以可贵。晚唐颇趋险涩，稍失纤小，唯浑成与平易，方是广大气象耳。然较以后来宋诗，犹自远过。若夫小说、词曲、戏剧，唐以下代有作者，其短长非此所及论。然核其流别，要属辞章之科。盖以广义言辞章，本即文学，非仅以骈四骊六名辞章也。或曰：韩愈以后之古文，非辞章欤？曰：此亦辞章家之枝流。人情不能无酬酢，称情而抒怀，即事而纪实，诚亦有可贵者。唯传、状、铭、赞、书、序等品，恣为浮词诳语，自坏心术。又或标题立论，而浅薄无据，空疏无理，猥以论名，果何所当？

韩愈苏轼之徒，皆不学无知，虽擅末技，要是大雅所讳。[1]

熊十力通观历史上伟大之文学，可贵之文学，端在"一真之流行"。"一真"是本体义，"流行"是作用义，"吾人自性即是万有实体"。[2] 体用不二，在熊十力的学术系统中实居中心之地位。虽然熊十力先生讲本体之多义，在不同的层面随处提点，对儒道释各家乃至西方文化讲本体的意义博采多取，梁漱溟晚年批评他最严厉的亦在本体论之驳杂。[3] 然而，总体来看，贯通来看，熊十力讲本体论还是他最大的成就，特别是本体"恒转"之义，得之于《周易》"生生不息"的大义："吾少时读《老子》，至'天地不仁，以万物为刍狗'，慨然遐想，以谓世间无情有情，动植灵蠢，只是一场惨剧。是谁造化，何不把他遏绝？及读佛书，此种意思时在怀抱。迄中年以后，重玩《大易》，始悟生生不息真机，本无所为，实不容已。无所为者，德之盛也；不容已者，化之神也。由此，故于流行识性。一切物相，不容取着；一切惨剧，本来清静。吾人唯反己思诚，与物各正。尽性其至矣，性不可逆也。"这里他道出"自流行识性"体认本体的过程，也是他一直强调的体用不二，即用显体的基本思想。体认是心灵活动，更是实践活动，因为整体上是本体的流行，心与物皆是活跃的展现。文学活动可以就是"流行"的一种具体呈现。这里似乎忽略了文学创作的复杂性，说得很简单，其实应该注意话语重心，只有忽略文学创作的复杂环节与过程，才能体现文学的本根所在。既然是"流行""展现"，其中就可以包含文学创作的种种复杂。既然是大化流行，这里不排除知识、物质、理智、感情、本能，什么都不排除，是整体的宇宙，整体的生命，有无限的包容，自然界、历史、现实、社会人生，一切皆可以包容。"自流

---

[1] 熊十力：《十力语要》，中华书局1996年版，第213页。
[2] 熊十力：《十力语要》，中华书局1996年版，第340—341页。
[3] 《梁漱溟全集》第7卷，山东人民出版社1993年版，第757—773页。

行识性"可以看出熊十力在本体论上取径的宽阔,较之梁漱溟取径"无私的感情"建立的人生论有所不同。

本体刚健,在作用上呈现为生生不息,这是熊十力对本体最大的体认。他批评道家与佛家:

> 二氏以虚寂言本体。老氏在宇宙论方面之见地,则从其本体虚静之证解,而以为宇宙只是任运,无所谓健动也,故曰:"用之不勤。"佛氏在宇宙论方面之见地,则从其本体寂静之证解,而以为五蕴皆空,唯欲泯宇宙万象,而归于诸至寂之涅槃。老释二家之人生观,从其本体论、宇宙论之异,而其人生态度,一归于致守静,一归于出世。故其流极,至于颓废或虚伪,而人道大苦矣。儒者于本体,深证见为刚健或生化,故其宇宙观只觉万有皆本体刚健之发,即万有皆变动不居,生生不已,活泼泼地,无非刚健之德之流行也。[①]

熊十力以真性言体,领会把握的却是生命的力量。此生生不已的生命力量,当然不是纯生理性的,而是具有精神力量的内核,但也不纯粹是"精神的",精神如果没有生理的基础,往往异变为语言的空壳。他对中国文学史诸现象的批评,可以看出他对文学生命精神的重视,所以可以将他的文学思想概括为"生命的文学观"。

熊十力对韩愈批评颇为严厉,似乎有失公允,然而须透过晚清近代的文学史,才能有所理解。

> 韩愈文章,古今称其气势,愈之得名在是。然文章有气势可见,是其雄奇处,亦是其细小处也。……作文固不易,衡文益复难。文章

[①] 熊十力:《十力语要》,中华书局1996年版,第338—339页。

之气势浩衍，雄奇苍郁，有本于天，有本于人。本于天者，精力强盛，赋于生初故也。本于人者，复分诚伪。诚者，集义成养浩然之气，其文则字字朴实，不动声色，六经《语》《孟》是也。或字字虚灵，神奇谲变，不可方物，《庄》《骚》是也。伪者，缺乏诚心，或知求诚为贵而未能克己，血气盛而其词足以逞。……韩愈之流是也，此习伪者也。①

韩愈之徒，思理短浅，适比牧竖，杂文薄有气势，妄自惊宠，后来迂儒小生，无知逐臭，更相崇尚，始开古文之宗，单篇鄙制，竟冒论名。②

平情而论，韩愈文章不可简单斥为"伪"，也不乏生命力量，然而熊先生为什么如此严厉呢？简言之，这是对古文运动以下桐城派末流的批评，责其徒而攻其师。桐城派以"三祖"（方苞、刘大櫆、姚鼐）相倡，然而上溯到唐宋古文，刘大櫆论文主张："行文之道，神为主，气辅之。""神气者，文之最精处也；音节者，文之稍粗处也；字句者，文之最粗处也。然论文而至于字句，则文之能事尽矣。盖音节者，神气之迹也；字句者，音节之矩也。神气不可见，于音节见之；音节无可准，以字句准之。"（刘大櫆《论文偶记》）虽然强调神气，然而更强调"神气"之"迹"，强调学习者要从音节字句中把握"神气"。至姚鼐，更是将其作为文学的金科玉律，主张沿粗而寻精。如果作为指导初学作文者的入门方法，亦可能有一定的道理，然而如果仅局限于此，却是迷失了文学的真正源泉，文学真正的大本大源来自生活的人生体验。韩愈亦曾说过："行之乎仁义之途，游之乎《诗》、《书》之源。"（韩愈《答李翊书》）但是，论文时却仅强调气与言的关系，对气的源头语焉不详，熊十力斥之"思理短浅"大约与此

---

① 熊十力：《十力语要》，中华书局 1996 年版，第 298—299 页。
② 熊十力：《十力语要》，中华书局 1996 年版，第 424 页。

相关。桐城派更是过于强调从文学的"粗"——音节字句着手，忽视了文学的本原。后生学子，也许终身在文章的音节字句中游转，至死不得突破，致使文学精神丧失殆尽，作为导师的"宗祖"，确实难辞其咎。

其实，如果细绎熊十力对于文学的见解，可以发现，他并不是从根本上反对文学的"气"，也不是从根本上反对桐城派的文论，相反，其"一真之流行"的内涵，正是生命之气；对桐城派"沿粗而寻精"的文学主张亦颇有领会。熊十力肯定孟子，肯定屈原，认同其作品的生命之气，认为他们的作品是元气淋漓，大气流行，浩浩荡荡，无迹可寻。而他反对的，是秉于个体的"骄盈"之气，是浅薄空疏的"才气"之逞。他曾写信与其侄非武，严加训导："吾教汝课外暂将《曾文正公集》、《资治通鉴》各买一套，苦心攻读。……通其文字，解其义理，则于持身涉世之常经，审事察变之弘轨，皆可以资兴发矣。现在之世事，根据过去之世事演变得来，不能鉴古，何足知今？凡古代大人物之精神，流露于其著作中，后人读古书，而默会古代大人物之精神，则于不知不觉之间，感怀兴起，力求向上，不甘暴弃。而以与小人禽兽为伍者，为最痛心事。使心胸开拓，魄力伟大，日用间事事是精心毅力流行，则已追古代伟大人物，而与之为一矣。吾最恨汝好修饰，柔弱委靡，成女人模样。"[①] 这里值得注意的是：第一，古人之精神气度，可于文字中得，乃是桐城派文论的逻辑起点，熊先生于此是深有领会并加以认同的。第二，开阔的心胸、伟大的魄力，精心毅力流行于世事间，是熊十力对于生命精神内涵在人生观层面的极好解释，于此亦可窥知他对于"神气"的具体理解，与桐城派的抽象空洞的理解是不同的。第三，他特别推出曾国藩作为楷模，曾国藩恰恰就是桐城派的重要继承者与改造者，曾氏之文学思想，自桐城派入而不以桐城派出，特将姚鼐"义理、考据、辞章"所概学术之三科增加"经济"一目，以矫

---

① 熊十力：《十力语要》，中华书局1996年版，第428页。

正其空疏僵化，熊十力于此是深表认同的。他曾经比较曾国藩与王阳明，认为王阳明的才、力、智、德皆大于曾，但是，就其成就来说，效果却不一样："阳明之神智，其措诸事业者固有余，但其精神所注，终在此不在彼，故其承学之士皆趋于心学，甚至流为狂禅，卒无留心实用之学者。若乃涤生，《三十二圣哲画像记》以义理、考据、经济、辞章四科并重，其为学规模具于此，其精神所注亦具见于此。虽四科并重，而自己力之所及终贵乎专。涤生于经济，盖用功尤勤。……故其成就者众，足以康济一时……"①于此可以看出熊十力学术的归趣所在，他对曾国藩"经济"一目的重视，可以理解他的本体论为何向"作用义"展开，也可以发现他反对桐城派"不学无知""浅薄无据""空疏无理""浮词诡语"的理由所在，可以领会他"一真之流行"的文学观的丰富意蕴。

---

① 熊十力：《十力语要》，中华书局1996年版，第199页。

结语　超越"五四"的两种思路

梁漱溟标举"无私的感情"，熊十力标举"一真之流行"，皆是从生命论出发的，皆立足于中国文化的大本大源，对西方文化融会吸收，皆是对五四文化思想的超越，只是他们的超越思路并不完全相同。

面对新文化运动的冲击，梁漱溟另辟蹊径。在他的思想系统中，"生命"不具有本体的意义，他以"中国式"的"直觉"，反对"理智"，反对西方文化的科学主义；以理智反对人身上的物性，反对西方文化纵容人的"意欲"，从而彰明"中国人的理性"。这种以"情理"为基础的人生思想，强调人性的自觉、反省、灵明，具有救治"工具理性"的重要意义。他从"无私的感情"抽引出来的文艺思想，将文艺引向"高明"之境，对五四新文学在"狂飙突进"精神下扭曲出现的重重弊端，诸如欲望、暴力、色情的泛滥，痛下针砭，并指示价值的方向。然而，梁漱溟的思想理论的归趣具有较重的佛学意味，多借重佛学的资源。反意欲，反本能，超越西方，是他学术事业的主要线索。对于古圣先贤，梁漱溟继承的是传统儒学的实践精神，一生为解决两大问题：中国的问题、人生的问题，百折不挠，真如孔子一样一生奔走，精进不已。熊十力对于五四新文化吸纳扬弃，对于西方文化的精髓，有一种顺势承受的意味；对于中西文化，确有融通再造的意义。在他的思想中，生命是一个整体，其即流行即主宰的本体论，对丰富的生命现象是一个大的包容。其生命的文学观，指向人性展现的广阔视野，具有较大的理论开口。从文学的生命精神出发，生命力量、生命意义、社会生活、自然之美、宇宙精神，皆可以得到开掘。熊十力基于"一真之流行"开掘出来的文艺思想，对于五四新文学体现出来的单一"现代"价值观、功利主义等，是一种"强身健体"的丰富滋养。对于古圣先贤，熊十力继承的是儒家的启蒙精神，一生造论，弘道不已。

梁、熊二先生皆是中国近代思想史上最重要的文化保守主义者。对于中国文化，他们皆是有力的护持者。从人生标志性成就来看，两人所成就的皆是儒家的事业。儒家的大传统是内圣外王，强调政教合一，两人皆能切实践履并有真切的体认，至于各有所偏重，乃天性与生平机缘使之然。

主要参考文献

《国粹学报》
《新民丛报》
《东方杂志》
《学衡》杂志
《史地学报》
《湘君》
《甲寅周刊》
《大公报·文学副刊》
《新青年》

［英］阿伦·布洛克：《西方人文主义传统》，董乐山译，生活·读书·新知三联书店1998年版。

［美］艾恺：《世纪范围内的反现代化思潮——论文化守成主义》，贵州人民出版社1991年版。

［美］艾恺：《最后的儒家：梁漱溟与中国现代化的两难》，王宗昱、冀建中译，江苏人民出版社2003年版。

陈平原：《中国现代学术之建立》，北京大学出版社1998年版。

陈世骧：《陈世骧文存》，辽宁教育出版社1998年版。

陈引驰编校：《刘师培中古文学论集》，中国社会科学出版社1997年版。

《陈寅恪集》，生活·读书·新知三联书店 2001 年版。

方东美：《中国哲学之精神及其发展》，匡钊译，中州古籍出版社 2009 年版。

方东美著，李溪编：《生生之美》，北京大学出版社 2009 年版。

傅乐诗：《近代中国思想人物论：保守主义》，时报文化出版事业有限公司 1985 年版。

耿云志编：《胡适论争集》，中国社会科学出版社 1998 年版。

黄兴涛等编译：《辜鸿铭文集》，海南出版社 1996 年版。

郭绍虞等编：《中国历代文论选》，上海古籍出版社 1980 年版。

侯敏：《有根的诗学——现代新儒家文化诗学研究》，上海人民出版社 2003 年版。

胡全章：《中国近代作家片论》，中国大百科全书出版社 2016 年版。

《胡先骕文存》上册，江西高校出版社 1995 年版。

胡晓明：《诗与文化心灵》，中华书局 2006 年版。

胡宗刚：《胡先骕先生年谱长编》，江西教育出版社 2008 年版。

黄侃：《文心雕龙札记》，上海古籍出版社 2000 年版。

《黄侃日记》，江苏教育出版社 2001 年版。

黄霖：《中国文学批评通史——近代卷》，上海古籍出版社 1996 年版。

黄霖主编：《民国旧体文论与文学研究》，凤凰出版社 2017 年版。

姜义华：《理性缺位的启蒙》，上海三联书店 2000 年版。

《康有为全集》，中国人民大学出版社 2007 年版。

黎汉基、李明辉编：《徐复观杂文补编》，台北"中研院"中国文哲研究所 2001 年版。

李瑞明：《雅人深致——沈曾植诗学略论稿》，黑龙江人民出版社 2009 年版。

李泽厚：《中国近代思想史论》，安徽文艺出版社 1994 年版。

《梁启超全集》，北京出版社 1999 年版。

梁实秋编：《白璧德与人文主义》，新月书店 1929 年版。

《梁漱溟全集》，山东人民出版社 1989 年版。

林毓生：《中国传统的创造性转化》，生活·读书·新知三联书店 1988 年版。

林毓生：《中国意识的危机："五四"时期激烈的反传统主义》，贵州人民出版社 1986 年版。

刘集林：《保守与社会重建——五四时期东方文化派的社会思想》，天津社会科学院出版社 2010 年版。

刘军宁：《保守主义》，中国社会科学出版社 1998 年版。

刘黎红：《五四文化保守主义思潮研究》，中国社会科学出版社 2006 年版。

刘炜：《六艺与诗——马一浮思想论衡》，中国社会科学出版社 2010 年版。

刘永济：《文学论 默识录》，中华书局 2010 年版。

柳诒徵：《中国文化史》上、下册，中国大百科全书出版社 1988 年版。

马卫中：《光宣诗坛流派发展史论》，苏州大学出版社 2000 年版。

马亚中：《中国近代诗歌史》，复旦大学出版社 2011 年版。

《马一浮集》，浙江古籍出版社、浙江教育出版社 1996 年版。

《民国文献类编》《民国文献类编续编》文化艺术卷，国家图书馆出版社 2015 年、2018 年版。

《牟宗三先生全集》，台北联经出版事业股份有限公司 2003 年版。

欧阳竟无编：《藏要》，上海书店出版社 1991 年版。

《频伽大藏经》，九州图书出版社 1998 年版。

《钱宾四先生全集》，台北联经出版事业股份有限公司 1998 年版。

钱基博：《现代中国文学史》，华中师范大学出版社 2011 年版。

钱穆：《中国文学论丛》，生活·读书·新知三联书店 2002 年版。

饶宗颐：《文心雕龙探原》，《文辙——文学史论集》，台湾学生书局 1991 年版。

任建树主编：《陈独秀著作选编》，上海人民出版社 2009 年版。

沈松侨：《学衡派与五四时期的反新文化运动》，"国立"台湾大学出版委员会 1984 年版。

沈卫威：《"学衡派"编年文事》，南京大学出版社 2015 年版。

沈卫威：《回眸"学衡派"：文化保守主义的现代命运》，人民文学出版社 1999 年版。

石元康：《从中国文化到现代性：典范转移?》，生活·读书·新知三联书店 2000 年版。

舒芜等编选：《近代文论选》上、下册，人民文学出版社 1999 年版。

汤一介：《我们三代人》，中国大百科全书出版社 2015 年版。

汤志钧编：《章太炎年谱长编》，中华书局 1979 年版。

唐君毅：《文化意识与道德理性》，中国社会科学出版社 2005 年版。

唐君毅：《中国文化之精神价值》，广西师范大学出版社 2005 年版。

唐君毅：《中华人文与当今世界》，广西师范大学出版社 2005 年版。

［日］丸山真男：《福泽谕吉与日本近代化》，区建英译，学林出版社 1992 年版。

王达敏：《徐世昌与桐城派的演进》，安徽大学出版社 2020 年版。

王守雪：《人心与文学——徐复观文学思想研究》，郑州大学出版社 2005 年版。

王一川主编：《中国现代文论史》第 1—4 卷，北京师范大学出版社 2019 年版。

《王元化集》，湖北教育出版社 2007 年版。

吴剑杰编著：《张之洞年谱长编》，上海交通大学出版社 2009 年版。

吴宓：《吴宓诗话》，商务印书馆 2005 年版。

吴宓著，吴学昭整理：《吴宓诗集》，商务印书馆 2004 年版。

吴宓著，吴学昭整理：《吴宓自编年谱》，生活·读书·新知三联书店 1995 年版。

（清）王闿运撰，马积高主编：《湘绮楼诗文集》，岳麓书社 1996 年版。

熊十力：《读经示要》，中国人民大学出版社 2006 年版。

熊十力：《新唯识论》，中华书局1985年版。

徐复观：《中国人性论史（先秦篇）》，上海三联书店2001年版。

徐复观：《中国思想史论集》，台湾学生书局1983年版。

徐复观：《中国文学精神》，上海书店出版社2004年版。

徐复观：《中国文学论集》，台湾学生书局1982年版。

徐复观：《中国文学论集续篇》，台湾学生书局1981年版。

徐复观：《中国艺术精神》，广西师范大学出版社2007年版。

《徐复观文存》，台湾学生书局1991年版。

《徐复观杂文——忆往事》，台北时报出版公司1980年版。

许纪霖：《二十世纪中国思想史论》，东方出版中心2000年版。

许纪霖、田建业编：《杜亚泉文存》，上海教育出版社2003年版。

叶嘉莹：《王国维及其文学批评》，河北教育出版社2000年版。

余英时：《钱穆与中国文化》，上海远东出版社1996年版。

喻大华：《晚清文化保守思潮研究》，人民出版社2001年版。

袁景华：《章士钊先生年谱》，吉林人民出版社2001年版。

袁立莉：《"东方文化派"思想研究》，黑龙江大学出版社2013年版。

[美]张灏：《梁启超与中国思想的过渡（1890—1907）》，崔志海等译，江苏人民出版社1995年版。

张少康、汪春泓、陈允锋、陶礼天：《文心雕龙研究史》，北京大学出版社2001年版。

张晚林：《徐复观艺术诠释体系研究》，上海古籍出版社2007年版。

张毅：《儒家文艺美学——从原始儒家到现代新儒家》，南开大学出版社2004年版。

张寅彭主编：《民国诗话丛编》第1—6册，上海书店出版社2002年版。

《张之洞全集》，武汉出版社2008年版。

章含之、白吉庵主编：《章士钊全集》，文汇出版社2000年版。

《章太炎全集》，上海人民出版社1985年版。

郑大华：《民国思想家论》，中华书局2006年版。

郑大华点校：《采西学议：冯桂芬　马建忠集》，辽宁人民出版社1994年版。

郑家栋：《断裂中的传统：信念与理性之间》，中国社会科学出版社2001年版。

郑师渠：《晚清国粹派文化思想研究》，北京师范大学出版社2014年版。

郑振铎编选：《中国新文学大系·文学论争集》，上海文艺出版社2003年影印本。

刘梦溪主编：《中国现代学术经典·唐君毅卷》，河北教育出版社1996年版。

周策纵：《五四运动史》，岳麓书社1999年版。

后　记

2012年3月，友人刘广涛教授年届五十，作了一首诗给我看：

　　　　人在旅途月悬空，
　　　　暂借天光偷揽镜。
　　　　风雨落寞文字路，
　　　　阴晴圆缺故人情。
　　　　一袭黑衫伤逝者，
　　　　半头白发向来生。
　　　　青山不老正邀我，
　　　　且把摩托追远风。

广涛教授长我一岁，他五十岁，到了知天命之年，我亦颇有生命之感。便和了他一首：

　　　　日转星移未悬空，
　　　　五十名播道有成。
　　　　登临暂忘来时路，
　　　　南北一样故人情。
　　　　民意多违敢嗟老？

君子求己向众生。

青春妩媚亦招我，

且携童蒙追远风。

人对自己的生命有感觉，不是坏事。将自己的心愿一件一件去完成，去实现，觉知"天所命"，自觉地践行"天所命"，应该是一种平和而强矫的生命精神。当时我刚刚完成《两汉文论新释》一书，认为两汉知识分子特别是西汉的董仲舒、两司马、扬雄、刘向诸人，格局特别大，文学气质殊胜，奠定了中国文学的基础，确立了中国知识分子文学、精英文学的基本品格，意义重大。当然，这些思想是从徐复观先生那里受到启发的，所以这本书的副标题是：以徐复观两汉思想史论为基础。书出来之后，总觉得意有未惬，文学思想史的表达方式，毕竟太过于曲折。20世纪中国文学强调文学的通俗性、抒情性、现实性、批判性，大体来看自有它的道理，然而，强调"通俗性"忽略了作家的文化水准；强调"抒情性"引向了浅薄的感官娱乐；强调"现实性"将世界分裂成碎片；强调"批判性"将人性涂得一片漆黑。这些误区也许是始料未及的。其实，在这些文学观念强势变异传播的时候，质疑反对的声音一直存在，只不过在主流话语的声浪下，这些声音显得很微弱。所以，当时读到广涛教授五十述怀诗的时候，产生了一种冲动，想重新梳理近现代被压抑的一系列文论话语，作为救治主流文论的一种资源，这就是"近代文化保守主义学术系统与中国文论建设"课题的缘起。

恩师胡晓明教授近年来一直致力于"后五四时代中国文学"的建设，致力于"后五四时代中国思想学术之路"的探讨，发表大量成果，在社会上引起不小的反响。当我将课题思路向老师汇报的时候，他非常支持，但提醒我，"保守主义"非常复杂，关键要看"保什么""守什么"。是啊，这些保守主义者其实并不一致，需要细致分辨，搞不好会人云亦云，陷入一种"炒冷饭"的尴尬境地。中国文化是有核心的,中国文学也是有价值核心的,中国文学是圣贤化的知识心灵的记录,也是心灵的艺术展开,两汉知识分子在专制制度下的坚守和发挥,正是这个核心。在近现代中国文化保守主义者那里,"保守"的仍是这种精神。尚永亮教授在课题申报过程中给予了重要的指导,他提醒我,思想重要,艺术也很重要。在课题酝酿和研究过程中,我遇到了陆洲,得到很多帮助,读书为学之乐油然而生;课题批下来了,在国家社科基金的支持下得以持续研究,成家立业,我深切地感受到安身立命的踏实。

本书是国家社科基金项目结项成果之一,部分内容曾在学术会议或刊物上发表,本次出版进行了修改。本书得到中国社会科学出版社的大力支持,责任编辑郭晓鸿博士劳心劳力,在此一并致谢!

王守雪

2021年5月10日于青山湖畔